Les vendanges du cœur

DALLAS SCHULZE

Les vendanges du cœur

Jade

Titre original :
THE SUBSTITUTE WIFE
publié par MIRA®

Traduction française de DANIÈLE LARUELLE

Photos de couverture
Vignes : © CHARLES O'REAR / CORBIS
Demeure et vignes : © ATLANTIDE PHOTOTRAVEL / CORBIS

83-85, boulevard Vincent-Auriol 75646 PARIS CEDEX 13.
ISBN 2-280-09412-6 — ISSN 1773-7192

1

Cat regardait d'un air stupéfait sa demi-sœur qui était occupée à faire sa valise.

— Si je comprends bien, tu files à Las Vegas te marier en catimini avec un ancien amant, et tu me demandes d'annoncer à ton fiancé que tu le plaques, c'est ça ?

— Cat, tu exagères ! A t'entendre, on croirait que je commets un crime !

Devon Kowalski s'interrompit dans sa tâche. Avec ses sourcils au dessin parfait, légèrement froncés sur ses yeux bleus candides, et le pli vaguement boudeur de ses lèvres, elle était l'image même de l'innocence blessée. Mais Cat n'était pas dupe : elle savait que cette expression touchante avait été longuement travaillée devant le miroir.

Elle attendit que le masque tombe et, effectivement, une moue de mépris, beaucoup moins séduisante mais plus naturelle, apparut bientôt sur le visage de Devon.

— Toi qui adores les romans d'amour à deux sous, tu devrais comprendre que je veuille faire un mariage d'amour !

— Certes. Mais ce que je ne comprends pas, c'est que

tu rompes tes fiançailles de manière aussi cavalière. Luke mérite mieux que ça. Tu devrais lui parler, au lieu de te défiler en me donnant ce mot pour lui.

— Je ne vais tout de même pas le poster ! Ni laisser un message sur son répondeur : ça, ce serait vraiment crasse.

Elle semblait si sûre d'agir avec tact et délicatesse que Cat ne trouva rien à répliquer.

Devon se remit à la tâche, pliant une nuisette de soie bleue pour la mettre dans la valise. Slips et soutiens-gorge de dentelle suivirent le même chemin.

Tout en l'observant, Cat se creusait la tête pour trouver des arguments capables de la ramener à la raison. Oh ! elle n'espérait pas convaincre Devon de revenir vers Luke Quintain ! D'ailleurs, Luke pouvait remercier les dieux d'avoir remis dans le circuit cet ancien petit ami de lycée. Non que Devon fût une mégère épouvantable, mais elle était bien trop gâtée, trop égoïste pour faire une bonne épouse. Assurément, Luke serait plus heureux sans elle. Ce qui, à la réflexion, valait sans doute aussi pour le petit ami de lycée qui s'en mordrait les doigts... Finalement, le problème tenait moins à la rupture qu'à la manière de l'annoncer.

Si Devon trouvait « crasse » de laisser un message sur le répondeur du fiancé éconduit, Cat estimait que la solution choisie manquait tout autant d'élégance. Et l'idée de porter la mauvaise nouvelle ne l'enthousiasmait pas. Certes, elle ne risquait pas sa vie : Luke ne lui trancherait pas la tête, mais il verrait toujours en elle une funeste messagère. Du coup, il éviterait probablement de la rencontrer, par la suite. Dommage ! Mais, de toute façon, il préférait, à l'évidence, les petites blondes menues avec d'immenses yeux bleus aux grandes rousses pourvues de courbes généreuses. Avec son mètre soixante-quinze, ses jambes interminables et ses rondeurs, Cat n'avait rien d'une porcelaine fragile...

— Tu ne penses pas que Luke mérite quelques explications ? Tu devrais aller le voir, lui parler de Rick...

— Il va se fâcher et me dire des choses désagréables.

Bien entendu, cette crainte justifiait que Devon évite la confrontation. Cat n'était nullement surprise. Si sa demi-sœur avait un talent dans la vie, c'était celui de fuir toute forme de désagrément. Jamais il ne lui serait venu à l'esprit qu'un homme plaqué à quatre semaines du mariage puisse avoir des raisons d'exprimer son mécontentement en termes énergiques.

Cat se cala contre le chambranle de la porte, et regarda en silence Devon refermer la valise, la poser sur le sol, puis aller jusqu'à sa table de toilette et trier les nombreux flacons qui s'y entassaient. Le visage grave, elle se concentrait sur la tâche délicate qui consistait à choisir les produits de soins, parfums et fards qu'elle emporterait pour sa fugue sentimentale.

Dans la chambre de Devon, Cat se sentait un peu comme Gulliver chez les Lilliputiens. Ou bien comme Dorothée se retrouvant à Oz au sortir de la ferme dévastée par la tornade. Le reste de la vieille maison était un bric-à-brac de meubles mal assortis, de tapis élimés et de tentures défraîchies. De jolies antiquités côtoyaient des rebuts de vide grenier. L'ensemble était confortable, agréable à vivre, sans chic et sans chichi. Tout le contraire de cette chambre à l'épaisse moquette pêche, aux doubles rideaux parsemés de motifs floraux de même teinte que la moquette, sur fond vert tendre. Il s'en dégageait une atmosphère très féminine mais sans préciosité, qui s'accordait parfaitement à la personnalité de Devon et la mettait en valeur, comme le velours noir d'un coffret de bijoutier rehausse l'éclat d'un rang de perles. C'était, bien sûr, l'effet recherché.

Parmi cette harmonie de délicats pastels, Cat se sentait mal à l'aise. Trop grande, trop voyante. Ses jambes lui paraissaient trop longues, ses cheveux trop roux et trop bouclés… La chambre n'était, d'ailleurs, pas seule en cause. Devon elle-même lui faisait le même effet.

Lorsqu'elles s'étaient rencontrées pour la première fois, Cat était une grande perche de treize ans, affublée d'une crinière fauve impossible à coiffer. Devon, elle, avait vingt ans et la grâce fragile d'un tanagra.

D'abord emplie d'admiration, Cat s'était vite lassée de cette ravissante poupée vaguement méprisante et d'une superficialité… pour ainsi dire sans fond. Malgré son jeune âge, Cat savait déjà que la vie ne se limitait pas au maquillage et au flirt.

— Je pense sincèrement que tu devrais rencontrer Luke pour lui annoncer ta décision de rompre. Quitte à lui briser le cœur, mieux vaut le faire toi-même. Ce serait plus honnête.

Devon fit non de la tête, tout en mettant de côté une douzaine de flacons.

— Certainement pas ! Luke a un caractère de cochon. Je ne tiens pas à ce qu'il gâche mon plaisir. Il sera furieux, c'est sûr, mais je ne lui *brise pas le cœur* puisqu'il n'est pas amoureux de moi.

Surprenant dans le miroir le regard stupéfait de Cat, elle se retourna avec un petit soupir agacé.

— Bon, d'accord, je n'ai rien dit à personne parce que je me doutais que les gens trouveraient la chose un peu… disons bizarre. Il n'y a pourtant pas de mal à…

Voyant que Cat la dévisageait sans comprendre, elle s'interrompit, reprit son souffle, et alla droit au but :

— Luke et moi avons conclu une sorte de… contrat d'affaires.

— Un contrat d'affaires ? Je croyais que vous deviez vous marier.

— Justement. Il est là, le contrat d'affaires.

Devant l'air médusé de Cat, Devon éclata d'un rire moqueur.

— Je m'étonne que tu ne comprennes pas. Dans ces romans que tu lis, ça doit bien arriver, non ? Il y a même un nom pour ça, si ma mémoire est bonne…

Elle réfléchit quelques instants, puis déclara avec un sourire triomphant :

— Un mariage de convenance. C'est ce que nous voulions, Luke et moi. Avec le sexe en plus, pour que ce soit moins convenable. Sinon, pourquoi se marier, hein ?

Cat en resta sans voix. La tête lui tournait. Devon et Luke s'apprêtaient à faire un mariage de convenance ?

— Mais pourquoi ? demanda-t-elle avec la plus grande naïveté.

— Pour les raisons habituelles, répondit Devon en haussant les épaules.

Cat s'interrogeait sur les mystérieuses « raisons habituelles » qui président aux mariages de convenance quand sa demi-sœur reprit :

— Luke ne m'a pas donné de détails, mais son grand-père tient à ce qu'il soit marié avant son trente-sixième anniversaire. Ce qui lui laisse à peu près deux mois. Il y a un enjeu quelconque, bien sûr, mais j'ignore lequel.

— D'accord. Vu sous cet angle, je comprends les motivations de Luke. Mais toi ? Qu'est-ce que tu étais censée gagner en l'épousant ?

Devon leva les yeux au ciel.

— Ce que tu peux être cruche ! Il faut vraiment que je t'explique ?

Cat s'empourpra soudain au souvenir de Luke. Non seulement cet homme était beau comme un dieu, mais il avait un charme à donner le frisson. Effectivement, les explications étaient superflues…

— L'argent, bien sûr ! laissa tomber Devon.

— L'argent ?

— Réfléchis ! Ce type est riche comme Crésus. Son arrière-grand-père possédait la moitié de San Fernando

Valley quand il n'y avait chez nous que des élevages de poulets et des orangers. Quant à son grand-père, il a gagné de l'argent pendant la crise de 29, quand les autres en perdaient. Je n'ai pas tous les détails concernant son père, mais Luke est un véritable génie de l'immobilier. Il gagne de l'argent même quand il dort.

— Et il comptait… te payer pour l'épouser ?

Devon fronça le nez d'un air dégoûté.

— Présenté de cette façon, ça paraît sordide. Mais, en effet, Luke devait me verser une somme plus que confortable.

— Et tu renonces à un pont d'or pour aller vivre dans un élevage laitier ?

Cat se mordit la langue, mais il était trop tard. Sa surprise avait balayé toute prudence. Elle était incapable d'imaginer Devon dans une communauté rurale, entourée de vaches et de fermiers. Sa demi-sœur n'était pas exactement vénale ; l'argent en lui-même ne l'intéressait pas, mais elle aimait les jolies choses qu'il permettait d'acquérir. Devon avait le shopping dans le sang. Plus qu'un agréable passe-temps, c'était, chez elle, une vocation. D'ailleurs, en tant que décoratrice, elle se faisait payer pour dénicher de jolies choses.

— L'argent ne fait pas le bonheur, et le bonheur ne s'achète pas, déclara Devon d'un air sentencieux.

Cat aurait pu croire que l'amour lui avait ouvert les yeux si elle n'avait aussitôt ajouté :

— Et puis, j'ai toujours ma bague de fiançailles qui vaut une fortune à elle toute seule.

Sur sa table de chevet, elle prit un petit coffret de bijoutier, et l'ouvrit pour en admirer le contenu.

— Tu ne peux pas garder cette bague ! s'écria Cat, outrée.

— Ah non ? Et pourquoi pas ?

Elle referma l'écrin avec un claquement sec, comme si elle craignait que Cat s'empare du bijou.

— Luke me l'a donnée : elle est à moi.

— Il te l'a donnée contre une promesse de mariage.

— Et alors ? J'allais l'épouser, non ?

— Oui, mais tu ne l'épouses plus.

— Je ne vois vraiment pas le rapport.

Devon prit son sac de cuir souple importé d'Italie — encore un cadeau de Luke —, et y rangea le coffret.

— De toute façon, cette bague a beaucoup de valeur. Je serais bien bête de la lui rendre.

Cette naïveté mêlée de matérialisme brutal et sans concession était à l'image de Devon. Avec un soupir las, Cat renonça à la convaincre. Au fond, quelle importance ? Ce bijou ne représentait pas grand-chose pour un homme qui achetait et vendait immeubles et terrains comme les lycéens s'échangent des cartes de base-ball.

— Alors, tu iras porter ma lettre à Luke ? reprit Devon qui, comme toujours, suivait le fil de son idée jusqu'à ce qu'elle ait obtenu gain de cause.

— Je ne crois pas que…

Devon prit l'enveloppe et la lui tendit.

— Si tu n'y vas pas, je la mets à la poste.

Cat hésita, sachant qu'elle en était capable. A regret,

elle traversa la pièce et prit l'enveloppe sur laquelle s'étalait l'écriture ronde et enfantine de Devon. Il y avait même de minuscules cœurs au-dessus des « i » de *Quintain*.

— Tu es sûre de ne pas…

— Absolument certaine.

D'un geste vif, Devon referma sa mallette de maquillage. Puis elle balaya la pièce du regard pour s'assurer qu'elle n'oubliait rien et, satisfaite, se retourna vers Cat.

— C'est vraiment gentil à toi de faire cette démarche. Je t'en suis très reconnaissante.

Elle fronça légèrement les sourcils, inclina la tête de côté.

— Luke se souviendra de toi. Il devrait, en tout cas. Des cheveux pareils, ça ne s'oublie pas.

Cat glissa l'enveloppe dans la poche arrière de son jean, et se retint de lisser ses boucles folles — ce qui n'aurait servi absolument à rien. Dans les bons moments, elle se disait que cette épaisse chevelure flamme, qui tombait en cascade sur ses épaules, avait quelque chose de préraphaélite. Malheureusement, ces moments-là n'étaient pas les plus fréquents…

Vingt minutes plus tard, elle se tenait sous le porche, et regardait s'éloigner la voiture qui emmenait Devon et son futur mari vers le Minnesota ou le Michigan, en passant par Las Vegas. Elle leur souhaitait bonne chance. Rick en aurait sans doute besoin. Ainsi qu'une bonne dose de courage…

Tirant l'enveloppe de sa poche, elle se mit à réfléchir.

Rien ne l'empêchait de jeter la lettre dans la première boîte venue et d'oublier toute l'affaire. Mais elle ne le ferait pas. Avec ou sans amour, personne ne devait apprendre une rupture de fiançailles de manière aussi impersonnelle. Elle irait trouver Luke, lui donnerait le pli, et se déclarerait désolée que les choses aient si mal tourné. Ce serait plus correct.

Et puis, comme par hasard, ce souci de correction lui fournissait un excellent prétexte pour revoir l'ex-fiancé de Devon…

Rien ne vaut le coup de foudre, la gorge qui se noue, le cœur qui s'emballe, cette peur et cette excitation soudaines, ce sentiment que plus rien ne sera jamais pareil, que la vie est radicalement changée, qu'on est soi-même métamorphosé à jamais…

A son premier coup de foudre, Cat Lang avait dix ans. Elle vivait alors avec sa mère, Naomi, dans une vieille baraque du Nevada qui avait été, autrefois, une maison close. Naomi s'était prise de passion pour la peinture à l'huile, et affirmait que l'appartement situé sous les combles offrait un éclairage idéal. Cat, pour sa part, aimait l'enchevêtrement de buissons et de mauvaises herbes qui passait pour être un jardin. Mais ce qu'elle appréciait le plus, c'était la présence d'Albert Federman qui habitait au rez-de-chaussée avec son oncle et sa tante. C'était un grand garçon maigre de quinze ans, aux cheveux blond platine et aux yeux bleus très clairs.

La première fois qu'elle l'avait vu, c'était le jour où sa mère et elle avaient emménagé.

Elles changeaient trop souvent de domicile pour avoir accumulé mobilier et possessions. Leurs biens tenaient dans une douzaine de cartons et quelques paniers calés à l'arrière d'un break jaune taché de rouille aux ailes en imitation bois.

Naomi avait monté deux ou trois cartons quand les jeux de lumière à travers les feuilles du grand platane avaient retenu son attention. Cat l'avait laissée à sa contemplation pour redescendre chercher un nouveau chargement. Elle remontait l'étroite allée de planches disjointes, peinant sous le poids d'un énorme panier à linge, quand Albert était sorti pour lui proposer son aide.

Sous le soleil, ses cheveux clairs formaient comme un halo autour de son visage, et son sourire révélait une incisive de travers. En cet instant, Cat avait senti son cœur bondir de sa poitrine pour tomber aux pieds du jeune homme. Et elle avait cru comprendre ce qu'était le grand amour.

Sa passion avait duré tout l'été, et durerait peut-être encore si Naomi n'avait pas décidé que, finalement, la peinture à l'huile n'était pas sa vocation et que le Nevada était trop terre à terre pour nourrir son âme.

Si elles étaient restées, Cat et Albert Federman auraient peut-être vécu heureux le restant de leurs jours. Mais elles étaient parties pour Sedona, et Cat avait changé d'école, une fois de plus. Son cœur brisé avait guéri, et Albert Federman était devenu un tendre souvenir.

Elle en avait presque oublié ce moment de brusque clairvoyance, cette illumination soudaine qui vous transforme à jamais. Jusqu'au jour où Devon était rentrée à la maison avec Luke Quintain pour le présenter à sa famille. En une fraction de seconde, Cat avait retrouvé l'émotion de ses dix ans. Son cœur battait à tout rompre ; elle était à la fois excitée et terrifiée. C'était ça. C'était le coup de foudre. En cet instant, tout était transformé. De toute évidence, Luke Quintain était l'homme de sa vie. Hélas ! l'extase joyeuse de cet étrange et bouleversant moment de reconnaissance n'avait duré que quelques secondes. Luke était le fiancé de Devon. Mais elle avait beau se dire et se répéter qu'on ne pouvait regretter la perte d'une chose qui ne vous avait jamais appartenu, elle n'avait pas réussi à se défaire de ses regrets.

Et voilà qu'à présent, elle se rendait chez Luke pour lui annoncer qu'il était de nouveau libre, qu'il le veuille ou non.

En apercevant la sortie de Flintridge, Cat mit son clignotant et poussa un gros soupir. Cette rupture ne changeait pas grand-chose pour elle. Luke ne la regarderait pas plus qu'avant. D'abord parce qu'elle n'était pas du tout son genre, et ensuite parce qu'elle lui apportait une lettre de rupture, ce qui n'était pas fait pour créer une ambiance romantique…

Le minibus se mit à émettre des toussotements asthmatiques sur l'étroite route qui gravissait les collines de

Flintridge. Il n'y avait guère de circulation. Elle croisa deux Mercedes, toutes les deux noires, un coupé Jaguar vert forêt et une Rolls gris métallisé. Le chauffeur de la Rolls la gratifia d'un regard si surpris que Cat ne put s'empêcher de rire. Apparemment, les minibus rouge tomate et vieux de trente ans ne couraient pas les rues, dans ce coin-là. De la main, elle tapota affectueusement le tableau de bord décoloré par le soleil.

— Ne t'occupe pas d'eux, Ruthie. Ils ne sauraient pas reconnaître la vraie classe si on leur mettait le nez dessus.

Le minibus grimpa cahin-caha jusqu'en haut de la colline suivante. Encore un large virage, et la jeune femme aperçut l'adresse que Devon lui avait donnée, gravée sur un poteau en bois de séquoia marquant l'entrée d'une longue voie d'accès ombragée par des chênes centenaires. Cat s'y engagea, la suivit jusqu'en haut, puis hésita devant la descente abrupte qui plongeait vers la maison dont on ne voyait que le toit et les reflets de lumière renvoyés par une vitre.

Luke était là, en bas ; il attendait sa fiancée pour un dîner tranquille en tête à tête. Peut-être avaient-ils prévu de passer la nuit ensemble ? Devon n'avait pas dit grand-chose sur la nature exacte de leurs rapports, mais Cat supposait que le sexe en faisait partie. Cette idée était si pénible que Cat regretta, un bref instant, de ne pas avoir posté cette maudite lettre, comme le lui suggérait Devon. En plus, cela aurait permis à Luke de digérer la nouvelle sans témoin.

Marmonnant à sa propre intention quelques paroles d'encouragement, elle s'engagea néanmoins dans la descente.

La maison ne ressemblait en rien à ce qu'elle imaginait. Elle la voyait moderne, géométrique, entourée de baies vitrées, avec des angles bizarres dans tous les sens. Erreur. C'était une demeure des plus conventionnelles. Pas de grandes surfaces vitrées mais des fenêtres à petits carreaux. Le toit de tuiles grises se prolongeait sur le devant en une vaste terrasse couverte soutenue par des piliers de pierre. D'élégants meubles en rotin invitaient à la détente, dans le jardin bien entretenu mais sans imagination. C'était là une maison familiale, et non pas la vitrine qu'on aurait pu attendre de la part d'un prince de l'immobilier.

Dès que Cat eut coupé le moteur, le silence l'enveloppa. Dans ce calme parfait, on pouvait oublier que Los Angeles s'étalait dans toute sa splendeur, de l'autre côté de la colline. Un oiseau moqueur entonna une mélodie, et un geai lui répondit de son cri disgracieux.

Sans sa pénible mission, Cat se serait délectée de cette paix idyllique, mais elle n'était pas venue goûter le charme bucolique de l'endroit. Elle était là pour annoncer à Luke que Devon le plaquait pour un éleveur laitier habitant un Etat qui commençait par M. A en croire Devon, la nouvelle ne lui briserait pas le cœur, mais Cat doutait fort qu'elle le rende heureux.

La sonnette émit un discret tintement sur deux notes. En attendant qu'on vienne lui ouvrir, Cat dansait d'un pied sur l'autre, mal à l'aise, possédée par l'envie de glisser le pli sous la porte et de prendre ses jambes à son cou.

Avant de succomber à la tentation, elle entendit coulisser le verrou, et fut étonnée de se trouver face à face avec Luke.

— Cat ?

Il semblait aussi surpris qu'elle mais, au moins, il l'avait reconnue.

— Luke, je... Je ne pensais pas vous voir ici.

Il haussa les sourcils d'un air interrogateur.

— C'est chez moi, pourtant !

Cat sentit le feu lui monter aux joues. Pourvu qu'il ne s'aperçoive pas qu'elle rougissait...

— Je m'attendais à voir votre domestique, précisa-t-elle.

— C'est son jour de congé.

Luke regardait derrière elle, par-dessus son épaule, et elle se demanda s'il cherchait Devon. En tout cas, il n'en dit rien, et s'effaça pour la laisser passer.

— Entrez. Il fait un peu frais pour rester devant la porte.

Cat hésita, puis accepta l'invitation. Elle lui aurait bien dit qu'elle n'avait rien contre les seuils, mais ses paroles lui firent prendre conscience du vent froid qui traversait les mailles de son pull à grosses côtes. Et puis, elle ne pouvait pas lui tendre l'enveloppe et s'enfuir en courant.

Il la conduisit le long d'un couloir au plancher ciré,

puis sous une arche qui donnait sur une vaste pièce à l'atmosphère feutrée et curieusement intime. Une épaisse moquette d'un bleu-vert apaisant en recouvrait le sol. Les rayons du soleil couchant entraient par les baies vitrées, nimbant meubles et bibelots de pourpre et d'or. Un feu brûlait dans l'âtre, et le doux crépitement des flammes ajoutait une touche chaleureuse à l'ensemble.

— Je peux vous offrir quelque chose ?

Cat secoua la tête.

— Non, je vous remercie.

— Ça ne vous dérange pas que je me serve un verre, je suppose ?

Il prit une bouteille sur le plateau d'une desserte, et se versa une rasade de liquide ambré.

— Je comptais boire un cognac après le dîner, mais j'ai l'impression qu'un remontant ne sera pas de trop pour commencer la soirée.

Il la regardait avec tant d'insistance qu'elle en demeurait muette comme une carpe. C'était, pourtant, le moment de dire quelque chose pour amortir le choc de la mauvaise nouvelle… Quelque chose d'adulte et d'intelligent, des paroles sensibles, douces, sans trace d'apitoiement ni de sentimentalisme…

— Devon ne viendra pas, lâcha-t-elle spontanément.

« Bravo ! Cat. Excellent. Sensible en diable et très intelligent. »

— Je m'en doutais un peu.

Luke but une gorgée de cognac, tandis que Cat le

dévisageait, fascinée par sa beauté. Il portait un jean et un pull noir à col en V dont la matière semblait incroyablement douce : un fin cachemire qui lui moulait le torse et les épaules. Si bien que Cat éprouva une folle envie de le toucher pour sentir sous ses doigts ses muscles fermes.

Elle avait beau tenter de se ressaisir, rien n'y faisait. Luke monopolisait toute son attention. Comment ignorer cette étrange sensation au creux de l'estomac, cette attirance irrésistible ? C'était physique, certes, mais pas seulement. Il la bouleversait, remuait en elle des sentiments profonds qui confinaient à la panique…

Il se tourna vers elle, tout en chauffant son verre entre ses mains.

— Alors, dites-moi tout. Je présume que l'absence de Devon est définitive.

A regret, Cat fit oui de la tête.

Il n'avait pas l'air d'un homme dont le cœur se brisait. Il paraissait plutôt irrité… peut-être même vaguement soulagé. A moins que ce ne soit une illusion, songea Cat : le fruit de son imagination…

— Elle a décidé d'entrer au couvent ? Ou bien est-ce qu'elle s'est engagée dans un cirque ?

— Dans un élevage laitier.

— Ah bon ? Difficile à croire.

— En fait, elle… se marie.

— Avec un élevage laitier ?

Il souriait, à présent.

— Elle va avoir du mal à trouver une église assez

grande pour les vaches, ajouta-t-il, optant manifestement pour l'humour.

Son sourire était irrésistible, et sa réaction totalement inattendue. Cat se détendit une peu.

— C'est l'éleveur qu'elle épouse, précisa-t-elle.

— Ah, vous me rassurez !

Il but une gorgée de cognac, puis secoua la tête.

— Un éleveur laitier ? Comme c'est curieux.

— Rick était son petit ami, à l'époque du lycée. Il s'est installé dans le Minnesota… à moins que ce soit le Michigan. Je ne sais plus. Quoi qu'il en soit, il est revenu au pays pour voir de vieux amis, et…

— Embarquer ma fiancée, conclut Luke.

Cat fit oui de la tête.

— Il… euh… Il a l'air très bien, ajouta-t-elle.

— Voilà qui me réconforte. Je n'aurais pas apprécié qu'elle me laisse tomber pour un abruti.

Le sourire de Luke disparut dans un soupir.

— Elle a une bonne raison de ne pas faire le sale boulot elle-même ?

Cat songea à mentir, mais elle ne parvint pas à trouver une excuse plausible pour justifier l'absence de Devon. Et puis, pourquoi chercher encore à sauver l'image de sa demi-sœur aux yeux de Luke ?

— Elle craignait que vous vous fâchiez.

— Que je me fâche ? Parce que ma fiancée me plaque pour un autre à un mois du mariage ? La belle affaire !

Il vida son verre, regarda la bouteille, parut se demander s'il était judicieux de se resservir.

Cat sortit alors la lettre de sa poche, et la lui tendit.

— Elle vous a laissé ça.

Luke regarda l'enveloppe pendant un long moment avant de la prendre. Il ne l'ouvrit pas immédiatement. Gênée, Cat dansait d'un pied sur l'autre. Peut-être aurait-elle dû se retirer ? Peut-être préférait-il lire le message sans témoin ? Elle hésitait encore quand il la tira d'embarras en décachetant l'enveloppe pour en sortir un unique feuillet couleur pêche. D'où elle était, Cat put voir qu'il n'y avait que quelques lignes sur la page. Elle aurait aimé savoir ce que Devon avait écrit… Devinant ses pensées, Luke résuma :

— Elle dit qu'elle est désolée mais que l'amour compte davantage que l'argent. Elle espère que je n'aurai pas trop de problèmes pour annuler la cérémonie, et elle ajoute, en *post-scriptum*, qu'elle garde la bague.

Il retourna la feuille pour voir s'il y avait autre chose au dos. Comme il n'y avait rien de plus, il froissa lettre et enveloppe, puis jeta le tout dans le feu.

Devant ce mouvement d'humeur, Cat eut une grimace douloureuse.

— Je lui avais suggéré de vous rendre la bague, bredouilla-t-elle d'une voix hésitante.

— Je me fiche de la bague ! rétorqua Luke avec irritation.

Il se passa la main dans les cheveux, ébouriffa ses lourdes boucles brunes.

— Désolé de vous avoir rabrouée. Vous n'y êtes pour rien si votre sœur a filé avec un éleveur laitier.

— Ce n'est pas cela… enfin… je veux dire… elle n'est pas ma sœur.

Sans trop savoir pourquoi, alors qu'en général, elle se souciait comme d'une guigne de ses liens familiaux, le détail lui semblait important.

— Pas même ma demi-sœur pour l'état civil.

— Je croyais que son père avait épousé votre mère.

Cat fit non de la tête.

— Absolument pas. Ma mère et moi avons emménagé avec Larry quand j'avais treize ans. Au bout de quelques mois, Naomi est partie faire une retraite spirituelle au Mexique, et elle… elle n'est pas revenue.

— Elle vous a abandonnée ? demanda Luke d'un air compatissant.

— Non, répondit instinctivement Cat. Pas abandonnée. Pas vraiment. Elle savait que j'étais chez Larry, et elle n'a pas disparu sans laisser d'adresse. Après le Mexique, elle a voulu étudier avec un guérisseur, au Pérou. Ensuite, il y a eu un grand rassemblement spirituel en Inde et, de fil en aiguille, elle n'est jamais revenue.

Cat haussa les épaules, en prenant soin d'éviter le regard de Luke. Elle comprenait sa mère, mais elle savait que ce n'était pas le cas de tout le monde.

— Cela ne fait pas de Devon ma sœur. Rien d'officiel, rien de légal. Pas de liens du sang.

— En ce moment précis, vous comprendrez sans peine qu'à mes yeux, ne pas avoir de liens familiaux avec Devon est un avantage… Vous êtes sûre que vous ne voulez pas boire quelque chose ?

Il ne semblait guère pressé de la voir partir.

— Je n'aurais rien contre un verre d'eau, dit-elle avec un sourire hésitant.

— Pétillante ou non ?

Elle fronça le nez.

— Plate, s'il vous plaît. je trouve que les bulles ont un goût de médicament.

— Un verre d'eau plate pour mademoiselle : c'est parti.

Sur ces mots, il disparut, probablement en direction de la cuisine. Cat inspira profondément, essuya ses mains moites sur son jean. Voilà, c'était fait. Elle lui avait annoncé la mauvaise nouvelle, et il ne l'avait pas jetée dehors. Il paraissait plus contrarié que furieux et, en tout cas, il ne semblait pas avoir le cœur brisé. Apparemment, Devon n'avait pas menti sur la nature de leurs fiançailles. Ce qui débouchait sur une foule de questions passionnantes, et sur des possibilités plus passionnantes encore.

Luke revint avec un verre d'eau et un plateau de hors-d'œuvre.

— Vous avez faim ? Ma cuisinière avait préparé un en-cas pour ce soir. Ce serait dommage de le laisser perdre. Je vous recommande le plat de crevettes.

Pas malheureux pour deux sous, songea Cat en prenant le verre d'eau qu'il lui tendait.

Il déposa le plateau sur la table basse, et se laissa

tomber dans le gros fauteuil le plus proche. D'une main, il désigna un siège à sa visiteuse tandis que, de l'autre, il empoignait la bouteille de cognac.

Cat s'assit timidement au bord du canapé, but une gorgée d'eau pour se donner une contenance.

— Devon m'a parlé d'une histoire avec votre grand-père.

La remarque était sortie spontanément, sans intention de sa part. Luke n'en parut nullement troublé.

— Ah oui ?

Concentré sur son verre, il faisait tourner le cognac en observant le reflet des flammes sur le liquide ambré.

— Elle m'a dit que vous deviez vous marier avant l'âge de trente-six ans, mais elle ne m'a pas expliqué pourquoi.

Cat s'attendait à ce qu'il réponde que ça ne la regardait pas ou à ce qu'il la mette immédiatement à la porte. Mais il se contenta de hausser les épaules, se cala la tête contre le dossier du fauteuil, les yeux rivés sur le feu, le visage impassible.

— Mon grand-père souhaite que je me range et que je fasse deux ou trois petits Quintain pour prolonger la lignée et transmettre l'héritage. J'ai commis l'erreur de lui avouer que prolonger la lignée ne m'intéressait pas, si bien qu'il a trouvé ce stratagème pour me forcer la main.

— Pourquoi trente-six ans ? C'est arbitraire, non ?

Luke releva la tête pour regarder la jeune femme. De nouveau, il avait son petit sourire narquois.

— Le chantage au mariage ne vous semble pas arbitraire, mais le choix de la date, oui ?

Cat haussa les épaules.

— Eh bien… à vrai dire, toute l'histoire me paraît… curieuse.

— Curieuse, en effet.

Luke but une gorgée de cognac, puis se redressa soudain, et se pencha en avant. Il posa son verre sur la table et prit une crevette.

— Autant que je puisse en juger, il a choisi pour date butoir celle de mon prochain anniversaire.

Sans vraiment comprendre cette logique, Cat hocha la tête avec conviction. Elle but une gorgée d'eau, tout en se disant que l'idée qui lui trottait dans la tête relevait de la folie pure. Imaginer une chose pareille, passe encore, mais de là à en parler… En serait-elle seulement capable ?

— En somme, vous êtes toujours confronté à cette date fatidique. Mais il vous accordera peut-être un délai, puisque Devon a rompu vos fiançailles.

— Peut-être.

Luke examina un morceau de melon enveloppé de jambon cru en fronçant les sourcils.

— Allez savoir. Il n'appréciait que modérément votre fausse demi-sœur, et il sera peut-être disposé à se montrer conciliant. Mais pas nécessairement.

— Et votre anniversaire, c'est quand ?

« Bien, ça. Naturel. Détendu. Simple curiosité. Elle ne

donnait pas l'impression d'être une femme sur le point de perdre l'esprit... »

— Dans deux mois et demi.

Luke renonça au melon et reprit son verre de cognac.

— Soixante-seize jours pour être exact.

— Ça ne vous laisse guère de temps.

Elle se pencha pour poser son verre, joignit les mains et les plaça entre ses cuisses pour cacher leur tremblement.

— Effectivement, c'est peu, confirma Luke.

— Vous pourriez peut-être... enfin, ça risque de vous paraître bizarre, mais ce n'est pas plus bizarre que l'idée de... Je ne critique pas, remarquez. Il n'y a pas de mal à...

S'apercevant que son discours ne tenait pas debout, elle s'interrompit brusquement.

Luke l'observait, visiblement curieux et amusé.

— Ainsi, je pourrais faire quelque chose de moins bizarre qu'épouser votre pseudo demi-sœur ? Quoi, par exemple ?

Cat se sentait comme une biche prise dans la lumière des phares : pétrifiée, désemparée et sans défense devant le danger imminent. A cette différence près qu'aucun bolide ne fonçait sur elle. Le danger, c'était elle qui l'avait créé, et elle l'affronterait : elle irait jusqu'au bout.

— Vous pourriez m'épouser à la place de Devon.

2

Luke se demanda si Mme Bryant, la cuisinière, n'avait pas glissé une crevette hallucinogène dans le plat. C'était la seule explication possible à ce qu'il venait d'entendre. Cette conversation absurde ne pouvait être que le pur produit de son imagination.

— Pardon ? dit-il d'une voix étranglée.

Comme il n'obtenait pas de réponse, il toussota, et reprit :

— Vous pourriez répéter ce que vous venez de dire ?

— Je... euh... je suggérais que vous m'épousiez, à la place de Devon.

Vu l'expression de Cat, il aurait parié que cette proposition la choquait autant que lui.

— C'est bien ce qu'il me semblait.

Luke vida son verre, se pencha pour le poser sur le bord de la table, puis releva les yeux sur la jeune femme qui venait de le demander en mariage.

— Vous n'avez pourtant pas l'air d'une folle, dit-il d'un ton détaché.

— C'est parce que je ne suis pas folle. Réfléchissez

deux secondes, vous verrez que mon idée est tout à fait logique.

— Logique ? Sur quelle planète ?

— La Terre.

Elle avait rougi, mais son sourire soulignait si bien la plénitude sensuelle de sa bouche que Luke en fut bizarrement troublé. Ses lèvres pulpeuses appelaient le baiser. Il avait évité de s'attacher à ce détail, les deux ou trois fois où Devon l'avait emmené dîner chez son père. Si leurs fiançailles n'avaient rien de très sentimental, c'était un engagement, malgré tout, et Luke avait assez d'honneur pour ne pas faire de l'œil à la petite sœur de sa fiancée.

Il dut se faire violence pour détourner les yeux.

— Ce n'est pas comme si je changeais de voiture pour avoir un modèle plus récent, dit-il avec une pointe d'agacement.

— En un sens, si.

Cat se pencha en avant, et poursuivit, le plus sérieusement du monde :

— Si je ne m'abuse, vous aviez conclu un contrat d'affaires avec Devon. Vous devez être marié avant votre prochain anniversaire et… peu importe avec qui.

Elle eut un timide haussement d'épaules, et conclut :

— Alors, pourquoi pas moi ?

Pourquoi pas elle ? Diable, il avait tant de raisons de ne pas l'épouser qu'il ne savait laquelle mettre en avant… Bah, la plus évidente ferait l'affaire.

— Pour commencer, vous êtes beaucoup trop jeune pour moi. Quel âge avez-vous, exactement ?

— Vingt et un ans. Ce n'est pas si jeune que ça !

Elle hésita, se mordit la lèvre, puis ajouta :

— Enfin, je les aurai dans cinq mois.

— Vingt ans ! Vous n'avez que vingt ans ?

Luke bondit de son siège, saisit son verre au passage, et se dirigea vers le bar.

— Vous savez quel âge j'ai, moi ?

— C'est une question piège ?

Cat se retourna, et le regarda se verser une bonne dose de cognac.

Ignorant sa remarque, il reprit :

— Trente-cinq ans. Je suis deux fois plus vieux que vous !

— Vous vous trompez de cinq ans.

— Inutile de couper les cheveux en quatre.

Muni de son verre, il vint se poster en face d'elle, les sourcils froncés.

— Je pourrais être votre père.

— En supposant que vous ayez été précoce, ce serait possible, mais puisque vous n'êtes pas mon père, je ne vois pas bien où est le problème.

— Un homme de trente-cinq ans n'épouse pas une gamine.

— Bien sûr que si ! Je pourrais être votre signe extérieur de réussite.

La remarque était si spontanée, et elle l'avait lancée

avec tant de bonne humeur que Luke ne put s'empêcher de rire.

— Désolé, dit-il, néanmoins. Je ne cherche pas une femme pour me valoriser. Tout cela est ridicule.

— Je ne suis pas de votre avis.

Apparemment enthousiasmée par ce projet extravagant, Cat se leva, incapable de tenir en place une minute de plus. En la regardant évoluer dans la pièce, Luke dut se répéter que ses longues jambes et ses courbes ravissantes n'entraient pas en ligne de compte dans cette discussion. Force lui fut, pourtant, de reconnaître qu'il n'aurait eu qu'à pencher la tête pour l'embrasser. Non qu'il en eût l'intention, mais le fait méritait d'être relevé car, habituellement, il était plutôt attiré par les petites blondes à forte poitrine. Ce en quoi il avait tort, songea-t-il en cet instant. En effet, les rousses aux longues jambes, aux immenses yeux verts et aux lèvres pulpeuses étaient... particulièrement tentantes.

— Cette solution me paraît, au contraire, frappée au coin du bon sens...

Luke était, soudain, incapable de détourner les yeux de ses seins. Portait-elle un soutien-gorge ? Difficile d'en juger avec ce gros pull qui cachait ses formes. Ce qui, curieusement, la rendait terriblement sexy. A croire qu'elle était sexy par nature.

Il but une gorgée de cognac, et s'efforça de se concentrer sur ce qu'elle lui disait.

— Je ne suis pas aussi jolie que Devon, c'est évident.

Certes, mais elle était pourvue d'une qualité que sa pseudo demi-sœur ne possédait pas : elle était elle-même. Elle habitait son corps et donnait à un homme des idées… Des idées qu'il n'avait pas l'intention de concrétiser et sur lesquelles il ferait mieux de ne pas trop s'attarder.

— Et je vous déclare tout net que je ne peux rien faire de mes cheveux.

Luke imaginait déjà ce que *lui* pourrait en faire.

— Ils sont roux, bouclés, et, si je les coupe, je ressemble à un mouton.

— J'aime bien vos cheveux.

Il se retint *in extremis.* Il allait tendre la main pour les caresser.

— Vraiment ? fit Cat avec une moue dubitative.

Et elle haussa les épaules, comme pour dire que tous les goûts sont dans la nature.

— Tant mieux. Parce qu'il me serait difficile d'en changer. Et je vous préviens que si vous cherchez une femme douée pour la décoration, mieux vaut renoncer tout de suite.

« N'avait-il pas déjà exprimé l'opinion que ce projet était ridicule ? »

— Je n'ai pas besoin d'une décoratrice, dit-il.

Cat le remercia d'un généreux sourire.

— Ça me rassure ! J'ai le talent d'une amibe dans ce domaine. Bien sûr, j'ai feuilleté les magazines spécialisés de Devon, mais si la pièce que je dois refaire n'est pas exactement comme sur la photo — et elle ne l'est jamais —, je suis incapable d'adapter le modèle.

Un rayon de soleil tardif tomba sur ses cheveux qui se firent flammes. Luke brûlait d'envie d'y enfouir ses doigts pour voir s'ils étaient aussi chauds qu'ils le paraissaient.

Pendant ce temps, Cat continuait sur sa lancée :

— Mais je ne suis pas nulle dans tous les domaines. J'ai quelques qualités d'épouse traditionnelle. Je sais faire la cuisine. Je cuisine même plutôt bien. Vous connaissez le restaurant Chez Jack, à Melrose ?

Elle attendait une réponse, mais Luke se contenta de hocher la tête.

— Jack Reynolds est un ami, et il reconnaît que je me débrouille bien.

Luke se moquait complètement qu'elle sache faire cuire des œufs durs comme une grande, mais il devait reconnaître que cette référence l'impressionnait. Depuis l'ouverture du restaurant, trois ans plus tôt, Chez Jack était devenu l'un des endroits branchés de Los Angeles. On y mangeait merveilleusement bien, et lui-même y avait invité quelques clients. Si Jack Reynolds estimait que Cat était bonne cuisinière, il était prêt à le croire sur parole.

— Et je suis également une bonne gestionnaire.

— Gestionnaire ?

— Oui. Il faut vous dire que ma mère n'avait pas précisément les pieds sur terre. Alors, je veillais au grain : je vérifiais que nous avions de l'argent pour acheter à manger et payer les factures ; je m'assurais qu'elle ne dépensait pas tout en séminaires de recherche spirituelle. Quant à Larry, c'est l'exemple type du professeur distrait. Si personne ne le surveille, il est capable de mettre le chat au four et de donner du lait au rôti. Si bien que je m'occupe de tout, depuis que Naomi nous a laissés livrés à nous-mêmes. Certaines personnes manquent totalement d'esprit pratique. Ce n'est pas leur faute ; il faut bien les aider.

Luke se fit la réflexion que ces incapables chroniques trouvaient toujours une bonne âme pour les prendre en charge. Mais la description de Cat le confortait dans son opinion sur son ex-futur beau-père. L'homme avait, effectivement, la tête dans les nuages.

— Et Susan, dans tout ça ?

— Susan est une artiste, déclara Cat, comme si ce terme suffisait à tout expliquer.

— Mais encore ?

— Elle fait de la poterie : des vases, des bols. D'ailleurs, elle est connue. Certains collectionneurs achètent ses œuvres, et quelques-unes de ses pièces se trouvent dans des musées. Elle a beaucoup de talent.

— Et vous gérez aussi les affaires de Susan ?

— Pas ses affaires, non. C'est un agent qui s'en occupe. Je me contente de lui rappeler les rendez-vous importants, les chèques à encaisser, ce genre de choses. Elle oublie tout. En un sens, Larry et elle forment un couple idéal. Ils sont très créatifs, tous les deux, mais bien trop tête en l'air pour penser aux détails.

— Larry est créatif ? Je le croyais professeur d'anthropologie à UCLA.

— D'archéologie, rectifia Cat. C'est son gagne-pain, et je pense qu'il est brillant dans son domaine. En tout cas, ses étudiants l'adorent.

Elle s'interrompit brusquement, sourit et ajouta :

— Sans doute parce qu'il leur donne de bonnes notes. Larry estime que les mauvaises notes n'encouragent pas à travailler.

— C'est bien mon avis.

Cat éclata de rire.

— Et le mien aussi.

Elle se rassit sur le canapé, et Luke reprit place dans le gros fauteuil, tenant à la main le verre de cognac auquel il ne pensait même plus.

— Larry enseigne, mais sa passion, c'est d'inventer des trucs.

— Quel genre de trucs ?

— Tout ce qu'on peut imaginer.

— Et ça fonctionne ?

Cat plissa le front, réfléchit un moment.

— Tout le problème est là. Il a de bonnes idées, seulement… la réalisation laisse un peu à désirer. Mon invention préférée, c'est son unité individuelle de compostage par les vers des ordures ménagères.

— Pardon ?

Luke se pinça mentalement. Quelle étrange journée ! La plus étrange de sa vie, sans doute. Sa fiancée le plaquait, et il s'attardait à bavarder avec la messagère de la nouvelle, messagère qui s'était proposée comme épouse de remplacement et qui, maintenant, lui racontait les menus secrets d'une famille dont il ne ferait jamais partie... Mais, au fond, pourquoi pas ? Mieux valait se divertir que se morfondre. Il serait toujours temps de chercher une solution propre à satisfaire son grand-père, à présent que Devon filait le parfait amour avec son fermier...

— L'unité individuelle de compostage par les vers des ordures ménagères, répéta Cat en ôtant ses souliers.

Elle replia ses longues jambes sous elle avec une grâce de pouliche, entraînant l'imagination de Luke dans une direction qu'il s'interdit aussitôt de suivre.

— La vermiculture est très en vogue, vous savez ?

— On cultive de la vermine ? Je croyais qu'on s'efforçait de s'en débarrasser.

— Pas de la vermine : des vers ! corrigea Cat en riant. « Vériculture » prêterait à confusion, alors on dit « vermiculture ». Je crois que ça vient du latin... « verme » ou quelque chose comme ça. Quoi qu'il en soit, on produit des vers pour les vendre comme appâts dans les boutiques de pêche mais aussi pour le recyclage des déchets. J'ignore ce qu'on en fait exactement, mais il en faut beaucoup. Il paraît qu'il y a de l'argent à gagner dans ce domaine, que certains font fortune.

— Et Larry espérait devenir le roi des vers de Californie ? demanda Luke, mi-intrigué, mi-amusé.

— Non. Il ne cherchait pas à produire des vers en quantité. Seulement, voyez-vous, on peut nourrir des vers avec des restes de laitue, des épluchures de légumes, du marc de café, ce genre de choses. Alors, il a eu l'idée de créer un système de broyeur à adapter sur un évier pour que les déchets broyés aillent directement nourrir un élevage de vers situé en dessous. La théorie était géniale, mais il y a eu quelques problèmes de réalisation.

Silence. Luke attendit qu'elle poursuive, puis, voyant qu'elle se taisait toujours, il se décida à poser une autre question :

— Quel genre de problèmes ?

— Le broyeur fonctionnait très bien, seulement... quelque chose clochait dans le mécanisme d'acheminement, si bien qu'au lieu de nourrir les vers, le système les aspirait et les broyait aussi.

Luke éclata de rire.

Cat fronça les sourcils en manière de réprimande, sans, toutefois, parvenir à garder son sérieux.

— Il paraît que lorsque l'on coupe un ver en deux, il se régénère et on obtient deux vers. J'ignore si c'est vrai, mais je peux vous affirmer que quand on les coupe en mille morceaux, on obtient du hachis de vers.

— Je conçois que cela puisse poser problème, déclara Luke lorsqu'il fut enfin en mesure de parler.

— Pourtant, l'idée de départ était brillante, fit remarquer Cat.

Et Luke fut repris d'un fou rire. Il ne se rappelait pas avoir ri autant depuis des années, et regrettait presque de ne pas pouvoir épouser cette jeune femme adorable. Assurément, il ne s'ennuierait pas avec elle.

— Et maintenant, dites-moi ce qui vous incite à vouloir m'épouser.

Il ne comptait pas revenir sur le sujet, mais la phrase lui avait pratiquement échappé. Trop tard… Et puis, autant le savoir.

— Qu'avez-vous à y gagner ? ajouta-t-il.

Dans les grands yeux verts de Cat, il vit passer une émotion qu'il ne put déchiffrer, et qui s'effaça plus vite qu'elle n'était apparue, pour laisser place à une sorte d'espoir prudent.

— Devon m'a dit que vous aviez conclu un contrat, avec une somme d'argent à la clé.

L'argent. C'était donc ça ! songea Luke, avec autant de cynisme que de satisfaction. Et cependant, contre toute logique, il en éprouvait une vague déception. Au fond, tout se réduisait toujours à l'argent et, si elles n'étaient pas vraiment sœurs, Devon et Cat avaient des points communs.

— Combien ? demanda-t-il.

Sidérée, elle le dévisageait avec des yeux ronds. Malgré lui, il la trouva ravissante et même touchante dans sa confusion. Elle jouait vraiment bien. Pas aussi bien que Devon, mais cette expression de surprise effarée ne manquait pas d'efficacité.

— Quelle somme aviez-vous à l'esprit ?

Il but une gorgée de cognac, comme pour chasser le goût amer que cette découverte lui laissait aux lèvres.

— Je… aucune somme particulière, pourquoi ?

Elle marqua une pause, plissa le front.

— Vous êtes très riche ?

Surpris à son tour par cette question naïve, Luke but trop vite, et le cognac lui brûla la gorge.

— Je ne suis pas pauvre, répondit-il en réprimant un impérieux besoin de tousser.

— Je sais. Devon me l'a dit. Mais il lui arrive d'exagérer. Etes-vous très, très riche ?

— Très, très riche, et plus encore, confirma Luke, amusé, malgré tout.

— Ah ! Comme ça doit être agréable !

Curieusement, elle semblait plus pensive qu'envieuse.

— Je ne prétendrai pas le contraire, dit-il simplement.

Avec le coucher du soleil, la pièce s'était assombrie. Luke se leva, alluma quelques lampes et tira les rideaux. L'atmosphère de l'immense salon se fit immédiatement plus intime, plus chaleureuse. A son retour, il délaissa le fauteuil pour aller s'adosser au manteau de la cheminée. Il resta un moment silencieux, à observer Cat, avant de relancer la discussion :

— Alors, quelle somme aviez-vous en tête ?

— Vous me menez en bateau pour vous divertir, ou vous êtes sérieux ?

Cette astucieuse question méritait réflexion. Envisageait-il sérieusement d'accepter sa proposition ? Non, c'était de la folie. On ne changeait pas de fiancée comme on change de batterie ou de carburateur… Encore que… Dans le cas présent, l'échange standard aurait le mérite de résoudre son problème. S'il n'était pas marié le jour de ses trente-six ans, son grand-père vendrait *Maiden's Morning* comme terrain à construire. Des hectares de vignes soigneusement entretenues, l'histoire et l'orgueil de la famille seraient alors transformés en fermettes branchées pour jeunes loups citadins en mal d'espaces verts. Ce diable de Nick Quintain n'était pas né de la dernière pluie : il connaissait les points sensibles. De tout l'empire des Quintain, *Maiden's Morning* était le seul bien auquel Luke tenait. Et ce vieux bouc en jouait. Certes, il souffrirait, lui aussi, de voir les vignobles de Napa Valley transformés en banlieue haut de gamme, mais il avait dit qu'il vendrait, et il le ferait. Sauf si Luke se mariait avant la date fatidique.

D'aucuns pensaient sans doute qu'en demandant Devon Kowalski en mariage, il avait cédé au chantage de son grand-père, mais Luke voyait la chose sous un angle différent, comme un déplacement stratégique dans la partie d'échecs qui se jouait entre eux. Nick Quintain voulait que son petit-fils se range et assure la descendance, et Luke avait choisi pour fiancée une femme à l'opposé de ce que souhaitait son grand-père : une blonde pétillante sans plus de cervelle qu'un moineau, sans profondeur et aussi dépourvue d'instinct maternel qu'une bûche. Devon était parfaite dans le rôle : elle lui permettait de tenir ses engagements sans pour autant satisfaire le vieux Nick sur les points qui lui tenaient à cœur. Mais Mlle Parfaite s'était envolée, et voilà que sa pseudo-demi-sœur se proposait en remplacement…

— Je suis sérieux, dit-il enfin, conscient que le silence n'avait que trop duré. Quelle somme aviez-vous en tête ?

Cat le dévisagea de nouveau en ayant presque l'air d'hésiter. Elle déplia ses jambes et se leva, comme pour être à la même hauteur que son interlocuteur et avoir la sensation de parler d'égal à égal.

— Je… n'y avais pas vraiment réfléchi.

— Eh bien, faites-le. Je suis prêt à me montrer généreux, mais il ne faut pas me prendre pour un imbécile.

Elle inclina la tête de côté, et l'examina. L'ébauche d'un sourire éclairait son regard.

— Aucune offre raisonnable ne sera refusée ?

Luke fut lui-même surpris de s'entendre rire.

— En gros, c'est ça.

Il se pencha pour reprendre son verre sur la table basse.

— Vous aviez une idée en tête ?

— Je pensais à un legs en fidéicommis pour Larry. Et un autre pour Susan. Deux legs séparés, au cas où ils décideraient de divorcer car, comme le répétait souvent Naomi, on ne peut pas prévoir à l'avance la direction que prendra une vie. Pour la somme… je ne sais pas trop. J'aimerais juste qu'ils n'aient plus de souci à se faire.

Pensive, elle plissa le front et se mordit la lèvre. Luke, quant à lui, avait les doigts crispés autour de son verre, tant il avait envie de l'embrasser.

Après un long moment, elle donna un chiffre si faible qu'il ne put cacher son étonnement. Se méprenant sur sa réaction, elle redevint songeuse, et se mordit la lèvre de plus belle.

— Vous trouvez que c'est trop ? demanda-t-elle prudemment.

Incapable de décider si elle était extraordinairement naïve ou formidablement douée pour la comédie, Luke prit le temps de réfléchir. Devon avait négocié pied à pied. Se pouvait-il qu'après sept ou huit ans passés sous le même toit qu'elle, Cat soit restée aussi... aussi innocente ? Difficile à croire. Décidément, il y avait donc de grandes chances qu'elle joue la comédie et le gratifie d'un numéro digne d'un Oscar...

— Non, dit-il finalement. Je pense que nous pouvons partir sur cette base.

— Alors, tant mieux.

Visiblement soulagée, elle lui adressa un sourire radieux, et reprit :

— Je sais que c'est idiot, qu'il s'agit de deux adultes parfaitement capables de...

— De vous servir du rôti de chat ?

Elle éclata de rire. Un rire si franc, si spontané qu'il en fut tout remué.

— Précisément. Je tiens à m'assurer qu'ils ne manqueront de rien.

— Tant de sollicitude envers des gens qui ne sont pas vos parents semble un peu excessif, fit remarquer Luke.

Une lueur passa dans ses prunelles vertes, comme

si ce commentaire touchait un point sensible. Puis elle eut un léger haussement d'épaules.

— La famille n'est pas toujours affaire de naissance ou de mariage. Ils se sont tous les deux montrés bons envers moi. En voyant que Naomi ne revenait pas, Larry aurait pu me confier aux services sociaux : personne ne s'en serait formalisé. Mais il ne l'a pas fait ; il m'a gardée chez lui.

Elle marqua une pause, et fronça les sourcils.

— Remarquez, il a peut-être tout simplement *oublié* que je n'étais pas sa fille.

Luke étouffa un rire qu'elle choisit d'ignorer.

— Dans un cas comme dans l'autre, le résultat est le même. Et, quand Susan s'est installée chez lui, elle n'a pas trouvé bizarre que la fille de son ex-compagne vive avec lui.

Cat marqua une nouvelle pause et ajouta avec une franchise confondante :

— Je ne suis, d'ailleurs, pas certaine qu'elle sache exactement qui je suis par rapport à Larry.

Luke songea une nouvelle fois qu'auprès d'une telle épouse, il ne risquerait pas de s'ennuyer, alors qu'avec Devon, l'ennui était pour ainsi dire inscrit dans le contrat. Il s'y était résolu. C'était le prix à payer — en plus d'une somme considérable — pour avoir une femme conciliante et un divorce sans souci, le moment venu.

— Et vous ? Quel est votre prix ?

— Mon prix ? répéta Cat, éberluée.

— Vous proposez de m'épouser pour mon argent, et

je présume que vous désirez autre chose que des legs pour vos beaux-parents.

Une émotion qu'il ne put déchiffrer passa sur le visage de la jeune femme.

— L'accord que vous aviez conclu avec Devon devrait convenir.

Luke se dit qu'en effet, les sommes négociées par Devon conviendraient à n'importe qui, sauf peut-être à l'ex-épouse d'une star de cinéma. Mais il ne put s'empêcher de taquiner Cat :

— Je vous trouve bien confiante. Et si elle avait fait une mauvaise affaire ?

— Devon ? Ça m'étonnerait. Elle ne sait que trop bien où sont ses intérêts. Je ne doute pas une seconde que ce qu'elle a négocié me suffise amplement.

Etrange qu'elle ne demande pas davantage de précisions... Luke l'observa sans mot dire, tout en faisant tourner le reste de cognac dans son verre. Elle semblait mal à l'aise, comme si le fait de parler d'argent en termes concrets l'embarrassait. Craignait-elle de paraître trop gourmande ? Pourtant, elle l'épousait pour sa fortune... Décidément, il ne comprenait pas ce qui se tramait sous son opulente chevelure de feu. Non que cela comptât beaucoup. Il lui fallait une femme, pas une amie de cœur, et Keith, son vieux copain en qui il avait toute confiance, veillerait à ce que le contrat prénuptial le protège.

— Un préalable est requis, déclara-t-il froidement.

— Pardon ?

— Un contrat prénuptial sur lequel tout sera porté

noir sur blanc. Ce que vous recevrez, ce que j'aurai en échange, les conditions du divorce. Pas d'ambiguïtés, pas de surprises.

Cat fronça le nez.

— Vous pensez déjà au divorce ? Ce n'est pas très positif.

— Mais réaliste. Plus de cinquante pour cent des mariages se terminent par un divorce, et je vous parle de gens qui se jurent amour et fidélité éternels. Ce qui n'est pas notre cas. Nous traitons une affaire qui n'a rien de romantique. Vous voulez de l'argent et, de mon côté, j'ai besoin d'être marié pendant un an. Le divorce me semble acquis d'entrée de jeu.

— Peut-être, mais Naomi disait qu'on ne voit pas plus loin que le premier tournant, quelle que soit la route.

— Ce qui signifie en clair ?

Elle parut songeuse.

— Je vous avoue que Naomi s'exprimait, le plus souvent, par énigmes. Je n'en jurerais pas, mais je pense qu'en gros, elle voulait dire qu'on ne peut pas prévoir l'avenir.

— Je crois pouvoir prédire un divorce en ce qui me concerne, affirma Luke, catégorique. Alors, si vous entretenez des fantasmes d'amour éternel, mieux vaut renoncer à ce projet.

Cat le regarda droit dans les yeux.

— Parce que vous êtes sérieux ? Vous songez réellement à accepter mon offre de remplacer Devon ?

— Je n'en sais rien.

Luke vida son verre et le posa sur la cheminée. Il n'était pas ivre, loin de là, mais il éprouvait une légère euphorie qui lui permettait d'ignorer les messages d'alarme venus du fond de sa conscience. Ce n'était pas le moment de prendre une décision importante, mais il s'en souciait comme de sa première chemise.

Son grand-père n'avait-il pas décidé à sa place, en l'obligeant à se marier contre son gré ? Une vague de rancœur monta soudain en lui. Il en voulait à son grand-père qui le manipulait comme une marionnette. Le vieux singe lui avait même choisi une fiancée. Vieille fortune, grande famille, un pedigree digne d'un pur-sang ! Il avait refusé la fiancée pouliche et envoyé Nick sur les roses, puis il était allé demander à Devon Kowalski de l'épouser, conscient qu'elle représentait tout ce que son grand-père méprisait.

Et voilà qu'à présent, Cat faisait son entrée. Cat, trop jeune d'un siècle, et rousse, de surcroît, alors qu'il avait toujours eu un faible pour les blondes… Mais, à la seule pensée de ces boucles de feu en désordre sur l'oreiller, sa gorge se nouait et tout son corps réagissait de manière… potentiellement embarrassante…

Il la désirait.

Ses yeux le rendaient fou. Et peut-être aussi ses jambes qui n'en finissaient pas. Quelles jambes, mon Dieu ! Et ces grands yeux verts qui semblaient à peine réveillés, comme si elle sortait du lit, toute prête à y retourner sans se faire prier… Sans ses yeux, ses jambes, son petit rire de gorge, ses lèvres généreuses et sensuelles, il garderait sans doute la tête froide, mais puisque ses sens semblaient penser pour lui, à quoi bon lutter ?

Il franchit en un clin d'œil les quelques pas qui les séparaient, et eut tout juste le temps de voir la surprise se peindre dans les prunelles d'émeraude de la jeune femme. Elle releva légèrement la tête pour le regarder en face. Avec des talons, elle serait presque à sa hauteur. Il s'en fallait de deux ou trois centimètres. Des talons aiguilles, des bas de soie noire, et rien d'autre entre lui et ce long corps souple… Il ne rêvait que de cela.

Oui, il allait accepter sa folle proposition. Sans doute qu'inconsciemment, il avait décidé de la prendre pour épouse dès qu'elle le lui avait proposé. Sinon, pourquoi en aurait-il discuté aussi longtemps avec elle ? Pourquoi ne l'aurait-il pas congédiée afin de se mettre sérieusement en quête d'une autre femme ? Parce qu'il la désirait. C'était aussi simple que ça.

— Dans l'accord que j'avais passé avec Devon, il était entendu que le mariage ne serait pas blanc, murmura-t-il.

Et, d'un doigt léger, il effleura la veine qui battait à son cou. Elle déglutit péniblement. Ses yeux de chatte s'arrondirent de nouveau.

— Je sais, murmura-t-elle dans un souffle. Elle me l'a dit.

Il glissa doucement la main dans ses cheveux.

— Cela vous pose un problème ? Vous avez des réticences à l'idée de partager mon lit ?

— N… Non.

— Vous en êtes sûre ?

Sa main lui enveloppait la nuque, tandis que, du pouce, il caressait la peau sensible sous son oreille.

— Nous devrions peut-être nous assurer que nous sommes… compatibles.

Elle fixait sur lui un regard énigmatique, insondable.

— Je ne dormirai pas avec vous ce soir.

Il sourit.

— Vous attendez que les papiers soient signés ? Vous voulez l'alliance d'abord ?

— Oui… enfin, non.

Elle frissonna, cependant qu'il dessinait le contour de son oreille du bout des doigts.

— Alors, c'est oui ou c'est non ?

Profitant de l'avantage que lui conférait sa taille, il se pencha sur elle, comme pour l'enfermer dans un piège.

— Je… Je ne vous connais pas bien, bredouilla-t-elle. Et je n'ai jamais… euh… encore jamais fait ça.

Jamais ? Sidéré, Luke se redressa, s'écarta légèrement, tout en gardant une main enfouie dans son opulente chevelure de flamme.

— Vous voulez dire que vous êtes vierge ?

Cat s'empourpra mais ne se démonta pas. Elle regardait Luke droit dans les yeux.

— Et alors ? Ce n'est pas un crime.

— Non, mais c'est assez rare pour paraître invraisemblable.

Il l'examinait d'un air sceptique. Croyait-elle que l'idée d'épouser une vierge l'excitait ? Dans ce cas, elle se trompait. Tous les fantasmes qu'elle lui inspirait — et ils étaient nombreux — n'incluaient pas celui d'initier une débutante. Ou alors, c'était un calcul : elle s'imaginait que sa virginité ferait monter les enchères. Hmm. Discutable. Elle semblait trop sincèrement gênée pour nourrir de telles pensées.

Elle redressa le menton d'un air de défi.

— Personne ne vous oblige à me croire. Mais, de toute façon, je ne dormirai pas avec vous ce soir.

— Qui parle de dormir ? murmura-t-il, tout contre ses lèvres.

Ce premier baiser n'avait rien de tendre ou de timide. Luke posséda sa bouche, tel un conquérant exigeant. Les doigts de Cat se crispèrent sur son bras, comme si elle s'apprêtait à le repousser, puis elle s'abandonna, s'ouvrit à son baiser. Fort de sa victoire, Luke lui enlaça la taille pour l'attirer tout contre lui, et sa langue audacieuse redoubla d'ardeur.

C'était là un baiser gourmand et charnel : le baiser d'un amant. Elle gémit doucement, non pour protester mais pour en réclamer davantage. Se hissant sur la pointe des pieds pour resserrer leur étreinte, elle plongea les doigts dans ses cheveux noirs.

Depuis les tourments de l'adolescence, jamais Luke n'avait été aussi instantanément et douloureusement excité. Il la prit par les hanches, la pressa contre son sexe en érection. Elle retint son souffle, eut un mouvement de recul et rompit le baiser. Elle le dévisageait de ses grands yeux verts écarquillés, brouillés de désir mais méfiants.

— Non.

Seigneur Dieu ! Même ce « Non » était sexy à se damner !

Sans relâcher son étreinte, Luke se plaqua de nouveau contre elle. Elle osait à peine respirer. Elle le désirait, elle aussi, mais…

— Je ne dormirai pas avec vous ce soir, répéta-t-elle avec conviction.

Luke en perdit son assurance. Décidément, cette jeune fille avait du répondant.

En temps normal, il aurait renoncé. Il avait essuyé d'autres refus dans sa vie et, contrairement aux mythes entretenus par les hommes depuis des générations, aucun d'eux n'était encore mort de frustration. Avec l'âge, on s'habituait et, à trente-cinq ans, on pouvait se permettre de se montrer beau joueur.

Seulement, il avait besoin de décompresser. La journée avait été rude. Il avait raté une affaire sur une propriété de Sherman Oaks à cause d'un vendeur imbécile qu'une offre généreuse laissait de marbre. Son grand-père l'avait appelé pour lui répéter, une fois de plus, qu'il était le dernier des crétins d'épouser cette petite garce de blonde alors que Cissy Winslow, une jeune femme de bonne famille, ne demandait pas mieux que de devenir sa femme. Une fois de plus, Luke l'avait envoyé promener avant de raccrocher.

De retour chez lui, il espérait passer une soirée tranquille devant un bon dîner en compagnie de l'insipide Devon, et conclure la journée au lit avec elle sans plus de complications. Mais, au lieu de cela, Cat était arrivée pour lui apprendre qu'il n'avait plus de fiancée. Ce qui ne manquerait pas de réjouir le vieux bonze. Ce qui faisait aussi de lui une proie facile pour la très respectable Cissy Winslow, au vu des quelques semaines qui lui restaient. Une sale journée, décidément. Exaspéré, il ne prit pas le temps de réfléchir avant de parler.

— Et si je vous disais que votre refus remet tout en question ?

Cat se raidit si vivement qu'il en fut surpris. Ses yeux prirent une teinte d'émeraude glaciale, et elle le repoussa d'une brusque secousse.

— Je vous répondrais que nous n'avons encore rien conclu, et que je ne suis pas sensible au chantage.

Elle baissa la tête, localisa ses souliers près du canapé et les enfila.

Aïe ! Elle s'en allait. S'il ne s'excusait pas, elle sortirait de sa vie à jamais, ce qu'il ne souhaitait pas, même si c'était contraire à la raison.

— Pardonnez-moi. Cette remarque était déplacée.

— Très déplacée, confirma-t-elle en lui faisant face.

Il en aurait presque oublié qu'elle était beaucoup plus jeune que lui. Confus, il se passa la main dans les cheveux, chercha une explication plausible à sa conduite inqualifiable, et finit par opter pour la vérité :

— J'ai passé une sale journée. Mais ce n'est pas votre faute, et je n'avais pas à vous le faire payer.

Il sourit, puis ajouta :

— Je suis désolé.

Pensive, Cat inclina la tête de côté et l'observa pendant un long moment. Silence pesant qui mit Luke mal à l'aise. Il dut se contrôler pour attendre posément de savoir si, oui ou non, elle acceptait ses excuses.

Enfin, elle esquissa un sourire.

— Bon. Selon la sagesse populaire, les hommes deviennent irritables quand ils sont… euh… sous tension.

Contre toute logique, il éclata de rire.

— Je n'ai jamais entendu l'expression dans ce contexte. C'est très original.

Dans un mouvement fluide et spontané, il plongea de nouveau les mains dans l'abondante soie rousse de ses cheveux. Elle se crispa légèrement, mais ne résista pas lorsqu'il l'attira contre lui et se pencha pour prendre ses lèvres en un long et lent baiser, lourd d'excuses comme de promesses. Lorsqu'il releva la tête, il s'autorisa un moment d'autosatisfaction devant son regard noyé. Il pouvait la posséder ce soir même, s'il le voulait. Mais, dans ce cas, il la perdrait à jamais. Or, il ne voulait pas renoncer si tôt à ses lèvres boudeuses, à son petit rire de gorge, à ses prunelles immenses qui reflétaient ses humeurs changeantes comme un miroir, à ce long corps souple qui le rendait fou. Une seule nuit ne suffirait pas à épuiser ce désir-là.

A regret, il relâcha son étreinte mais garda la main de Cat prisonnière.

— Alors ? Qu'en pensez-vous ? Si je promets de ne pas me conduire comme un mufle, acceptez-vous de m'épouser ?

Cat sembla sur le point de s'étrangler. Puis une lueur d'émotion traversa son regard à la vitesse de l'éclair, et le sourire qui suivit rayonnait de chaleur.

— Avec plaisir, dit-elle.

Luke songea alors qu'il avait de la chance. Perdre sa fiancée et en trouver une autre en l'espace d'une heure relevait de l'exploit. D'autant qu'à en croire son instinct, il n'avait rien perdu au change.

3

Le restaurant Chez Jack n'était ni très grand ni très remarquable sur le plan architectural. Il occupait le rez-de-chaussée d'un bâtiment banal, situé dans la partie de Melrose Boulevard devenue « branchée » depuis peu. C'était, à l'origine, une échoppe de barbier mais, avec le déclin du quartier, la clientèle avait fui, et le commerce avait fermé pour être remplacé par un magasin de vêtements de seconde main. La dégradation s'accentuant, ce magasin avait, à son tour, cédé la place à un sex-shop agrémenté d'un salon de massages très particuliers. Jusqu'à la descente de police qui avait abouti à la fermeture de l'établissement.

Le bâtiment était resté inoccupé pendant plusieurs années, et puis, les vents changeants de la mode et du hasard avaient fait de Melrose le lieu qu'il convenait de fréquenter à Los Angeles. Des boutiques aux noms fantaisistes, qui pratiquaient des prix hallucinants, avaient pris la place des friperies. Les commerces louches avaient été remplacés par des salons de coiffure, des instituts de beauté et des services de garde d'animaux qui vous proposaient de « veiller sur vos compagnons pendant que vous faites vos courses. »

Après avoir garé son minibus, Cat sortit en prenant garde de ne pas cogner la portière de Ruthie contre l'aile de la Lexus voisine, visiblement flambant neuve. Le haillon arrière grinça lorsqu'elle le souleva. — Il était temps de graisser les gonds ! — Elle ouvrit un grand carton pour s'assurer que sa cargaison n'avait pas souffert du trajet. Les salades soigneusement empilées étalaient leurs feuilles fraîches aux teintes vert tendre et rouge bronze. Sur un lit de poireaux, les bottes de carottes encore légèrement sableuses semblaient se blottir contre les rangées d'oignons nouveaux et de radis. Que de couleurs tendres et agréables à l'œil ! Et quelle bonne odeur de verdure et d'humus, parfaitement incongrue dans cette rue encombrée qui sentait les gaz d'échappement !

Satisfaite, la jeune femme referma le carton, le souleva et le cala sur son genou pour claquer le haillon arrière. L'immense potager situé derrière la maison était l'œuvre de la première femme de Larry, morte alors que Devon était encore enfant. Après son décès, le jardin était resté à l'abandon pendant plusieurs années, jusqu'à l'arrivée de Naomi, et de Cat qui en avait fait son domaine. D'abord séduite par cette jungle, elle avait ensuite découvert les vestiges d'un potager bien ordonné. Elle avait alors arraché les mauvaises herbes et planté quelques parterres de fleurs, mais sa véritable passion allait aux légumes. Elle avait commencé par en faire pousser pour les besoins de la famille, puis elle s'était lancée dans une culture beaucoup plus vaste, si bien que, très vite, elle avait produit plus qu'ils ne pouvaient raisonnablement consommer.

Elle n'avait pas dix-huit ans quand, en feuilletant un magazine, elle était tombée sur une interview d'un chef cuisinier du Maine qui achetait des produits frais à un petit cultivateur local. Se disant qu'elle n'avait rien à perdre, Cat s'était mise en devoir d'appeler les restaurants les plus en vue. Chez Jack avait acquis une certaine notoriété et devenait un lieu à la mode. Le beau monde appréciait la table de Jack Reynolds, et l'on parlait déjà du jeune chef de vingt-trois ans comme de l'étoile montante de la cuisine. Les légumes biologiques de Cat étaient dans le droit fil de ses exigences de qualité. Il accepta son offre, fut d'abord son client, et bientôt son ami.

En ce début d'après-midi, les trottoirs étaient presque déserts.

La porte de bois massif du restaurant était peinte d'un bleu vif et portait l'inscription « Chez Jack » en lettres d'or. De forme arrondie en haut, elle faisait penser aux demeures de Hobbits, et Cat s'attendait presque à trouver Frodon attablé devant une tasse de thé. Les murs lambrissés de bois sombre et les poutres apparentes conféraient à la salle une atmosphère intime et confortable qu'accentuait encore le plancher de chêne patiné par les ans, récupéré sur un chantier de Pasadena. La grande cheminée qui occupait le fond de la pièce abritait un chauffage à gaz avec de fausses bûches, moins contraignant qu'un vrai feu de bois, mais aussi chaleureux par une froide soirée d'hiver. Ce cadre, dont Jack parlait comme d'une « imitation de manoir anglais », s'accordait à la nourriture qu'on y servait, nourriture que Jack qualifiait de « cuisine maison améliorée ».

Les bras chargés de son carton, la jeune femme referma tant bien que mal le battant derrière elle. Son sourire s'effaça lorsqu'elle vit Phil Douglas s'avancer dans sa direction à petits pas pressés et rageurs. Jamais elle n'avait vu démarche aussi affectée que la sienne. « Cul serré », songea-t-elle. L'expression s'imposait au sens le plus littéral. Vu l'étroitesse de son pantalon, on pouvait s'étonner qu'il parvienne à marcher. En tout cas, une chose était sûre : ce type ne passait pas inaperçu. La nature ne l'avait pas doté d'un corps d'athlète. Plutôt chétif — soixante kilos tout mouillé pour un petit mètre soixante-dix —, il compensait ce physique de gringalet en jouant de mille artifices. Ses cheveux décolorés, d'un blond presque blanc, étaient coupés court et dressés en piques, à grand renfort de gel. Cat avait remarqué, un jour, que ces cheveux en brosse à l'allure bizarre le faisaient ressembler à un hérisson albinos, ce qui lui avait valu les foudres de Phil. Une rangée d'anneaux courait le long d'une de ses oreilles, et le lobe de l'autre s'ornait de deux diamants. Il portait un jean de cuir noir si moulant que Cat se demandait s'il se graissait les jambes avant de l'enfiler. Un petit pull près du corps rayé rose vif et noir complétait le tableau et le rendait plus voyant qu'une balise.

— Tiens donc, lança-t-il à l'adresse de Cat, voilà notre petite publicité ambulante pour les courges biologiques !

— Et voilà notre ambassadeur du mauvais goût, répliqua la jeune femme sur le même ton. Où tu as trouvé ce pull, Phil ? C'est le dernier uniforme des taulards daltoniens ?

— C'est un modèle original de Lucy D.

— Vraiment ? J'ignorais que la prison de Saint-Quentin formait des créateurs de mode.

Phil lorgna sa grosse veste à côtes d'un air de mépris.

— Tout le monde n'apprécie pas le look « sac à patates » !

Cat sourit, amusée.

— Si tu espères me vexer, c'est raté. Le sac à patates, c'est juste ma tenue pour jardiner.

— Encore en train de vous chamailler, tous les deux ? lança Jack en venant les rejoindre.

Il était grand, avec des cheveux blond cendré éternellement en désordre, et des yeux bleu gris dont la couleur changeait avec son humeur.

— C'est lui qui a commencé ! déclara Cat en riant franchement.

Jack pouffa à son tour, ce qui accrut encore l'irritation de Phil.

— S'il y a bien une chose que je ne regretterai pas, c'est ton goût déplorable en matière d'amis ! siffla-t-il entre ses dents serrées.

Et, sans attendre de réponse, il sortit à petits pas rageurs dans un crissement de cuir trop neuf.

— Je crois qu'on vient de m'insulter, dit Cat en regardant le battant se refermer.

— Mais non, voyons ! C'est moi qu'il critiquait, pas toi.

Jack prit le carton des mains de la jeune femme, puis se dirigea vers la cuisine en ajoutant :

— Tu n'es que le malheureux objet de mes goûts déplorables.

Cat lui emboîta le pas.

— Qu'est-ce qu'il fabriquait là ? Vous n'avez pas rompu ?

— Si.

— J'ai préféré garder mon opinion pour moi quand vous vous êtes mis ensemble, mais…

— Mais elle se lisait sur ton visage.

— Quoi qu'il en soit, ce type n'est qu'un petit crétin urticant.

— Ce n'est pas bien de s'attaquer à plus petit que soi.

— Je t'en prie ! Sa crétinerie n'a rien à voir avec sa taille. Même s'il me dominait d'une tête, il serait toujours aussi stupide. Et n'essaie pas de changer de sujet, s'il te plaît !

— Aucune chance que j'y parvienne. Quand tu es lancée, tu es comme une locomotive.

Il déposa le carton sur le plan de travail en inox, se retourna vers elle, et croisa les bras d'un air résigné.

— Je ne t'interromprai plus : tu peux débiter ton sermon.

— Parce que je te sermonne, maintenant ? Tu exagères !

Il haussa un sourcil ironique, et Cat lui concéda le point.

— Bon. Peut-être que tu as raison. En tout cas, je ne veux plus que tu te laisses piéger dans des relations qui ne mènent à rien.

— Bien, maman.

— C'est ça, paie-toi ma tête ! Mais dis-moi, pour l'amour du Ciel, qu'il ne cherche pas à t'embobiner pour se glisser de nouveau dans ta vie.

— Dors tranquille : ma vertu n'est pas menacée. Phil est passé pour reprendre son fouet à chantilly et un moule à tarte qu'il affirme tenir de sa grand-mère. Et aussi pour m'informer qu'on lui proposait un emploi à New York où il compte créer des desserts à faire pâlir tout Manhattan.

— Tant mieux pour lui. Qu'il sculpte une statue de la Liberté en chocolat sur un océan de coulis de framboises. Voilà qui les laissera baba.

— Ou alors, il passera à la télé parce qu'il aura gagné le concours du dessert le plus *tarte* de toute l'Amérique.

Le sourire de Jack s'effaça.

— A vrai dire, tu as raison. C'est un petit crétin urticant, et tout ce que je regrette, c'est d'avoir mis si longtemps à prendre la mesure de sa crétinerie. Mais me voilà sans pâtissier et, dans ce domaine, il ne manquait pas de talent. Comment je vais vivre sans son tiramisu ?

— Je t'en prie, Jack, pas de grossièreté ! Votre vie sexuelle ne m'intéresse pas.

Il éclata d'un rire joyeux qui effaça de ses traits toute trace de mélancolie, puis il ouvrit le carton pour en examiner le contenu.

— Alors, qu'est-ce que tu m'apportes, aujourd'hui ? De la feuille de chêne, à ce que je vois.

— Oui, et des laitues pommées. Ce sont les premières. Je crois qu'elles te plairont.

Jack plongea les mains dans le carton, en sortit une salade, l'examina comme d'autres examinent un diamant. Il prit un petit morceau de feuille, croqua dedans et ferma les yeux pour mieux en apprécier le goût.

— Superbe ! Avec une petite vinaigrette relevée d'une pointe d'ail, ce sera divin. Dan Hurley m'a apporté des tomates de sa serre. Elles coûtent les yeux de la tête et ne valent pas les Marmande de la pleine saison, mais elles sont bonnes. Bien meilleures que tout ce qu'on trouve ici, à cette époque de l'année.

Cat l'écouta détailler des idées de menus, s'exclamer devant ses poireaux, vanter les mérites de ses carottes nouvelles fraîchement cueillies. Elle ponctuait, ici et là, d'un bref commentaire, mais sa participation n'était pas requise lorsque Jack passait ainsi en « mode chef cuisinier ». Elle répondit à ses questions sur les légumes qui seraient disponibles dans les prochaines semaines, et mentionna les variétés de tomates qu'elle avait plantées pour qu'il sache ce qu'elle serait en mesure de lui fournir au cours de l'été.

Dès les premiers mois, ils avaient établi un rituel : ils commençaient par régler leurs affaires puis, s'il leur restait un peu de temps, ils s'installaient devant un café pour bavarder jusqu'à ce que Jack se lance dans la préparation des plats du soir.

Cat laissa échapper un soupir de soulagement en le voyant ranger le carton de légumes et prendre deux chopes de porcelaine blanche. Il se tourna vers elle, l'œil interrogateur, et elle fit oui de la tête. Elle était plus que disponible, aujourd'hui, pour un brin de causette.

Lorsqu'il eut versé le café, il tira un tabouret et s'assit près d'elle devant l'immense plan de travail.

— Alors, raconte-moi ce qui se passe de ton côté, dit-il en poussant une assiette de biscuits dans sa direction.

— Justement, j'ai une nouvelle pour toi.

— Tu as gagné au loto ? Un oncle richissime, que tu ne te connaissais pas, vient de mourir et te laisse une propriété à Tahiti où tu comptes t'installer et engager un chef cuisinier ?

Cat secoua la tête en riant.

— Non. Mais si, un jour, j'hérite d'une propriété à Tahiti et que j'aie besoin d'un chef, tu es le premier de la liste.

— C'est déjà ça.

Jack prit un gâteau sec, le trempa dans son café.

— Et maintenant, dis-moi quelle est cette *nouvelle*.

— Je vais me marier.

Bravo pour le suspens ! Et dire qu'elle comptait amener la chose doucement, tirer en longueur pour attiser la curiosité de Jack...

— Quoi ? s'exclama-t-il en se redressant si brusquement que le biscuit lui échappa et tomba dans sa chope, éclaboussant ses mains et le plan de travail.

Visiblement, il n'en croyait pas ses oreilles. Ce qui n'avait rien de surprenant. Cat avait elle-même quelque peine à y croire. Deux jours s'étaient écoulés, depuis la soirée chez Luke, et ce projet de mariage lui semblait de plus en plus... excitant.

— Je vais me marier, répéta-t-elle.

— Te marier pour te bon ? Pour l'aimer et le chérir jusqu'à ce que la mort vous sépare, et tout ça ?

Cat acquiesça de la tête. Rien ne l'obligeait à préciser que, pour son fiancé, ce mariage ne durerait jusqu'à la mort que si l'un d'eux était renversé par un camion peu après la cérémonie officielle.

— Qui est l'heureux élu ? J'ignorais que tu sortais avec quelqu'un ! Non seulement tu me cachais des événements de la plus haute importance, mais quand Phil est sorti d'ici avec son fouet et son rouleau à pâtisserie, tu es restée dix minutes à t'apitoyer sur mon sort et à te lamenter avec moi sur la difficulté de trouver un homme convenable, homo ou hétéro, à Los Angeles.

— Je ne sortais pas avec Luke. Et ce n'est toujours pas le cas.

— Je ne comprends absolument rien à ton histoire. Pour commencer, qui est ce mystérieux Luke ?

— Luke Quintain.

Jack la dévisagea, médusé.

— Tu veux bien répéter ? Je ne suis pas sûr d'avoir compris.

— Je suis fiancée à Luke Quintain. Nous nous marions dans quelques semaines.

Non, décidément, elle avait beau le répéter sur tous les tons, elle avait du mal à y croire elle-même.

— Le même Luke Quintain qui doit épouser ta demi-sœur ?

— En personne.

Elle prit un biscuit, le trempa nerveusement dans sa chope.

— Sauf qu'ils ne se marient plus.

— Où as-tu mis le cadavre ?

— Quel cadavre ?

— Celui de Devon, pardi ! Je ne la connais pas bien, mais, compte tenu du peu que je sais d'elle, j'ai l'impression qu'il faudrait qu'elle soit morte et enterrée pour renoncer à une telle fortune avec, en prime, le statut social et la séduction de Luke Quintain.

— Pourtant, c'est elle qui a rompu les fiançailles.

— Ça alors ! Et pourquoi ?

— Elle a retrouvé un ancien petit ami, de l'époque du lycée, et elle s'est aperçue qu'elle était toujours folle amoureuse de lui. Si bien qu'elle est partie pour le Minnesota. A moins que ce ne soit le Michigan.

— Qu'est-ce qu'il y a de si génial dans le Minnesota ou le Michigan ?

— Des vaches. Rick est éleveur laitier.

Jack réfléchit pendant quelques instants, puis il secoua la tête d'un air incrédule.

— J'ai énormément de mal à imaginer Devon en fermière.

Cat haussa les épaules.

— Moi aussi mais, apparemment, c'est son choix.

— D'accord. Mais ça n'explique pas pourquoi tu te retrouves fiancée avec l'ex-promis de ta demi-sœur. J'ignorais, d'ailleurs, qu'elle avait rompu. Tu ne m'en as pas parlé, la semaine dernière.

— C'est tout récent : ça date de deux jours. Elle m'a… euh… chargée d'annoncer la nouvelle à Luke.

— Deux jours ? Et tu es déjà fiancée à ce type ? Le moins qu'on puisse dire, c'est que le chagrin ne l'accable pas.

— Pas précisément, non.

Jack écarta sa tasse et se pencha vers la jeune femme.

— Et maintenant, tu vas raconter toute ton histoire à tonton Jack. Depuis le début, sans omettre aucun détail. Comment t'es-tu retrouvée fiancée au très riche M. Quintain ?

— C'est moi qui le lui ai proposé, déclara Cat pour le seul plaisir de voir son ami écarquiller les yeux.

— Si tu continues à me faire languir, je te flanque dans le four jusqu'à ce que tu parles !

— Au secours ! Non ! Pas le four ! s'exclama Cat en riant.

Et elle raconta tout à Jack. Pour conclure, elle déclara :

— Il me trouvait trop jeune, mais j'ai réussi à le convaincre.

— Je préfère ne pas savoir comment.

— Ne te monte pas la tête : ce n'est pas ce que tu penses.

— Je ne sais plus ce que je pense. Sauf, peut-être, que ton histoire ressemble à un roman… Bon, finalement, je comprends pourquoi Quintain a accepté ta proposition. Mais toi, qu'est-ce que tu y gagnes ?

— De l'argent !

Cat aurait aimé faire cette déclaration d'un ton ferme et catégorique, mais Jack la connaissait trop bien pour qu'elle puisse lui mentir avec assurance, surtout lorsqu'il la regardait droit dans les yeux.

— Je ne te crois pas : trouve autre chose. Si tu voulais de l'argent, tu trouverais un emploi sérieux, au lieu de cultiver des légumes pour des hurluberlus comme moi, de jouer les serveuses à temps partiel dans une cafétéria minable, et de veiller à ce que Larry et Susan ne se perdent pas en allant au supermarché… Tu leur as dit que tu étais fiancée, au moins ?

Cat hocha la tête.

— Et qu'est-ce qu'ils en pensent ?

— Je crois qu'ils n'ont pas bien saisi. Larry m'a répondu qu'il y avait peu de chances que Devon et moi épousions toutes les deux des hommes portant le même nom. Ensuite, il m'a parlé d'une coutume de Minos ou de Mésopotamie, selon laquelle les hommes changeaient de nom lorsqu'ils se mariaient. J'ai un peu perdu le fil. Susan a proposé de nous fabriquer un vase comme cadeau de mariage.

Jack ne put s'empêcher de rire. Visiteur fréquent du potager de Cat, il connaissait Larry et Susan, et n'avait aucune peine à visualiser la scène.

— En matière de certitudes, il y a la mort, les impôts, et le fait que ces deux-là seront toujours dans les nuages, quoi qu'il arrive.

— Mouais. Dans la vie, il faut des repères.

Cat but quelques gorgées de café tiède en silence.

— Je vois, dit Jack. Et tu ne me diras pas pourquoi tu épouses ce type ?

Sans attendre la réponse, il se leva pour aller vider le fond de sa chope et les morceaux de biscuit détrempé. Il prit la cafetière, se resservit, montra le pot à Cat qui fit non de la tête. Elle n'aimait pas beaucoup le café, et puis Luke devait passer la prendre pour l'emmener chez son avocat. Tendue comme elle l'était, elle n'avait pas besoin d'un surplus de caféine.

— L'idée m'est venue comme ça. Une impulsion.

Elle ajouta avec un léger haussement d'épaules :

— Je dois avoir quelque chose de Naomi, parce que,

sur le moment, ça m'a semblé juste, et je… je me suis lancée.

C'était la vérité. Pas toute la vérité, mais presque. Si elle parlait de coup de foudre, Jack tenterait de la raisonner et ferait de son mieux pour qu'elle change d'avis. Hors de question qu'il sème le doute dans son esprit déjà troublé ! Depuis deux jours, elle vivait sur des montagnes russes : tantôt, elle avait des visions de bonheur éternel avec Luke, tantôt elle voyait des images de divorce. Sans parler de toutes les questions qui la hantaient, au point qu'elle se demandait si elle avait perdu l'esprit pour s'être jetée à corps perdu dans cette aventure. Mais, folle ou non, elle tenait à tenter sa chance.

— Cat, on ne se précipite pas dans le mariage sur une impulsion, reprit Jack, visiblement inquiet. Sans vouloir te faire la morale, tu es bien jeune pour prendre ce genre de décision.

Elle haussa les sourcils d'un air surpris.

— Tu me parles du haut de ton expérience ? Quelques années de plus que moi ne font pas de toi un sage.

— Certes, mais j'ai tout de même davantage d'expérience.

Voyant ses lèvres dessiner une petite moue butée, il soupira. Contrairement aux idées reçues sur les rousses, Cat avait un tempérament plutôt docile. Mais, lorsqu'elle avait cette tête-là, il ne servait à rien d'argumenter.

Jack se passa nerveusement la main dans les cheveux.

— Ecoute, ce type est beaucoup plus âgé que toi et, si j'en crois ce qu'on lit dans la presse à scandale…

— Tu n'as jamais pris ce genre de ragots au sérieux !

— … Il a des heures de vol, termina Jack, sans prêter attention à sa remarque. J'ajouterai que, si ce mariage est un contrat d'affaires, tu as peu de chances de tirer ton épingle du jeu parce que, dans ce domaine, personne ne dame le pion à Luke Quintain.

— Je ne cherche pas à lui damer le pion. Je… Je veux juste… J'ai envie d'essayer. Je sais que ça peut paraître fou… Bon, d'accord, c'est idiot. Ne me regarde pas comme ça. Depuis deux ans, je me sens un peu à la dérive. Je ne me suis pas inscrite à la fac parce que je n'éprouvais pas le désir d'étudier dans le but de faire une carrière. Franchement, tu me vois travailler dans une entreprise et gravir les échelons avec une détermination farouche ?

D'un geste, elle désigna sa tenue, sa grosse veste à côtes, son caleçon et ses boots de daim bleu.

Jack sourit, et fit non de la tête.

— Mais il n'y a pas que l'entreprise, Cat. Il existe d'autres choix de carrière.

— Je ne suis pas taillée pour ça.

Elle soupira, remonta une mèche de cheveux qui lui balayait les yeux.

— Ce que j'essaie de te dire, c'est que je ne sais pas vraiment ce que je veux faire quand je serai grande.

— Et tu penses que la meilleure solution consiste à épouser Luke Quintain ? demanda Jack, sceptique.

— Je n'en sais trop rien, mais je voudrais tenter le coup. Ça me paraît… juste, répéta-t-elle. Un peu bizarre, mais juste.

Jack soupira profondément.

— Bon. Puisque tu y tiens, je danserai à ton mariage. Mais ne me demande pas d'être ta demoiselle d'honneur !

— Allons, allons, une jolie robe de satin rose avec un gros nœud dans le dos, ça ne te tente pas ?

Il esquissa un sourire, tout en secouant la tête.

— Non, ce n'est pas mon truc. En plus, j'ai horreur du rose.

— Rabat-joie, va !

Ils rirent tous les deux, et Cat se leva pour prendre son ami dans ses bras.

— Je te remercie, Jack.

Il lui rendit son étreinte, touché par sa reconnaissance. Quelle gentillesse ! Elle le remerciait de ne pas l'avoir chapitrée.

— Qu'est-ce qu'on ne ferait pas pour une fille aussi adorable que toi ?

Cat s'écarta pour le regarder.

— N'empêche que tu refuses de porter une robe rose à mon mariage.

— C'est que je pense à toi.

D'un doigt délicat, il remonta une mèche rousse vagabonde derrière son oreille.

— Avec ta chevelure de feu, tu ne peux pas envisager sérieusement un mariage en rose. Ou alors, il faudra que tu fournisses les lunettes de soleil aux invités.

— Moque-toi de mes cheveux, Reynolds ! C'est bizarre, mais j'ai comme un pressentiment : je me demande si les lapins ne vont pas manger les laitues que je comptais t'apporter la semaine prochaine.

Les bras toujours noués autour de sa taille, Jack eut une grimace horrifiée, et elle éclata de rire.

C'est dans cette position que Luke les trouva lorsqu'il poussa la porte.

— Désolé, dit-il, c'était ouvert.

— Luke ! s'exclama Cat en se dégageant. Je n'ai pas vu le temps passer. Il est si tard que ça ?

— Je suis un peu en avance. Ma réunion s'est terminée plus tôt que prévu. J'espère que mon arrivée inopinée ne vous pose pas de problème.

— Pas à ma connaissance, répondit Cat.

Jack se demanda alors si elle avait remarqué le regard glacial de Luke. Non, pas glacial, à la réflexion. Plutôt brûlant de colère. Les yeux bleu vif de Luke la perçaient comme des rayons laser. Parce qu'il les avait surpris dans les bras l'un de l'autre. Une réaction intéressante de la part d'un homme qui épousait une parfaite inconnue dans le cadre d'un contrat d'affaires…

Cat s'avança vers Luke à pas lents, comme si elle hésitait. Comment était-elle censée l'accueillir ? Certes, ils étaient fiancés mais, malgré le baiser passionné qu'ils avaient échangé l'autre soir, ils se connaissaient à peine.

En deux enjambées, Luke avait couvert la distance qui les séparait. Aussitôt, il la prit par la taille, plongea sa main libre dans ses boucles de feu, et posséda ses lèvres avec avidité. Après ce baiser inattendu, elle se sentit tout étourdie, et le dévisagea, stupéfaite. Les prunelles bleues de Luke reflétaient le désir, avec une nuance de triomphe aussi. Il se redressa, et regarda Jack d'un air de défi. Alors, Cat comprit le sens de ce baiser. Luke se conduisait en propriétaire. Il devait avoir le même genre de réaction si l'on touchait à sa voiture. Loin d'en être flattée, la jeune femme éprouva de la colère.

Jack s'avança, la main tendue.

— Vous devez être Luke, le fiancé de Cat.

Il souriait, visiblement amusé par la situation et la réaction disproportionnée de Luke.

Ravalant les paroles acides qui lui venaient à l'esprit, Cat se contenta de faire les présentations, et expliqua à Jack qu'elle avait donné rendez-vous à Luke au restaurant pour qu'ils se rencontrent.

Luke serra la main offerte.

— J'ai dîné chez vous deux ou trois fois, et j'avoue que votre réputation est tout à fait méritée. La dernière fois, j'ai dégusté un rôti de porc farci aux petits légumes absolument divin.

— Ce devait être en été. Je ne propose ce plat que quand ma cultivatrice est en mesure de me fournir courgettes et carottes naines. D'adorables bouts de choux bien tendres et goûteux…

— Tu en parles comme s'il s'agissait de bébés. Personnellement, je trouve ça barbare.

— Hé, doucement ! Je ne suis pas un assassin de légumes bio nouveau-nés. C'est toi qui les arraches.

— Mais tu profites du crime.

— Chacun gagne sa vie comme il peut.

— A ce propos, je regrette de devoir vous bousculer, mais j'ai une autre réunion importante en fin d'après-midi. Je ne voudrais pas être en retard.

Le ton de Luke était courtois, sa main légère sur l'épaule de Cat, mais la jeune femme n'en était pas moins horripilée. Il disposait d'elle, tout simplement. Comme si elle lui avait appartenu. L'envie la démangeait de l'envoyer promener, lui et ses réunions, mais, en voyant les yeux de Jack pétiller de malice, elle ne put s'empêcher d'ébaucher un sourire. Le numéro de Luke était d'un ridicule consommé pour qui savait que Jack était homosexuel.

— Pour ne rien vous cacher, il est temps que je me mette au travail, moi aussi, dit Jack. Nous ouvrons dans quelques heures. Il faut que je me décide sur les menus de ce soir et que je m'attelle à la tâche.

Les deux hommes se saluèrent poliment, et Jack suggéra au couple de revenir dîner un soir. Luke répondit avec un sourire qui découvrait toutes ses dents et qui rappela à Cat un reportage du *National Geographic* sur les tigres.

L'air toujours aussi ironique, Jack serra la jeune femme

dans ses bras avec un enthousiasme excessif, puis il regarda les fiancés s'en aller.

Le ciel d'hiver limpide et la fraîcheur de l'air n'apaisèrent en rien la rage de Cat, mais elle attendit qu'ils soient dans la voiture et que Luke ait quitté le parking avant de vider son sac.

— Vous devriez acheter une laisse, ce serait plus simple ! lança-t-elle sur le ton de la conversation.

— Pardon ?

Il se tourna brièvement vers elle, vit la rage briller dans ses yeux verts.

— Qu'est-ce qui vous prend ? De quoi parlez-vous ?

— De ce ridicule numéro que vous avez fait devant Jack.

— Mais enfin…

— Ne jouez pas l'innocent ! coupa Cat d'une voix cassante.

Luke sentit le poids de son regard sans même se retourner. Irrité, lui aussi, il crispa les doigts sur le volant.

— Si c'est mon baiser que vous me reprochez, je vous rappelle que nous sommes *fiancés*. C'est donc la chose la plus naturelle qui soit. Et je tiens à ce que nos fiançailles aient l'air naturelles pour éviter que les gens ne jasent.

Le sarcasme était flagrant. Charmante façon de lui rappeler qu'ils signaient un contrat d'affaires.

— Pardonnez-moi de vous contredire, mais les gens jaseront, de toute façon. Réfléchissez deux secondes. Mardi, vous étiez fiancé à Devon et, le jeudi qui suit, vous m'emmenez chez votre avocat pour signer un accord prénuptial. Et je ne parle pas de l'allure de notre couple. Vous, en costume Armani et mocassins de croco, moi dans mes vêtements de dépôt-vente. Croyez-moi, ces fiançailles ne passeront pas inaperçues.

— Mes souliers sont en cuir de vache et mon costume ne vient pas de chez Armani.

Il marqua une brève pose, et reprit :

— Quant à votre tenue, je ne vois pas ce qu'elle a de choquant. Elle vous va à ravir.

En effet, le caleçon moulant que portait la jeune femme soulignait le galbe de ses jambes sans fin qu'il mourait d'envie de caresser longuement.

— Merci du compliment. Il n'empêche que nos fiançailles n'ont rien de naturel. Les gens jaseront. Et, si vous pensez les faire taire en m'embrassant comme un pirate s'empare de son butin, vous les prenez pour des imbéciles. Devant Jack, vous n'avez fait que chercher à marquer votre territoire. C'était ridicule, je suis désolée de vous le dire.

Luke serrait le volant si fort que les jointures de ses doigts avaient blanchi. Ses sentiments étaient-ils donc si transparents ? Lorsqu'il était entré dans le restaurant et qu'il l'avait surprise dans les bras d'un autre, une émotion soudaine s'était emparée de lui, une sorte de jalousie qui se résumait en quelques mots : « elle m'appartient ». C'était, d'ailleurs, nouveau pour lui. Et tout à fait inattendu. S'il avait trouvé Devon au lit avec un inconnu, il se serait probablement éclipsé en bâillant d'ennui. Mais Cat… Cat, c'était autre chose. Parce qu'il la désirait plus qu'il ne désirait Devon. Plus qu'il ne désirait aucune autre femme, en vérité…

Toujours furieuse, elle poursuivait :

— Si vous imaginez que notre couple sera plus crédible si vous m'embrassez publiquement comme un vulgaire voyou, vous croyez au Père Noël.

— En tout cas, je me permets de vous faire remarquer que vous n'avez pas formulé d'objection ! lança Luke en mettant son clignotant pour tourner à droite.

Au carrefour, un grand homme maigre et dépenaillé prêchait pour les passants qui ne l'écoutaient pas, tout en agitant les bras.

— Non, je n'ai pas protesté, et je le regrette. J'aurais dû vous coller un bon coup de genou dans les testicules.

Luke grimaça.

— Mes parties intimes et moi-même vous savons gré de vous être abstenue.

Au passage protégé, il attendit que les piétons traversent, puis s'engagea dans Beverly Boulevard.

— Naomi répétait souvent que la violence ne résout rien.

Cat resta quelques instants songeuse, puis elle gâcha l'effet de cette généreuse citation en ajoutant avec une pointe de nostalgie :

— Finalement, je regrette de m'être *abstenue*, comme vous dites. Ça m'aurait fait un bien fou.

— Pas à moi.

Apparemment, cette petite discussion leur avait été bénéfique, à tous les deux. Luke sentait sa compagne plus calme, à ses côtés. La tension retombait.

— Ne recommencez pas ! dit Cat d'une voix posée.

— Quoi ? Il ne faut plus que je vous embrasse ?

— Je n'ai pas dit ça. J'aime bien vos baisers. Seulement, j'ai horreur qu'on m'embrasse pour montrer qu'on est le chef. Je ne suis pas un territoire qu'on se dispute, et je ne supporte pas ces rituels de mâles dominants.

— Je ne cherchais pas à…

— Ah non ? Vous me surprenez.

Il haussa les épaules.

— Bon, d'accord. Il y avait peut-être un peu de ça. Mais vous étiez collée à lui comme une ventouse.

On faisait plus élégant en matière d'excuse, mais il était incapable de trouver mieux, tant ce souvenir l'ulcérait.

Cat soupira.

— Jack est mon meilleur ami, expliqua-t-elle.

Puis, voyant qu'il la dévisageait curieusement, elle reprit :

— Quoi ? Vous ne croyez pas à l'amitié entre un homme et une femme ?

— Je n'ai jamais dit ça.

Ils avait atteint Century City, et Luke mit son clignotant pour tourner dans le garage situé sous les bureaux de Keith.

— Vous n'avez pas besoin de le dire : ça se lit sur votre visage.

— Dans ce cas, je vais me surveiller.

Luke s'interrompit aussitôt, conscient que le ton de sa voix était déplaisant et son commentaire absurde.

Il arrêta la Mercedes et baissa la vitre pour prendre son ticket. Puis il se tourna vers Cat qui se mordait les lèvres pour ne pas pouffer de rire.

Il soupira. La barrière se souleva, et il passa la première pour aller garer la voiture.

— Aussi étrange que cela puisse paraître, j'ai eu avec vous plus de conversations surréalistes en deux jours que je n'en ai eu dans toute mon existence.

— C'est l'un de mes talents, dit la jeune femme modestement.

Luke ne put s'empêcher de rire — ce qui était fréquent lorsqu'il se trouvait en sa compagnie.

Il se gara et coupa le moteur.

— Ecoutez, je suis désolé de…

Voyant qu'il hésitait, Cat termina pour lui :

— De m'être conduit comme un goujat ?

Luke pinça les lèvres un instant, puis ses traits se détendirent.

— Je ne l'aurais pas exprimé de cette façon mais, effectivement, je regrette de m'être conduit comme un goujat.

Cat inclina la tête de côté, et examina son fiancé.

— Très bien. J'accepte vos excuses. Maintenant, pour votre gouverne, sachez que Jack et moi sommes de simples amis et que, même si j'étais folle de lui… de toute façon, il préfère les messieurs.

— Il est homo ?

— Ça ne fait aucun doute. A moins qu'il ne sache pas reconnaître un homme d'une femme.

Elle marqua une pause.

— En temps normal, je n'en parlerais pas. La vie sexuelle de Jack ne regarde que lui. Seulement, je… euh… Comment dire ? Je sais bien que c'est un contrat d'affaires, mais nous allons tout de même nous marier… vivre ensemble et tout ça. Alors, j'aimerais autant que nous partions du bon pied, que nous puissions nous entendre, devenir des amis.

Luke se sentait stupide. Le fait que Jack fût homosexuel rendait sa conduite encore plus déplacée. En les voyant ensemble, il avait senti la morsure de la jalousie, et sa réaction le troublait. Mais peut-être était-ce une sorte d'effet retard ? Une conséquence du départ précipité de Devon qui l'avait plaqué pour un autre. Allez savoir…

— Moi aussi, je préférerais que nous partions du bon pied, dit-il.

Cat le récompensa du plus beau des sourires et, sans même réfléchir, il l'attira à lui, plongea les mains dans ses boucles soyeuses et l'embrassa avec fougue. Lorsqu'il se détacha de ses lèvres, il éprouva une satisfaction virile devant son regard noyé.

— Mais souvenez-vous d'une chose : je ne partage pas.

Une flamme s'alluma dans les prunelles vertes de Cat. Elle le saisit par la cravate, le tira vers elle sans ménagement, et posséda ses lèvres en un baiser aussi passionné qu'exigeant. Quand, enfin, elle le libéra, il cherchait son souffle.

— Moi non plus, je ne partage pas, déclara-t-elle.

Ils se mesuraient du regard dans l'espace confiné de la voiture où régnait une atmosphère lourde de colère et de désir. L'espace d'un instant, Luke fut tenté de traîner la jeune femme sur le siège arrière pour assouvir le désir qui le tenaillait, mais elle ne lui laissa pas le loisir de céder à la tentation, ou même d'y résister. Avant qu'il ait le temps de dire ouf, elle était sortie et refermait la portière.

Cela valait sans doute mieux… Son grand-père n'apprécierait pas de devoir payer la caution pour le faire sortir de prison après un flagrant délit d'attentat à la pudeur sur la voie publique…

4

Keith Lundquist et Luke Quintain se connaissaient depuis toujours. Leurs parents entretenaient des relations d'amitié et fréquentaient les mêmes cercles. Les Quintain appartenaient aux « vieilles fortunes », ce qui, en Californie, ne signifiait pas grand-chose : il suffisait pour cela d'être riche depuis deux générations. Les Lundquist, en revanche, étaient des « nouveaux riches » et croulaient sous l'argent. Le père de Keith était le fondateur et le grand manitou de la firme pharmaceutique Lundquist. Membres du même country-club, les deux couples étaient invités aux mêmes soirées mondaines et participaient aux mêmes galas pour des œuvres caritatives. Très jeunes, Luke et Keith s'étaient liés d'amitié sur la base de leur indifférence commune à ces activités familiales.

Leur amitié leur avait permis de supporter les leçons de tennis et de piano, les fêtes costumées, les premières déceptions sentimentales, le divorce des parents de Keith et la mort du père de Luke. Après le lycée, Luke était entré à UCLA pour y préparer un diplôme de gestion ; Keith avait intégré Harvard pour y faire des études de droit, rompant avec la tradition établie par son frère aîné et sa grande sœur qui avaient étudié la chimie et pris leur place au sein de la firme paternelle. Déçu par le choix de Keith, son père, qui méprisait les avocats, avait fait valoir que Lundquist Pharmaceuticals devait accroître ses capacités de recherche et que, dans quelques années, un nouveau laboratoire serait créé à cet effet. Il faudrait alors un homme avec une solide formation de chimiste pour le diriger. Mais Keith n'en avait cure, et il était parti pour Harvard après avoir souhaité bonne chance à son père.

Ses études de droit terminées, il avait laissé entendre qu'il ne comptait pas travailler pour la firme paternelle, fût-ce en tant qu'avocat. Une réunion de famille avait été organisée aussitôt. Pour l'occasion, la mère de Keith était venue de San Francisco où elle dirigeait une petite chaîne de salons de beauté. Son père et ses frères avaient laissé le monde pharmaceutique tourner sans eux pendant quelques heures, et tous s'étaient mis en devoir d'expliquer à Keith qu'il commettait l'erreur de sa vie. Mais Keith avait tenu bon. Son père lui avait alors prédit, avec son habituelle suffisance, qu'il ne tarderait pas à revenir au sein de la firme familiale.

Ce qui ne s'était jamais produit. Avec deux associés, Keith avait un cabinet de juristes. Il avait, à présent, des bureaux à Century City, et une résidence à Beverly Hills, à proximité des théâtres. Il avait des amis, une vie sociale active, des aventures sentimentales, et ne se plaignait guère que de l'absence d'une équipe de football professionnelle à Los Angeles.

Son amitié pour Luke comptait parmi les temps forts de son existence. Du moins, jusqu'à ce que Luke perde la tête et décide d'épouser Devon Kowalski, une jeune personne fort séduisante, mais pas de celles qu'on prenait pour femme. Certes, Luke ne recherchait pas l'amour mais seulement le moyen de satisfaire les exigences de son grand-père, selon ses propres termes.

Malgré tout, Keith s'était élevé contre ces fiançailles, mais Luke ne l'avait pas écouté. Il devait se marier. Or, Devon ne demandait que cela, et le fait qu'elle déplaise au vieux Nick faisait d'elle la candidate idéale.

Keith avait fini par baisser les bras et, en ami loyal, il avait établi le contrat prénuptial en s'efforçant de protéger Luke sur le plan juridique. Car Devon était un vampire, de la pointe de ses jolis cheveux décolorés au bout des ses escarpins. Elle allait lui coûter cher mais, au moins, elle ne lui briserait pas le cœur.

Et voilà que Luke l'appelait sans crier gare pour lui apprendre que le mariage était à l'eau ! Keith n'avait pas eu le temps de réagir que son ami déclarait, dans la foulée, qu'il épousait maintenant la demi-sœur de Devon. A la fois soulagé et inquiet, Keith digérait la nouvelle quand Luke avait éclaté de rire et demandé s'il était assez vieux pour s'offrir une jeunesse. Et le bougre avait refusé de s'expliquer, prétextant que Keith devait se faire sa propre opinion lorsqu'il rencontrerait Cat. Une chose était certaine : Luke était devenu fou.

Quant à Cat Lang… il avait déjà sa petite idée sur la demoiselle. Elle ne pouvait être que blonde, menue et rapace. Le genre de femme qui passe pour écervelée et qui pioche à deux mains dans le tiroir-caisse.

Lorsque sa secrétaire l'informa que M. Quintain et sa fiancée attendaient à la réception, Keith perçut un soupçon de curiosité sous le ton neutre et professionnel de Molly. Ce qui se comprenait. M. Quintain n'était-il pas venu au cabinet, un mois plus tôt, au bras d'une autre fiancée ?

Keith soupira et dit à Molly de les faire entrer.

Sa surprise fut grande lorsqu'il découvrit Cat Lang. Elle ne ressemblait en rien à l'image qu'il s'était faite d'elle. Elle était grande, pulpeuse, avec une lourde chevelure rousse dont les boucles menaçaient de s'échapper des pinces dorées qui les retenaient.

Devon était ravissante comme une porcelaine. Cat avait les traits trop prononcés, la bouche trop charnue, le nez trop long, les pommettes trop saillantes pour être vraiment jolie. Ses yeux immenses, d'un vert profond et frangés de longs cils, retenaient l'attention. Légèrement bridés, ils lui conféraient un charme exotique. Non, elle n'était pas jolie, mais elle avait de la personnalité. Elle était… comment la qualifier ? Frappante, peut-être ? Frappante et magnétique.

Et jeune aussi. Très jeune. Ce qui expliquait la mystérieuse remarque de Luke.

Seigneur, dans quel guêpier était-il allé se mettre ?

*
* *

Une demi-heure plus tard, Keith n'avait toujours pas de réponse à cette question. Cat Lang ne ressemblait à aucune femme de sa connaissance, et pas seulement par son physique. Cette jeune personne était un océan de surprises. D'abord, elle était amicale, chaleureuse, curieusement franche et spontanée. Elle ne regardait pas Luke avec adoration, pour faire croire à un mariage d'amour, mais elle n'abordait pas non plus la question du contrat en femme d'affaires. Elle semblait envisager ces étranges fiançailles avec bonne humeur, comme une personne qui s'embarque pour une aventure.

Rien de conventionnel chez elle. Pas même son nom, que Keih découvrit en entier lorsqu'elle déclina son identité.

— Catherine Willow Rain Skywalker Lang.

Voyant leurs yeux s'écarquiller de surprise, Cat haussa les épaules.

— Naomi était un peu hippie avec dix ou vingt ans de retard, expliqua-t-elle. A ma naissance, elle était dans un trip de retour aux racines. Les racines spirituelles, j'entends.

Rien, pas de réaction. Keith la dévisageait toujours sans comprendre. Luke haussait les sourcils d'un air interrogateur. Elle poursuivit donc :

— Au cours d'une séance de régression, Naomi avait découvert que, dans une vie antérieure, quelque trois cents ans plus tôt, elle était indienne d'Amérique. Elle n'a jamais su de quelle tribu, mais ça n'a pas grande importance. En tout cas, dans cette vie-là, elle a fini piétinée par un troupeau de bisons. Malgré cette fin tragique, elle préférait sa vie d'Indienne à sa vie misérable de cousette à Londres. Voilà pourquoi, entre autres, elle tenait à me donner des noms liés à la nature : Willow pour le saule et Rain pour la pluie.

— Reste Catherine Skywalker, fit remarquer Keith que cette histoire fascinait. D'où vient ce Skywalker ? C'était son nom d'Indienne ?

Le visage de Cat s'éclaira d'un sourire, et Keith en fut tout retourné. En cet instant, elle n'était plus seulement jolie ou frappante : elle était belle. Radieusement belle…

— Naomi a vu *La Guerre des Etoiles* vingt-huit fois l'année de sa sortie. En réalité, j'ai de la chance qu'elle ne m'ait pas baptisée C-3PO ou R2-D2.

— Et Catherine ? demanda Keith d'une voix mourante.

— A vrai dire, je crois que Naomi avait un peu honte de ce prénom.

— Honte de vous avoir appelée Catherine, après avoir fait de vous un arbre et un chevalier Jedi ? s'étonna Luke.

— Oui, parce que c'était le nom de sa marraine et qu'elle me l'a donné dans un moment de matérialisme et de pure cupidité. Elle a beaucoup médité, ensuite, pour laver son âme de cette souillure.

— Mouais. J'imagine que ça fait désordre pour le karma, dit Luke d'un ton ironique.

— Naomi le croyait, en tout cas. Et je pense qu'elle a tout de même été un peu déçue quand sa marraine est morte, parce que cette vieille toupie ne lui a laissé qu'un vilain rang de perles. Tout son argent est allé à une société de préservation de la nature, qui avait besoin de fonds pour acheter un étang et sauver une espèce de grenouilles menacée, et à l'université du Colorado pour financer la recherche sur les batraciens. Là encore, je l'ai échappé belle. Si Naomi avait su que sa marraine avait une passion pour les grenouilles, elle m'aurait peut-être appelée Kermit, comme dans le Muppet Show.

C'était la première fois que Keith riait lors d'un entretien pour accord prénuptial.

Luke se demandait avec une certaine inquiétude ce que son ami pouvait bien penser de sa nouvelle fiancée. Keith avait eu la dent dure en ce qui concernait Devon, qu'il trouvait superficielle et intéressée. Il n'avait pas non plus mâché ses mots au sujet de ce « mariage de convenance ». Il était allé jusqu'à dire que, si Luke tenait vraiment à se lancer dans cette ridicule aventure qui ne présentait que des inconvénients, tant financiers que personnels, il pourrait, au moins, choisir sa partenaire plus judicieusement. Et voilà qu'en une demi-heure, Cat l'avait presque réconcilié avec l'ensemble du projet.

De son côté, Luke était soulagé. S'il s'était résigné à épouser Devon, il n'envisageait pas de gaieté de cœur une vie commune avec elle. Elle manquait d'intelligence, de curiosité, de tolérance, et ne s'intéressait qu'aux potins mondains. Au lit, elle était acceptable mais manquait d'imagination. Elle n'avait, en fait, qu'un seul atout : elle incarnait tout ce que son grand-père détestait chez une femme.

Qu'allait-il penser de Cat, ce vieux bouc ? Peu importait. Avec elle, au moins, Luke ne mourrait pas d'ennui dans l'heure qui suivrait le mariage. Et si le vieux Nick ne la trouvait pas à son goût, tout serait pour le mieux dans le meilleur des mondes.

Luke écouta patiemment Keith détailler à l'intention de Cat les articles de l'accord. En dehors des deux legs qu'elle avait demandés pour ses beaux-parents, le contrat était le même que pour Devon qui, curieusement, ne s'était pas souciée d'assurer l'avenir de son père.

Plus curieusement encore, Cat paraissait particulièrement attentive aux détails concernant les legs en fidéicommis établis pour Larry et Susan. Plus attentive encore qu'à ce qui lui revenait en propre. Tout en l'observant, Luke songea qu'elle jouait peut-être la comédie dans l'espoir que son altruisme le rendrait plus généreux, auquel cas elle se trompait lourdement. Peut-être même avait-elle mijoté quelque ruse avec Devon pour obtenir davantage…

Diable, il devenait paranoïaque : il voyait des complots partout !

Il se leva brusquement. Keith et Cat relevèrent la tête.

— C'est du café que tu as là-dedans, ou cette lavasse

que tu bois habituellement ? demanda-t-il à Keith, en désignant la cafetière qui trônait sur un meuble.

— Rassure-toi, c'est buvable. Molly l'a préparé pour elle, après le déjeuner.

— Elle mérite une augmentation.

Il reporta son attention sur Cat.

— Vous en voulez ?

— Non. Mon corps est un temple. Je n'y mets que des choses saines en dehors du chocolat… euh… des noix de pécan, du caramel… De temps en temps un bon steak avec une pomme de terre au four et de la crème fraîche… Et j'adore la vanille…

— Arrêtez, vous me donnez faim ! s'exclama Keith en riant.

— Vous n'aimez pas le café, je présume ? dit Luke en remplissant sa tasse.

— Pas particulièrement, non. Mais avouez que « Mon corps est un temple » fait meilleur effet que « J'ai horreur du café ; je trouve ça infect. » Et puis, en affirmant que le café est infect, j'aurais l'air de condamner ceux qui en boivent, de porter un jugement sur leur manque de goût.

— C'est très délicat de votre part, dit Luke en plaisantant.

— N'est-ce pas ?

S'ils avaient été seuls, il n'aurait pas résisté à l'envie de lui prendre un baiser, mais, compte tenu des circonstances, il lui tourna le dos, mit du sucre dans sa tasse et remua le breuvage comme si cette tâche exigeait toute sa concentration. Il était, cependant, troublé par cette envie soudaine de l'embrasser, et plus troublé encore d'avoir, un bref instant, failli céder à la tentation sous les yeux de Keith.

Il but une gorgée de café trop sucré, grimaça, puis se dirigea vers la table. Ce mariage n'était qu'un simple contrat d'affaires. Il n'était pas question de s'égarer. Le fait qu'il la trouve désirable ne gâtait certes rien, mais le but de l'opération n'était pas de mettre Cat dans son lit. Il devait satisfaire les exigences de son grand-père en espérant que cette nouvelle fiancée lui déplairait autant que la précédente…

Keith expliquait à Cat une clause du legs prévu pour sa belle-mère. Impatient, Luke alla jusqu'à la fenêtre pour boire son café trop sucré en regardant la rue. De la fenêtre du vingtième étage, il devenait difficile de distinguer une Lexus d'une banale Chevrolet. Il n'y avait jamais pensé, jusqu'ici. Sans doute y avait-il là une leçon que la mère de Cat n'aurait pas manqué de résumer en une maxime sur le sens de la vie. Cette Naomi paraissait folle à lier. Et, curieusement, son éternelle recherche de spiritualité ne l'avait pas empêchée d'abandonner sa fille à son petit ami pour partir Dieu savait où.

Au fond, c'était peut-être préférable pour Cat. Ah, les mères ! La sienne aurait mieux fait de s'en aller aussi… encore que Lily Quintain n'était pas le genre de femme à se retirer dans quelque lointain ashram pour méditer et développer sa spiritualité. Sa seule quête consistait à étendre sa garde-robe et à affirmer sa position sociale en courant les cocktails…

— Mais c'est grotesque ! s'exclama soudain Cat.

Luke se retourna et vit qu'elle agitait ses boucles de cuivre avec emphase. A l'évidence, quelque chose lui déplaisait dans leur accord.

— C'est la somme qui était prévue dans le contrat d'origine pour votre belle-sœur, déclara Keith. Vous avez dit à Luke que le contrat d'origine vous conviendrait parfaitement.

Ses traits s'étaient durcis. Il avait de nouveau sa tête d'avocat.

— Ma pseudo demi-sœur, corrigea Cat machinalement. Et j'ignorais le contenu exact du contrat. C'est tout simplement ridicule.

L'argent, songea Luke, cynique. Encore et toujours l'argent. Qu'allait-elle réclamer ? Combien pensait-elle valoir ?

— C'est beaucoup trop !

Il y eut un silence. Keith leva les yeux vers Luke qui semblait aussi surpris que lui. Ils n'en croyaient pas leurs oreilles.

— C'est trop ? répéta Keith, méfiant.

— Beaucoup trop ! Personne ne paierait une somme pareille.

Elle se retourna vers Luke, puis ajouta :

— Devon vous a vraiment convaincu de lui verser cette somme ? Parce qu'entre nous, et sans vouloir paraître ingrate, c'est du vol pur un simple.

— Vous trouvez ?

Luke s'avança jusqu'à la table, posa sur elle un regard de sphinx :

— Eh bien, sachez qu'elle me demandait davantage.

— Ça alors ! Elle avait une haute opinion d'elle-même, c'est vrai, mais pas à ce point-là. Je suis sûre qu'elle aurait signé pour moins que ça.

— Possible.

Luke le pensait aussi, mais il préférait payer plus que de raison et mettre un point final aux négociations.

— Je n'ai pas de conseils à vous donner, mais vous m'inquiétez. Si vous traitez toutes vos affaires de la même manière, vous allez très vite vous retrouver sur la paille.

Keith étouffa un rire.

— Rassurez-vous, je suis plus dur dans les transactions immobilières.

— Tant mieux. C'est la sagesse.

Luke posa sa tasse sur le coin du bureau et croisa les bras.

— Bien. Dites-moi, maintenant, quelle somme vous semblerait convenable. Les trois quarts de celle-ci ? La moitié ?

— La moitié ? C'est encore beaucoup d'argent, répondit Cat, pensive.

— Combien désirez-vous ? Il est convenu que je vous paie pour m'épouser. Vous devez bien avoir un chiffre en tête, non ?

Cat le dévisagea un moment en silence, puis baissa les yeux.

— A vrai dire, je n'ai aucune idée précise sur la question. Je pensais pouvoir me fier à Devon, mais je n'aurais jamais imaginé qu'elle exigeait autant.

— Vous pensez donc valoir moins qu'elle ?

Elle s'empourpra, et il regretta aussitôt son ironie blessante.

— Personne ne vaut une somme pareille, c'est ridicule. Et regardez-moi cette clause.

Du doigt, elle désigna un paragraphe sur le contrat.

— A-t-on jamais vu ça ? Je touche cinq millions de plus pour chaque année supplémentaire, à la date anniversaire du mariage. Si nous nous séparons cinq jours après cette date, ça vous coûte un million par jour. C'est grotesque.

Hmm. Il s'était montré négligent sur ce point. Keith avait protesté et argumenté que, s'il tenait à cette clause, la somme devrait être proportionnelle au temps supplémentaire. Mais Devon le harcelait, le tarabustait au point qu'il doutait de tenir une année entière avec elle, comme le souhaitait son grand-père, sans la tuer avant. Difficile de savoir si Cat lui donnerait aussi des envies de meurtre ; en revanche, si le mariage durait, la facture risquait d'être salée. Un homme de bon sens aurait accepté, bien sûr, de revenir sur cette clause périlleuse, mais Luke céda à un mouvement d'humeur irrationnel.

— Dans ce cas, lança-t-il, nous ferons en sorte de divorcer avant la date anniversaire.

Cat se détourna, probablement vexée. Luke surprit le regard réprobateur de Keith. Il ne manquait plus que ça ! Voilà que son avocat passait dans le camp adverse. Encore que… Contrairement à Devon, Cat semblait défendre ses intérêts à lui. Mais pourquoi diable l'épousait-elle si ce n'était pas pour l'argent ? Hmm. Il devrait peut-être s'en soucier… Quand il en aurait le temps. Il lui restait six semaines pour se marier, et il lui fallait Cat.

— Puisque c'est trop, combien désirez-vous ? demanda Keith avec gentillesse.

— Eh bien… euh… suffisamment pour me payer une formation… Mais je ne sais pas laquelle. Je ne sais pas ce que je veux faire quand je serai grande.

Elle souriait, les invitant à partager sa plaisanterie. Keith partit d'un grand rire. Luke haussa les sourcils. Drôle d'animal que cette fille. Elle avait forcément une idée derrière la tête. Que cherchait-elle, au juste ? Personne n'était à ce point désintéressé… Et personne ne se plaignait de recevoir trop d'argent.

— Il me faudra aussi une nouvelle garde-robe. Mes vêtements actuels ne feront pas l'affaire… sauf si Luke me fait passer pour une parente pauvre aux goûts excentriques. Et je sais, grâce à Devon, que les fringues coûtent cher.

Elle plissa le front, et poursuivit, comme si elle réfléchissait à voix haute :

— Il y a aussi le moteur de Ruthie qui va me lâcher… Il faut que je le fasse réparer.

— Ruthie ? répéta Keith, curieux.

— Ma camionnette. Du solide, mais elle n'est pas toute jeune.

— Quoi ? Ce tas de rouille que vous avez conduit jusque chez moi, l'autre soir ? Mettez-le à la casse et achetez une voiture neuve.

Cat parut offusquée, comme s'il lui proposait de mettre son enfant à l'assistance publique.

— Me débarrasser de Ruthie ? Pas question ! J'ai travaillé comme une forcenée pour me l'offrir, à l'âge de dix-huit ans. C'est une pièce de collection.

— Ignorez-le, conseilla Keith à la jeune femme, avant que Luke n'ouvre la bouche. En matière d'automobile, il ne connaît que ce qui brille. De quel modèle s'agit-il ?

— Un minibus Volkswagen de 1971.

Luke s'autorisa un sourire satisfait. Sans être spécialiste des voitures de collection, il savait que l'affreuse guimbarde rouge tomate qu'elle avait garée devant chez lui n'était même plus cotée à l'argus. En revanche, l'expression de Keith, qui avait beaucoup de mal à se retenir de rire, valait son pesant d'or.

— Ah oui ? Il est vrai que… on n'en voit plus beaucoup.

— Effectivement. Elle est irremplaçable.

Luke se retint de lui faire remarquer qu'une charrette et un âne développeraient à peu près la même puissance. Visiblement, Cat perdait tout humour dès qu'il s'agissait de Ruthie… Ruthie ! Mais de quelle planète était tombée cette jeune femme ?

— Pour être parfaitement clair, cet argent n'est pas destiné à couvrir vos dépenses personnelles tant que vous serez mariée à Luke, expliqua Keith, qui avait retrouvé tout son sérieux. Vous disposerez d'une somme mensuelle pour en user comme bon vous semble. Vos frais vestimentaires et… euh… vos transports sont couverts dans une rubrique annexe. Cette dotation ne vise qu'à assurer votre avenir en cas de divorce.

— En cas de divorce ? répéta Cat, amusée. Comme en cas de pluie ou en cas de neige ?

Keith demeurait grave, et elle soupira.

— Bon, écoutez, je ne suis pas idiote, et je n'ai rien contre l'idée d'avoir une petite réserve. Qui refuserait d'être riche, je vous le demande ? Seulement, c'est beaucoup trop. Bien plus que…

— Le contrat reste tel qu'il est, coupa Luke.

Il se surprit lui-même. Qui parlait à sa place pour dire de telles sottises ? Qu'était devenu son bon sens ?

— Luke, s'il te plaît, du calme !

Ignorant l'amical rappel à l'ordre de son ami, Luke poursuivit :

— Vous aviez accepté le principe de vous en tenir au contrat de Devon.

— Mais c'est trop !

— Trop ou pas, ce sont les termes du contrat.

— Je n'ai pas besoin d'autant d'argent, affirma Cat en

se levant pour gagner un peu d'assurance. Je ne veux pas d'une telle somme : c'est excessif.

Keith se leva à son tour pour protester :

— Luke, Cat, je vous en prie…

Mais ils ne lui prêtèrent pas la moindre attention.

— Vous étiez d'accord. *Nous* étions d'accord pour reprendre le contrat de Devon dans les mêmes termes.

Il se rapprocha d'elle, la foudroya du regard. Elle releva le menton, imperturbable.

— Je m'y refuse. C'est non.

Il était si près d'elle que les effluves de son eau de toilette effleuraient délicieusement ses narines, éveillant en lui des pensées sensuelles, malgré sa rage — qui eut, cependant, le dessus.

— Enfin, c'est incroyable ! Vous étiez d'ac…

— Vous vous répétez. J'étais d'accord, seulement je ne connaissais pas les termes du contrat, et je ne vois pas pourquoi nous ne pourrions pas…

Quelle tête de mule ! Pourquoi s'entêtait-elle à refuser cet argent ? Elle n'avait qu'à le prendre puisqu'on le lui offrait et que, de toute façon, elle l'épousait pour ça…

Cat parlait toujours. Keith les dévisageait tous deux comme s'ils étaient fous à lier et, brusquement, Luke prit conscience du ridicule de la situation. Ils se disputaient parce qu'elle trouvait la somme trop importante ? Très bien. Elle allait voir comment il traitait ses affaires !

— Si vous ne signez pas ces documents, coupa-t-il, je double l'offre.

Cat réagit d'instinct au ton de sa voix. Une lueur de

colère traversa ses yeux verts, ses lèvres pulpeuses se pincèrent.

— Eh bien, allez-y et…

Elle s'interrompit, leva sur lui un regard hésitant.

— Vous disiez ? Je n'ai pas saisi.

— Je double l'offre si vous ne signez pas.

A voir les émotions se succéder sur son visage, Luke songea qu'elle ferait une piètre joueuse de poker. Elle se mordit la lèvre, puis lui coula un regard amusé.

— Ça vous arrive souvent de conclure un marché en doublant la mise ?

— Non, c'est une première.

— Ah ?

— Bon, écoutez, rien ne vous empêche de donner une partie de la somme à une œuvre de charité, conclut Keith, de crainte que leur dispute ne reprenne. Pensez à tout le bien que vous pourriez faire avec cet argent.

— C'est une idée…

Elle rassembla les documents en une petite pile bien nette, puis se retourna vers Luke.

— Vous êtes sûr de ne pas vouloir réviser les chiffres à la baisse ?

— Certain. C'est ça ou le double.

Cat esquissa un bref sourire en flagrante contradiction avec son expression de victime.

— Bon. Puisque vous insistez…

Keith nota que ni l'un ni l'autre ne proposaient de revenir sur l'idée du mariage. Sans doute parce que cette hypothèse était exclue. Il les regarda alternativement.

Il y avait de l'électricité entre eux. On voyait presque les étincelles ; on devinait l'afflux de phéromones dans l'air.

Lorsque Luke s'était fiancé à Devon, il l'avait jugé plus qu'à moitié fou, puis il avait revu le diagnostic à la hausse en apprenant que le mariage était à l'eau mais que Luke avait retrouvé une fiancée dans l'heure qui avait suivi. A présent qu'il connaissait Cat, il était prêt à lui laisser le bénéfice du doute. Cette idée de mariage ne tenait toujours pas debout, mais Cat… Cat, c'était autre chose que sa « pseudo demi-sœur ».

Encore que, à voir Luke la dévorer des yeux, Keith se demandait maintenant si Devon n'était pas un choix moins risqué.

5

Luke gara sa Mercedes près de la vénérable Rolls-Royce impeccablement entretenue de son grand-père. Il lui avait suggéré un jour de s'en défaire pour acheter une voiture neuve, ce qui lui avait valu un sermon sur les méfaits de la société de consommation, l'ère du jetable et l'absurdité de changer un modèle ancien en parfait état de marche pour un véhicule neuf moins bien fini et qui ne durerait pas. A la réflexion, ce discours ressemblait à celui que Cat tenait à propos de son tas de rouille irremplaçable dans le bureau de Keith.

Luke sourit. Si le vieux Nick voyait Ruthie, il aurait une attaque !

Il souriait toujours en contournant la Rolls pour gagner l'allée de briques qui menait à la porte de la cuisine. Enfant, il aimait cette vaste propriété du quartier chic de Pasadena ; il s'y sentait bien plus chez lui que dans l'ensemble résidentiel tout de verre qu'habitaient ses parents. C'était ici qu'il venait montrer ses bulletins scolaires élogieux, et aussi les bleus qu'il s'était faits en jouant au hockey. C'était encore ici qu'il était arrivé en brandissant son permis de conduire flambant neuf. Trop occupés par leurs activités, ses parents ne se souciaient guère de lui, mais il trouvait toujours une oreille attentive auprès de ses grands-parents.

Toutefois, depuis le décès de sa femme, Nick se montrait grincheux et fantasque. Luke ne s'était pas rendu compte que sa grand-mère faisait tampon entre eux, de son vivant, mais, depuis quelque temps, leur relation était presque exclusivement placée sous le signe de l'affrontement. Le dernier conflit en date et le plus spectaculaire de tous était cette stupide histoire de mariage.

Il poussa la porte de la grande cuisine et fut aussitôt enveloppé d'odeurs délicieuses qui montaient d'une cocotte en fonte. Près du plan de travail, un petit homme au teint mat et aux cheveux poivre et sel émiettait de la viande hachée à l'aide de deux fourchettes. Il releva la tête à l'arrivée de Luke. Ses yeux noirs s'éclairèrent, et un sourire plissa son visage buriné.

— *Señor* Luke !

— Luis. Ça sent rudement bon. C'est ton bœuf aux piments ?

Le sourire du cuisinier s'élargit encore.

— *Sí*. Tu veux goûter ?

— Non, merci. J'ai l'estomac fragile, en ce moment.

— Il faut que tu t'endurcisses. Mes piments feront de toi un homme avec du poil au menton.

— Mouais. Ou bien je finirai à l'hôpital avec un ulcère.

Cette discussion revenait périodiquement entre eux,

et remontait à l'enfance de Luke qui croyait alors, dur comme fer, que la cuisine volcanique de Luis lui ferait pousser la barbe.

— Ton grand-père en mange bien, à quatre-vingt-cinq ans !

— Lui, il a un estomac de fer assorti à son crâne de granit.

Luis soupira et mit la viande à revenir dans la cocotte.

— Toujours à vous empoigner, tous les deux. Vous vous ressemblez trop.

— Si tu n'aimais pas le vieux bouc, je me vexerais.

Luke desserra sa cravate, ouvrit le col de sa chemise et s'adossa au chambranle de la porte. Dans un moment, il irait trouver son grand-père pour poursuivre leur affrontement qui lui faisait penser à une partie d'échecs. Aujourd'hui, il anticipait la nouvelle manche avec un certain plaisir, mais il était heureux de se détendre quelques minutes avant l'inévitable bras de fer.

Luis Ramirez était né à Guadalajara ; adolescent, il avait passé la frontière et travaillé comme journalier dans des fermes pendant quatre ans avant d'être engagé comme jardinier par le grand-père de Luke. En quarante ans de service, il était monté en grade, avait été autorisé à conduire la Rolls et, depuis dix ans, était promu au rang de chauffeur, jardinier, cuisinier, caviste et responsable du personnel de maison. Jamais il ne s'était laissé intimider par la réputation et les humeurs de Nick Quintain, ce qui frustrait un peu son patron mais lui valait aussi son respect. Pour Luke, Luis était une sorte d'oncle d'adoption, le genre de parent que l'on se choisit, contrairement à ceux que vous imposent les hasards de la naissance.

Le cuisinier prit sa cuillère de bois et la pointa vers Luke.

— Vous êtes des boucs tous les deux. Cabochards comme c'est pas permis et trop butés pour reconnaître vos erreurs. Ton grand-père te soumet à un ultimatum. Ce n'est pas bien. Et toi, tu vas demander à cette fille de t'épouser.

Il agita la tête d'un air de dégoût, puis se mit à remuer le contenu de la cocotte avec plus de vigueur que nécessaire.

— Je me lave les mains de vous deux, mais écoute-moi bien, *señor* Luke : ne te marie pas avec cette pimbêche. Elle me rappelle une mule que mon grand-père avait. Les yeux trop rapprochés, c'est mauvais. Elle ne te fera que des ennuis.

Luke prit plaisir à imaginer la réaction qu'aurait Devon en s'entendant comparer à une mule.

— Je ne l'épouse plus.

— Ah non ?

— Non. Je… euh… j'ai trouvé mieux. Une autre fille… enfin, une femme. Je crois qu'elle te plaira.

Il n'était pas homme à se répandre en explications, et il en avait déjà beaucoup dit. Sa dernière remarque, venue spontanément, le surprenait lui-même, mais, après réflexion, elle lui parut juste. Il voyait déjà Cat et

Luis assis près du plan de travail, en train d'échanger des recettes. Elle lui proposerait peut-être ses légumes puisque, apparemment, elle en cultivait pour les vendre. Il tenait ce détail de Keith qui lui avait demandé ce qu'elle faisait pour vivre. Lui n'y avait pas pensé. Mauvais point. Mais, en présence de Cat, il avait quelque peine à garder ses esprits.

Luis inclina la tête de côté.

— Et cette autre femme, tu l'aimes ?

— Non, répondit vivement Luke.

Le ton était trop brutal. Il reprit plus calmement :

— Non, mais elle me plaît bien. Elle est… particulière.

Sa main s'était crispée sur la poignée de son attaché-case. Il se redressa, se dégagea de la porte, puis ajouta :

— Et elle n'a pas les yeux trop rapprochés.

Luis sourit.

— Tant mieux. C'est déjà un progrès sur la précédente.

— Je le pense aussi, déclara Luke avec conviction. Grand-père est dans la bibliothèque ?

— *Sí*. Et d'une humeur de dogue. Depuis ce matin, il grommelle et ronchonne.

Luis se remit à touiller le contenu de la cocotte, puis ajouta d'un air satisfait :

— J'ai mis un supplément de piment dans mon ragoût.

— Si j'avais su, je serais venu avec un extincteur.

Sur ces mots, Luke quitta la cuisine, accompagné par le rire sonore du cuisinier.

Lorsqu'il était enfant, la bibliothèque était son lieu de prédilection, surtout en hiver, car il aimait s'allonger près de la cheminée pour contempler le mouvement des flammes, les jeux d'ombre et de lumière qu'elles projetaient sur les rayonnages couverts de livres et les confortables sièges de cuir souple. Assis derrière le grand bureau d'acajou, son grand père travaillait à ses dossiers. Sa grand-mère, qui enseignait l'anglais en premier cycle à UCLA, corrigeait des copies sur le canapé. De temps en temps, elle lisait à voix haute le passage d'un essai, soit parce qu'il était exceptionnellement brillant, soit parce qu'il contenait une bourde amusante. Lassé de son travail, Nick quittait la table pour aller s'asseoir dans le fauteuil de cuir que lui seul utilisait. Là, il allumait un cigare, malgré les remontrances de sa femme qui craignait pour sa santé et s'exclamait invariablement :

— Nicholas, je ne comprends pas que tu fumes cette chose qui empeste.

Opinion que Luke partageait, à l'époque, sans rien en dire. Il séjournait chez ses grands-parents lorsque ses parents s'absentaient pour affaires ou que sa mère allait rejoindre un amant. A l'époque, le gamin qu'il était se souciait de tout cela comme d'une guigne puisqu'il était heureux avec ses grands-parents.

Aujourd'hui, cependant, au seuil de la bibliothèque, il éprouvait un sentiment d'amour mêlé de colère en observant son grand-père. Quels qu'aient été ses qualités ou ses défauts, Nick Quintain ne laissait personne indifférent. A quatre-vingt-cinq ans, il se tenait droit comme un i, posture qu'il avait acquise à l'armée pendant la Seconde Guerre mondiale. Ses cheveux, toujours épais, n'étaient plus bruns mais argentés et, si le bleu de ses yeux avait pâli, son regard demeurait aussi intense que par le passé et donnait l'impression de vous transpercer. Assis à son bureau, avec ses lunettes à monture dorée et ses manches retroussées, il incarnait l'homme vieillissant mais lucide et habitué au pouvoir — ce qu'il était, d'ailleurs. En le regardant, Luke avait l'impression de se voir lui-même dans cinquante ans. Puisqu'ils se ressemblaient au point que les photos de son grand-père jeune auraient pu passer pour les siennes, il était raisonnable de supposer que la ressemblance persisterait avec l'âge. Soudain, Luke se demanda ce que l'on ressentait, à quatre-vingt-cinq ans, lorsqu'on contemplait le parcours de toute une vie.

— Alors ? Tu attends une invitation écrite ? demanda Nick.

— Pourquoi ? Je devrais ?

Luke s'avança dans la pièce qui fleurait bon le cuir et l'encaustique, le feu de bois et l'odeur légèrement poussiéreuse des livres.

— Tu es en retard d'une heure, lui fit remarquer Nick d'un ton sévère.

— Nous n'avions pas fixé de rendez-vous précis, et j'étais occupé, répondit calmement Luke.

Il posa sa mallette sur le bureau et l'ouvrit, mais il se

garda bien de prendre place dans le confortable fauteuil qu'on avait tiré devant le bureau à cet effet. C'eût été concéder l'avantage psychologique au vieux roublard de Nick qui pensait à tout. Il avait cependant oublié que son unique petit-fils avait appris de lui l'art des négociations.

— J'apporte les papiers pour l'affaire Van Valkenburg, dit Luke en sortant les documents de son attaché-case. Ils acceptent notre prix, et nous prenons le bâtiment en l'état.

— En l'état ? Qu'est-ce qui cloche dans ce bâtiment ?

— D'après Dickerson, la plomberie est à refaire, et l'électricité doit dater d'Edison.

Anticipant la réaction de son grand-père, Luke lui tendit l'estimation de l'entrepreneur.

— Il faut aussi repeindre, poser de la moquette et arranger les jardins.

— Pourquoi ne pas tout raser et reconstruire à neuf ? Ça coûterait moins cher.

— Parce que le quartier de Venice est en train de prendre de la valeur. Les gens qui s'y installent aiment les vieux bâtiments qui leur donnent le sentiment de retrouver leurs racines. La rénovation est coûteuse, j'en conviens, mais quand les travaux seront terminés, nous pourrons vendre les appartements à l'unité, et nous rentrerons largement dans nos frais.

— A condition que le marché ne tourne pas ! grommela

Nick. Et que les acheteurs ne se mettent pas à préférer le moderne à leurs fichues racines. Il faut aussi que…

— Que la Californie ne sombre pas dans le Pacifique et que le ciel ne nous tombe pas sur la tête, coupa Luke. Quelqu'un m'a dit, un jour, que l'immobilier était un domaine à risques, mais qu'en effectuant ses recherches correctement, on mettait un maximum de chances de son côté.

Malgré l'irritation qu'il ressentait en entendant son petit-fils lui renvoyer ses propres paroles au visage, Nick prit son stylo pour parafer les documents.

— De toute façon, je n'ai jamais aimé ce quartier, déclara-t-il. Venice, le royaume des artistes à la manque qui se croient en 1930 et qui se prennent pour Scott et Zelda ! Et ces canaux qui puent ! Quelle horreur !

— Les canaux ne sentent plus, et les artistes à la manque sont prêts à payer de coquettes sommes pour réaliser leurs fantasmes.

Luke reprit les documents signés, les disposa en une pile bien nette et les rangea dans sa mallette avant de sortir de nouveaux contrats.

Malgré les offres répétées de son grand-père, il refusait obstinément de lui succéder à la tête de Quintain Inc. car il savait que le bougre ne se retirerait des affaires qu'une fois mort et enterré, et il préférait éviter de travailler en association trop étroite avec lui. Luke avait donc monté sa propre firme : Quintain Properties. Et il avait pu constater que tout se passait bien entre Nick et lui lorsqu'ils avaient des intérêts communs.

Après que le second lot de documents fut signé, il y eut un silence pesant. Nick en était-il conscient ? Quelques mois plus tôt, ils auraient bavardé, parlé d'ouvertures nouvelles, des tendances du marché, de politique, et même des nouvelles locales : mariages, divorces et décès. Puis Luke serait resté dîner... Tout en se demandant si son grand-père regrettait autant que lui leur ancienne complicité, il referma sa mallette dont le léger claquement résonna comme un tonnerre dans le silence de la pièce.

— Alors, on se revoit samedi ? demanda Nick.

— Samedi ? répéta Luke.

— Pour fêter tes fiançailles. Tu es toujours fiancé, j'espère ?

Zut ! La réception. Une idée de Devon, bien sûr. Un compromis entre eux, car il se refusait à un mariage en grande pompe avec le tout Los Angeles sur la liste des invités. Il aurait dû penser à annuler ce pensum quand Devon avait filé avec son fermier, mais il était trop occupé à lui trouver une remplaçante pour réfléchir à ce genre de détails.

— Je suis toujours fiancé.

Il sourit intérieurement, sentant se réveiller en lui quelque démon facétieux. *A priori*, il n'avait pas l'intention de présenter les choses à son grand-père de cette façon, mais tant pis. Le vieux bonze l'avait bien cherché.

— Cela dit, il y a quelques changements, dit-il. Peut-être une dizaine de noms à ajouter sur la liste des convives.

Cat devait bien avoir des amis à inviter…

— Cela ne me concerne en rien, répliqua Nick avec humeur. Arrange-toi avec ta secrétaire… Quand même, le fait que tu tiennes à te ridiculiser devant tant de monde me dépasse.

Ignorant ce commentaire, Luke reprit, comme si de rien n'était :

— Et puis, ma secrétaire te transmettra les corrections à apporter au faire-part.

Nick fronça les sourcils.

— Les corrections ? Quelles corrections ?

— Le nouveau nom de la fiancée, entre autres. Je n'épouse plus Devon Kowalski.

— Tant mieux. On peut savoir qui la remplace ?

— Catherine Willow Rain Skywalker Lang, répondit Luke avec un plaisir non déguisé qui tenait partiellement à l'air ébahi de son grand-père.

— Ça fait beaucoup de femmes, dis-moi. Tu en épouses combien ?

— Une seule.

Luke adressa à Nick, toujours plus éberlué, son premier vrai sourire depuis des mois, et ajouta :

— Tu la rencontreras lors de la réception.

Et, tandis qu'il gagnait la porte, fier d'avoir réussi à déconcerter l'intraitable vieux bouc, ce dernier lui lança :

— Tu n'épouses pas cette immonde pétasse, c'est déjà ça !

— Non, j'épouse la sœur de la pétasse, répliqua

Luke en refermant la porte au nez de son grand-père médusé.

Cat avait participé à toutes sortes de fêtes. Naomi adorait les rassemblements, des manifestations politiques aux concerts de rock, en passant par les enterrements. « Les foules créent de l'énergie et permettent de renflouer les réserves psychiques », disait-elle. C'est ainsi qu'à l'âge de sept ans, Cat imaginait les rassemblements comme des pompes à essence de l'âme. Les fêtes de Naomi regorgeaient généralement d'androgynes aux vêtements colorés et aux lunettes rondes à montures d'acier ; on y brûlait de l'encens, on y buvait du vin bon marché et on y fumait de drôles de cigarettes à l'odeur douceâtre, écœurante. Les conversations tournaient autour de l'énergie positive et de la nécessité de purifier son aura.

Chez Larry aussi, il y avait des fêtes, mais elles semblaient lui tomber dessus comme autant d'accidents. L'air égaré, il errait entre les groupes d'étudiants et d'artistes, sans trop savoir qui étaient tous ces gens ni ce qui les amenait là. On y retrouvait les mêmes lunettes rondes, les mêmes androgynes, vêtus de jeans, cette fois ; on y buvait du vin bon marché ou de la bière, mais on n'y fumait pas. Que diable, on était en Californie où le citoyen lambda respire de bonne grâce un air pollué par les gaz d'échappement mais pâlit devant la fumée d'une simple cigarette. On y parlait surtout des misérables bourses offertes aux pauvres étudiants et des bruits de couloir sur les affaires de cœur des enseignants, même si, un jour, deux professeurs d'archéologie en étaient presque venus aux mains à propos de l'apparition de l'homme en Amérique du Nord. Par-dessus les marinades de poivrons et les tomates séchées au soleil, on se lançait au visage des « Vingt mille ans ? Sûrement pas ! » et des « Essaie donc de traverser le Pacifique en canoë ! »

Pour le reste, il n'y avait pas grande différence entre les anciennes fêtes de Naomi et celles que Larry subissait. Même océan de paroles, même nourriture et mêmes boissons à bas prix.

Mais là… là, c'était autre chose, songea Cat en examinant la salle du Country Club. Il ne s'agissait pas d'une vulgaire fête mais d'une *réception*. Et ça sentait l'argent au point que l'air avait presque la couleur des dollars. Des serveurs en vestes blanches se faufilaient avec dextérité entre les convives avec des plateaux croulant sous les tartelettes à la truite fumée, les pointes d'asperges enveloppées de jambon de Parme, les bouchées au crabe et les mini soufflés aux anchois.

Devant une rangée d'immenses baies vitrées donnant sur un bassin joliment éclairé et peuplé de carpes japonaises, une longue table de bois sombre, poli façon miroir, proposait canapés et petits-fours variés, ainsi que de grandes coupes posées sur des lits de glace et remplies de caviar. Cat se fit la réflexion qu'étaler tant de caviar devant le bassin des carpes ne manquait pas d'ironie, mais elle devait être la seule à nourrir de telles pensées.

Si les lieux n'avaient pas suffi à la convaincre qu'elle entrait dans un autre monde, les convives s'en seraient chargés. Elle en reconnut certains : l'animatrice d'une émission débat, la présentatrice des nouvelles régionales, un juge célèbre qui avait arbitré une affaire criminelle importante, l'an dernier, un critique de cinéma qui éreintait, par principe, tout film ne venant pas de l'étranger…

Elle n'avait invité que Jack qui lui avait promis de laisser le restaurant pendant une heure ou deux aux mains de son assistant. Larry et Susan étaient là, eux aussi, puisqu'ils figuraient sur la liste d'origine établie par Devon. Cat avait d'abord craint qu'ils se sentent déplacés, mais elle s'inquiétait à tort. Leur distraction chronique avait ses avantages et, oublieux du cadre comme des gens, ils s'étaient installés à une table près de la fenêtre, et bavardaient avec un petit homme bedonnant que Luke avait présenté comme un producteur de documentaires sur une chaîne de télévision nationale. Avec un peu de chance, elle verrait bientôt ses parents adoptifs sur PBS, dans un film sur l'art de la poterie à travers les âges…

Curieusement, Devon n'avait invité qu'eux. Cat aurait pensé que sa pseudo demi-sœur serait désireuse d'afficher sa promotion sociale devant tous ses amis. Là encore, elle s'était trompée, et sans doute qu'en entrant dans ce nouveau milieu, plus fascinant et plus valorisant que l'ancien, Devon ne tenait pas à ce qu'on l'associe à ses fréquentations d'autrefois. D'autant que la loyauté ne l'avait jamais étouffée…

Aïe ! C'était méchant. Plutôt que de médire sur Devon, Cat devrait lui être reconnaissante, puisqu'elle épousait Luke à sa place. Encore que cette seule idée lui donnait des angoisses…

Elle sourit et serra la main d'une grande femme maigre que Luke lui présentait comme la présidente d'une quelconque association, et dont la peau était si lisse et si tendue qu'on voyait presque l'os au travers. Elle examina Cat des pieds à la tête, avec la même curiosité que les quelque soixante personnes présentes. Seule, une femme âgée avait réagi différemment. Après l'avoir vaguement dévisagée, elle avait demandé un Martini gin qu'elle avait bu cul sec sous le regard horrifié de son compagnon qui s'était empressé de l'éloigner. Moment de vérité sans trace d'hypocrisie.

Se rappelant soudain que l'on fêtait ses fiançailles, la jeune femme se retint de rire. Luke trouvait-il la situation aussi incongrue qu'elle ? Allait-il s'évanouir en fumée sous ses yeux et lui confirmer ainsi qu'elle rêvait ? Elle lui coula un bref regard de biais. Non, il était bien là, solide comme un roc. Elle sentait sa chaleur toute proche, le parfum légèrement épicé de son eau de toilette. Il portait un costume bleu marine qui mettait ses yeux en valeur. D'ordinaire, elle préférait les hommes en jean, mais, dans cette tenue formelle, Luke Quintain était plus viril, plus sexy que jamais.

La championne du lifting toutes catégories les quitta sur un signe d'un maigre jeune homme alangui qui ressemblait un peu à une mante religieuse avec ses grosses lunettes et son menton fuyant.

— Ça va ? Tu tiens le coup ? s'enquit Luke lorsqu'ils furent de nouveau seuls.

— J'ai un peu le sentiment d'être une bête curieuse, mais je m'y attendais. Personne ne m'a encore jeté de cacahuètes, c'est déjà quelque chose.

— Rassure-toi : toutes les soirées ne sont pas aussi guindées.

Elle haussa les épaules.

— Je ne suis pas inquiète. Ni difficile : un rien me satisfait.

Un sourire éclaira le visage de Luke.

— Vraiment ? C'est prometteur.

Elle se sentit rougir, ce qu'il ne manquerait pas de remarquer. Maudit teint de rousse ! Le désir brûlait dans les yeux bleus de Luke et, s'il n'était pas le premier à la regarder ainsi, c'était la première fois qu'elle en frissonnait. Elle aurait aimé lui répondre d'une remarque spirituelle et badine, mais rien ne lui venait. Sa gorge était nouée. Confuse, elle se cacha derrière son verre, but une gorgée de champagne pour se donner une contenance.

Luke s'autorisa un léger sourire de satisfaction. Depuis qu'il la connaissait, il avait découvert qu'elle ne se démontait pas facilement. Fiançailles rompues, fiançailles instantanées, scènes de jalousie et contrats prénuptiaux la laissaient de marbre. Mais l'électricité qui existait entre eux la déstabilisait. Au point qu'il se demandait si elle était aussi dénuée d'expérience qu'elle le prétendait. Difficile de croire qu'à l'époque actuelle, une jeune femme puisse rester pure jusqu'à vingt ans — surtout quand elle irradiait la sensualité, comme c'était le cas de Cat. Dans cette robe, elle le rendait fou. Ce n'était, pourtant, qu'une petite robe noire très sobre, mais elle avait été choisie judicieusement, pour mettre en valeur celle qui la portait. Le décolleté en V légèrement plongeant révélait juste assez de rondeurs alléchantes, rendues plus tentantes encore par la chaînette d'or qui plongeait dans l'ombre au creux de ses seins.

Luke sentait ses doigts le démanger ; ils brûlaient de suivre le parcours de l'impudente chaînette. A présent, il savait ce qu'elle cachait sous ses amples vêtements de jardinier. Le fin tissu de la robe moulait la courbe de ses hanches et s'arrêtait à mi-cuisse, découvrant de longues jambes au galbe admirable. Avec ses escarpins à talons hauts, elle était presque à sa hauteur, et il avait peine à imaginer qu'il ait pu préférer un jour les petites blondes fragiles aux grandes rousses voluptueuses.

Au prix d'un effort, il reporta son attention sur son visage. A en juger par la couleur de ses joues, elle avait remarqué sa distraction, et il se sentit rougir à son tour. Qu'avait-elle donc de si spécial pour le faire réagir comme un adolescent ? Pour qu'il se ridiculise devant Jack Reynolds en se montrant stupidement jaloux ? Et voilà que, devant tout le monde, il gardait les yeux fixés sur ses seins, comme un imbécile !

On les observait à la dérobée, et parfois même ouvertement. Jusque-là, personne n'avait encore eu le toupet de venir lui demander en face comment il s'y était pris pour retrouver une fiancée si vite après avoir rompu avec la première, mais la curiosité des invités vibrait dans l'air de manière tangible. Ce qui se comprenait. Par souci de discrétion, il aurait dû annuler la réception. Au lieu de cela, il avait fait envoyer des invitations corrigées portant le nom de sa nouvelle promise. C'était là un défi pour leur matière grise, un encouragement à spéculer jusqu'au court-circuit cérébral. Peut-être que, finalement, il avait laissé sa rancœur contre son grand-père l'emporter sur son bon sens.

Keith s'avançait vers eux.

— Eh bien, eh bien, qu'est-ce que vous faites là, dans un coin ? leur lança-t-il. Vous oubliez que vous êtes les rois de la fête ! En tant que tels, vous vous devez de rayonner au sein de l'assemblée.

— J'aimerais mieux m'attacher une côte de bœuf autour du cou et plonger dans un bassin rempli de piranhas affamés ! répliqua Cat d'un ton enjoué.

Luke faillit s'étouffer, et piqua du nez dans son verre de cabernet en toussotant. L'éclat de rire de Keith leur valut des regards appuyés.

— En général, les hôtes sortent vivants du Country Club, fit remarquer Luke sèchement.

— Pas s'ils mangent ces bouchées diaboliques, intervint Jack qui venait de se joindre au groupe. Si c'est du crabe, je suis le pape. Quant à la quiche, elle est carrément infecte.

Cat rit à son tour et glissa le bras sous celui de Jack.

— Tu as les manières d'un ours. Au lieu de médire, laisse-moi te présenter Keith, l'ami de Luke et aussi son avocat. Keith, Jack Reynolds. Il est restaurateur, ce qui lui donne des excuses. De la part d'un simple mortel, ces commentaires seraient d'une grossièreté sans nom.

Jack eut le bon goût de prendre un air gêné en serrant la main que Keith lui tendait.

— Désolé. J'ai rarement l'occasion de goûter la cuisine des autres. J'aurais dû tenir ma langue.

— Aucune importance. Je ne suis pas responsable du buffet, et leur quiche ne m'emballe pas non plus.

— Parce que tu en as mangé ? demanda Luke d'un air étonné. Je croyais que tu avais horreur de ça !

Luke prit le coude de Cat pour l'attirer près de lui. Pour la galerie, bien sûr, pour la galerie. Pas parce qu'il enrageait de la voir collée à Jack…

Du regard, elle lui lança un avertissement, mais il leva vers elle des yeux bleus si candides qu'elle accepta de s'abandonner contre lui avec un sourire malicieux. Son corps était si tiède et si souple qu'il dut se faire violence pour ne pas l'entraîner derrière le ficus voisin pour l'embrasser à en perdre le souffle…

— Tout Américain sain d'esprit déteste la quiche, poursuivait Keith.

— Pas les autres ? demanda Jack.

— C'est qu'en matière de nourriture, les Européens sont... très européens. Ils mangent des escargots, paraît-il, et aussi des cuisses de grenouille, des pieds paquets...

— Et le bœuf en croûte des Anglais, ça ne vous paraît pas suspect ?

— Suspect ? Pourquoi donc ?

Luke posa la main sur la hanche de Cat, et la sentit frémir sous ses doigts. Son doux parfum floral lui donnait envie de se pencher vers elle pour s'imprégner de cette odeur et de celle de sa peau qu'il aurait volontiers couverte de baisers...

Il avait quelque peine à suivre la conversation, et dut faire un effort de concentration pour reprendre le train en route et participer un tant soit peu.

— Keith s'imagine que les hamburgers de chez Tommy représentent le sommet de la gastronomie.

— Tommy est l'idole de Los Angeles, dans ce domaine, déclara Jack.

Il s'ensuivit une discussion animée sur les mérites des doubles et des triples hamburgers, les vertus comparées du fromage fondu et du piment. Luke écoutait ça d'une oreille distraite, tout en se demandant ce que penseraient les clients de Chez Jack s'ils savaient que le patron avait un faible pour les hamburgers au piment et les frites.

— Les carottes sont cuites. Je répète : *les carottes sont cuites*, murmura Keith.

Luke revint aussitôt sur terre.

— L'aigle vient de se poser, vieux.

En effet, Nick venait de faire son apparition. Luke se raidit en le voyant. Cat dut s'en apercevoir, car elle recouvrit sa main de la sienne. Ce geste de soutien l'amusa et le toucha.

— C'est ton grand-père ?

— En personne.

Luke laissa retomber son bras le long de son corps, et mêla ses doigts à ceux de Cat. Pour la galerie, bien entendu ! Parce que c'est ce que font les amoureux.

Il entraîna sa fiancée à la rencontre de Nick, préférant le rejoindre à mi-parcours plutôt que l'attendre, comme un enfant coupable attend son châtiment.

— C'est le grand-père qui l'oblige à se marier ? demanda Jack.

Keith hésita à jouer l'innocence, puis haussa les épaules. A l'évidence, Cat lui avait confié les vraies raisons de ce mariage.

— Lui-même. Nick Quintain, grand manitou de l'immobilier et entremetteur hors pair.

Jack eut un large sourire.

— Je vous parie dix dollars que Cat n'en fait qu'une bouchée.

Keith ouvrait la bouche pour relever le défi quand il se souvint de Luke menaçant de doubler la somme pour la faire plier. Se ravisant aussitôt, il fit non de la tête. S'il avait appris une chose, c'est que Cat avait une personnalité… détonante.

— Je l'ai vue à l'œuvre, dit-il. Je ne parie pas contre elle.

— Ce qui prouve que vous êtes un homme de bon sens.

Et il manœuvra pour se rapprocher de Cat et surprendre la conversation.

— Grand-père, j'aimerais te présenter ma fiancée, Catherine Lang. Cat, voici mon grand-père, Nick Quintain.

Luke parlait d'une voix posée, mais Cat sentait la tension qui l'habitait. S'inquiétait-il de ce que son grand-père penserait d'elle ?

Elle examina l'homme qui lui faisait face, l'homme qu'elle était si curieuse de connaître. Sans lui, Devon ne se serait pas fiancée à Luke, et elle n'aurait pas pris sa place. Au fond, elle aurait dû le remercier car, sans son bizarre ultimatum, jamais elle n'aurait rencontré Luke. Encore que ce genre de chantage ne méritait sans doute pas qu'on lui tresse des couronnes…

« Quoi qu'il en soit, c'est un beau vieillard », songea la jeune femme. Luke lui ressemblerait un jour. Grand, le dos droit, des yeux bleus pâlis par les ans mais toujours vifs… Nicholas Quintain en imposait. Il portait un costume impeccablement coupé et s'appuyait légèrement sur une cane d'ébène au pommeau ouvragé.

Il adressa à Cat un sourire glacial.

— Vous avez un prénom inhabituel, dit-il.

Elle sentit la main de Luke presser la sienne, mais répondit sans lui laisser le temps de voler à son secours.

— C'est un diminutif de Catherine, monsieur Quintain. Mes amis m'appellent Cat.

Elle lui sourit avec gentillesse, et ajouta :

— Vous pouvez m'appeler Catherine.

Pause stratégique pour que le trait porte. Nouveau sourire, plus radieux encore, puis :

— Ou Cat, si vous préférez.

— Je ne préfère rien du tout.

Il la détaillait, lui cherchait des défauts. Elle s'abstint de lisser sa robe, de remettre une mèche folle en place. Elle ne lui donnerait pas ce plaisir.

— Ainsi, vous épousez mon petit-fils.

Ce n'était pas une question ni une déclaration, mais l'expression d'un défi.

— C'est l'idée, dit-elle avec naturel.

A son tour, elle pressa la main de Luke. Nick surprit ce mouvement, et eut un rictus de mépris. Luke avait vu des chefs d'entreprise perdre tous leurs moyens devant cette expression, mais Cat n'en était nullement troublée. Elle adressa au vieillard un sourire innocent, et s'appuya contre l'épaule de son fiancé avant de poursuivre :

— Vous savez, monsieur Quintain, exercer un chantage sur son petit-fils pour l'obliger à se marier, c'est très mauvais pour le karma. Et trop de mauvais karma accumulé pourrait vous transformer en cafard dans une vie future.

Luke faillit éclater de rire.

— Pardon ? demanda Nick dont les yeux lançaient des éclairs.

— Oh ! inutile de me demander pardon ! Il ne s'agit pas là d'une démarche en douze étapes avec excuses publiques lorsqu'on rechute, comme aux Alcooliques Anonymes. Mieux vaudrait vous efforcer de mener une vie plus positive. Une bonne action ou deux n'ont jamais nui à personne.

— Vous me donnez des leçons ?

Le ton était si glacial que la température semblait avoir chuté de dix degrés. Du coin de l'œil, Luke apercevait Keith qui écoutait, fasciné par cet échange. Près de lui, Jack était au bord du fou rire.

— Mais pas du tout, répondit Cat d'un air candide. Ma mère disait toujours que chacun choisit sa voie. Peut-être avez-vous envie de revenir sous forme de cafard, et il y a certainement beaucoup à apprendre d'une vie de cafard. Ce sont des créatures très bien adaptées, qui ont acquis l'art de vivre en société.

En regardant son grand-père tenter de digérer ce discours des plus inattendus, Luke avait presque pitié de lui. Le vieux bouc sentait confusément qu'on l'insultait, mais rien dans l'attitude ou dans le ton de Cat ne venait confirmer cette hypothèse.

— Je ne reviendrai certainement pas sous la forme d'un cafard, déclara-t-il d'un ton cassant.

— Je l'espère pour vous, parce que, même si c'est une vie riche d'enseignements, ce n'est guère tentant, n'est-ce pas ? conclut la jeune femme en le gratifiant d'un nouveau sourire angélique.

Nick ouvrit la bouche pour parler, et la referma sans

mot dire. Un spasme agitait les muscles de sa mâchoire. Il fixa sur Cat un regard courroucé, mais elle s'était retournée pour poser son verre vide sur le plateau de service. Frustré, Nick reporta sur Luke son regard noir de colère. Luke haussa un sourcil, esquissa l'ébauche d'un sourire. Il aurait aimé rire à gorge déployée, tant toute la scène était comique.

Il ne regrettait pas l'argent du contrat ; il aurait même payé plus cher encore pour le plaisir de voir son arrogant grand-père frappé de mutisme à l'idée de revenir sur terre dans la peau d'un cafard. Assurément, c'était une première.

— Je ne comprends toujours pas pourquoi tu ne t'es pas garée au club, dit Luke en mettant son clignotant pour tourner dans Foothill Boulevard.

Les rues étaient presque désertes, à l'heure du matin, ce qui lui donna le temps de jeter un regard exaspéré à sa fiancée.

— Je refuse de confier Ruthie à n'importe qui.

— Tu ne crois tout de même pas que quelqu'un aurait l'idée de te voler ce vieux clou ?

— Bien sûr que non ! Je suis très attachée à Ruthie mais je ne me fais pas d'illusions. Le problème de ces parkings, c'est qu'on est obligé de confier ses clés au gardien, et personne ne sait comment s'y prendre pour conduire Ruthie convenablement.

— Pourquoi ? Il faut lui chanter une berceuse en mettant

le contact ou dire des incantations pour se concilier les faveurs des esprits qui protègent les conducteurs de vieilles guimbardes ?

Cat agita la tête en riant. A la lueur des réverbères, Luke nota que des mèches folles s'étaient échappées de son chignon. Ses doigts se crispèrent sur le volant. Depuis le début de la soirée, il se retenait d'ôter les épingles qui retenaient sa chevelure captive pour la voir tomber en une cascade de boucles de feu sur ses épaules.

— Ruthie a ses particularités, poursuivait la jeune femme. La dernière fois que je l'ai laissée dans ce genre d'endroit, j'ai dû expliquer au gardien comment enclencher la première, mais, apparemment, c'était trop compliqué et, pour la garer, il a fini par la pousser, avec l'aide d'un collègue. Ruthie en était affreusement gênée.

— Et j'imagine que les employés l'étaient aussi.

Il s'engagea sur le parking vide du centre commercial : un demi-hectare de bitume craquelé et marqué de lignes blanches pâlies. Quarante ans plus tôt, c'était le dernier cri en matière de supermarché, mais aujourd'hui, on faisait mieux et plus grand, avec des galeries sur plusieurs étages, des boutiques de toutes sortes, des cinémas, des restaurants, des espaces de jeux pour les enfants… bref, les hypermarchés avaient périclité. Encore dix ans, et celui-ci serait rasé pour céder la place à d'autres bâtiments. Peut-être des bureaux, ou l'un de ces centres commerciaux entièrement faits de verre et d'acier.

— Pourquoi avoir choisi cet endroit ? demanda-t-il

à Cat, en garant sa Mercedes près de Ruthie, seule sur le parking.

— Il fallait que j'achète des bas, répondit-elle en désignant ses jambes.

— J'aurais pu passer te prendre chez ton père adoptif, dit Luke, distrait par le galbe de ses mollets gainés de noir.

Bas ou collant ? Une question qu'il n'aurait pas dû se poser. La seule idée d'un porte-jarretelles de dentelle noire sur sa peau laiteuse le mettait en transes.

— Ça n'aurait rien changé : on aurait quand même dû s'arrêter en route pour que j'achète des bas, répliqua-t-elle, surprise de devoir lui rappeler l'évidence.

Il cligna des yeux, se ressaisit.

— C'est vrai, tu as raison. J'avais la tête ailleurs.

Il ouvrit sa portière, sortit, et inspira une grande bouffée d'air frais. Dommage qu'il ne neige pas ; cela aurait peut-être contribué à calmer ses ardeurs…

Il contourna la voiture, mais Cat ne l'avait pas attendu. Aïe, ces jambes !, songea-t-il en la regardant se glisser hors du véhicule. Incapable de résister plus longtemps, il lui enlaça la taille. Elle renversa la tête en arrière pour le regarder. La lumière du réverbère tuait les couleurs et accentuait les ombres. Portrait en noir et blanc : peau claire, grands yeux profonds et mystérieux… Elle ne protesta pas lorsqu'il porta la main à son chignon et le défit pour libérer ses cheveux, laissant les épingles tomber à terre. Un moment, il joua avec la soie de ses boucles. Dieu qu'il la désirait ! Elle suscitait en lui une faim dévorante qu'il avait de plus en plus de peine à contrôler. D'où sa frustration et une certaine colère.

Cat frissonna au contact de ses doigts sur sa nuque. Il l'avait à peine effleurée, mais elle sentait son regard sur elle, et devinait son désir dont elle se sentait enveloppée comme d'une aura de chaleur. Désir partagé. Elle battit des cils lorsqu'il se pencha sur elle afin de déposer sur ses lèvres un baiser si léger, si doux, si plein de promesses qu'elle aurait voulu le voir se prolonger. Ses paupières trop lourdes se soulevaient à peine, et elle demeurait là, la tête renversée, offerte, consentante.

Souffle tiède de Luke qui reprenait sa bouche et la possédait avec ardeur, cette fois. Baiser exigeant, autoritaire, comme le tout premier. Elle se sentit faiblir, s'agrippa au revers de sa veste, tandis que l'univers tournait tout autour d'eux. Bouches soudées, goulues, duel passionné des langues. Elle s'ouvrait à lui, fondait sous ce baiser. Il se pressait contre elle, et elle répondait avec la même fièvre. C'était ce dont elle rêvait depuis le premier jour, depuis le premier baiser.

Quand, enfin, il releva la tête, elle tremblait comme une feuille. Pas de froid, bien au contraire. A travers leurs vêtements, elle sentait son érection, et cette preuve flagrante de désir la troublait jusqu'au frisson.

— Viens chez moi, murmura-t-il en lui couvrant le visage de baisers.

Proposition tentante. Pourquoi ne pas le suivre, se laisser conduire au lit, voir où tout cela menait ? Ils étaient fiancés, ils allaient se marier. A quoi bon attendre plus longtemps ?

Fermant les yeux, elle refoula ces pensées et fit non de la tête.

— Je ne passerai pas la nuit chez toi.

Le son rauque de sa propre voix la surprit.

— Pourquoi ?

Il resserra son étreinte plus que de raison.

— Tu portes une bague au doigt, lui fit-il remarquer. Ça ne te suffit pas ? Ce n'est pas la bonne, peut-être ?

Cat se raidit soudain. Sarcasme, brusque changement d'humeur, le charme était brisé. Elle relâcha ses doigts, toujours serrés sur le col de sa veste, et s'écarta de lui.

— Ce n'est pas une question de bague. Ma vie est partie à l'opposé de ce qu'elle était la semaine dernière. Pendant plusieurs heures, ce soir, j'ai été dévisagée comme une bête curieuse, examinée sous toutes les coutures, soupesée et jugée moins que favorablement par tous tes amis, et j'emploie ce mot au sens le plus large. Deux avocats se sont proposés pour me représenter quand nous divorcerons. Un abruti m'a pincé les fesses si fort que je dois avoir un bleu. Et l'une de tes petites camarades de jeu éméchée par trop de vodka m'a coincée dans les toilettes pour que nous comparions tes exploits au lit. Je suis fatiguée, tendue, et je ne te connais pas suffisamment. Je suis flattée que tu me désires au point de te conduire comme un goujat, mais tu vas devoir prendre ton mal en patience. C'est l'affaire de quinze jours.

Dans le silence qui suivit, une voiture passa. Par contraste, le bruit du moteur semblait assourdissant. Cat s'adossa à la Mercedes et ferma les yeux. Elle se demanda si elle devait ôter la bague et la rendre à Luke sur-le-champ. Cela lui éviterait de la réclamer. Ensuite, elle conduirait Ruthie jusqu'à l'asile d'aliénés le plus proche et resterait un ou deux mois dans une cellule capitonnée.

— Qui t'a pincée ?

La colère de Luke avait changé de cible. Cat rouvrit prudemment les yeux.

— Pardon ?

— Qui a osé porter la main sur toi ?

« Quelle réaction de mec ! », songea Cat. Pour rien au monde elle ne se laisserait charmer par cette virile... Virile quoi, d'ailleurs ? Et de qui se moquait-elle ? Elle aimait entendre cette jalousie dans sa voix. Ce n'était pas de l'amour, certes, mais c'était nettement mieux que de l'indifférence. Pour le moment, elle devait se contenter de ce qu'il lui offrait.

— Peu importe. Je l'ai remis au pas.

— Pour moi, c'est important. Je ne permets pas qu'un abruti prenne des libertés avec toi.

— Ah non ? Je remarque que tu ne t'inquiètes pas trop de ce que ton ex-maîtresse raconte sur ta sexualité.

— Je n'ai pas d'inquiétude dans ce domaine, répondit Luke avec un sourire entendu.

Cat laissa échapper un petit rire de surprise. Diable, quelle arrogance ! Arrogance justifiée, sans doute, mais mieux valait ne pas trop y penser. Elle était seule avec lui, sur un parking désert, épuisée par sa soirée, tendue, déboussolée. Si la conversation se prolongeait dans cette voie, si elle restait ainsi, tout près de lui, si près que sa chaleur la réchauffait malgré le froid, elle finirait par se laisser tenter, faire des choses qu'elle… Qu'elle ne regretterait pas nécessairement mais qui n'étaient pas raisonnables.

Au prix d'un effort, elle se redressa, se détacha de la voiture, et fit un pas de côté pour s'écarter de Luke.

— Je rentre à la maison.

Curieusement, il y avait dans cette déclaration un accent de défi, comme si elle souhaitait qu'il la retienne. Il tendit la main vers elle. Moment de confusion, d'hésitation. Devait-elle l'esquiver ou céder à l'envie de se jeter dans ses bras ?

Il se contenta d'effleurer délicatement sa joue.

— Tu n'es pas trop fatiguée pour conduire ?

Rendue muette par cette tendresse inattendue, cette soudaine prévenance, elle fit non de la tête.

La caresse de Luke se prolongea le long de son cou, rayonna à travers tout son corps, répandant la chaleur jusqu'au bout de ses pieds. Il se pencha sur elle.

— Dors tout ton soûl jusqu'au mariage, murmura-t-il contre ses lèvres. Fais des réserves : tu en auras besoin.

Et il l'embrassa brièvement, si vite qu'elle n'eut pas le temps de réagir. Puis il lui prit ses clés des mains, ouvrit la portière de Ruthie, guida la jeune femme d'une main ferme vers le siège du conducteur, poussa le cran de sécurité, et referma la portière.

Avec des gestes de somnambule, Cat mit le contact en faisant une petite prière. Ruthie se montra coopérative, et elle l'en remercia, car si Luke avait dû la reconduire, ils auraient terminé la nuit chez lui. Et il était encore trop tôt pour ça… Enfin, en principe, il était trop tôt.

6

Comme la plupart des petites filles, Cat avait rêvé du jour de son mariage. Elle s'imaginait descendant l'allée centrale de l'église, vêtue d'une longue robe blanche à traîne, pour rejoindre l'amour de sa vie qui l'attendait devant l'autel. Puis ils prononçaient leurs vœux sous l'œil attendri des parents et amis qui se pressaient sur les bancs, vêtus de tenues élégantes. Elle était la plus jolie de toutes les mariées.

Mais, contrairement aux mères des autres petites filles, la sienne ne partageait pas ses fantasmes.

Quand Naomi l'avait surprise en train de parader dans sa chambre avec une taie d'oreiller sur la tête en guise de voile, elle l'avait fait asseoir pour lui parler très sérieusement. Pas des choux et des roses ni de la petite graine que papa met dans le ventre de maman. A huit ans, Cat savait parfaitement d'où venaient les bébés. Six mois dans une communauté lui en avaient appris plus que les cours d'éducation sexuelle que l'on donne dans les écoles. La leçon du jour visait à lui enseigner qu'elle ne devait pas laisser la société lui dicter sa conduite, ni renoncer à sa liberté de femme pour se conformer à des idées reçues.

— Chaton, il faut que tu saches que la cérémonie de mariage à l'occidentale est un rite qui encourage à considérer la femme comme un bien, un objet. La plupart des gens n'y pensent pas, mais quand un père donne sa fille en mariage, c'est un peu comme si elle était un champ ou un cheval de trait... Mais ce n'est pas là où je voulais en venir. Ce que je voulais dire, chaton, c'est que tu ne dois pas te laisser prendre au piège des valeurs dominantes et sacrifier ton individualité sur l'autel du « nous ». Tu comprends, mon chaton ?

Cat avait hoché la tête d'un air grave, sans trop comprendre le rapport entre son innocente séance de déguisement et ce discours sur les pièges, le sacrifice, l'individualité et la possession de l'autre. Mais elle s'était bien gardée de poser des questions car Naomi avait pour doctrine d'y répondre largement, et ses explications devenaient très vite confuses, de sorte qu'on ne s'y retrouvait plus.

Douze ans après cette scène, à moins d'une heure de son propre mariage, Cat se demandait ce que Naomi penserait si elle avait conscience que sa fille épousait un presque inconnu qui avait déjà prévu le divorce et en avait même, peut-être, programmé la date. Elle réfléchit, secoua la tête et sourit. Naomi ne s'inquiéterait guère que Luke envisage de divorcer, mais elle s'étonnerait qu'il se préoccupe si tôt d'un avenir si lointain. « Chaton, on ne sait jamais d'avance où vous mène le chemin. En se braquant sur un objectif trop précis, on risque de rater les tournants importants. »

Si Cat lui avouait qu'elle était amoureuse de cet homme qui l'épousait par calcul... et aussi pour la mettre dans son lit, Naomi se lancerait dans un discours confus sur la nécessité de suivre son cœur, de ne pas refuser les cadeaux du destin, avec des digressions métaphoriques sur l'eau qui contourne et érode les roches, les arbres qui plient sous le vent et ceux qui restent droits malgré les tempêtes. Elle ajouterait sans doute quelques commentaires sur l'aura de Luke, son signe astrologique, le mouvement des planètes, et quelques citations de Shakespeare, de Thoreau ou de Confucius sans rapport avec la situation.

Cat soupira et lissa l'ample jupe de sa robe, goûtant le frais contact de la soie ivoire sous ses doigts. Non, si elle doutait du bien-fondé de sa décision, ce n'était pas à sa mère qu'il fallait demander un avis. Naomi était opposée à la guerre, aux sacrifices d'animaux, à la violence en général et à la privation de liberté, mais, pour le reste, elle pensait que tout choix était bon. Chacun participait à un immense projet aussi vaste que flou, un plan divin sans scénario qui déboucherait, cependant, sur une fin merveilleuse — un peu comme ces soirées de jeux de rôles au cours desquelles les invités sont censés résoudre une énigme qui, par sa nature même, est déjà résolue.

Bah, Cat n'avait pas besoin qu'on la rassure sur son

choix. Elle avait la certitude qu'il était bon. Et, s'il n'était pas bon, il n'était pas non plus entièrement mauvais.

De toute façon, pour le savoir, elle devait se jeter à l'eau…

Au fond, peut-être que ses doutes étaient surtout liés au décor qui l'entourait. La maison de Luke était belle et respirait le luxe, mais on s'y sentait bien. Ici, chez son grand-père, elle se sentait mal à l'aise : elle avait une conscience aiguë de sa jeunesse, de son manque total de sophistication, du fait qu'elle avait mangé plus de hamburgers que de caviar, et qu'elle ne savait pas se conduire en société.

Elle alla jusqu'à la fenêtre, regarda la roseraie bien ordonnée, avec ses allées rectilignes de brique rouge. Les rosiers venaient d'être taillés, et offraient le triste spectacle de leurs branches nues, tordues et mutilées. Derrière la roseraie, cachés par une épaisse haie de buis, il y avait une piscine de taille olympique, des courts de tennis et un pavillon mis à la disposition des amis de passage. Cet « abri de fortune » était plus grand que toutes les maisons où elle avait vécu, jusqu'ici.

L'habitation principale disposait d'un garage pouvant loger huit voitures, d'une salle de projection avec télévision et écran géant digne d'un cinéma. A cela s'ajoutaient deux salles à manger, un salon réservé au petit déjeuner, six chambres et autant de salles de bains.

Un petit homme brun et trapu du nom de Luis avait ouvert la porte à la jeune femme, et l'avait informée que Luke n'était pas encore arrivé mais que M. Quintain souhaitait qu'on la conduise dans la suite bleue où elle pourrait se rafraîchir. Cat n'en éprouvait pas le besoin, mais elle préférait ça à un tête-à-tête prolongé avec le grand-père de Luke. De sorte qu'elle se trouvait maintenant dans cette « chambre bleue », à se demander ce qu'elle fabriquait dans une demeure où chaque chambre avait un nom. Intimidée par le décor, elle craignait de commettre une erreur.

Que savait-elle de ce mode de vie ? Rien. Elle était serveuse et jardinière, pas jeune *débutante*. Elle connaissait les tomates, la manière de les traiter contre les parasites, les maladies. Elle était experte dans l'art de remettre à sa place un client déplaisant, mais elle ignorait tout des belles manières ; elle ne savait ni lever le petit doigt pour boire le thé ni croiser les chevilles en s'asseyant.

— Tu es en tenue décente ?

Prise de panique, elle se retourna et vit la tête de Jack s'encadrer dans la porte. Pressant la main contre son cœur, elle ne put retenir un petit rire surpris en remarquant qu'il fermait les yeux de toutes ses forces, comme un enfant.

— Non, je suis toute nue, avec un boa de plumes et un cigare.

Il rouvrit les yeux en riant, poussa le battant et entra. Il portait un costume bleu marine, une chemise gris perle et une cravate de soie à rayures bleues et grises. Dans cette tenue inhabituelle, il lui semblait presque étranger. Heureusement, son sourire dissipait cette pénible impression.

— Je ne t'aurais pas crue : je sais que tu ne fumes pas.

— Tu trouves le boa plus plausible ?

— Plus que le cigare, en tout cas.

Il s'avança, s'arrêta à quelques pas d'elle, et inclina la tête de côté pour l'examiner.

Cat se sentait nerveuse. Elle avait déniché sa robe dans une boutique qui proposait des copies de vêtements anciens. C'était un modèle sans manches, au sobre décolleté bateau. Ajustée à la taille, elle s'évasait en une large jupe qui lui tombait à mi-mollet et bruissait à chacun de ses pas. L'ensemble était seyant, féminin mais sans frivolité, et suffisamment rétro pour paraître romantique. Une robe propre à combler ses fantasmes d'enfant sans laisser croire à son fiancé qu'elle se donnait des airs.

— Tu es superbe, dit Jack d'une voix vibrante de sincérité.

Elle esquissa un fragile sourire.

— J'ai dû renoncer au satin rose à cause de toi.

En riant, il l'attira à lui et la serra chaleureusement dans ses bras.

— A quoi sert d'avoir un ami homo si tu ne suis pas ses conseils vestimentaires ?

— On ne plaisante pas sur ces choses-là : ce n'est pas politiquement correct, répliqua-t-elle d'un ton faussement réprobateur.

— Moi, j'ai le droit de plaisanter. C'est l'un des avantages de ceux qui font partie d'une minorité. Mais, même si j'étais un étalon fou et que je sautais toute la population féminine de Los Angeles, ça ne m'empêcherait pas de te trouver sublime. Luke va en tomber raide.

— Ce n'est pas pour lui que j'ai choisi cette robe.

Jack haussa les sourcils d'un air dubitatif, et Cat eut la grâce de rougir.

On frappa doucement contre la porte entrouverte, et Susan apparut dans un long caftan aux motifs abstraits jaune vif et framboise qui masquait son léger embonpoint.

— Il paraît que quelqu'un se marie ?

Tentée de lui répondre « Pas à ma connaissance », Cat se mordit la langue. Plutôt que de se passer la corde au cou, elle pouvait encore sauter par la fenêtre. Il n'y avait qu'un étage : elle ne se ferait pas trop de mal… Ravalant la boule d'angoisse qui lui nouait la gorge, elle parvint à sourire à sa pseudo belle-mère. Elle était allée jusque-là, ce n'était pas le moment de craquer.

— Larry a retrouvé ses boutons de manchettes ?

Lorsqu'elle avait quitté la maison, des recherches d'envergure étaient en cours… pour autant qu'on puisse appeler cela des recherches, car Larry oubliait ce qu'il cherchait aussitôt qu'il commençait à le chercher.

— Oui. Ils étaient à leur place, dans le coffret de laque sur la commode. Le seul endroit où Larry n'avait pas eu l'idée de regarder.

Susan se tourna vers Jack et lui adressa un sourire aussi avenant que vague, comme si elle se rappelait l'avoir déjà vu, sans savoir où et quand. Une lueur espiègle brillait dans les yeux de Jack. Il connaissait Susan et Larry pour les avoir rencontrés en venant au potager. Après s'être présenté à eux par trois fois sans résultat, il s'était mis à changer de nom à chaque visite, se faisant passer pour Pablo Marconi, diamantaire au Belize, pour Billy Joe ou Bob Dooley, venu d'Alabama voir un ami éleveur de pigeons voyageurs à Cucamonga. Chaque nouvelle incarnation était courtoisement saluée et suivie d'une amnésie totale à la visite suivante.

— Tu te souviens de Jack ? C'est lui qui achète mes légumes pour son restaurant.

— Bien sûr ! dit Susan en serrant la main de Jack. Ça vous ennuierait de sortir un moment ? J'aimerais parler à Cat.

— Pas de problème : je vous laisse. De toute façon, je dois me dépêcher si je veux une place au premier rang pour le mariage.

— Avec seulement cinq invités, tout le monde sera au premier rang, fit remarquer Cat.

— Sait-on jamais ?

Il se pencha pour effleurer sa joue d'un baiser, et lui souffla :

— Merde !

Susan le regarda sortir, les sourcils froncés.

— Il tient un restaurant ? Je croyais qu'il élevait du bétail. Enfin, peu importe.

Elle marqua une pause, se retourna vers Cat.

— Puisque ta mère n'est pas là, je me sens le devoir de te dire des paroles maternelles de circonstance. Je pense que nous pouvons sauter le chapitre des choux et des roses, n'est-ce pas ?

Cat éclata de rire.

— Ça va, je suis au courant.

— Tu me rassures. D'ailleurs, je ne sais pas trop ce que je t'aurais raconté. Les choux et les roses, drôle d'idée, tout de même ! Je n'ai jamais très bien compris le rapport.

Elle sourit, puis enchaîna :

— Comme tu le sais, je n'ai pas eu d'enfants et, distraite comme je le suis, ça valait sans doute mieux. Je les aurais oubliés. Mais, depuis que j'ai épousé Larry, j'en suis venue à te considérer comme la fille que je n'aurais jamais été capable d'élever moi-même. J'espère que ça ne te choque pas.

— Non, répondit Cat d'une voix étranglée. Ça ne me choque pas du tout. Larry et toi, vous avez été… euh… vous êtes ma famille.

— Exactement. J'ai toujours pensé que la famille était affaire de cœur plutôt que de biologie. Prends mon frère Henry, par exemple. Quand on était petits, c'était un gosse geignard ; il est devenu un adulte geignard parfaitement insupportable, et le fait que nous ayons des gènes en commun ne me le rend pas plus sympathique.

Elle tapota affectueusement la joue de Cat.

— Alors, entre membres d'une même famille, je t'avoue que je ne comprends pas ce qui se passe entre toi et Luke. Je ne comprends pas pourquoi, alors qu'il était fiancé à Devon, c'est toi qu'il épouse aujourd'hui…

Chut ! Je ne te demande pas d'explications : ça ne me regarde pas. Je tiens même à te dire qu'il sera bien mieux loti avec toi qu'avec elle. J'aime Larry et, si j'étais plus généreuse, j'aimerais Devon parce qu'elle est sa fille, mais je la trouve vraiment trop superficielle.

— Elle est jolie, en tout cas.

— Pour le moment. Seulement, elle ne vieillira pas bien. A quarante ans, les blondes aux joues rondes ont l'air de bougies qu'on a laissées trop longtemps au soleil.

Cat ne put s'empêcher de rire de cette métaphore.

— En revanche, toi, tu as une bonne ossature et tu seras belle à quarante ans, je te le promets.

— Alors, si je suis patiente, dans vingt ans, je volerai la vedette à Devon ?

Le ton de Cat était celui de la plaisanterie, mais il y avait dans sa voix une note de tristesse.

— Allons, allons, tu la lui voles déjà, et tu le mérites bien ! Ton Luke ne s'y est pas trompé, preuve qu'il n'est pas si sot.

Susan s'interrompit pour fouiller les poches de son caftan. Sa main disparut dans une poche cachée, et en ressortit fermée.

— Ce bijou appartenait à ma grand-mère. Je ne l'ai jamais porté parce que ce n'est pas dans mon style. A toi, il t'ira très bien, et je suis heureuse de te le donner.

Susan ouvrit le poing, révélant un ravissant pendentif en forme de cœur incrusté de petits diamants qui brillaient de tous leurs feux. L'or du bijou avait la douce et chaude patine de l'âge. « Trop beau », songea Cat qui allait protester.

— Ne refuse pas, c'est pour toi. Il fera merveille sur cette robe. Assieds-toi un moment pour que je te le mette au cou.

Cat obéit, s'assit sur la fragile petite chaise devant la coiffeuse. Tout en attachant le pendentif, Susan parlait toujours, flot de paroles flatteuses et rassurantes — la robe était jolie, elle lui allait à ravir, elle avait eu de la chance de la trouver en si peu de temps…

Ô réconfort ! Ce discours rendait à la jeune femme un peu de sa confiance chancelante. Susan ne la jugeait pas folle. Mais son mariage avec Luke pouvait quand même tourner à la catastrophe, se solder par un cœur brisé… Ou bien lui réserver de merveilleuses surprises. Si elle renonçait maintenant, elle ne le saurait jamais, et elle regretterait sans doute toute sa vie de n'avoir pas pris le risque.

Keith avait assisté à de nombreux mariages. Son frère et sa sœur en étaient tous deux à leur second, son père venait de se séparer de sa troisième femme, et sa mère vivait toujours avec son mari numéro deux. Ajoutez à cela quelques amis, des relations d'affaires… bref, il avait assisté à des unions fastueuses, à des cérémonies intimes et, par une journée de beuverie à Las Vegas, pendant les vacances, il avait été témoin au mariage d'un compagnon de goguette qui épousait une strip-teaseuse rencontrée deux jours plus tôt. Aux dernières nouvelles, le couple avait trois enfants et vivait un bonheur sans nuage dans une banlieue de Chicago.

Néanmoins, aux yeux de Keith, le mariage du jour sortait réellement de l'ordinaire, et pas seulement parce que c'était celui de son meilleur ami — ce même ami qui avait une fois déclaré, non sans humour, qu'il se pendrait plutôt que de se mettre la corde au cou en prononçant ce « oui ».

Il n'y avait pas beaucoup de monde, certes, mais Keith avait vu plus intime — si ce mot convenait — quand son camarade avait épousé sa strip-teaseuse. En effet, ce jour-là, ils n'étaient que quatre, l'autre témoin étant le sosie d'Elvis qui travaillait au cabaret voisin de la petite chapelle éclairée au néon. Il avait vu aussi plus surprenant quand sa sœur, qui était océanographe, s'était mariée devant un aquarium géant sous l'œil blasé d'une bande d'orques qui se mouraient d'ennui. En comparaison, ce salon bourgeois au mobilier élégant semblait des plus conventionnels.

Finalement, ce qui distinguait ce mariage de tous les autres, c'était le fait que les futurs époux n'entretenaient pas même l'illusion qu'ils vivraient heureux ensemble le reste de leurs jours. Du moins était-ce vrai pour Luke. En ce qui concernait Cat, Keith avait quelques doutes.

Près des portes-fenêtres donnant sur la roseraie, les fiancés bavardaient avec Susan et Larry. Le diamant serti d'or brillait au doigt de Cat sous le soleil hivernal. Avec sa robe ivoire, son opulente chevelure retenue à l'arrière, qui tombait en cascade sur ses épaules, elle était l'incarnation même de la contradiction. Le feu et la glace. L'innocence et la provocation.

La main de Luke, possessive, reposait au creux de ses reins, et il la couvait du regard avec une attention, une convoitise qui ne trompaient pas. Bien qu'il fût contraint de se marier sur un caprice de son grand-père, il trouvait, à l'évidence, que la situation présentait des avantages.

Keith, qui le connaissait bien, lisait en lui à livre ouvert, mais Cat demeurait un mystère à ses yeux. Sous ses dehors spontanés, elle se livrait moins qu'il n'y paraissait, et cachait habilement son jeu. Elle semblait considérer le monde avec un recul amusé, mais, de temps en temps, lorsqu'elle regardait Luke, Keith en venait à se demander si elle ne l'épousait pas pour de mauvaises raisons — c'est-à-dire parce qu'elle l'aimait.

— Alors ? Votre avis ? demanda Jack en s'installant près de lui.

Son signe de tête en direction de Cat n'échappa pas à Keith qui préféra, cependant, ne pas se commettre.

— Mon avis sur quoi ?

— En bon juriste, on reste prudent, c'est ça ? lança Jack. On temporise tant qu'on ignore ce que l'autre pense. Excellente tactique : mon père vous approuverait.

— Parce qu'il est juriste ?

— Jusqu'au bout des ongles. Vous avez peut-être entendu parler de la firme Reynolds, Martin, Stewart

& Reynolds, de Boston ? Le premier Reynolds est mon père. Le second, mon frère aîné.

Keith hocha la tête, visiblement impressionné.

— Je les connais. Ils étaient sur l'affaire Ardmore-Smith, l'an dernier. Ils ont fait très fort en empêchant le gouvernement de flanquer le P.-D.G. en cabane pour malversation. Cette firme a une solide réputation, et elle est méritée.

— Il paraît, oui.

Il y avait dans la voix de Jack une note d'ironie amère qui laissait soupçonner des souvenirs de famille déplaisants, et sans doute Jack n'avait-il pas choisi de vivre à l'autre bout du continent rien que pour le soleil de Californie.

— Alors ? Votre avis sur nos tourtereaux ? reprit Jack.

Voyant que Keith se méfiait toujours, il ajouta avec un sourire entendu :

— Ne craignez rien, je suis au courant : Cat m'a tout raconté. Quintain devait se marier, Cat touche une coquette somme, bla-bla-bla, bla-bla-bla, et tout le monde est heureux, ou peu s'en faut. On se doute bien qu'il y avait anguille sous roche pour que Luke change de fiancée en l'espace de vingt-quatre heures.

— Ils ont peut-être eu le coup de foudre ? suggéra Keith.

— Pour Cat, c'est possible. Elle a tendance à suivre les élans de son cœur. Mais Quintain… il n'est pas du genre à tomber amoureux au premier regard.

Voyant que Jack attendait toujours sa réponse, Keith réfléchit. Que pensait-il sincèrement de leur union ?

— Eh bien… disons que ce mariage est avantageux pour tous les deux.

— Certes. Quintain doit rester marié combien de temps ? Un an ? Ils sacrifient une année de leur vie ; Cat s'en sort cousue d'or, et lui décroche le pompon que son grand-père lui agite sous le nez. Très avantageux, en effet.

— Mais ?

— Il n'y a pas de mais à proprement parler, seulement… Cat est plutôt du genre désintéressé.

C'était ça, précisément, qui inquiétait Keith. Il regarda de nouveau les jeunes mariés. Initialement, il avait craint que son ami se fasse plumer par une petite arriviste aux dents longues mais, à présent, il se demandait si ce n'était pas elle qui allait pâtir de cette union.

Cat coula un regard de biais à son nouvel époux. Heureusement qu'elle n'attendait pas trop de ce mariage ! Sitôt après le décollage, il avait ôté sa veste et retroussé ses manches pour se plonger dans le travail. En marmonnant quelques paroles incompréhensibles — peut-être des excuses ? —, il avait tiré une liasse de documents de son attaché-case et n'avait plus relevé le nez de ses papiers.

En sirotant son jus d'oranges fraîchement pressées, Cat se demandait si son comportement aurait été le même en supposant que Devon se soit trouvée à sa place, en partance pour leur lune de miel. Et, si oui, qu'aurait fait Devon ? Une jolie moue boudeuse, à n'en pas douter. C'est-à-dire ce qu'il fallait pour qu'il s'intéresse à elle.

Avec un soupir, Cat se tourna vers le hublot pour regarder le paysage, mais, en dehors des nuages, il n'y avait rien à voir. Le voyage en première classe se révélait décevant. Passé le plaisir de pouvoir étendre les jambes, on s'y ennuyait autant qu'en classe « bestiaux ». Elle tendit la main pour reprendre son verre, et s'interrompit pour admirer les feux arc-en-ciel que jetait le diamant à son doigt.

Bague de fiançailles, alliance. Elle était mariée. Mariée à Luke. Ils étaient, à présent, mari et femme. Ils formaient un couple. Elle avait beau se le répéter, tester différentes formulations, le sentiment d'irréalité persistait.

Quelques heures plus tôt, la cérémonie bien réelle lui avait semblé nimbée d'un halo de brume, comme si elle rêvait. Quelques paroles prononcées par un juge ami de la famille, un anneau glissé à son doigt, un baiser étonnamment chaste, et voilà, elle était mariée. Et dire qu'elle s'était inquiétée pour si peu !

A présent, elle partait en voyage de noces. Une surprise à laquelle elle ne s'attendait pas. L'idée d'une lune de miel semblait trop romantique dans le cadre d'un contrat d'affaires. Mais Luke souhaitait sans doute respecter les règles pour que tout paraisse normal… Déprimant. Mieux valait ne pas y penser et profiter de ces cinq jours dans les vignobles de Napa Valley qu'elle ne connaissait pas.

Pourtant, avant que sa mère et elle n'emménagent à Los Angeles, elles avaient vécu un an à moins d'une heure des vignobles. Elles résidaient alors à Berkeley, mais ne sortaient guère de la ville. Malgré son attachement supposé à la Terre Mère, Naomi était citadine dans l'âme, et ses seuls contacts avec la nature se limitaient aux parcs bien entretenus et aux massifs de fleurs cultivés par des jardiniers professionnels.

Nouveau coup d'œil à Luke qui griffonnait des notes en marge de ses documents. Nouveau soupir discret. Jusqu'ici, la lune de miel ne ressemblait en rien à ce dont rêvent les jeunes filles mais, même si Luke travaillait sans relâche tout au long de ces cinq jours, elle aurait, au moins, une chance de visiter ce lieu réputé parmi les plus beaux de Californie.

Luke resta concentré sur son travail jusqu'à ce que l'avion atterrisse à San Francisco. Cat trompa son ennui en planifiant ses plantations pour l'été, en projetant mentalement la rotation de ses cultures. Elle s'interrogea sur la nécessité de commander du compost. Les bénéfices attendus justifiaient-ils la dépense ? Hmm. Question superflue qu'elle n'avait plus besoin de se poser puisqu'elle était, maintenant, une femme riche. En tout cas, elle le serait dans un an et un jour. D'ici là, on lui versait une somme mensuelle qui dépassait de très loin ses revenus habituels. Le prix de quelques mètres cubes de compost passerait donc totalement inaperçu sur son relevé bancaire…

Curieusement, cette pensée ne la réconfortait pas. Elle avait travaillé dur pour rentabiliser son petit potager ; elle s'était habituée à compter, à réfléchir aux coûts du compost et de l'eau, à celui de la modeste serre qu'elle projetait d'installer sans en avoir les moyens. Le fait que, brusquement, ces questions ne se posent plus la déstabilisait, lui faisait prendre conscience qu'une part de son plaisir tenait à la difficulté même de la tâche qu'elle s'était assignée comme un défi.

Finalement, avoir de l'argent ne résolvait pas tout… Cat laissa échapper un soupir de plus, crispa les doigts sur l'accoudoir du siège quand l'avion entama sa descente. A cet instant, Luke lui prit la main. Surprise, elle sursauta, se retourna vers lui.

— Ne t'inquiète pas, dit-il. Je tiens de source sûre que ce pilote ne s'est jamais écrasé au sol avec ses passagers.

La remarque la fit rire et dissipa son humeur maussade. Sans crainte, elle abandonna sa main à Luke. Certes, elle allait devoir faire des efforts pour s'habituer à son nouveau statut de femme mariée et à l'aisance matérielle qui allait avec, mais il y aurait quelques compensations…

*
* *

Cat eut de Napa Valley une première impression toute de verts et d'ors. Sous la lumière du soleil déclinant, l'ombre des collines s'étalait, immense, traversée de rayons émeraude et ponctuée de jaune vif par les fleurs de moutarde sauvage. Luke avait loué une voiture à l'aéroport, et il conduisait avec aisance, comme s'il connaissait parfaitement les routes qu'il empruntait. Cat s'en fit la remarque, et se promit de l'interroger sur ses précédentes visites, puis elle se cala sur son siège pour profiter du paysage.

L'exploitation viticole de *Maiden's Morning* était située au bout d'une longue route sinueuse qui gravissait la pente entre les cultures de vignes soigneusement entretenues. Il faisait presque nuit lorsqu'ils y arrivèrent. Luke gara la voiture devant une grande maison qui ressemblait à une villa méditerranéenne de cinéma, avec ses murs crépis et couverts de feuillage. Sous le porche éclairé pendaient des pots d'impatiens, et des pensées en parterre se blottissaient contre les marches, à l'abri du vent et du gel. Le bâtiment en L délimitait deux côtés d'une cour pavée de briques disposées en chevron, au bout de laquelle s'étendait une pièce d'eau avec une fontaine qui bruissait doucement.

Cat sortit de la voiture, émerveillée. C'était une maison de rêve, parfaitement intégrée à ce cadre de vignobles, une maison au charme un peu désuet qui fleurait bon la vieille Europe.

Répandant sur la cour une chaude lumière dorée, la

porte d'entrée s'ouvrit avant même que Luke atteigne le perron.

— Luke ! Il y a des siècles qu'on ne t'a pas vu ! C'est une bonne idée de venir passer ta lune de miel ici, mais tu n'avais pas besoin de prétexte pour nous rendre visite.

Cat s'étonna de ce flot de paroles débitées à la vitesse d'une mitrailleuse, comme si la petite femme blonde qui dévalait les marches était dispensée du souci de respirer. Et elle continuait, intarissable :

— Note bien que c'est le lieu idéal pour une lune de miel. Il y fait froid, en cette saison, ce qui rend les choses plus intéressantes parce qu'il faut se couvrir. Dis-moi un peu où est le plaisir quand on passe la journée étalé au soleil sur une plage, à moitié nu, et qu'on rentre le soir dans une chambre d'hôtel pour enlever le peu de vêtements qu'on a sur le dos ? Il n'y a pas de surprise !

Elle se jeta sur Luke, le serra dans ses bras, puis se hâta de rejoindre Cat, toujours debout devant la voiture, et lui prit les deux mains avec une vigueur surprenante chez une personne aussi menue.

— Je suis ravie de vous rencontrer, dit-elle. Je m'appelle Lucy. Et lui — elle agita la main en direction de la porte dans laquelle s'encadrait un colosse —, lui c'est Charlie, mon mari. Soyez la bienvenue à *Maiden's Morning*.

Cat laissa passer quelques secondes pour s'assurer que Lucy avait bien fini, puis elle répondit poliment :

— Je vous remercie. D'après ce que j'ai vu en route, c'est un endroit charmant.

— Le plus bel endroit du monde.

— Voilà une opinion tranchée et impartiale ! lança Charlie de sa voix grave et lente, à l'opposé de celle de son épouse.

Son rire résonnait dans la cour, tandis qu'il s'avançait vers Luke pour lui serrer la main.

— Content de te voir, Luke. Lucy a raison : tu ne viens pas assez souvent.

Dans la pénombre, le visage de Luke s'éclaira d'un sourire.

— Charlie. Content de te voir, moi aussi. Mon habileté te manque quand il faut tailler les vignes, c'est ça ?

Il devait s'agir d'une vieille plaisanterie entre eux, car le dénommé Charlie renversa la tête en arrière et partit d'un grand éclat de rire qui réchauffa le cœur de Cat.

— J'ai caché les outils quand j'ai appris que tu venais.

Il se tourna vers Cat et lui tendit la main.

— Bienvenue à *Maiden's Morning*.

— Je vous remercie.

La main géante enveloppait la sienne. L'homme était si grand qu'elle devait relever la tête pour le regarder dans les yeux. Il avait un certain âge : son visage était ridé, et il portait une barbe poivre et sel. D'ailleurs, les cheveux de Lucy n'étaient pas blonds, comme la jeune femme l'avait d'abord cru, mais d'un joli gris argenté et, de même que ceux de son époux, ses traits étaient marqués par l'âge.

— Le café est en route, dit Charlie en relâchant sa

main. Et j'ai mis de côté un cabernet de 96 pour le dîner. On pourra…

— Charlie, je t'en prie ! C'est leur lune de miel. Ils ont mieux à faire que prendre le café et discuter des vins jusqu'à pas d'heure.

Luke désirait-il rester bavarder avec eux devant un verre ? Devait-elle intervenir ? Cat n'eut pas le loisir de s'interroger longtemps. Posant une main au creux de sa taille, Luke déclara :

— Demain, peut-être. J'aimerais goûter ton cabernet.

— Le chalet des invités vous attend, dit Lucy. J'ai aéré, j'ai mis des draps propres, j'ai rempli les placards de la cuisine et le réfrigérateur. Vous avez de quoi soutenir un siège sans jamais mettre le nez dehors.

Cat se sentit rougir. Dieu merci, il faisait nuit ! Dans le tourbillon des dernières semaines, elle avait oublié la nuit de noces pour se concentrer sur ses fiançailles, d'abord, puis sur le mariage auquel elle ne croyait qu'à moitié. Après la cérémonie, tout ébahie de se savoir mariée, elle n'avait pas réfléchi à la suite, et l'idée de ce qui allait venir la bouleversait totalement.

Le chalet des invités n'était pas très loin du bâtiment principal, mais une courbe du chemin le cachait à la vue. Dans l'obscurité, on n'en apercevait que la silhouette au toit pentu. En suivant Luke le long de l'allée de brique, Cat remarqua les tiges nues des rosiers en arceaux qui, le printemps venu, se couvriraient de fleurs odorantes. La lanterne du porche éclairait une petite table en fer forgé et deux chaises. Il devait faire bon s'y asseoir, en été, pour contempler l'étendue des vignobles et la vallée, dans le parfum des roses.

Cat frissonna en pensant à l'été. Reverrait-elle *Maiden's Morning*, aux beaux jours ?

La serrure cliqueta. Luke poussa le battant et s'effaça pour la laisser passer. Le sol de l'entrée était recouvert de tomettes usées par les ans. Cat remarqua à peine les murs crépis, le chaleureux mobilier de bois rustique, tant son angoisse était grande, à présent qu'elle se trouvait seule avec Luke. Et cela pour la première fois, depuis qu'ils s'étaient dit « oui ».

7

Une nuit, Luke avait un peu plus de vingt ans et traversait Los Angeles Crest quand il s'était trouvé pour ainsi dire nez à nez avec une biche. Il avait pilé comme un fou, donné un coup de volant et, avec un peu d'adresse et beaucoup de chance, il avait réussi à éviter l'animal sans pour autant tomber dans le précipice qui s'ouvrait à sa droite. De cette expérience, il avait conservé deux souvenirs marquants : l'incroyable poussée d'adrénaline qu'avait déclenché ce flirt avec la mort, et l'expression de terreur dans les yeux de la biche clouée sur place par la lumière des phares.

C'était ce même air terrorisé qu'il voyait, à présent, sur le visage de Cat.

Pour le mariage, elle portait une robe élégante et chaste qui lui avait donné l'envie de mettre du désordre dans sa tenue, d'ôter les épingles de ses cheveux, de dévorer sa bouche pour en chasser cette expression de réserve pudique, d'aller chercher le feu de la passion sous la soie ivoire et la dentelle. Avant que Luis les conduise à l'aéroport, elle s'était changée pour passer un pantalon anthracite et un pull à capuche vert mousse, juste assez moulant pour enfiévrer l'imagination d'un homme. Luke n'était, d'ailleurs, pas fâché qu'un contrat de dernière minute soit arrivé ce matin à son bureau, ce qui lui avait permis de s'occuper l'esprit pendant le vol plutôt que de fantasmer bêtement sur ce qu'il pourrait faire avec elle s'il parvenait à l'entraîner dans les toilettes des premières classes.

Durant le trajet, depuis San Francisco, il avait gardé les deux mains vissées sur le volant et les yeux sur la route. Il ne se rappelait pas avoir désiré une femme autant qu'il désirait Cat. Peut-être devrait-il s'en inquiéter ? Cela risquait d'entraîner une dépendance dangereuse. Il avait vu son père réduit à l'état de loque par sa mère, au point d'accepter ses liaisons qu'elle ne prenait même pas la peine de cacher… Mais Luke savait bien qu'il n'y avait pas de commune mesure entre les deux histoires. Son père était amoureux fou, alors que lui… Cat lui plaisait, mais il n'était pas amoureux d'elle. Il la désirait. Rien à voir avec l'amour.

Lorsqu'il referma la porte derrière eux, elle sursauta, le regarda brièvement, puis baissa les yeux. Elle serrait si fort sa petite valise que les jointures de ses doigts en blanchissaient. Un homme plus attentionné aurait su trouver des paroles rassurantes. Un homme plus galant aurait peut-être proposé de dormir sur le canapé. Au lieu de cela — sans doute était-ce cruel —, ses airs de biche aux abois l'incitaient à une forme d'humour pervers.

— Eh bien, pourquoi ne pas faire ça ici, immédiatement ? lança-t-il sur le ton de la conversation.

Les yeux de Cat s'arrondirent d'incompréhension, tels de grands lacs verts.

— Faire quoi ?

Il remua les sourcils à la manière de Groucho Marx.

— Le mambo horizontal, la saucisse au four, les petits lapins qui se multiplient, la bête à deux dos…

L'éclat de rire de Cat lui coupa la parole. Bon. C'était déjà mieux. Il n'avait pas envisagé sa nuit de noces comme une partie de fou rire, mais il préférait cela à ses grands yeux effarouchés qui lui donnaient le sentiment d'être le méchant de quelque mélodrame de série B. Et puis, elle était bien jolie quand son regard pétillait ainsi, qu'elle se mordait la lèvre inférieure pour ne pas pouffer de nouveau.

— Quoi ? Tu ne veux pas te rouler sur le carrelage avec moi ? reprit-il.

— Eh bien… c'est très tentant… J'accepterais volontiers, seulement… je suis allergique aux tomettes.

— Au tomettes ? Je n'ai jamais entendu parler de ce genre d'allergie.

— C'est excessivement rare.

Elle prit un air désolé, et Luke soupira.

— Bon. Puisque je ne peux pas réaliser mon vieux fantasme de faire l'amour sur un sol dur et froid, allons voir ce que Lucy nous a préparé pour le dîner.

*
* *

Deux heures plus tard, après une douche et un bon repas accompagné d'un demi-verre de vin, Cat se trouvait bien sotte de s'être affolée à l'idée de rester seule avec Luke. Il n'y avait vraiment pas de quoi faire une crise d'angoisse. Mais peut-être était-ce le contrecoup des récents bouleversements survenus dans son existence ? Elle avait cru que le fait de grandir auprès de Naomi, qui changeait de vie comme d'autres changent de chemise, l'avait préparée à affronter toutes les métamorphoses avec la plus grande sérénité. A présent, elle prenait conscience de son erreur. Suivre sa mère dans son éternelle quête spirituelle ne l'engageait pas au même titre que les décisions qu'elle avait prises récemment et qui mettaient son univers sens dessus dessous. L'atterrissage avait été brutal.

Encore tout étonnée d'être mariée à l'homme qui lui faisait face, elle devait reconnaître, en plus, qu'elle ne regrettait rien. La panique initiale surmontée, elle éprouvait maintenant une légère euphorie, comme lorsqu'elle avait proposé à Luke de l'épouser à la place de Devon. Bien sûr, le désir n'était pas étranger à cet état de bizarre excitation, mais il n'était pas seul en cause. Il y avait autre chose... et ça ressemblait à de l'amour. Cat savait fort bien qu'elle était en train de tomber dangereusement amoureuse... Bah, les prises de risque ne lui avaient jamais fait peur ! Si la sécurité avait été son principal souci, elle aurait poursuivi ses études et préparé un diplôme afin d'épouser une carrière...

Tout en jouant distraitement avec les dernières miettes

d'un gâteau au chocolat véritablement sublime, elle sourit pour elle-même. Sans doute que Naomi avait déteint sur elle à son insu.

Luke regardait en silence son visage passer d'une expression à l'autre. A quoi pensait-elle donc ? Pour une personne apparemment ouverte et spontanée, il la trouvait bien mystérieuse, ce soir. Mais peut-être se faisait-il des idées ?

Repoussant son assiette, il se cala contre le dossier de son siège.

— Alors ? Tu as bien mangé ?

Brusquement ramenée au présent, Cat sursauta. Et Luke se demanda s'il devait se formaliser de ce que sa toute nouvelle épouse oublie jusqu'à son existence, mais, après le repas plantureux de Lucy arrosé de deux verres de cabernet, il n'avait ni le cœur ni l'énergie de se mettre en colère. De plus, le timide sourire de Cat le désarmait, lui mettait d'autres idées en tête…

Elle posa sa fourchette et repoussa son assiette, elle aussi.

— C'était très bon. Et copieux. Je serais incapable d'avaler une bouchée de plus.

— Le filet de bœuf en sauce de Lucy est mortel.

Luke reporta son attention sur la bouteille. S'autoriserait-il à boire encore un verre de vin ? Oui. Il n'avait pas abusé, ce soir. Encore que le cabernet ne soit peut-être pas approprié après le gâteau au chocolat nappé de crème anglaise, mais tant pis : il prendrait le risque.

— Veux-tu un peu de vin ? proposa-t-il à la jeune femme.

Cat eut une petite moue désolée.

— Non, merci. J'imagine que c'est sacrilège dans une région de vignobles, mais, pour moi, tous les vins ont le même goût : celui d'un jus de raisin qui aurait tourné.

Luke se servit, contemplant avec respect le liquide qui coulait dans son verre.

— Ne pas apprécier ce plaisir, c'était à peine compréhensible pour moi.

Cat haussa les épaules.

— Excuse-moi, je n'y peux rien.

— Surtout, ne le dis pas à Lucy et Charlie ! Ça les rendrait fous.

— D'accord. Ce sera notre petit secret.

Absorbé par ses pensées, Luke contemplait son verre. Certains hommes s'enflammaient à l'idée de déflorer une vierge. Ce n'était pas son cas. Il s'était lui-même débarrassé de sa virginité à la première occasion, avec la jeune fille qui nettoyait la piscine de ses parents. Elle avait dix-sept ans, lui quinze, et il remerciait encore le Ciel qu'elle ait eu un peu d'expérience. Depuis, il avait toujours préféré les femmes libérées, qui savaient ce qu'elles voulaient, qui savaient aussi lui donner du plaisir. Mais Cat avait le don de l'émouvoir, et force lui était de reconnaître que l'idée d'être le premier à caresser sa peau laiteuse, à voir le désir dans ses yeux ne le laissait pas indifférent.

Soudain gêné, il remua sur sa chaise, leva son verre. Mieux valait penser à autre chose pour repousser l'envie d'entamer leur nuit de noces sur la table… L'image de ses cheveux de flamme répandus sur le bois poli, de son corps pâle, offert, sur le chêne foncé… c'était très fort.

Il but une gorgée de vin, s'efforça de chasser ses fantasmes qui revenaient au galop. Cela tournait à l'obsession.

Dans l'espoir de se distraire, il allait faire une remarque banale sur le temps quand Cat se décida à rompre le silence. Incertaine, hésitante, elle le regardait à travers ses paupières mi-closes, sans relever la tête, comme si elle réfléchissait à voix haute.

— Finalement, si l'on considère que c'est lui qui tenait à te voir marié… ton grand-père n'avait pas l'air franchement ravi de notre union.

Luke soupira, et opta pour la franchise.

— Il avait une autre fiancée en vue. Cissy Winslow. Vieille fortune. Grande famille.

Cat eut une moue adorable, tout en écarquillant les yeux. Quel tableau délicieux ! S'il l'embrassait maintenant, ses lèvres auraient-elles le goût du chocolat ?

— Vieille fortune, mais surtout *grosse* fortune, dit Cat.

— Les vieilles fortunes n'ont rien de plus que les autres. En matière d'argent, c'est la quantité qui impressionne.

Machinalement, il tendit la main vers la bouteille, puis

se ravisa. Pas question de boire trop et de s'endormir pour sa nuit de noces.

— Je vois.

Cat lissait sa serviette de lin d'un air pensif.

— Pourquoi tu ne l'as pas épousée ? C'était plus simple puisque ton grand-père l'avait choisie pour toi.

— Je n'allais quand même pas céder sur tous les points !

Son ton était plus vif qu'il ne l'aurait voulu. Il se trahissait…

— Alors, tu as cédé sur le mariage, mais tu t'es arrangé pour choisir une épouse qui lui déplaise.

Elle semblait plus curieuse que vexée. Intriguée. Se souciait-elle si peu de l'opinion de son grand-père ? se demanda Luke. Ou même de la sienne ? Irrité par cette indifférence, il répondit brutalement :

— En gros, oui.

Le tour qu'avait pris la conversation cassait un peu la douce langueur érotique dans laquelle il baignait.

— Sauf à draguer une pute de Sepulveda, Devon incarnait à peu près tout ce qu'il méprisait : la superficialité un peu niaise, l'arrivisme, la cupidité, et le manque total de fibre maternelle.

Cat grimaça devant ce portrait de sa demi-sœur, mais elle se tut, ne trouvant rien à dire pour la défendre. Luke ne mâchait pas ses mots mais il n'avait pas entièrement tort.

— Et tu l'aurais épousée ? Malgré la piètre opinion que tu avais d'elle ?

Luke haussa les épaules.

— Pourquoi pas ? Je ne cherchais pas l'amour mais le moyen de satisfaire mon grand-père.

Cat jouait avec sa fourchette, la tournait et la retournait. Il valait mieux, parfois, s'abstenir de poser certaines questions. Et se rappeler que la curiosité est un vilain défaut.

— Si ton grand-père place Devon aussi bas, comment me juge-t-il, à ton avis ?

— Je n'en sais rien. J'avais... d'autres idées en tête quand j'ai accepté de t'épouser.

Il s'amusa de la voir rougir et détourner les yeux, mais elle se reprit bien vite, et le regarda en face, l'air grave.

— Pourquoi as-tu cédé ? Pourquoi m'as-tu épousée ? J'ignore quel est l'enjeu, mais il faut qu'il soit de taille pour que tu acceptes de te marier avec une femme que tu ne respectes même pas... Ça ne peut pas être l'argent : tu en as déjà tant...

Luke vida son verre d'un trait.

— Détrompe-toi. Certains feraient des folies pour *encore plus* d'argent.

Cette fois, elle s'empourpra, et se détourna de nouveau, visiblement gênée.

— Je suppose.

Il se sentit coupable, mais ses questions l'avaient piqué au vif, sans qu'il en comprenne la raison. De fait, elle était en droit de savoir pourquoi il avait négocié ce contrat avec elle. Il aurait dû s'y attendre. Certes,

Devon ne lui avait pas demandé d'explications, mais elle ne s'intéressait qu'à l'argent. Combien toucherait-elle ? Quand ? Pourrait-elle le dépenser aussitôt ? Cat était différente. L'argent ne semblait pas l'intéresser. Un instant, Luke fut tenté de l'interroger sur ses motivations, mais il s'en abstint, craignant que la réponse ne fût pas à son goût.

— Ces vignobles appartiennent à mon grand-père, dit-il sans prendre la peine de s'excuser. Depuis l'âge de huit ans jusqu'à la fin de mes études universitaires, j'ai passé tous mes étés ici. L'arrière-grand-père de Charlie a fondé *Maiden's Morning* un peu avant 1900. Son grand-père a pris le relais avec succès ; il a même réussi à s'en sortir, malgré la prohibition et la crise de 29. Le père de Charlie...

Il leva les yeux vers Cat, et haussa les épaules.

— Il connaissait les vins, reprit-il, mais n'était pas très doué pour les affaires. Mon grand-père a racheté l'exploitation, un peu par accident, dans les années 60.

Cat l'écoutait, maintenant, les coudes sur la table, le menton dans les mains.

— Comment ça, « par accident » ?

— Il a racheté en bloc plusieurs propriétés, et *Maiden's Morning* faisait partie du lot. L'exploitation était au bord de la faillite ; le vin américain n'avait pas le vent en poupe, comme c'est le cas aujourd'hui. Tout juste sorti de l'université avec son diplôme, Charlie comptait reprendre l'exploitation et lui redonner vie. Il a pris le car pour Los Angeles afin de s'entretenir avec mon grand-père.

Luke ponctua son récit d'un sourire.

— Nick raconte que c'était un grand échalas avec la peau sur les os, les cheveux mal coupés, et des lunettes comme des culs de bouteille. Il est arrivé avec des plans, des graphiques, des statistiques, des projections ; il comptait étendre l'exploitation, planter de nouveaux cépages, proposer de nouveaux vins…

— Et ton grand-père a immédiatement compris qu'il s'y entendait ?

— Pas du tout. Il l'a pris pour un fou furieux. Pour lui, cette exploitation était un gouffre, mais Charlie l'a impressionné. Venir présenter des projets d'extension alors que l'entreprise battait de l'aile et que tout méritait d'être rasé, c'était culotté. Ce qui a plu aussi à Nick, c'est que Charlie n'a pas tenté de l'avoir au sentiment en invoquant son père mourant ou l'attachement à la firme familiale vieille de plusieurs générations. Pas de pleurnicheries. C'est ça qui a séduit le vieux.

— En somme, il a renfloué l'affaire parce que Charlie était gonflé ?

— En gros, oui.

Le visage de Cat s'éclaira d'un sourire.

— C'est une belle histoire.

— Si on veut. Nick a sans doute aussi vu son intérêt : les sommes qu'il pourrait déduire de ses impôts.

— Tu gâches tout avec ce genre de détails sordides.

— Ce n'est pas sordide mais réaliste. J'aime le réalisme.

Et ce projet ne l'était pas. Charlie connaissait le vin, certes, mais si les Américains ne s'étaient pas mis à en boire, s'ils n'avaient pas découvert que les vins de Californie valaient les crus français, l'exploitation aurait capoté, comme prévu.

— Il n'empêche qu'elle s'est maintenue, et que tous les protagonistes de cette histoire ont vécu heureux le reste de leurs jours, déclara Cat avec un sourire ravi.

Puis, se souvenant soudain du point de départ de la conversation, elle fronça les sourcils et reprit :

— Ça ne me dit toujours pas pourquoi tu m'as épousée.

— Je passais tous mes étés ici, répéta Luke. Charlie et Lucy étaient comme des parents pour moi. Des parents plus attentionnés que les miens, d'ailleurs. Charlie a essayé de m'apprendre le métier, mais je manquais de nez.

— Et d'habileté pour la taille ?

— Oui, aussi, admit Luke en souriant. Note que l'incident en question remonte à mes onze ans. J'avais quelques excuses. Charlie aurait pu passer l'éponge, depuis le temps !

Il marqua une pause. Son sourire s'effaça.

— J'aime cet endroit. Mon grand-père possède une foule de propriétés. Beaucoup sont bien plus belles et ont plus de valeur que *Maiden's Morning*, mais c'est ce lieu qui compte pour moi. Et le vieux bouc le sait bien. Depuis environ deux ans, il me tarabuste pour que je me marie. Pendant cette période, j'ai eu une liaison avec une femme qu'il n'appréciait vraiment pas.

Cat ne chercha pas à masquer sa curiosité. Elle haussa les sourcils en une question muette, et il avoua :

— C'était une danseuse… exotique.

Les yeux de Cat s'arrondirent de surprise, ses lèvres s'entrouvrirent. Luke s'attendait à une exclamation choquée, à un sermon sur l'exploitation sexuelle des femmes, et se préparait mentalement à faire le gros dos.

— Ça alors ! Tu es sorti avec une strip-teaseuse ? C'est génial !

Elle se pencha en avant, visiblement fascinée, puis ajouta :

— Elle avait des pompons ?

— Des pompons ? répéta-t-il sans comprendre.

— Au bout des seins. J'ai vu ça au cinéma. Une strip-teaseuse qui faisait tourner chaque pompon dans un sens différent. Ça demande une sacrée maîtrise. Il doit falloir de l'entraînement.

Luke la dévisageait d'un air incrédule, tout en songeant qu'elle devait passer ses nuits à peaufiner l'art de ne pas réagir comme tout le monde…

— Non, elle n'avait pas de pompons. Pas à ma connaissance, en tout cas.

— Ah bon. J'aurais cru. Mais je n'ai jamais rencontré de vraie danseuse exotique. Elle travaille toujours à Los Angeles ?

— Je l'ignore, prétendit Luke, de crainte que Cat demande à la voir.

Il s'imaginait mal entrant au Blue Parrot, et présentant à son ancienne maîtresse sa jeune épouse qui souhaitait la voir sur scène. Diable, Cat était capable de lui demander des leçons de danse du ventre ! Autre image qu'il préférait refouler…

— Nous nous sommes perdus de vue, ajouta-t-il pour faire bonne mesure. Il se peut qu'elle soit rentrée à Atlanta.

La dernière remarque n'était pas nécessairement fausse, mais si, dans un moment de colère, Billie s'était juré de regagner son Sud natal et de ne jamais remettre les pieds dans le Nord, rien ne prouvait qu'elle se soit tenue à sa décision.

Déçue, Cat se laissa aller contre le dossier de sa chaise.

— Donc, ton grand-père ne supportait pas que tu sortes avec une strip-teaseuse, ce qui témoigne d'une certaine étroitesse d'esprit. Après tout, elle pouvait soutenir une thèse, tout en consacrant ses nuits à se déshabiller en public. Ça s'est déjà vu. On finance ses études comme on peut.

Luke dut se retenir de rire, tant l'idée était comique. En réalité, Billie avait un corps à se damner, mais bien peu de cervelle et encore moins de « classe ». D'ailleurs, avec le recul, il avait un peu honte d'être sorti si longtemps avec une femme qu'il ne respectait pas.

— Billie n'avait pas l'étoffe d'une universitaire. Et puis, grand-père avait eu vent de certaines rumeurs la concernant. Il s'inquiétait d'un possible scandale, et craignait par-dessus tout que je l'épouse. Ce que je n'aurais jamais fait. L'idée ne m'en serait même pas venue.

— Mais, têtu comme tu es, et trop content de le faire bisquer, je suppose que tu lui as laissé ses craintes.

Luke hocha la tête en songeant que la plaisanterie lui coûtait cher. Financièrement, du moins, car, pour le moment, il ne regrettait pas son mariage avec Cat.

— Quand j'ai rompu avec Billie, il s'est mis à me vanter les qualités de Cissy Winslow. J'aurais dû lui déclarer tout net qu'elle ne me plaisait absolument pas et que je me pendrais plutôt que de faire ma vie avec elle.

Luke soupira, joua distraitement avec son verre vide.

— Il a cru qu'un petit coup de pouce suffirait à me convaincre. C'est de là qu'est venue l'idée de l'ultimatum. Si je n'étais pas marié avant mon prochain anniversaire, il vendait *Maiden's Morning*. Si je me mariais et que je restais marié au moins un an, j'en héritais.

— Il n'aurait tout de même pas chassé Lucy et Charlie de chez eux, après tant d'années !

— Oh ! Nick Quintain ne menace jamais en vain !

— C'est idiot ! Ça ne tient pas debout des raisonnements pareils ! Et puis, s'il te connaît si bien, il aurait pu deviner que son ultimatum serait le meilleur moyen de t'encourager à le narguer, à commettre une sottise. Moi qui ne te fréquente que depuis quelques semaines, je me serais méfiée.

— Apparemment, il m'a cru plus bête que je ne le suis. C'est ce qu'il m'a déclaré quand je lui ai appris que j'épousais Devon. Il croyait dur comme fer qu'avec son stratagème, je tomberais tout rôti entre les bras de Cissy Winslow.

— Qui ne demandait que cela, je présume ?

— Rien n'est moins sûr. Aux dernières nouvelles, elle avait une liaison torride avec un moniteur de ski.

Cat se redressa, et prit une pose hautaine que démentait son regard pétillant de malice.

— C'est d'un vulgaire !

— N'est-ce pas ? fit Luke d'un ton cassant. Et tu dois regretter d'avoir voulu savoir pourquoi je m'étais précipité dans le mariage.

— Non. A présent, je comprends mieux que tu te sois laissé manipuler de cette façon. Je pense que tu as fait le bon choix. Ne serait-ce que pour Charlie et Lucy qui ne méritent pas de se retrouver à la rue.

Il songea que ce choix ne serait peut-être pas aussi bon à ses yeux si elle n'en avait pas largement bénéficié. Mais il avait du mal à rester cynique face à tant de généreuse candeur…

La pendule sonna l'heure. Dans le silence du salon, ce bruit, pourtant musical, semblait beaucoup trop fort. Ils sursautèrent tous deux. Puis Cat baissa les yeux, rassembla ses couverts sur son assiette, se leva et prit l'assiette de Luke.

— Il est tard, dit-elle. Je vais rincer tout ça.

*
* *

Comme le reste de la maison, la cuisine avait un charme rustique avec son sol de tomettes, ses surfaces de bois massif et ses petits rideaux de voile aux fenêtres. Il y avait une sorte d'alcôve aménagée pour le petit déjeuner, avec une table en érable, des chaises recouvertes de coussins à carreaux rouges et blancs.

Cat déposa la vaisselle dans l'évier et fit couler l'eau. Luke aimait-il les petits déjeuners traditionnels ou se contentait-il d'un café avec une viennoiserie ? Elle essaierait peut-être une omelette, demain matin…

Demain matin. Lorsqu'ils s'éveilleraient, après… après cette nuit. Elle en lâcha une fourchette qui heurta le rebord de l'évier et tomba sur le sol dans un tintement métallique. Sotte maladresse due à la nervosité. Elle inspira profondément pour se calmer. De quoi avait-elle peur puisqu'elle désirait Luke, puisqu'il la rendait toute chose et qu'il électrisait sa peau ? Certes, l'expérience lui faisait cruellement défaut, mais elle savait tout de même de quoi il retournait…

— Laisse la vaisselle : elle attendra.

Surprise, Cat sursauta, agrippa l'assiette pour ne pas la lâcher. Luke était là, derrière elle, sans qu'elle l'ait entendu venir.

— Oh ! ce n'est pas grand-chose ! Il y en a pour deux minutes.

Il s'approcha encore, la prit par les hanches et se pencha pour poser un baiser sur sa nuque. Elle frissonna de plaisir ; ses genoux faiblissaient. Abandonnant sa tâche, elle s'appuya au rebord de l'évier, tandis que la main de Luke se glissait sous son pull. Chaleur de ce contact sur sa peau nue.

— Laisse, lui souffla-t-il à l'oreille. Il sera toujours temps, demain.

Elle sentait son sexe tendu presser contre son coccyx. Chaleur encore. Qui irradiait au creux de ses reins, jusque dans son ventre, entre ses cuisses. Elle manquait d'air. Sa tête devenait trop lourde. Elle la cala contre l'épaule de Luke, ferma les yeux pour se protéger de la lumière qui, soudain, l'aveuglait. Elle n'était plus que sensation. Chaleur de ses paumes qui la caressaient. Chaleur moite de son souffle dans son cou. N'y tenant plus, elle se retourna vers lui, laissa échapper une douce plainte lorsqu'il posséda sa bouche.

Sucré. Amer. Il avait le goût du chocolat. Elle s'abandonna à son baiser. Baiser dévorant, passionné. Désir. Fièvre délicieuse qui éveillait des picotements dans tout son corps, qui la faisait trembler, lui donnait des frissons. Elle se pressait contre lui, défaillante, cambrait les reins pour accroître le contact. Mais de quoi avait-elle eu peur ? C'était exactement ce qu'elle voulait, ce qu'elle attendait depuis toujours. Ce moment. Cette ivresse. Cet homme.

Lorsqu'il la guida vers la chambre, elle noua les bras à son cou, se laissa entraîner, sans volonté, chancelante et plus molle qu'une poupée de chiffon. De nouveaux baisers, voluptueux et profonds, ralentirent leur parcours le long du couloir. A mi-chemin, il l'adossa au mur, goûta la peau tiède de son cou, et glissa les mains sous son pull pour dégrafer son soutien-gorge. Chaleur de ses paumes qui enveloppaient ses seins, répandaient des frissons au creux de ses reins. Feu brûlant du désir qui la liquéfiait.

Lorsque, enfin, la porte de la chambre se referma sur eux, elle en eut à peine conscience. Le monde n'existait plus ; il s'était dissous dans la fièvre des sens.

Luke se rappela soudain le jour où sa grand-mère lui avait proposé de choisir un gâteau dans une pâtisserie. Celui qui lui faisait envie. Il ne devait pas avoir plus de six ou sept ans. Séduit par cet avant-goût alléchant de la liberté des adultes, il était resté à humer la douce odeur de sucre et de beurre fondu, de caramel, de chocolat, à examiner l'étalage de délices qui s'offrait à lui. Tant de bonnes choses qui pouvaient devenir siennes ! Mais il n'avait droit qu'à une seule. Comment choisir quand tout ce qu'il avait sous les yeux lui faisait pareillement envie ? Et voilà qu'aujourd'hui, il éprouvait la même indécision. Cat rirait sans doute de se savoir comparée à la vitrine d'un pâtissier, elle rirait de ce petit rire de gorge qui le rendait fou. Bizarrement, à présent qu'elle était à lui, il hésitait, se demandait par où commencer sans parvenir à se décider.

Il rêvait de plonger ses mains dans l'épaisseur soyeuse de ses cheveux, mais voulait aussi caresser le satin de sa peau laiteuse. Il se refusait à quitter sa bouche, mais brûlait de goûter la chair tendre et sensible de sa gorge, de ses seins. Il voulait la posséder toute, immédiatement ; il voulait se perdre sur l'instant dans la frénésie aveugle du plaisir, s'enfouir en elle et se dissoudre dans sa chaleur humide. Il voulait l'entendre gémir, sentir ses spasmes dans l'orgasme…

Doucement. Ne rien précipiter, car elle était novice. Et inutile de prétendre plus longtemps que l'idée d'être le premier ne l'excitait pas. Il se réjouissait, au contraire, de savoir qu'elle n'avait jamais connu aucun homme avant lui, et qu'il serait le seul dans sa vie pendant un an au moins. Pas de hâte. Gestes lents et doux…

— Luke, s'il te plaît…, protesta-t-elle dans un murmure en s'escrimant sur sa ceinture.

Finies les bonnes résolutions et la lenteur. Vite, vite… ce mot lui martelait la tête comme un battement de tambour. En un clin d'œil, il la débarrassa de son pull.

Après coup, Cat se demanda comment ses vêtements avaient disparu. Elle ne se souvenait de rien. Elle s'était retrouvée nue comme par enchantement, entre les bras de Luke qui la déposait délicatement sur le lit. Et elle ne se sentait pas même gênée. Bizarrement, elle n'éprouvait ni honte ni crainte, et ce n'était pas de peur qu'elle tremblait en regardant Luke se dévêtir. Ce n'était pas la peur qui durcissait les pointes de ses seins, tandis qu'il arrachait sa chemise, trop impatient pour en défaire les boutons. Il ne la quittait pas des yeux, et son regard brûlant avait sur sa peau l'effet d'une caresse. Elle rougit en le voyant détacher sa ceinture, mais elle ne se détourna pas. Il était beau, musclé, et la toison brune de sa poitrine se prolongeait en une flèche jusqu'à son ventre plat et ferme. Ne rien rater de ce spectacle… pas même lorsqu'il baissa dans le même geste son pantalon et son slip.

Oh, mon Dieu !

Luke ne manquait pas d'expérience. Passée l'adolescence qui rendait la moindre rencontre sexuelle extraordinaire, il avait choisi ses maîtresses avec soin, pour leur audace, leur habileté. Sans vouloir se flatter, il pensait avoir eu ce qui se trouvait de mieux dans ce domaine. Mais jamais, en vingt ans de jeux érotiques, il n'avait été plus ému que devant le visage de Cat qui le regardait se dévêtir.

Etendue sur les draps de lin blanc, sa chevelure de flamme répandue autour d'elle sur l'oreiller, elle était tout ce qu'il imaginait, et davantage encore. Quelques taches de son parsemaient la peau blanche de ses épaules. La rondeur de ses seins de lait était rehaussée par de jolis mamelons d'un rose délicat qui lui mettait l'eau à la bouche. Jamais de toute sa vie il n'avait connu pareille excitation, pareil besoin. Et ce regard qu'elle posait sur lui, lourd de curiosité et de désir… S'il ne se contenait pas, ce serait la nuit de noces la plus courte de l'histoire. Ses mains tremblaient un peu, tandis qu'il se défaisait de son pantalon et de son slip. Lorsqu'il se redressa, Cat le fixait avec des yeux ronds, les lèvres légèrement entrouvertes, comme stupéfaite.

— Ne me dis pas que tu n'as jamais vu un homme nu !

Il y avait dans sa voix une pointe d'irritation due à sa gêne. Lui, gêné ? C'était un comble.

— Seulement dans des magazines.

Au prix d'un effort, elle reporta son attention sur son visage.

— C'est beaucoup plus... 3D comme ça.

Il ne put s'empêcher de rire, ce qui le surprit. Mais, avec elle, rire devenait une habitude. Il aurait dû s'y attendre.

Sans cesser de sourire, il se glissa près d'elle, se cala sur un coude.

— Des objections ? demanda-t-il.

— N-non... aucune.

— Tant mieux, murmura-t-il contre sa bouche. Parce que j'ai l'intention d'être en 3D aussi souvent que possible pendant les jours à venir.

Elle retint son souffle l'espace d'un instant, puis une lueur malicieuse s'alluma dans ses prunelles d'émeraude.

— C'est une menace ou une promesse ?

— A toi d'en décider.

Et il effaça son sourire d'un baiser. Ses lèvres mollirent sous les siennes. Il les caressa de la langue. Jamais il ne serait rassasié d'elle, de sa peau si douce, de son parfum, de la lourdeur de son sein au creux de sa paume... Il descendit jusqu'à ce sein, le téta. Elle frissonna en soupirant, tandis que sa main glissait le long de son torse, jusqu'à son ventre.

— Luke...

— Chut ! Laisse-moi faire.

Nouveau baiser pour étouffer la protestation… si c'en était une. Il s'était promis de ne rien précipiter, de prendre le temps de l'apprivoiser, de l'éveiller, de la déguster lentement pour prolonger le plaisir toute la nuit. Mais, lorsqu'il recouvrit son sexe de sa main, elle se cambra et vint à sa rencontre. Elle était prête à le recevoir, chaude et humide, frémissante. Et le besoin prit le dessus. Oublié le projet de patiente lenteur. S'il ne la possédait pas immédiatement, il allait exploser.

Dans un dernier moment de lucidité, il roula de côté pour prendre les préservatifs qu'il avait rangés dans le tiroir de la table de chevet.

— Non, dit Cat en retenant son bras.

Luke se retourna, nota qu'elle était toute rose, que ses yeux verts semblaient noyés.

— Tu n'es pas obligé de… Il n'y a aucun danger : je prends la pilule.

Voyant son air décontenancé, elle rougit plus encore et marmonna :

— Avec ce qui se préparait… ça m'a semblé préférable.

— La grossesse n'est pas la seule chose dont il faille se protéger, dit-il, malgré son envie de plonger en elle sans la moindre protection. Tu es peut-être pure et innocente, mais pas moi.

Elle le regarda. Droit dans les yeux, cette fois.

— Si tu me dis qu'il n'y a pas de danger, je te crois.

Luke hésita, puis hocha la tête. Même dans sa folle

jeunesse, il n'avait jamais eu de rapports sans préservatif. Une règle qu'il s'était imposée et à laquelle il s'était tenu. Peut-être aurait-il tort de faire une exception ? Elle prenait la pilule, très bien. Mais, en matière de sexualité, il était de ces pessimistes qui estiment que deux précautions valent mieux qu'une. Pourtant, il la désirait si fort que sa raison vacillait. Faire l'amour avec elle, sans rien qui les sépare…

Cat vit à son regard qu'il avait pris sa décision, et cela avant même qu'il laisse tomber la pochette du préservatif sur le sol. Il revint tout près d'elle, et elle frémit d'anticipation en sentant contre sa cuisse son sexe tendu. Il enfouit les mains dans ses cheveux, plongea ses yeux brûlant de désir dans les siens, et la pénétra. Elle eut vaguement conscience qu'elle devrait avoir mal, ou se crisper dans un dernier sursaut de crainte virginal. Au lieu de cela, elle l'accueillait, avec un sentiment de plénitude. Oui, c'était ça. Une plénitude presque douloureuse.

Cat croyait savoir ce qui l'attendait. Elle avait lu des livres, vu des films ; elle se disait que l'expérience vécue se situerait quelque part entre les étoiles filantes, les feux d'artifice de son roman préféré, et les descriptions cliniques des manuels de santé. Puis Luke se mit à bouger en elle, et elle oublia tout ce qu'elle croyait savoir. Ce n'était pas un feu d'artifice mais un feu liquide qui coulait dans ses veines, qui électrisait sa peau ; un besoin urgent, impérieux, qui exigeait d'être satisfait.

Elle s'ouvrait, se cambrait pour le prendre au plus

profond d'elle. Luke frissonna, gémit et marmonna des paroles incompréhensibles. Prière ou imprécation, Cat n'aurait su le dire, tant sa propre exigence était grande.

— S'il te plaît… dit-t-elle dans un souffle contre sa gorge trempée de sueur.

Elle plantait les ongles dans sa chair, se tordait et se démenait.

— S'il te plaît…

Et Luke répondit à sa supplique en accélérant le rythme. Frénésie. Rien de doux ni de lent dans cette rencontre aux allures plutôt brutales. Demain, elle aurait des marques sur les hanches, et il aurait le dos griffé. Mais, ce soir, seule comptait leur folle course vers le plaisir.

Cat perdit le souffle. Son corps se tendit, et ses yeux chavirés semblaient contempler le gouffre dans lequel elle s'abîmait. Il sentit son spasme l'enserrer comme un poing, et serra les dents en grommelant quelque chose. Puis il bascula avec elle dans un orgasme aux proportions sismiques.

Lourdeur. Mollesse de tout le corps. Il allait bouger. Dès qu'il retrouverait l'usage de ses muscles. La tête enfouie dans l'oreiller et les cheveux de Cat, Luke s'efforçait de contrôler sa respiration haletante. Il songea vaguement qu'il l'écrasait de son poids, mais, lorsqu'il eut rassemblé suffisamment de forces pour la libérer, elle protesta d'une plainte, le serra dans ses bras pour le retenir. Bon. Il resterait là quelques minutes. Une heure. L'éternité.

Il baignait dans une odeur de shampooing, de fleurs, de sueur et de sexe. Un cocktail enivrant qui, en d'autres occasions, lui aurait sans doute donné l'envie de recommencer — plus lentement, cette fois —, mais il avait joui avec tant de puissance que toute son énergie y était passée. Des milliers de cellules avaient dû mourir dans l'explosion… Diable, il n'était plus aussi jeune et vigoureux que par le passé.

Cat remua sous lui. Frottement de ses longues jambes contre les siennes. Caresse légère de ses doigts le long de son dos. Souffle chaud contre son oreille. Frémissement du désir.

Non, tout en lui n'était pas mort. La nuit était encore jeune, et il n'était, finalement, pas si vieux que ça. Alors, tournant la tête, il reprit sa bouche.

8

A son réveil, Luke était seul dans le lit, mais une bonne odeur de café flottait dans l'air, ce qui compensait un peu sa frustration. Il s'étira, s'étendit sur le dos pour réfléchir aux options qui s'offraient à lui. Ou bien il se levait pour aller boire son café dans la cuisine en compagnie de sa femme, ou bien il restait au lit, dans l'espoir qu'elle le rejoindrait avec le petit déjeuner. Au bout de quelques minutes, comme il ne voyait rien venir, il décida de se lever. Son pantalon était en bouchon sur le sol au pied du lit. Quant à sa chemise, elle demeurait introuvable mais, étant donné les événements de la nuit, sa jeune épouse ne se formaliserait pas de le voir torse nu.

Les souvenirs de la nuit réveillèrent des parties de son corps qu'il croyait avoir trop sollicitées pour les voir réagir aussi vite. Agréable surprise qu'il salua d'un sourire satisfait en enfilant son pantalon. Puis il s'étira de nouveau, à s'en faire craquer le dos. Rien de tel que le sexe réussi pour transformer la face du monde.

La cuisine embaumait le café frais et les muffins tout chauds qui refroidissaient sur une grille. Debout devant l'évier, les mains autour d'une grande chope de porcelaine blanche, Cat contemplait le paysage par la fenêtre. Luke jeta un bref coup d'œil à l'étendue de collines couvertes de vignobles et ponctuées par le jaune vif de la moutarde sauvage. Dans la vallée, les derniers voiles de brume matinale s'effilochaient, mais aussi spectaculaire que soit le cadre, Cat était, à ses yeux, plus spectaculaire encore, et la vue de ses longues jambes nues sous la chemise qu'elle lui avait empruntée suffit à lui couper le souffle. Son imagination s'emporta de nouveau ; le besoin de café et la faim réveillée par l'odeur des muffins passèrent au second plan de ses préoccupations.

Se détournant de la fenêtre, Cat lui fit face et lui sourit. Ses joues étaient plus roses que de coutume, et il y avait dans son regard une expression qu'il ne lui connaissait pas.

— Bonjour…

Elle toussota pour s'éclaircir la voix.

— J'ai préparé un petit déjeuner à ma façon. Je ne sais pas ce que tu manges le matin, mais, en explorant les placards que Lucy a remplis pour nous, j'ai trouvé une boîte de préparation minute.

Deux pinces jaune d'or retenaient ses cheveux, dégageant son visage libre de tout maquillage. La chemise au col largement dégrafé laissait voir la courbe d'un sein. Emu par tant de sensualité innocente, Luke se sentit de nouveau en érection, comme s'ils n'avaient pas passé la plus grande partie de la nuit à faire des nœuds avec les draps…

— Je peux aussi préparer une omelette, si tu veux. Jack affirme que mes omelettes sont acceptables et, d'après son aide-cuisinier, il paraît que c'est un grand compliment.

Luke prit la chope qu'elle lui tendait, les yeux rivés sur le mouvement de ses seins. A l'évidence, elle ne portait pas de soutien-gorge… et peut-être rien sous cette chemise. Pensée ô combien troublante !

— Tiens, dit-elle en poussant le sucrier vers lui. Le lait est dans le réfrigérateur, si tu en veux. Je me suis fait du thé. J'espère que le café est buvable.

Luke le goûta, se retint de grimacer. Trop fort. Un véritable décapant. Cat le regardait, vaguement anxieuse, attendant son verdict. Luke déglutit en s'excusant mentalement auprès de son estomac pour ce mauvais traitement, puis déclara :

— Il est bon.

Ce pieux mensonge fut récompensé d'un chaleureux sourire, preuve qu'il vaut mieux, parfois, taire la vérité. Courageusement, il but une seconde gorgée, puis posa sa chope sur le comptoir.

— Tu as volé ma chemise, remarqua-t-il.

Cat cligna des yeux, surprise, et examina sa tenue.

— Oui. J'ai pensé que tu n'y verrais pas d'objection. J'ai oublié de prendre un peignoir dans mes bagages et je ne voulais pas…

— Ça me dérange considérablement.

Il glissa deux doigts entre les boutons du vêtement, à

la hauteur de son nombril, et l'attira plus près. Cat eut un sourire malicieux.

— Mince, alors ! Je suis désolée. Si j'avais su, je ne te l'aurais pas empruntée.

Et elle ajouta avec une petite moue :

— D'ailleurs, je ferais mieux de l'enlever tout de suite.

— Excellente idée. Je vais t'aider. Les boutons ne sont pas toujours faciles à défaire.

Il tira sur le vêtement, et elle s'abandonna contre lui. Fort heureusement, les muffins pourraient être réchauffés au micro-ondes.

Luke n'avait pas prévu de lune de miel avec Devon. L'idée de passer plusieurs jours seul avec elle relevait du cauchemar, au même titre que l'Opéra, dont il avait horreur, et les séances chez le dentiste. En fait, dès qu'ils étaient sortis de la chambre, ils n'avaient plus rien à se dire.

En revanche, la conversation de Cat était un véritable délice, plein de surprises et de motifs d'amusement, si bien que leur lune de miel promettait d'être riche à plus d'un titre.

Au bout de trois jours, Luke commençait à penser que son choix était le bon. Les rapports sexuels qu'il avait avec sa femme dépassaient ses espérances, chose surprenante s'il en était, vu le peu d'expérience de Cat. Mais peut-être que, comme pour le foot ou les mathématiques, certaines personnes naissaient avec un don. Ou alors, elle avait étudié la question, comme elle étudiait, apparemment, tout ce qui retenait son attention. L'idée de Cat plongée dans des manuels de sexologie faisait naître en lui une légère excitation mêlée d'amusement, sensation agréable qui lui devenait de plus en plus familière…

Il n'était pas surpris de leur entente physique. Reconnaissant, oui, mais pas vraiment surpris. S'il avait accepté sa folle proposition de l'épouser, c'était à cause du courant électrique qui circulait entre eux. L'attirance était si forte qu'il aurait été surpris pour de bon si elle l'avait déçu au lit. En revanche, il s'étonnait du plaisir qu'il prenait à sa compagnie. Alors que Devon ne s'intéressait qu'à elle, Cat s'intéressait à tout. Elle l'avait interrogé sur son travail, et lui avait posé tant de questions pertinentes sur l'immobilier qu'elle serait sans doute capable, en cas de besoin, de diriger la firme à sa place.

D'après ce qu'il avait cru comprendre, jusqu'à ce qu'elle emménage avec sa mère chez Larry Kowalski, son éducation avait été… très éclectique. Pour ne pas dire inexistante. Les déménagements fréquents et l'éternelle quête spirituelle de Naomi avaient éloigné Cat des écoles conventionnelles.

— Naomi affirmait que l'éducation traditionnelle était limitative et contraignante, mais je pense que le fait de me mettre à l'école aurait surtout été contraignant pour elle. Trop pénible de trouver des institutions qui m'acceptent en cours d'année quand nous changions de lieu, trop d'explications à donner, trop de paperasse à remplir, toutes choses qu'elle préférait éviter.

Ce fut pendant leur première soirée à Napa Valley qu'elle parla de tout ça, sans rancœur ni regrets, au coin du feu qui crépitait. Luke s'était installé avec un cognac dans l'un des deux fauteuils à oreillettes disposés de chaque côté de la cheminée. Plaisir sexuel, tourisme suivi de nouveaux ébats, excellent repas et promesse des ébats à venir l'avaient laissé plus détendu qu'il ne l'avait été depuis des lustres. D'abord assise dans l'autre fauteuil, Cat se lova, finalement, sur le tapis pour contempler les flammes. Luke l'observait, surpris d'apprécier la conversation presque autant que les moments au lit.

— Officiellement, ma mère se chargeait de mon instruction.

— Mais en réalité ?

— En réalité, je passais mon temps à la bibliothèque municipale du lieu où nous habitions, à lire tout ce qui me tombait sous la main. Naomi m'encourageait à lire le plus possible, mais uniquement pour mon plaisir.

Elle marqua une pause, le regarda à travers ses cils, esquissa un léger sourire, et reprit :

— De fait, elle ne prêtait aucune attention à ce que je lisais, mais jamais il ne lui serait venu à l'idée de me surveiller et de censurer mes lectures. Ce qui, en un sens, revenait à m'encourager.

— Et qu'est-ce que tu lisais ?
— Tout et n'importe quoi.
Une lueur de malice traversa ses yeux verts.
— J'avais une prédilection pour les livres qui avaient été interdits ici ou là, pour une raison ou une autre.
— L'attrait du fruit défendu ?
— Probablement. Nous avons vécu quelques mois à Minneapolis, quand j'avais onze ans. Naomi travaillait dans une librairie spécialisée dans la magie blanche. Comme c'était l'été, personne ne me demandait pourquoi je n'étais pas en classe, et je passais toutes mes journées à la bibliothèque. Un soir où Naomi est venue me chercher, une bibliothécaire l'a prise à part pour lui faire la leçon.
Cat se redressa, affecta une expression pincée, et poursuivit d'une petite voix aiguë :
— « Madame Lang, certaines choses ne sont pas pour les enfants. » Naomi lui a alors demandé s'il y avait des ouvrages pornographiques en rayon. La bibliothécaire — Mlle Fleck, si ma mémoire est bonne — s'est gonflée comme un dindon outragé, avant de rétorquer que la bibliothèque ne contenait pas ce genre de littérature mais qu'une fillette n'avait pas à lire Nabokov et Platon qui, de toute façon, lui passaient au-dessus de la tête.
Cat se mit à rire spontanément au souvenir de la scène, et poursuivit :
— Naomi lui a souri avec douceur, et a répondu qu'il n'y avait pas d'âge pour chercher à comprendre ce qui vous échappait et tendre la main vers les étoiles,

car il y a davantage dans les cieux que sur terre, cher Horatio. Elle aurait pu se dispenser de ce nom qui gâchait l'effet de la citation. La dame ne s'appelait pas Horatio. Personne ne s'appelle Horatio et, entre nous, Shakespeare aurait pu donner au personnage un nom plus courant comme Bob ou Mary. Evidemment, ça fait tout de suite moins chic.

— Comment a réagi Mlle Fleck ?

— Quand Naomi a mis un point final à sa tirade, la malheureuse roulait des yeux affolés et tremblait comme une feuille. J'en avais mal pour elle.

— Et tu as limité tes lectures au *Club des Cinq* et à *L'Etalon noir* ?

— Ma sollicitude pour Mlle Fleck n'allait pas jusque-là. Cette femme n'était pas en danger de mort et, de toute façon, ça n'aurait servi à rien. Après cet incident, elle m'évitait comme la peste. Elle rasait les murs et fuyait quand elle me voyait arriver au guichet avec ma pile de livres. Je crois qu'elle préférait ne pas savoir.

— Tu comprenais ce que tu lisais ?

Tout en faisant tourner le reste de cognac dans son verre d'une main distraite, Luke goûtait le désir qui montait paresseusement en lui. Les flammes faisaient danser les ombres sur le visage de Cat et sur ses longues jambes, à présent étendues devant elle. Elles illuminaient ses cheveux si éclatants qu'il semblait presque possible de s'y réchauffer comme auprès d'un bon feu.

— Pour ne rien te cacher, je n'ai pas compris grand-chose à *Lolita*. Mlle Fleck n'avait pas tort sur ce point.

Mais ça ne m'a pas fait de mal, puisque je ne comprenais pas. J'aimais bien lire Platon, même si le sens profond de sa pensée m'échappait. Je crois que j'aimais surtout *l'idée* que je lisais Platon. Cet été-là, j'avais décidé de devenir une intellectuelle, de lire tous les ouvrages importants ; je me voyais championne d'un jeu télévisé : la plus jeune championne du monde.

Luke réfléchit à ses fantasmes de jeunesse. Ils étaient imprécis et relevaient du cliché : lanceur pour les Dodgers, astronaute, et peut-être aussi pompier. A cet âge-là, il ignorait tout des intellectuels, et connaissait à peine le sens du mot… L'idée d'en devenir un ne l'aurait pas effleuré.

— Tu étais drôlement bizarre comme gamine.

Cat ne put s'empêcher de rire.

— Sans doute. Je passais tout mon temps avec des adultes. Je ne savais jamais quoi dire aux autres enfants quand j'en rencontrais.

— Ils ne voulaient pas discuter de Plutarque avec toi ?

— Non. Et je n'y tenais pas non plus. Ce bonhomme est d'un ennui mortel.

Luke rit à son tour. Il avait lancé cet auteur au hasard, parce qu'il trouvait le nom pompeux. Mais, naturellement, elle l'avait lu. Il aurait dû s'en douter. Avec elle, il fallait s'attendre à tout. Ce qui promettait de rendre sa vie beaucoup plus intéressante qu'il ne l'avait imaginé en acceptant de l'épouser sans la connaître.

Après avoir bu le reste de son cognac, il posa son

verre sur la table basse. Le bruit alerta Cat qui leva sur lui de grands yeux verts profonds, insondables. Des yeux dans lesquels un homme pouvait se perdre. Il lui tendit les mains pour l'aider à se relever, se leva avec elle. Fort heureusement pour lui, il n'était pas homme à se perdre dans le regard d'une femme.

Au troisième jour de leur lune de miel, Charlie leur proposa une visite guidée de l'exploitation. Luke s'apprêtait à décliner l'offre, pensant que Cat se souciait comme d'une guigne de la fabrication d'un produit qu'elle n'appréciait pas, mais, avant même qu'il ouvre la bouche, elle acceptait avec son enthousiasme habituel. Ce qui les éloignerait du lit. Dommage !

Ils passèrent donc la journée à trois — à quatre en comptant le chien de Charlie, un grand bâtard à poil long qui snobait Luke, et s'était tout de suite attaché à Cat, pour la plus grande joie de la jeune femme.

Cat voulait tout savoir, depuis la plantation des pieds de vigne jusqu'à la mise en bouteille et l'étiquetage, en passant, bien sûr, par le processus de vinification.

Après avoir fait le tour de l'exploitation et des caves, Charlie donna une grande bourrade à Luke et déclara qu'il avait bien choisi son épouse. En cadeau de noces, il leur offrit un cabernet de 68, cru légendaire de *Maiden's Morning*. Luke le remercia chaleureusement, fut tenté un instant de révéler à Charlie l'opinion que Cat avait des vins, mais se ravisa aussitôt. A quoi bon gâcher une amitié naissante ?

Ce soir-là, il alluma un feu dans le salon, et ils firent l'amour sur le canapé. Tandis que Cat le chevauchait, assise sur ses genoux, il contemplait la ligne de son corps qui se cambrait, goûtait le poids de ses seins dans ses mains, et se noyait dans ses gémissements de plaisir.

— Luke ! Luke ! Réveille-toi !

Brutalement tiré du sommeil, il eut le sentiment d'un danger imminent. Penchée au-dessus de lui, les cheveux en désordre, Cat lui tapotait l'épaule. Il s'assit dans le lit, rejeta les couvertures. Des images d'incendies, de cambrioleurs armés et de chiens enragés défilaient dans son esprit brumeux.

— Quoi ? Il y a un problème ?

— Non, mais il faut que tu voies ça. C'est incroyable !

En se levant à regret, Luke s'étonna que Cat soit non seulement debout, mais lucide et pleine de vitalité. Le plus incroyable, c'était ça. Depuis trois jours, ils n'avaient guère dormi, et la passion physique qui les dévorait ne donnait aucun signe de faiblesse. Après leurs derniers ébats, il se souvenait d'avoir vu l'heure — 4 heures du matin. Pourquoi diable Cat s'agitait-elle après seulement deux heures de sommeil ? Et qu'avait-elle de si urgent à lui montrer ?

— Là, regarde !

Devant la fenêtre du salon, il s'efforça de focaliser sa vue encore brouillée, chercha des yeux un vaisseau interstellaire. Il fallait que ce soit au moins ça…

— Qu'est-ce que je suis censé voir ?

— Là, le ballon ! C'est étonnant, non ? s'exclama Cat en désignant du doigt la sphère bleu nuit et turquoise qui flottait, gracieuse, au-dessus de la vallée et des vignobles.

L'œil brillant d'enthousiasme, elle s'approcha encore, jusqu'à coller le nez contre la vitre, comme une enfant. Ce matin encore, elle portait sa chemise qui dévoilait ses longues jambes nues. Malgré le manque de sommeil, Luke sentit le désir renaître en lui, et songea qu'à ce rythme, elle finirait par le tuer. Mais, s'il fallait mourir, autant que ce soit de plaisir…

— Tu ne trouves pas ça incroyable ? lui demanda-t-elle, le regard rivé sur le ballon.

— C'est assez courant, par ici. Les promenades en ballon sont une attraction touristique. Si tu habitais la région, tu ne les remarquerais plus.

Elle soupira de bonheur, tandis que le soleil sortait de derrière un nuage pour nimber la sphère flottante d'un halo d'or.

— Que c'est beau ! Jamais je ne me lasserai d'un spectacle pareil.

Non, elle ne se lasserait sans doute pas ; elle trouverait le millième ballon aussi beau que le premier, et s'en réjouirait avec le même enthousiasme. Elle avait un don peu commun pour profiter de la vie…

Il était beaucoup trop tôt pour se lever, et Luke avait besoin de dormir encore quatre bonnes heures pour se sentir à peu près humain. Le sol était glacé sous ses pieds nus. Et il avait vu plus de ballons qu'il n'en saurait compter. Fatigué, grincheux et blasé, il se dit que s'il n'était pas capable d'apprécier le spectacle du soleil levant qui nacrait de rose et d'or les bancs de brume de la vallée avec ou sans ballon, il n'était pas en état de… Et puis zut ! Comment en vouloir à Cat ? Et pourquoi gâter son plaisir ?

Il se rapprocha d'elle, l'enveloppa de ses bras, la sentit aussitôt s'abandonner contre lui.

— C'est beau, hein ? murmura-t-elle dans un soupir.

— Oui, c'est magnifique.

9

En décidant de se lancer dans l'aventure du mariage avec Luke, Cat avait agi sur une impulsion. Avec le recul que lui donnaient trois semaines de vie commune, elle comprenait un peu mieux son état d'esprit de l'époque : en fait, elle ne croyait pas réellement qu'il accepterait sa proposition, ce qui expliquait qu'elle ne se soit pas posé de questions sur un avenir, somme toute, improbable.

Elle contempla la corbeille de fleurs qu'on lui avait livrée un peu plus tôt, et songea que, même en réfléchissant, jamais elle n'aurait pu imaginer à quel point ce simple « Oui » transformerait sa vie. En grandissant auprès de Naomi, elle s'était habituée au changement, et les bouleversements ne l'inquiétaient pas plus que ça. Mais le fait d'être ballottée au gré de l'éternelle quête spirituelle de sa mère ne l'avait en rien préparée à devenir du jour au lendemain Mme Lucas Quintain. Quel choc ! Voilà qu'elle avait, maintenant, un partenaire sexuel des plus vigoureux, davantage d'argent qu'il ne lui en fallait, et une magnifique maison dont l'accès donnait bien du mal à Ruthie.

Sur ce dernier point, pas de problème : Ruthie

pouvait, maintenant, être rénovée de fond en comble. Quant à l'homme qui partageait son lit, il représentait un changement… — léger sourire — somme toute, bien agréable. Restait l'argent. Un point stratégique qui donnait à la jeune femme plus de mal que la colline n'en causait à Ruthie.

Son sourire s'effaça. Personne ne se plaignait d'avoir trop d'argent. Cela semblait ridicule. D'ailleurs, elle ne se plaignait pas… enfin, pas vraiment. Sauf que cette abondance soudaine lui causait des tracas qu'elle n'avait jamais eus et qu'elle se sentait inapte à affronter. Il y avait sur son compte plus d'argent qu'elle n'en avait vu dans sa vie, et cette même somme lui serait allouée tous les mois. A quoi pourrait-elle bien utiliser un tel budget ? Elle en était venue à cacher son chéquier au milieu de ses sous-vêtements, dans la commode de la chambre. Geste magique pour conjurer le sort car elle craignait qu'en le portant sur elle, la somme inscrite au bas de son relevé bancaire ne se lise sur son visage.

Et les problèmes ne se limitaient pas à l'argent. Il y avait aussi tout ce qui allait avec. A commencer par la villa. Autrefois, avec Naomi, elle avait passé un hiver dans une maison de taille à peu près semblable, mais quatre familles la partageaient. Et voilà qu'elle était seule avec Luke pour occuper tout cet espace. Ce qui éveillait en elle un fort sentiment de culpabilité.

Ensuite, il y avait les domestiques. La fille d'une hippie avec des domestiques, c'était un comble ! Enfin, il y avait déjà une domestique de moins. Ce qui expliquait qu'elle arpente ainsi le hall, en quête d'excuses à donner à Luke.

Des excuses ? Et puis quoi, encore ? Elle ne lui devait pas de comptes. Il lui avait confié la libre gestion de la maison… Mais il ne lui avait pas dit de congédier la gouvernante.

« Mme Bryant est une perle rare. Elle travaille pour moi depuis cinq ans et tout marche comme sur des roulettes. Tu peux compter sur elle. » Voilà ce qu'il lui avait dit.

Et pas : « Tu devrais la mettre à la porte deux heures avant notre premier dîner. » Un dîner d'affaires, avec le président d'une banque et un autre personnage d'importance capitale pour des raisons qu'elle avait oubliées.

Son premier dîner d'affaires. Ses débuts dans le monde en tant qu'épouse de Luke. Pour l'occasion, elle s'était acheté à prix d'or un ensemble veste et pantalon, trop décontracté pour être appelé tailleur et qui, s'il ne payait pas de mine sur le cintre, avait sur sa personne des effets de drapé fascinants. Un petit haut ivoire et des escarpins noirs à talons hauts complétaient la tenue. Ainsi vêtue, elle se sentait aussi chic et sophistiquée qu'une star de cinéma des années trente… sauf lorsqu'elle pensait à la crise qu'elle allait devoir affronter.

Luke mit son clignotant pour prendre la bretelle de sortie, heureux de quitter la voie express avant de tomber dans les embouteillages du tunnel de Pasadena.

Excellente journée. Il avait presque vendu un appartement de Santa Monica. Rien de ferme, mais son instinct lui disait que l'affaire se ferait. Et il se fiait à son instinct. N'était-ce pas lui qui l'avait poussé à prendre le risque d'épouser Cat ? Et il devait avouer que le résultat était plus que satisfaisant. Elle s'intégrait bien à sa vie sans créer le moindre désordre. Devon n'aurait pas résisté à l'envie de tout réorganiser — la disposition des meubles, le rangement de ses placards, ses engagements sociaux et Dieu sait quoi encore. Cat portait bien son nom : comme le chat, elle s'adaptait à son environnement, y prenait sa place discrètement, sans remue-ménage, et paraissait chez elle.

Tout bien considéré, il devrait rechercher l'adresse de Devon et de son fermier pour leur envoyer un énorme cadeau de mariage. Une vache laitière primée, sous un emballage doré avec des faveurs, peut-être ?

Le sourire aux lèvres, il s'engagea dans Flintridge Hill. Il en voulait toujours à Nick de son ultimatum, mais, pour le reste, il ne se plaignait pas. Dans un peu moins d'un an, *Maiden's Morning* lui appartiendrait et, en plus, il était marié à une ravissante jeune femme délicieusement sensuelle, dont la compagnie lui était extrêmement agréable. Elle était drôle, vive… et pleine de surprises.

Elle l'avait épousé pour son argent mais, curieusement, elle ne semblait guère attachée aux biens matériels. Elle conduisait une voiture datant de Mathusalem, ne portait pas de bijoux en dehors du diamant qu'il lui avait offert et de son alliance ; elle préférait les jeans et les pulls aux tenues de soie naturelle et, lorsqu'elle sortait faire des courses, elle revenait chargée de livres plutôt que de vêtements.

Elle n'avait rien changé dans la maison et, pourtant, celle-ci paraissait plus habitée. Il y avait des livres sur les tables basses, les dessertes. Des magazines de jardinage, des revues d'archéologie, et les derniers potins de Hollywood traînaient un peu partout, aux endroits où elle s'était assise pour les lire. Une vieille paire de tennis somnolait près de la cheminée et, hier, il avait trouvé des gants de cuir usagés sur la table du hall, près de son attaché-case.

L'apparition de ces traces dans son intérieur, jusque-là, tiré au cordeau, ne le gênait pas, bien au contraire. Il tenta d'imaginer Devon, laissant un peu partout des revues de décoration, des produits de maquillage, des brosses et des flacons. Frisson horrifié. Finalement, ce fermier méritait bien deux vaches laitières primées...

En abordant l'allée pentue qui menait chez lui, il sourit à la vue de Ruthie, trônant devant la porte du garage. Il n'avait pas cru que Cat garderait cette affreuse guimbarde périmée, mais elle refusait obstinément de la remplacer par un véhicule neuf.

Après avoir rangé sa Mercedes près de Ruthie, Luke sortit et s'étira longuement avant de prendre sa mallette sur le siège arrière. La journée n'était pas finie. Ce soir, il y avait un dîner, en partie pour le travail, en partie pour le plaisir. Un excellent moyen d'introduire Cat dans son monde à lui, sans craindre l'excès de stress.

En effet, ce soir, ils seraient en petit comité. Porter et Dania Westheim étaient de vieux amis. Luke traitait fréquemment avec la banque de Dania et l'entreprise de construction de Porter. Les Southerland étaient des connaissances plus récentes mais, durant les cinq dernières années, Roger lui avait acheté plusieurs propriétés, et il avait invité le couple à diverses reprises. Laura était avocate, spécialisée dans les questions sociales, ce qui, en règle générale, payait mal. Heureusement pour Laura et ses clients fauchés, Roger gagnait confortablement sa vie.

Keith fermait la liste des invités de ce soir. Sauf s'il venait accompagné, auquel cas ils seraient en nombre impair. Pas très chic, mais sa présence familière rassurerait Cat pour laquelle il s'inquiétait sans doute indûment car elle était sans doute capable de faire la conversation à un grain de sable dans le désert. Et si elle était un peu tendue à l'idée de cette soirée, tout se passerait bien dès que leurs hôtes seraient là. Mme Bryant veillerait au bon déroulement du dîner, et Cat n'aurait qu'à prendre du bon temps, ce pourquoi elle avait un don.

— Quoi ?

Cat dansait d'un pied sur l'autre. Elle comptait amener la chose doucement, lui offrir un verre de madère, peut-être même le gratifier d'un massage pour le détendre avant de lui annoncer la mauvaise nouvelle. Et, au lieu de cela, il n'avait pas sitôt déposé son attaché-case qu'elle avait craché le morceau, comme une sotte.

— J'ai envoyé Mme Bryant en promenade, répéta-t-elle.

Le message ne passait pas mieux la deuxième fois.

— En promenade ? Mais où ça ?

— Je l'ai envoyée promener, si tu préfères. Je l'ai congédiée, renvoyée, licenciée, fichue dehors, virée. Choisis le terme qui te convient le mieux.

Luke desserra sa cravate, jeta un coup d'œil autour de lui, comme s'il s'attendait à voir des cafards apparaître sur les murs. Margaret Bryant gérait la maison de main de maître depuis cinq ans. Elle était la perfection incarnée, à la fois efficace et discrète, presque invisible. Une perle aux yeux de tous. Et elle était partie. Le désordre menaçait d'envahir leur existence, désormais.

Cat dansait toujours d'un pied sur l'autre, caressant le sol frais de ses orteils. Ses chaussures neuves, inconfortables comme tous les talons hauts, gisaient, abandonnées, devant la porte du salon où l'on pouvait admirer leur ligne élégante sans avoir à subir la torture qu'elles infligeaient ni souffrir du mal des sommets. La jeune femme regrettait, maintenant, de ne pas les avoir remises pour affronter Luke, car elle se sentait en position d'infériorité, pieds nus dans ses bas de soie.

Luke inspira profondément, puis laissa lentement échapper son souffle.

— Bon. Je suis sûr que tout ça est parfaitement raisonnable.

Il ne semblait pas convaincu de ce qu'il disait, mais Cat lui sut gré de son effort.

— C'était une vieille bourrique.

— Je ne l'ai pas engagée pour son charme et sa gentillesse.

Luke porta la main au col de sa chemise, et arracha sa cravate avec tant de violence que Cat en grimaça.

— Je l'ai engagée pour ses qualités professionnelles. Elle remplissait parfaitement ses fonctions.

— Elle a fait pleurer Consuela.

— Qui est Consuela ? demanda Luke, de plus en plus sidéré.

— La femme de ménage. *Ta* femme de ménage. Elle vient trois jours par semaine. Elle a dix-huit ans, et elle travaille pour faire vivre sa mère et ses quatre jeunes frères. Son père s'est retrouvé paralysé, à la suite d'un accident de voiture. Il sculpte le bois, mais ça ne suffit pas à nourrir la famille. Sa mère travaille dans un restaurant de Hollywood, El Toro Loco, si tu veux tout savoir. Et pour un salaire de misère. Consuela aimerait devenir créatrice de mode, mais elle n'a pas d'argent pour payer ses études, et pas le temps d'étudier non plus parce qu'elle doit s'occuper de ses frères. Et je te signale que ce ne sont pas des immigrés en situation irrégulière.

— Je n'ai jamais dit ça, fit remarquer Luke.

Il sentait venir la migraine. Trop d'informations d'un

coup. Toute l'histoire familiale d'une personne qu'il ne se rappelait pas avoir déjà vue, et pas un mot sur ce qui était arrivé à sa perle des domestiques.

— Toi, non, mais Mme Bryant, oui. En tout cas, elle l'a laissé entendre, et elle a menacé Consuela de la faire renvoyer dans son pays. Elle ne peut rien faire, bien sûr, mais Tomas a la grippe, et Guillermo rencontre des problèmes à l'école. La pauvre Consuela était déjà toute bouleversée…

La migraine de Luke se précisait. Les veines battaient le tambour à ses tempes.

— … Elle est arrivée avec une demi-heure de retard. Une demi-heure, ce n'est pas la mort, tout de même ! Et cette vieille taupe a menacé d'appeler les services d'immigration et de faire reconduire sa famille à la frontière. C'est répugnant ! On ne fait pas ça, même à des gens en situation irrégulière !

— Elle ne pensait peut-être pas ce qu'elle disait.

— Oh que si ! Elle a déclaré tout net que c'était une honte de laisser des étrangers prendre le travail qui appartenait de droit aux Américains. Ce qui prouve que non seulement c'est une chienne, mais qu'en plus, elle est idiote. Consuela est californienne de cinquième génération. Je doute que Mme Bryant puisse en dire autant.

L'espace d'un instant, Luke songea à appeler Mme Bryant pour l'informer que Consuela était citoyenne américaine de naissance. Tout serait alors pour le mieux dans le meilleur des mondes. Mais, voyant une flamme militante briller dans le regard de Cat, il retint sa langue. Elle dut sentir que son discours ne l'avait en rien convaincu car elle ajouta pour faire bonne mesure :

— Et cette vieille bique m'a traitée de poufiasse. Et d'arriviste aussi. Mais pas tout le même jour.

Un sourire inattendu chassa brusquement toute dureté sur le visage de Cat.

— Arriviste, c'est drôle. Je verrais bien un groupe de rock appelé « Les Arrivistes ».

— Elle te cherchait des noises depuis le début ? demanda Luke.

— Rien de grave. J'ai du répondant. Elle croit que je t'ai embobiné pour t'épouser. Ce qui se comprend un peu. Quand on change de fiancée en moins d'une heure, il est assez normal que les gens s'interrogent. Et puis, elle avait peur que je marche sur ses plates-bandes. Ce que j'ai fini par faire en la flanquant dehors.

— Là, tu les as passées au rouleau compresseur.

Luke salua à regret la fin de cinq ans de bons et loyaux services.

— Elle n'a pas cru que je pouvais la congédier, reprit Cat sur le même ton belliqueux. Elle m'a dit qu'elle t'en parlerait. Ou, plus exactement, qu'elle verrait ce que « M. *Quintain avait à dire sur la question* ». En clair, elle ne doutait pas que tu annulerais ma décision.

— Elle en sera quitte pour une surprise.

Cat le remercia d'un sourire radieux.

— C'est bien ce que je pensais. De toute façon, nous

nous arrangerons très bien sans elle. J'ai tout prévu pour le dîner de ce soir.

— Bon sang, le dîner ! s'écria Luke. Je l'avais complètement oublié. On peut encore annuler...

Coup d'œil anxieux à la pendule pour s'assurer qu'il n'était pas trop tard.

— ... Ou réserver dans un restaurant. Il y en a un tout nouveau à La Cañada.

— Pas de panique : je te répète que j'ai tout prévu.

Elle lui prit la main, et il se laissa conduire vers la cuisine avec la bizarre impression que, comme Alice, il était tombé dans un terrier de lapin.

— Tu vois, il n'y a aucun problème, déclara Cat en souriant joyeusement au grand garçon blond qui s'affairait devant le plan de travail. Jack va nous préparer le repas.

Manifestement, l'intéressé ne partageait pas son enthousiasme. Pointant sur Cat le grand couteau à découper qu'il tenait à la main, il la foudroyait du regard.

— Tu vas me le payer ! Et cher. Très, très cher.

Ignorant son regard menaçant, Cat sautait presque de joie en déclarant :

— C'est une chance que le restaurant de Jack soit fermé ce soir, non ?

— Une chance pour qui ? C'est mon seul jour de congé, et il faut que je cuisine !

Jack portait un jean troué aux genoux, un T-shirt délavé qui avait vu des jours meilleurs et, coincé dans sa ceinture, un torchon à carreaux qui pendait le long de sa jambe. Il regarda son couteau, puis ajouta :

— Avec quoi tu les aiguises ? Une lime à ongles ?

— Le rémouleur est en vacances. Ou la rémouleuse, va savoir.

— Fichue malchance que je me sois trouvé chez moi quand tu as appelé, si tu veux mon avis.

Avant que Cat n'ait le temps de répondre, la porte de la cuisine s'ouvrit sur Keith qui croulait sous les provisions.

— J'espère que je n'ai rien oublié, dit-il en posant ses achats sur la desserte près du réfrigérateur. J'ai attrapé au vol la dernière barquette de cuisses de poulet. Peut-être la dernière sur la planète, à en juger par la manière dont une dame en pull violet lorgnait dessus quand je l'ai mise dans mon chariot. Il fallait des petits poireaux, mais je n'y connais rien en poireaux. J'ai pris ce qu'il y avait.

Il jeta deux bottes de poireaux sur le comptoir, puis releva les yeux, aperçut Luke et sourit.

— Ah, tu es là, toi ? Je suis content de te voir.

Luke se réjouissait aussi que son ami le reconnaisse. Un moment, il s'était demandé s'il n'était pas passé dans la quatrième dimension. En temps normal, on ne trouvait pas chez lui des chefs cuisiniers furieux armés de grands couteaux.

Keith se remit à déballer ses provisions.

— Bon, voilà les champignons. Ils n'avaient pas de

girolles, alors j'ai pris des pleurotes en me disant que c'était à peu près pareil.

Jack émit une sorte de grognement en s'emparant de la barquette.

— Désormais, dit-il, je filtre mes appels. Du matin au soir.

Il jeta un regard furibond à Cat, puis, voyant que sa rage n'avait sur elle aucun effet, il la reporta sur les champignons.

— Des pleurotes à la place des girolles ! Pourquoi pas des bananes, pendant que vous y êtes ?

— Penalty ! coupa Keith d'un air imperturbable. Pour cette remarque, vous ferez vos courses tout seul, la prochaine fois. Et vous irez cueillir vos champignons dans les bois : c'est sûrement plus calme que le supermarché.

Jack regardait toujours les champignons coupables d'un œil mauvais. Keith sourit avec bonne humeur, et s'attaqua à l'autre sac.

— Ils n'avaient plus de crème fraîche. Quand je me suis renseigné auprès d'un môme qui avait l'air de travailler dans le rayon, il m'a dévisagé comme si je tombais de Mars. Alors, j'ai pris tout ce qui ressemblait, de près ou de loin, à de la crème, en me disant que, sur le lot, vous trouveriez bien quelque chose qui fasse l'affaire.

Trop effaré pour protester, Jack considérait d'un œil dubitatif l'étalage de pots et de cartons alignés sur le comptoir : crème fleurette, crème allégée, crème aigre, substitut de crème, lait concentré, fromage blanc…

— Et, pour plus de prudence, j'ai également acheté deux boîtes de crème de champignons.

Jack prit un air désespéré, et reprit d'une voix soudain haut perchée :

— Parfait. C'est parfait ! Je peux improviser un repas de gourmet avec de la soupe aux champignons et du substitut de crème. Je ferai cuire les pleurotes au four dans la crème aigre. Emincé de poireaux en garniture et…

Coup d'œil sceptique au stock de victuailles plus qu'improbable.

— Après, c'en sera fini de ma réputation, et j'irai tranquillement me noyer dans l'océan.

— Et les cuisses de poulet ? demanda Keith que la vue d'un chef cuisiner devenu fou ne perturbait pas plus que ça. Les dernières cuisses de poulet au monde, tout de même !

Jack serrait les dents, sans doute pour s'empêcher d'exploser. Luke comprenait sa réaction. Quant à Cat, elle s'écria avec bonne humeur :

— Comme c'est amusant ! Je ne vois jamais Jack dans son rôle de chef cuisinier insupportable. D'habitude, il est beaucoup plus amical. Et le spectacle est beaucoup moins drôle.

Jack la foudroya du regard, mais cela n'eut aucun effet sur son sourire. Luke se demandait s'il devait la louer pour son courage ou regretter l'absence totale de son instinct de survie.

Brandissant un poireau comme une arme, Jack lança à la jeune femme d'un ton menaçant :

— Toi, fiche le camp de ma cuisine !

— Bon, bon, je m'en vais. Tu m'appelles si tu as besoin de moi.

Elle se retira au bras de Luke qui avait des visions de carnage, de duels à coups de légumes, de cuisine vandalisée.

Jack les regarda sortir avec l'air d'un chien de garde soucieux de défendre son territoire. Lorsqu'ils eurent disparu, il y eut un moment de silence, puis il soupira et jeta le poireau martyrisé sur le plan de travail.

— En tant qu'avocat, j'ai le devoir de vous informer qu'un meurtre à coups de légumes, ça va chercher loin. Le dernier coupable en date dans l'Etat de Californie a pris perpète, dit Keith dans l'espoir de détendre l'atmosphère. Ici, on prend les produits agricoles très au sérieux.

Résigné, Jack haussa les épaules et soupira de nouveau.

— On ne peut pas se fâcher sérieusement avec une fille comme Cat. Elle est trop contente d'elle pour qu'on lui en veuille.

— Elle a de bonnes raisons, répondit Keith en riant. Avoir à sa disposition l'un des plus grands chefs de Los Angeles, ce n'est pas à la portée de tout le monde.

— Grand chef et crétin de service. Ne pas oublier le crétin, c'est important. Dès qu'elle m'a annoncé qu'elle avait besoin d'un petit service, j'aurais dû raccrocher et prendre le premier vol pour l'Oregon. Il paraît que ce n'est pas mal, en cette saison.

— Cat a souvent besoin de petits services ? demanda Keith en prenant une carotte pelée.

— Non, mais quand ça se produit, mieux vaudrait ne pas être là. L'an dernier, elle m'a demandé de la dépanner, et j'ai dû préparer un repas pour cinq cents gosses crasseux. Les bonnes œuvres, mon cher.

— Cinq cents ? Ça fait beaucoup.

Jack haussa les épaules.

— J'exagère. Peut-être cinquante.

Keith mordit dans la carotte, et mâcha consciencieusement.

— On peut connaître le menu ? Je vois mal des gamins se délecter de magret de canard braisé sur lit d'endives avec des pignons de pin et de la feta.

— On les comprend, dit Jack avec une grimace.

Il soupira, puis se mit à ouvrir les placards, à la recherche du café.

— Je leur ai servi des saucisses en croûte, du gratin de macaronis et des hamburgers.

Il sourit, tandis Keith s'étouffait de rire.

— Bien sûr, je cuisinais avec un sac sur la tête pour protéger ma réputation déclinante, et je m'efforçais de ne pas écouter les petits monstres qui se plaignaient de ne pas avoir de spaghettis.

— C'est la meilleure ! s'exclama Keith en s'adossant au comptoir pour ne pas tomber, tant il riait.

Jack mit le café moulu dans le filtre, de l'eau dans la cafetière électrique, puis il appuya sur le bouton.

— Ce genre d'expérience vous remet à votre place. Et maintenant, elle me prend pour son cuisinier personnel. Mon humiliation est complète.

— Ça vous ennuie vraiment ?

Jack, qui cherchait les tasses, s'interrompit dans sa tâche pour lever les yeux sur Keith.

— Ça ne me réjouit pas particulièrement de cuisiner le jour où je suis de repos, mais je me suis dit que je n'en mourrais pas... Jusqu'à mon arrivée ici. Et là, j'ai découvert que la gouvernante de funeste mémoire avait embarqué la presque totalité des provisions en partant sur son manche à balai. J'ai du talent, mais il y a des limites à ce que je peux faire avec un ouvre-boîte.

— Je suis sûr que ce sera génial, dit Keith très sérieusement.

Jack retrouva son sérieux, lui aussi, et soupira.

— Et puis, ça me gâche un peu la soirée. Je me faisais déjà un plaisir d'aller voir le dernier film de Schwarzenegger.

— Quoi ? Vous aimez Schwarzenegger ?

Keith était sidéré. Il voyait plutôt Jack comme un intello, amateur de films étrangers sous-titrés.

— Vice caché. Et puis, j'ai un ami cascadeur qui joue dans ce film-là. Une explosion le projette à travers une vitre, et il tombe du cinquantième étage pour s'écraser au sol.

— Super.

— C'est aussi mon avis. Tant pis. Je tâcherai d'y aller la semaine prochaine. A propos d'autre chose et pendant que je vous tiens, vous vous y connaissez en cuisine ?

— Je sais faire bouillir de l'eau. Et je suis le champion du micro-ondes.

— Vous ferez l'affaire, dit Jack en lui tendant un torchon. Otez votre veste, lavez-vous les mains. Vous êtes promu sous-chef.

— Pardon ?

— Vous devenez mon assistant pour la soirée.

— Excellente formation. Si je suis radié du barreau, je saurai vers quoi m'orienter.

— Blague à part, des tas de gens se battraient pour avoir le privilège de travailler avec moi.

— Ah oui ? Vous avez leur numéro de téléphone ?

Ils rirent, et Keith alla se laver les mains.

Luke referma la porte d'entrée et s'appuya au battant. Dehors, la Jaguar des Southerland s'éloignait le long de l'allée. Il coula un regard à Cat, restée sur le seuil du salon, et haussa un sourcil interrogateur.

— Alors ?

— Alors rien. Je t'avais dit qu'il n'y avait pas de problème.

Elle souriait, apparemment contente d'elle.

— Exact. Comment ai-je pu en douter ?

— Ça t'apprendra à être défaitiste.

— Réaliste. La gouvernante volatilisée, un chef

cuisinier fou de rage et potentiellement dangereux, ça ne fait pas partie des conseils de Nadine de Rothschild sur l'art de recevoir.

— Mais tout s'est bien passé, et les invités étaient ravis.

— C'est pourtant vrai. Jamais il ne me serait venu à l'idée de les faire participer à l'élaboration du repas.

— Pour ne rien te cacher, ce n'était pas mon intention, à l'origine.

Elle porta les mains à son chignon pour en ôter les épingles, libéra ses cheveux qui tombèrent en une cascade de boucles cuivrées sur ses épaules, sur la soie noire de sa veste. Luke s'émut de ce spectacle sensuel, et resta à contempler sa femme, dans l'attente du plaisir à venir.

— Si Laura n'avait pas reconnu Keith quand il nous a servi les hors-d'œuvre, personne ne se serait douté que quelque chose ne tournait pas rond.

Moment inoubliable que celui où Laura Southerland avait ouvert des yeux comme des soucoupes en remarquant que le serveur était un confrère du barreau. Après quelques explications, tout le monde avait fini dans la cuisine sans que Luke sache très bien comment ni pourquoi. La rage de Jack s'était heureusement dissipée, et il avait accueilli l'invasion sans protester. Comment les présentations s'étaient-elles faites ? Mystère. Sans importance, d'ailleurs, puisque tout cela se passait dans la bonne humeur.

— Tu crois que Laura va vraiment examiner le cas

de M. Gutierrez ? demanda Cat en abandonnant ses escarpins avec un soupir d'aise.

— Si elle l'a dit, elle le fera.

— Ce serait bien si elle lui obtenait une indemnisation. D'après ce que m'a dit Consuela, ce n'est pas son père qui a provoqué l'accident. L'assurance du chauffeur responsable pourrait faire un geste, payer ne serait-ce qu'une formation à ce pauvre homme pour lui permettre de gagner sa vie.

Tout en parlant, elle ôta sa veste, révélant un joli petit chemisier ivoire dont l'étoffe appelait la caresse. Moins que sa peau laiteuse, toutefois… Luke se demanda soudain s'il ne basculait pas dans l'obsession. Tout l'excitait en Cat, jusqu'à ses pieds nus sur le carrelage.

— La cuisine est dans un état épouvantable. Je te parie que Jack a sali trois fois plus de casseroles que nécessaire pour me punir de lui avoir gâché sa soirée de repos.

Elle remuait ses orteils contre le carrelage, rien que pour le plaisir d'aguicher Luke. Elle savait parfaitement qu'elle le troublait, qu'elle l'empêchait de se concentrer. Et elle prolongeait le jeu, consciente de son avantage…

— Il devrait plutôt me remercier. Il comptait aller voir un film débile, le genre de truc qui rend sourd et qui vous pollue le cerveau.

Luke se redressa, se dégagea de la porte. Elle en eut des picotements d'anticipation. Depuis tout à l'heure, il l'observait avec tant de gourmandise que sa peau en frémissait sans même qu'il ait besoin de la toucher.

— Je vais commencer à nettoyer la cuisine, dit-elle sans trop y croire.

Luke s'avança vers elle en agitant la tête. Le cœur battant, elle l'esquiva.

— Si je ne rince pas les casseroles maintenant, j'aurai un mal fou à les nettoyer, demain matin.

— Nous en achèterons d'autres.

— Une solution de riche. D'enfant gâté. On rachète au lieu de laver.

— Effectivement, je suis riche et gâté. Habitué aux solutions de facilité.

Il changea de position, lui coupant la retraite vers la cuisine. Cat recula prudemment. Ridicule, ce mélange de désir et de crainte. Mais quelle excitation de prolonger un jeu dont tous deux savaient déjà qu'il se terminerait au lit…

Luke était presque à portée de main. Une flamme brûlait dans ses yeux bleus. Ses jambes la portaient à peine. Mais, bizarrement, sa voix était posée quand elle déclara :

— Mieux vaut prévenir que guérir, et pourquoi remettre à demain ce qu'on peut faire le soir même ?

Cette fixation sur la vaisselle aurait sans doute agacé Luke s'il n'avait lu le désir dans les prunelles de son épouse.

Il s'avança encore, posa la main sur la rampe de l'escalier, effleurant son bras au passage.

— Monte.

Elle redressa le menton d'un air de défi.

— Si je veux.

Il se pencha pour lui murmurer à l'oreille :

— Deux possibilités. Je te laisse le choix. Ou nous passons deux heures à faire la vaisselle et ranger la cuisine, ou nous passons le reste de la nuit dans les bras l'un de l'autre, nus et trempés.

— Nus et… et trempés ?

— Absolument nus et trempés de sueur.

— Hmm… un choix difficile… Mais, en tant qu'épouse soumise, je devrais sans doute…

Il glissa les mains sous son chemisier, dégrafa habilement son soutien-gorge et prit ses deux seins dans ses paumes. Cat en oublia de respirer. Renversant la tête en arrière, elle se cambra contre lui pour accroître le contact.

— Luke, je t'en prie…

Supplique ambiguë. Cat ne savait plus ce qu'elle voulait. Qu'il arrête ? Qu'il continue ? Elle était un peu effrayée du pouvoir qu'il avait sur elle, de la fièvre qu'il pouvait déclencher par la plus infime caresse, le moindre regard appuyé.

— Oui… oui…, murmurait-il dans ses cheveux, contre sa gorge, sur ses paupières.

Et toujours, ses mains expertes attisaient le feu de son désir, jusqu'à la rendre plus molle qu'une poupée de chiffon.

Lorsqu'il releva la tête et plongea les yeux dans les siens, elle se sentait comme droguée par le flot de passion qui coulait dans ses veines. Mais, même dans cet état de faiblesse, elle vit dans son regard un plaisir bien masculin, celui de la domination, et cela suffit à lui rendre quelques forces.

— Un choix bien difficile, répéta-t-elle en lissant de la paume le fin coton de sa chemise.

Et elle eut, elle aussi, un léger sentiment de triomphe en sentant le cœur de son amant battre avec précipitation.

— Quel choix ? demanda-t-il d'un air faussement étonné.

— Entre ranger la cuisine et me retrouver au lit avec toi, nue et trempée.

Elle recula jusqu'à ce qu'il la libère, puis se pencha pour prendre sa lèvre inférieure entre ses dents.

— Absolument nus et trempés de sueur, pour ne pas te citer.

— Hmm…

Il tenta de la reprendre dans ses bras, mais elle lui échappa et conclut avec un sourire espiègle :

— Seulement, après mûre réflexion, le devoir l'emporte. Tu préfères laver ou essuyer ?

Laver ou… ? Est-ce qu'elle se payait sa tête ? Il allait le lui demander quand elle éclata de rire avant de se précipiter dans l'escalier. Médusé, il en resta bouche bée, cloué sur place.

Mais cela ne dura pas. Grimpant les marches quatre à quatre, il la rejoignit à mi-chemin, lui agrippa le poignet pour l'arrêter dans sa course et la bloquer contre la rampe.

— Ce n'est pas gentil de te moquer de moi, murmura-t-il contre sa bouche.

Et il l'embrassa à lui faire perdre le souffle, à la faire fondre de plaisir. Puis il l'embrassa encore, pour se délecter de son abandon. Enfin, jugeant qu'elle était suffisamment punie, il glissa un bras sous ses genoux et la souleva de terre pour l'emporter jusqu'à la chambre.

— Qui a dit que j'étais gentille ? souffla-t-elle au creux de son cou.

10

A vingt ans, Keith adorait sa vie de célibataire. Les femmes ne manquaient pas. Il aurait été bien sot de se ranger et de n'en garder qu'une. Les études, puis le lancement de son propre cabinet, occupaient la majeure partie de ses journées, ne lui laissant guère le loisir d'établir des relations affectives durables. Il avait une vie sociale mouvementée, une foule d'amis des deux sexes. Que demander de plus ?

C'était le bon temps.

Et voilà que ses amis s'étaient mis à se marier. Ce qui ne le gênait pas. Sentimental de nature, il ne boudait pas l'idée que des couples puissent être heureux, tout en sachant que certains divorceraient au bout de quelques années. Dans l'ensemble, il s'entendait bien avec les compagnes de ses amis et ne s'offusquait pas qu'elles cherchent parfois à le « caser ». Mais il avait appris d'expérience que la petite phrase « Elle est parfaite pour toi » ressemblait bien souvent à un traquenard.

N'empêche, cette période avait été très agréable et particulièrement riche d'enseignements.

Mais, à présent qu'il approchait de la quarantaine,

le paysage changeait de nouveau. Ses amis avaient des enfants ou ils étaient divorcés, voire les deux. Certains s'étaient remariés, comme Chuck Vincente, qui en était à sa troisième épouse. Les conversations tournaient autour des couches, des garderies et du droit de visite, toutes choses qui donnaient à Keith l'impression d'être déplacé.

Rien de bien grave. Il avait besoin de temps, mais il finirait par rejoindre ses amis et trouver une femme avec laquelle il pourrait partager sa vie. Il achèterait alors une maison à Pasadena, dans les Foothills, ou bien à Santa Monica. Ils auraient un enfant ou deux. Il se pencherait sur le problème des fonds de pension et des assurances vie, et s'occuperait de trouver de bonnes écoles pour ses gamins, comme le faisaient tous ses amis.

D'ailleurs, il n'était pas le dernier célibataire du groupe. Il y avait aussi Luke. Luke qui n'était certainement pas près de trouver l'âme sœur. Le projet de mariage avec Devon ne changeait pas grand-chose. Keith savait que, dans un an, ils auraient divorcé… Et puis, Devon était partie au bras de son fermier, et Luke avait, sur l'instant, retrouvé une fiancée. En théorie, cela ne changeait rien non plus. Ce n'était pas un mariage sérieux. N'avait-il pas lui-même établi le contrat pour que tout se termine sans problème ?

Seulement, vu du dehors, après six semaines de vie conjugale, le mariage de Luke semblait tout ce qu'il y a de plus sérieux. Et le problème se résumait à ce « dehors ». Cette fois, Keith se sentait bel et bien laissé pour compte.

Oh ! il n'était pas jaloux de Luke et n'enviait pas leur couple, même s'il avait de l'affection pour Cat. Mais il prenait soudain conscience du vide de sa vie.

C'est pourquoi, par ce dimanche après-midi, il conduisait sans but, en se demandant comment il allait occuper sa journée, quand un panneau retint son attention. Il tourna à droite sans prévenir, ce qui lui valut un coup de Klaxon. Keith eut un geste de la main, comme pour s'excuser vaguement, et se mit aussitôt en quête d'un endroit où se garer.

Un quart d'heure plus tard, il poussait la porte bleue aux discrètes lettres d'or du restaurant Chez Jack. Il n'avait pas revu Jack Reynolds depuis le dîner chez Luke, soirée au terme de laquelle il avait conclu qu'il préférerait défendre un dossier nu devant la Cour suprême que de gagner sa vie en faisant la cuisine. Néanmoins, il avait trouvé Jack très sympathique.

Après avoir poussé la porte, Keith s'arrêta sur le seuil, le temps que ses yeux s'acclimatent à la pénombre ambiante qui contrastait si fort avec la vive lumière du dehors. Il connaissait le restaurant de réputation avant même d'en rencontrer le propriétaire, mais il n'y était jamais venu. Le décor était agréable, avec un petit côté vieille Angleterre, beaucoup de bois sombre, patiné par les ans. Curieusement, la salle était déserte. Ou bien personne n'avait faim à Los Angeles, ou bien…

— Désolé, c'est fermé.

Plissant les yeux, Keith regarda dans la direction de la voix, et vit Jack assis près de la cheminée.

— Et si j'apporte des cuisses de poulet ?

La remarque fut saluée par un éclat de rire.

— C'est trop bête. Je n'ai plus de crème fleurette.

— Pas grave. Je n'ai pas de poulet non plus.

En contournant les tables pour le rejoindre, Keith s'aperçut que Jack n'était pas seul. Son compagnon portait un pantalon blanc si serré qu'on l'aurait cru peint sur sa peau, et une chemise d'un vert fluo qui lui donnait fort mauvaise mine. Il avait les cheveux décolorés, presque blancs, coiffés en une brosse hérissée de piquants qui ne tenait en place que par la magie du gel.

« Drôle de hérisson », pensa Keith. Ou bien ce type était comédien et sortait de scène, ou il manquait totalement de goût.

— Je suis désolé de vous déranger, dit-il.

— Tu ne nous déranges pas : Phil était sur le point de partir.

Maintenant qu'il voyait plus clair, Keith remarqua que Jack pinçait les lèvres avec irritation. Ses yeux étaient d'un gris orageux qui ne présageait rien de bon. Qui que soit ce Phil, le maître des lieux était tout sauf ravi de le voir.

— Qui c'est, celui-là ? Ta nouvelle pétasse ? s'enquit le hérisson fluorescent en examinant Keith d'un air de mépris.

Charmant accueil ! L'animal manquait non seulement de goût mais aussi de la plus élémentaire courtoisie.

— Phil, je t'en prie ! Tu donnes une mauvaise image des homo.

— Alors, c'est ta copine ou pas ?

Phil foudroya Jack d'un regard haineux, et lança à Keith :

— Tu t'imagines sans doute que ça va être le grand amour avec Jacky ?

— Je... euh...

— Eh bien, tu te trompes. Il ne te présentera pas à papa et maman, même si tu soignes ton look BCBG.

Jack se leva, serra les poings.

— Sors d'ici, Phil. Tu te ridiculises et tu me fais honte. Tu me donnerais même presque envie de devenir hétéro.

— Cause toujours. Si t'es coincé, c'est pas ma faute. Je n'ai pas peur d'afficher ma sexualité, moi !

Jack soupira avec lassitude.

— Va-t'en, Phil, ou je vais devoir demander à mon avocat de te poursuivre pour...

— Insulte à magistrat et harcèlement, pour commencer, dit Keith. Et si ce genre de conduite est coutumière, mon client serait en droit d'exiger un ordre des autorités pour que vous ne mettiez plus les pieds chez lui.

— Très bien. Puisque c'est comme ça...

Phil s'interrompit brutalement, jeta un coup d'œil à Keith qui l'observait, ravala ce qu'il allait dire et tourna les talons pour sortir en se dandinant dans son pantalon trop serré. La porte claqua derrière lui et, dans le silence qui suivit, Keith entendit des bruits de voix et de vaisselle en provenance des cuisines. Ils n'étaient donc pas seuls dans le restaurant.

— C'est toujours aussi calme, le dimanche ? demanda-t-il.

— On ne fait que le déjeuner. On a fermé il y a une heure. On finissait de nettoyer quand Phil est arrivé.

Jack se passa la main dans les cheveux, les ébouriffant un peu plus qu'ils ne l'étaient.

— Si j'avais pu imaginer qu'il viendrait, j'aurais barricadé la porte. Désolé de t'avoir infligé cette scène. Phil est du genre homo militant affiché.

— Homo…, répéta Keith. C'était donc ça…

Jack ne put s'empêcher de rire.

— Ouais, homo. Et discret, dans son genre, non ? Je me demande encore comment j'ai pu sortir avec une folle pareille.

— Ne t'en fais pas. On fait tous des erreurs. Quand j'étais à la fac, je sortais avec une fille dont le but dans l'existence était de montrer son cul à Clint Eastwood.

— Et tu l'as plaquée ?

— Je me suis dit que si, un jour, par le plus grand des hasards, elle rencontrait Clint en personne, je préférais ne pas être là.

Le rire aidant, Jack surmonta son embarras et se détendit. Il s'assit sur le rebord d'une table, étendit ses jambes devant lui. Son jean commençait à s'user au genou gauche. Zut ! C'était son préféré, le plus confortable. Il le portait depuis des années ; il s'y sentait comme dans un gant.

Keith l'imita, se cala contre une table, face à lui, dans la même position. Jack inclina la tête, l'œil interrogateur.

— Tu venais pour déjeuner ? En insistant un peu, tu pourrais me persuader de te préparer quelque chose.

— Non, non. En fait, je passais dans le quartier et j'ai décidé de te faire une petite visite.

— Excellente idée, mais mauvais timing. Tu es arrivé pile pour le spectacle, dit Jack en soupirant.

— Un spectacle très instructif. J'ai appris que j'avais le look BCBG et que je ne devais pas m'attendre à être présenté à tes parents.

— Compte tenu du style vestimentaire de Phil, l'étiquette BCBG relève du compliment, fit remarquer Jack en riant. Et, crois-moi, si je tenais à impressionner mes parents, c'est toi que je leur présenterais. Non seulement tu es hétéro mais, en plus, tu es un avocat de haut vol. Ils t'adopteraient sur-le-champ.

Conscient de l'amertume qui transparaissait dans sa voix, il rougit légèrement. Mince ! La visite de Phil l'avait déstabilisé plus que de raison. Il se redressa, et chassa toutes ces considérations d'un geste de la main.

— Laisse tomber, c'est de l'histoire ancienne.

— Je présume que ta famille ne t'a pas encouragé à assumer ta sexualité.

— Les seules choses qu'ils souhaitaient me voir embrasser, c'était la carrière d'avocat, et n'importe quelle imbécile portant jupon. Encore que, sur ce dernier point, Phil aurait pu les étonner.

Keith partit d'un grand éclat de rire. Jack sourit en réponse. Il n'avait encore jamais rencontré un hétéro qui soit aussi à l'aise face à son homosexualité. Même ceux qui prétendaient comprendre préféraient ne pas en parler.

— Ils sont coincés mais ce n'est pas bien grave. Je ne leur en veux pas. Quand je leur ai annoncé que je partais pour Los Angeles, ils étaient tellement contents à l'idée que tout un continent allait nous séparer et qu'ils ne seraient plus gênés par ma *particularité* qu'il m'ont aidé financièrement à m'installer. J'ai failli refuser leur argent mais, finalement, le principe de réalité a eu raison de mon amour-propre.

— D'après ce que je sais de ton établissement, les gourmets de Los Angeles leur doivent une fière chandelle.

— Merci, tu me flattes. Je t'invite à déjeuner, pour la peine.

Jack se détendait à vue d'œil. Il sentait se dissoudre les tensions dues à la visite de Phil, et sa mauvaise humeur était passée.

— Ça me va, répondit Keith en le suivant dans la cuisine. Mais je préfère te prévenir tout de suite : même si tu me sers des ortolans, je ne serai pas ta *pétasse*.

Juste avant de rencontrer Larry et d'emménager chez lui, Naomi et Cat avaient passé plusieurs mois chez « tante Maureen », une femme d'un certain âge qui habitait une vieille maison bourgeoise de San Francisco et qui n'était aucunement leur parente. De fait, Naomi l'avait rencontrée au supermarché et l'avait aidée à porter ses provisions jusqu'à sa voiture. Peu de temps après, sans que Cat comprenne très bien pourquoi, elle vivait avec sa mère dans le petit appartement de service situé derrière la maison de Maureen.

Cat aimait la brume venue de la baie qui recouvrait le quartier, l'enveloppait de sa ouate. Elle aimait aussi ces maisons spacieuses qui semblaient à l'étroit sur leurs petits terrains et se serraient les coudes comme pour se réchauffer. Elle aimait les escaliers en colimaçon de leur nouvelle demeure, ses fenêtres à petits carreaux, et elle se moquait bien que Maureen oublie son nom ou qu'elle donne à manger à un chat nommé Myrtle, mort depuis plusieurs années.

Elles habitaient là depuis deux mois quand une vieille amie de Naomi les invita à passer des vacances dans un camp de nudistes.

Cat s'entendit alors expliquer que c'était une chance de vivre sans les contraintes imposées par la société, de retrouver en soi l'être primitif commun à nos ancêtres et aux peuplades sauvages…

Cat se fit la réflexion que les primitifs mangeaient des vers et des petits rongeurs, que leur espérance de vie était limitée et leur monde brutal, mais, sachant que sa mère ne s'intéressait guère à ces basses réalités, elle se contenta de lui dire avec tact qu'elle n'avait pas envie de séjourner parmi des étrangers tout nus. Naomi leva alors vers elle des yeux verts légèrement soucieux, tout en déclarant :

— Dans ce cas, ma chérie, il vaut mieux que tu restes ici avec tante Maureen. Le nudisme n'a rien d'inconvenant, mais puisque tu ne te sens pas prête, je ne voudrais pas t'obliger à me suivre contre ta volonté. Je ne veux pas t'infliger de contraintes, tu comprends ?

Cat hocha vigoureusement la tête, et laissa partir sa mère sans grand regret. Elle resta chez Maureen, remplit la gamelle de Myrtle, et s'efforça de ne pas trop penser à sa mère gambadant nue dans des champs de tulipes.

A son retour, trois semaines plus tard, Naomi ne tarissait plus d'éloges sur cette expérience merveilleuse, sur le pur bonheur de connaître enfin un vrai rapport au corps, au monde naturel et à *l'autre*, sans la barrière artificielle des vêtements. Cat l'écouta d'une oreille distraite, tout en hochant la tête, et classa l'affaire au registre des « aventures diverses » de Naomi.

Depuis, elle ne s'en était plus souciée, mais elle y repensait, maintenant, car elle se sentait affreusement nue. D'une main nerveuse, elle resserra la ceinture de son manteau qui la couvrait jusqu'aux mollets. Angoisse ridicule. Elle était parfaitement décente. Rien ne la distinguait des autres passagers de l'ascenseur, et personne ne lui prêtait la moindre attention.

Dieu que c'était long ! Le numéro des étages mettait bien du temps à s'afficher. Arriverait-elle jamais au vingtième ? La seule fois où elle s'était rendue au bureau de Luke, cela n'avait pas pris aussi longtemps. Et s'il y avait une panne ? Si la cabine s'immobilisait soudain entre deux étages ? Elle serait alors coincée avec le livreur de chez UPS muni de son diable et ses cartons, la femme d'un certain âge aux cheveux gris acier et aux lèvres pincées, et le jeune homme très « comme il faut », vêtu d'un costume sur mesure, qui ne pouvait être qu'un futur cadre supérieur. Dans cet espace réduit, il ferait bientôt une chaleur étouffante, et elle serait contrainte d'ôter son manteau. Comment justifierait-elle sa tenue ?

Le tintement de l'ascenseur la fit sursauter. Premier arrêt. Dixième étage. Le livreur sortit avec son diable. Les portes se refermèrent. Pour tenter de se calmer, Cat se concentra sur sa respiration abdominale, comme au yoga. Elle s'efforça de se souvenir que l'idée de faire une surprise à Luke pour son anniversaire lui avait paru bonne, puis regretta de ne pas avoir opté pour le traditionnel gâteau…

Deuxième arrêt. Douzième étage. Le jeune cadre dynamique et la dame revêche sortirent tous deux. Quand les portes se refermèrent, Cat soupira. Enfin seule ! Plus que huit étages. Elle pouvait encore se raviser et rebrousser chemin.

Un bref coup d'œil à son reflet lui apprit qu'elle avait beaucoup d'allure et qu'elle semblait parfaitement normale. En la voyant, personne ne s'apercevrait qu'elle avait perdu l'esprit et, si elle finissait au commissariat, elle ne serait pas complètement ridicule.

Jamais elle n'avait porté un manteau aussi luxueux. Il était en soie sauvage, et valait à lui seul plus cher que toute sa garde-robe. Deux jours après l'avoir acheté, elle était encore sous le choc, mais il en valait le prix. La coupe classique lui conférait de l'élégance ; le vert sombre rehaussait l'éclat de sa chevelure, agrandissait ses yeux, leur donnait du mystère, et l'étoffe elle-même semblait tissée de péché.

Elle n'imaginait pas qu'un manteau puisse être sensuel jusqu'au moment où elle avait essayé celui-ci, senti sa légèreté, sa texture sur sa peau. Elle hésitait encore. Elle était prête à renoncer à cette folie destinée essentiellement à l'anniversaire de Luke quand elle avait vu son reflet dans le miroir du salon d'essayage. Une étrangère la regardait : une femme sophistiquée, sûre d'elle, le genre de femme capable de narguer le monde tout en se sachant pratiquement nue sous son manteau. Elle l'avait donc acheté, mais l'inconnue pleine d'assurance était restée dans la boutique, et la femme qui lui faisait face dans l'ascenseur était prête à appuyer sur le bouton d'arrêt pour redescendre et s'enfuir comme une voleuse.

La sonnerie tinta, annonçant le dernier arrêt au vingtième étage. Le cœur battant, Cat quitta l'ascenseur.

Quelques instants plus tard, elle poussait la porte du bureau de Luke. Il était assis à sa table, concentré sur l'étude d'une pile de documents. Sa veste de costume gisait abandonnée sur le sofa. Il avait relevé ses manches sur ses bras nus, et ses cheveux en désordre tombaient en lourdes boucles sur son front. Il était beau à se damner, et il lui appartenait.

Du moins, pour quelques mois encore.

Elle effleura du pouce sa précieuse alliance, se demanda si elle la porterait toujours dans un an, puis chassa ces questions inutiles de sa tête. Si elle avait retenu l'une des leçons de Naomi, c'était qu'à force de trop se soucier de l'avenir, on risque de rater le présent. Et, quoi que l'avenir lui réserve, le présent était bien agréable.

Elle referma la porte derrière elle, s'adossa contre le battant et prit la pose. Luke releva les yeux, irrité d'être dérangé. Mais, dès qu'il l'aperçut, son visage s'éclaira d'un sourire radieux.

— Ah, c'est toi !

Difficile de s'inquiéter de l'avenir quand il paraissait aussi heureux de la voir.

— J'espère que je n'interromps pas un travail trop important. Je voulais te souhaiter un bon anniversaire, dit-elle sans pouvoir s'empêcher de jouer nerveusement avec sa ceinture.

— Tu l'as déjà fait ce matin, lui fit-il remarquer, en se retenant de jeter un regard sur la pendule.

Pour agréable que soit cette visite, elle tombait mal. Il avait un rendez-vous dans une demi-heure et une tonne de paperasse à remplir avant l'arrivée de Chandler.

— Ça m'a paru insuffisant. On ne fête son trente-sixième anniversaire qu'une fois. Tu as dix minutes ?

— Pas vraiment.

Geste de la tête en direction des documents, puis :

— J'ai une demi-heure pour éplucher tout ça avant mon rendez-vous.

Cat eut une petite moue boudeuse.

— Dommage. Je tenais vraiment à avoir ton avis sur un truc.

Il haussa un sourcil interrogateur, s'efforça d'ignorer

le chaud reflet de feu dont le soleil nimbait son opulente chevelure.

Elle s'avança vers lui et contourna la table.

— J'aimerais ton opinion sur mes nouvelles chaussures.

Ses chaussures ? Elle le dérangeait dans son travail pour ça ? Il allait ouvrir la bouche pour l'envoyer gentiment promener, mais il resta muet de surprise lorsqu'elle posa un pied sur le bord du bureau. La chaussure en question était très découpée, avec une jolie ligne et un talon si haut, si fin qu'il constituait sans doute une arme mortelle. Autrefois, il était sorti avec une femme au langage fleuri qui possédait des escarpins de ce genre qu'elle appelait « mes pompes baise-moi ».

Mais, s'il restait sans voix et la gorge sèche, ce n'était pas dû aux seules chaussures de Cat. Quand elle avait posé le pied sur sa table, les pans de son manteau s'étaient ouverts sur une jolie jambe longue à n'en plus finir et gainée de soie noire. Rien d'autre. Pas l'ombre d'une jupe. En un clin d'œil, réunion et dossiers étaient oubliés. Une seule question l'occupait : que portait-elle ou ne portait-elle pas sous ce manteau ? Elle n'était tout de même pas complètement… Non. Cela n'arrivait que dans les films ou les romans. Personne n'aurait l'idée de… Mais si, c'était bien ça !

— Alors ? Qu'en penses-tu ?

Ce qu'il en pensait ? Il ne pensait plus à grand-chose d'autre qu'à son érection. Jusqu'ici, les parties de jambes en l'air au bureau ne figuraient pas au nombre de ses fantasmes, mais, d'après lui, ce serait très bientôt le cas…

— Qu'est-ce que tu portes, là-dessous ? demanda-t-il d'une voix enrouée.

— Sous ce manteau ?

Cat ramena son pied sur le sol, et les pans du vêtement recouvrirent pudiquement jambes et bas de soie. Mais il était trop tard. L'imagination de Luke tournait à plein régime, l'inondant d'un flot d'images licencieuses.

Cat lissait les revers de son col en ouvrant de grands yeux innocents.

— Pourquoi tu me demandes ça ?

Ses mains glissèrent jusqu'à sa ceinture. Le manteau n'avait pas de boutonnage et, si elle la dénouait…

Sans la quitter des yeux, Luke pressa la touche de l'Interphone.

— Sharon ? Je ne veux pas être dérangé jusqu'à nouvel ordre.

— Bien, monsieur Quintain. Que dois-je faire pour votre rendez-vous de 14 h 30 avec M. Chandler ?

— Appelez-le et dites-lui que j'ai un empêchement.

Une lueur malicieuse se mit à danser dans les prunelles de Cat qui regardait maintenant son entrejambe avec insistance. Il agita vers elle un index menaçant, puis défit sa cravate.

— J'ai autre chose de prévu dans la journée ? demanda-t-il à Sharon.

— Rien jusqu'à 16 heures. A ce moment-là, vous devez rencontrer Mlle Lubinsky.

Luke couvait son épouse du regard, son épouse dont tous les secrets étaient cachés par le manteau. Et il rêvait de le lui ôter…

— Donnez le dossier du projet Harmony Gardens à Chandler. Qu'il voie Mlle Lubinsky. Et demandez-lui s'il est libre demain pour déjeuner et discuter de tout ça.

A l'idée que Cat puisse être nue ou presque sous ce manteau, il n'en pouvait plus. Son érection en devenait douloureuse…

— Vous êtes autorisée à partir de bonne heure, Sharon. Je vais être occupé toute la journée.

Et, sans attendre la réaction de sa secrétaire, il coupa la communication.

— Toute la journée ? s'étonna Cat. Tu es certain de pouvoir prendre tout ce temps ? Je ne voudrais pas nuire à ton travail.

Sans prendre la peine de lui répondre, Luke se leva pour aller verrouiller la porte. Puis il s'adossa au battant, et croisa les bras en regardant Cat fixement.

— Enlève ça.

— Ça quoi ? demanda la jeune femme d'une toute petite voix.

Elle jouait l'innocence, tout en sachant que ça ne marcherait pas. Seulement, elle avait le trac, brusquement.

— Enlève ce manteau, Cat, lui ordonna Luke d'un ton posé.

Elle en devint toute molle, hésita une seconde, puis bredouilla :

— Mais… ta secrétaire… Elle t'a sûrement entendu tirer le verrou. Elle va penser… que nous nous livrons à des activités… sans rapport avec tes affaires.

— Et elle aura parfaitement raison : j'ai bien l'intention de laisser mes affaires de côté pour l'après-midi.

Son sourire prometteur fit fondre les hésitations de Cat qui sentit les battements de son cœur s'accélérer violemment. A tel point qu'elle en perdit le souffle. Luke se dégagea de la porte. Dans un dernier sursaut de lucidité, la jeune femme jeta un coup d'œil inquiet par-dessus son épaule.

— Il faudrait peut-être penser à tirer les rideaux.

— Personne ne peut nous voir, ici. Sauf un hélicoptère de passage. Nous sommes, pour ainsi dire, dans le ciel. Je te promets qu'au premier bruit de pales, je te couvre de mon corps pour protéger ta pudeur.

La voix était chaude, caressante, teintée d'humour et… d'affection. Malgré cela, Cat hésitait encore. Puis elle se décida, dénoua sa ceinture et laissa le manteau glisser à ses pieds. Ce fut au tour de Luke d'avoir le souffle coupé. Le spectacle était plus merveilleux encore qu'il ne l'imaginait. Cat portait une guêpière noire dont la dentelle couvrait à peine les pointes de ses seins, et dont la coupe faisait paraître ses jambes plus interminables que jamais. La peau laiteuse de ses cuisses que découvrait le haut des bas était d'un érotisme torride. Le tout… plus excitant que si elle avait été nue.

— Je voulais juste te souhaiter un bon anniversaire,

mais si je te dérange trop, je me rabattrai sur des boutons de manchettes.

— Je ne fais pas dans les manchettes, dit Luke en dégrafant sa chemise avec tant d'impatience qu'un bouton roula sur sa table. Et je ne demande qu'à être dérangé.

La chemise tomba à terre.

— Tu peux me déranger comme ça autant que tu voudras.

Il défit sa ceinture, la fermeture Eclair de sa braguette.

— Considère que tu as une invitation permanente à venir m'interrompre dans mon travail.

Le rire de Cat s'étrangla en un petit cri de surprise quand les mains de Luke se posèrent sur ses hanches, puis glissèrent sur la soie et la dentelle avant de recouvrir ses fesses. Tandis qu'il l'attirait à lui, elle se retint à ses épaules. La tête lui tournait un peu et, sur ses talons hauts, elle se sentait instable.

— En général, je déchire l'emballage de mes cadeaux, murmura Luke contre sa bouche.

Ses lèvres parcouraient son visage — son front, ses joues, ses yeux. Sa langue suivit la ligne de sa mâchoire.

— Mais je crois que je vais te déballer avec une infinie lenteur.

Menace de torture érotique ? Y survivrait-elle ? Peu importait. Le plaisir serait au rendez-vous.

*
* *

— Tu veux me tuer ! murmura Luke, épuisé.

Au prix d'un effort surhumain, elle souleva sa main pour la plonger dans ses cheveux.

— J'aurais mieux fait de t'acheter des boutons de manchettes.

Usant de ses dernières forces, Luke redressa la tête pour regarder sa femme. Les cheveux en désordre, les lèvres gonflées, elle souriait comme une chatte gourmande et contente d'elle. Malgré les épuisantes activités de la dernière demi-heure qui le privaient partiellement de ses fonctions motrices, Luke sentit naître en lui un regain de désir. Avec un gémissement, il laissa retomber sa tête sur l'épaule de Cat, et tança vertement certaines parties de son corps, leur rappelant qu'il n'était plus de première jeunesse.

Cat changea de position, et il serra les bras autour de sa taille, l'attira plus près de lui. Ils étaient étendus sur le sol ou, plus exactement, sur les coussins du canapé qui s'était révélé trop étroit à leur goût. Luke se souvenait vaguement avoir poussé la table basse qui les gênait, et avoir entendu un bruit de chute — à n'en pas douter, le petit vase de céramique bleue qui se trouvait dessus.

Sa chemise était par terre, près du bureau, avec l'un des souliers de Cat. Son pantalon se trouvait sous son fauteuil. Une chaussette avait atterri sur sa table de travail, l'autre s'était accrochée à l'écran plat de l'ordinateur.

Les vêtements de Cat étaient plus faciles à localiser, étant donné qu'elle en portait très peu, en arrivant. Un bas de soie noir pendait de la lampe toute proche.

L'autre… hmm. Il l'avait jeté par-dessus son épaule, sans doute derrière le sofa. Fripée sous les coussins, la guêpière n'avait pas survécu à cette rencontre. Il l'avait déchirée dans sa frénésie. Bravo pour le projet de lent déballage du cadeau…

— Tu sais, les dessous de ce genre représentent une tentation diabolique, dit-il à Cat.

— C'était un test. Pour voir si tu résisterais. Tu as échoué.

— Tu songes à t'en plaindre ?

— Non. Je ne me plains pas, murmura-t-elle d'une voix rêveuse.

Elle fermait les yeux pour mieux savourer la douce léthargie qui s'était emparée de son corps. La moquette grattait un peu, et elle sentait venir des bleus sur ses hanches. Comme il l'avait agrippée pour s'enfouir au plus profond d'elle ! Et Dieu qu'elle avait la gorge sèche ! Elle aurait bien donné la somme invraisemblable qui figurait sur son relevé bancaire contre un verre d'eau… Manque total d'énergie. Pas assez pour ramper jusqu'au mini-bar. Quant à se lever… elle n'était pas certaine d'en être capable. Ses jambes semblaient si lourdes qu'elle doutait presque d'en retrouver l'usage.

— Comment as-tu franchi l'obstacle de Sharon ? lui demanda Luke à brûle-pourpoint. Elle n'a pas l'habitude de laisser les gens entrer dans mon bureau sans m'avertir.

— Je lui ai dit que c'était une surprise. Apparemment, c'est une sentimentale.

Luke revit sa secrétaire, une petite femme trapue aux cheveux gris, toujours vêtue de tailleurs gris. Une femme à la personnalité grise. Il ne l'imaginait pas sentimentale du tout. Redressant la tête, il examina Cat d'un œil soupçonneux.

— Tu ne l'as pas virée, au moins ?

— Bien sûr que non ! Ce n'est pas parce que j'ai congédié la gouvernante que je mets les gens dehors pour un oui, pour un non. Et puis, je ne pense pas être en mesure de virer ta secrétaire.

— Tu pourrais essayer, marmonna-t-il.

Epuisé par l'effort, il laissa retomber sa tête trop lourde sur le coussin.

— En tout cas, tout se passe bien. Même sans Mme Bryant. Je trouve que Merry s'en tire à merveille.

Peu désireux de polémiquer, Luke émit une sorte de grognement. La remplaçante de sa perle rare était une grande perche vêtue de noir des pieds à la tête, avec des cheveux aile de corbeau, des yeux charbonneux et des lèvres peintes en noir. Seuls, les piercings qu'elle portait aux oreilles, à la lèvre inférieure, au nez et aux sourcils venaient rompre cette monotonie d'une touche d'or et d'argent. Mais Luke devait reconnaître que Merry s'acquittait de ses tâches avec une discrète efficacité, ce qui surprenait chez une personne d'allure aussi… vampirique.

— Je vote pour que nous restions là encore un an ou deux, dit-il contre l'épaule de Cat. Je dois pouvoir attraper mon portable sans trop bouger. On commandera des pizzas quand on aura faim.

— Je me lasserai de la pizza avant deux ans, répondit Cat en lui caressant les cheveux.

— On commandera chinois de temps en temps, pour changer.

— Bonne idée. Et qu'est-ce qu'on dit à ton grand-père ?

— D'aller se faire cuire un œuf. Ou de commander ses pizzas lui-même.

— Nous dînons chez lui, ce soir, tu te souviens ?

— Ce soir ? Oh non, pas ce soir ! C'est obligé ?

— Je crains que oui. Ton grand-père tenait à fêter cet anniversaire avec toi.

— Je vais appeler, dire que j'ai un empêchement. Par exemple que j'ai enflé.

Il prit le sein de Cat dans sa paume, puis ajouta :

— Et je ferai en sorte d'enfler pour ne pas mentir.

Elle frissonna, tandis qu'il effleurait du pouce son mamelon déjà durci, mais elle demeura ferme :

— Que tu enfles ou pas, il n'y aura pas d'empêchement. Ce serait grossier de se défiler à la dernière minute.

— Nick s'en fiche.

— Non, il ne s'en fiche pas.

Elle lui tira les cheveux jusqu'à ce qu'il relève la tête pour la regarder.

— Vous vous conduisez comme des gosses de quatre ans, tous les deux. Vous vous adorez, c'est flagrant, mais dès que vous êtes ensemble, vous faites votre numéro de mâle dominant, et vous êtes là comme une paire de gorilles, à vous frapper le torse en poussant des grognements.

— C'est lui qui a commencé, marmonna Luke.

Elle éclata de rire.

— Tu vois bien que j'ai raison. Maturité d'un gamin de quatre ans. Tu ne veux pas ajouter « Je vais le dire à ma maman ! » pendant que tu y es ?

Il la foudroya du regard. Mais elle n'en fut guère impressionnée. Sans doute parce qu'il était nu comme un ver, vautré sur la moquette, sans énergie et trempé de sueur après leurs ébats. Mais, à propos d'ébats, il avait mieux à faire que de discuter des rapports qu'il entretenait avec son grand-père.

— Bon. Nous irons dîner, comme convenu. Mais j'ai besoin d'un petit remontant pour tenir toute la soirée.

Il roula sur le dos, l'attira sur son corps — son corps manifestement intéressé…

— Un remontant ? Pour quoi faire ? Tu est déjà remonté ! s'exclama Cat en riant.

Cat avait déjà assisté à des fêtes d'anniversaire peu ordinaires. Par exemple, la soirée donnée pour les vingt-cinq ans de Naomi comptait au nombre des invités un spécialiste des régressions dans le passé, une voyante qui lisait les lignes de la main, et un jeune homme qui se faisait appeler loup-garou. Cat avait regretté que la lune n'en soit qu'à son premier croissant, car elle aurait aimé voir la métamorphose et le garou en pleine activité.

Deux ou trois fois, lorsqu'elles étaient restées suffisamment longtemps dans un même lieu pour qu'elle puisse fréquenter l'école et se faire des amis, elle avait eu l'occasion de participer à des anniversaires plus traditionnels. Après les loups-garous, mages, *tofu* et turbans, les clowns et gâteaux poisseux de sucre, chapeaux de papier et mirlitons l'avaient amusée par leur nouveauté.

Chez Nick Quintain, elle était à peu près certaine de ne trouver ni voyante ni clown. Le maître des lieux ne semblait, d'ailleurs, pas avoir le sens de la fête, de sorte qu'elle s'attendait à un dîner dans le calme et la dignité. Pas question de danser sur les tables, de faire tourner les assiettes, de mettre sa cuillère en équilibre sur son nez ni de se coiffer d'un abat-jour. Calme et digne. Elle savait l'être.

Mais elle ne s'attendait quand même pas à cette ambiance sinistre. Trois personnes assises à une table pour vingt, et qui ne se parlaient pas, sinon pour échanger des platitudes sur le temps.

Elle jeta un regard à Luke, mais il scrutait son assiette, comme si le secret de la paix dans le monde s'était trouvé caché au fond.

Cat se retint à grand-peine de manifester son agacement. Des gosses de maternelle, que ces deux-là ! Si seulement elle parvenait à les faire parler, à briser ce silence qui battait le record olympique de la durée…

— Luke vient d'acheter un immeuble résidentiel à Pasadena, dit-elle soudain.

Nick leva les yeux de son assiette.

— Celui de Green ? Un gouffre à fric. Je croyais que nous étions d'accord sur la question.

— Parle pour toi, répliqua Luke en soutenant le regard de son grand-père. Pour moi, c'est un bon placement.

— Si tu as de l'argent à foutre en l'air. La plupart des locataires sont là depuis Roosevelt, et les loyers n'ont pas augmenté en quarante ans. Pour couronner le tout, il y a, parmi eux, une vieille chouette dont le fils est journaliste et se prend pour Woodward et Bernstein à lui tout seul. Si tu avais fait tes recherches, tu le saurais. Essaie d'augmenter les loyers ou de convertir l'immeuble en résidences de luxe, et tu te feras traiter de promoteur sans scrupules par la presse. Tu devrais retirer tes billes avant d'y avoir laissé trop de plumes. Que cela ne te coûte pas plus que le prix de la leçon.

— Parce que la leçon, c'est que je me conforme à tes opinions ?

— Il y a pire conseiller que moi, mon bonhomme.

Cat soupira. L'immobilier n'était, finalement, pas un sujet neutre. Et elle intervint avant que Luke ne se fâche.

— Personnellement, je trouve qu'il a eu raison d'acheter ce bâtiment. Les locataires sont là depuis des lustres. Nous les avons rencontrés il y a deux jours, et ils étaient très reconnaissants à Luke de ne pas augmenter les loyers ni les menacer d'expulsion pour faire des résidences haut de gamme.

Nick se tourna vers elle, et la regarda longuement.

— Et qu'est-ce qu'il compte en faire ? demanda-t-il. Le laisser tel quel et perdre de l'argent ?

Cat laissa le sarcasme glisser sur elle, et répondit le plus simplement du monde :

— Oui.

Puis elle prit une cuillerée de macédoine. Délicieuse, au demeurant. Elle tâcherait de soutirer la recette à Luis.

— Tu vas... Tu as acheté en sachant que tu...

Nick s'en étouffait. Luke termina pour lui :

— Perdrais de l'argent. Parfaitement. Cat a rencontré Mme Gilberstein qui travaillait avec elle en tant que bénévole, à Descanso Gardens, et ladite dame Gilberstein lui a confié son inquiétude pour les résidents en cas de vente du bâtiment. Cat a pensé que je pourrais l'acheter. J'ai déjà signé l'accord avec les locataires. Ils restent aussi longtemps qu'ils le désirent, et je modernise les logements un par un lorsqu'ils déménagent ou qu'ils meurent.

— Mais ça va durer des années ! s'exclama Nick, atterré.

— Probablement.

— Pourquoi diable te lancer dans cette opération ridicule ?

— Ce n'est pas une opération ridicule, répliqua la jeune femme. C'est une entreprise philanthropique. Luke peut se le permettre. Il en a largement les moyens.

Nick la dévisagea comme si elle tombait de Mars.

— Qu'il en ait les moyens, je veux bien, mais je ne

vois pas le rapport. Je contribue aux bonnes œuvres, moi aussi. Je sais ce que ça coûte, mais de là à… à…

— Perdre de l'argent, compléta Luke.

— C'est ça, perdre de l'argent. Si tu tiens à faire une bonne action, trouve un autre logement à ces gens et paie-leur le déménagement.

— Mais ça ne compensera pas la perte de leur logement, de tous les souvenirs qui s'y attachent, fit remarquer Cat.

— Encore le karma, je présume ? Comme ces histoires de transformation en cafards que vous nous débitiez, le jour de vos fiançailles ?

Il fixait sur elle un regard hautain et sévère, mais Cat, qui n'en semblait nullement affectée, prit une dernière cuillerée de macédoine, et repoussa légèrement son assiette.

— Plus ou moins. Tout est question d'équilibre dans la roue des réincarnations. Mais, si vous préférez la traduction en termes judéo-chrétiens, la règle consiste à traiter autrui comme on aimerait être traité soi-même.

— Ce qui, comme par hasard, implique invariablement que les riches donnent aux pauvres.

Imperméable à ces sarcasmes, Cat poursuivit sur sa lancée :

— Quand on y réfléchit, c'est logique, puisque les riches ont de quoi donner. Et puis, Luke n'est pas perdant dans l'affaire. Mme McKenna lui a confectionné une boîte pleine de ses biscuits suédois, et Mme Gilberstein est en train de lui confectionner un jeté de lit au crochet.

— Et M. Silberman nous confiera un chaton quand sa chatte aura des petits, ajouta Luke.

— Ne compte pas trop dessus ! D'après Mme Gilberstein, Fluffy est un mâle qui, de surcroît, a été castré il y a deux ans.

Nick était cramoisi, au bord de l'apoplexie. Et Cat songea que Luis arrivait à point avec le plat principal…

Lorsqu'on leur servit le dessert, elle avait terriblement envie de gifler les deux hommes. Après l'immobilier qui avait tourné à l'aigre, elle s'était efforcée de choisir des sujets neutres, mais, apparemment, Nick et Luke ne s'entendaient sur rien. Une remarque sur l'implantation éventuelle d'une équipe de football professionnelle à Los Angeles avait déclenché un échange houleux sur l'affectation des impôts locaux à la construction d'équipements sportifs, dispute qui s'était prolongée par une autre sur le déclin de l'esprit sportif dans le monde contemporain. Sachant que Luke ne s'intéressait pas au foot, la jeune femme en conclut qu'il argumentait pour le seul plaisir de contredire son grand-père et, si elle avait pu l'atteindre, elle lui aurait lancé un coup de pied sous la table.

La conversation — si c'en était une — avait ensuite glissé sur le terrain politique, et les deux adversaires irréductibles s'étaient empoignés sur l'utilisation de l'argent des contribuables au niveau national.

Décidant alors qu'elle en avait assez entendu, Cat repoussa sa chaise. Les deux hommes s'interrompirent pour la regarder.

— Je vais voir si je peux extorquer quelques recettes

à Luis, déclara-t-elle. Quand vous aurez fini de vous chamailler, vous me trouverez dans la cuisine.

Et, sans plus attendre, elle prit son assiette de gâteau et quitta la table.

Nick fut le premier à se remettre de sa surprise.

— Parce que nous nous chamaillons ?

— C'est ce qu'elle a dit.

Luke but une gorgée de café, puis déclara :

— D'après Cat, nous nous conduisons comme des gosses de quatre ans. Ou comme des gorilles, c'est selon. Dans un cas comme dans l'autre, elle nous trouve ridicules.

— Ridicules ? C'est la meilleure ! s'exclama le vieux Nick, indigné.

— Cat dit ce qu'elle pense, comme elle le pense.

Le rire de la jeune femme leur parvint par la porte ouverte.

— Il en faut beaucoup pour l'intimider, ajouta Nick, les sourcils froncés.

Luke détecta dans cette remarque comme un soupçon d'approbation.

— Rien ne l'intimide, à ma connaissance. Elle s'en prendrait au diable à mains nues si l'envie l'en prenait.

— Hmm. Pas comme sa demi-sœur. Elle ne lui ressemble pas beaucoup.

A en juger par l'expression de ses yeux, le vieux bouc lançait à son petit-fils un nouveau défi. Mais Luke n'était plus d'humeur à relever le gant.

— Non, elle ne lui ressemble en rien, confirma-t-il.

Ce dont il se félicitait.

11

— C'est une mauvaise idée.

Luis coula un regard à son patron, assis sur le siège passager de l'énorme Rolls-Royce.

— *Señor* Luke se fâchera si vous harcelez sa femme.

— Qui parle de la harceler ? répliqua Nick avec irritation. Je veux que nous fassions connaissance : ce n'est pas un crime. J'ai bien le droit de me renseigner pour en savoir davantage sur la jeune personne qui a épousé mon unique petit-fils.

— En savoir davantage, mon œil ! C'est pour vous mêler de ce qui ne vous regarde pas et faire de l'ingérence. La sagesse déconseille ce genre d'intervention et, si vous voulez mon avis…

— Non, merci. Je n'y tiens pas.

— … Fichez-leur la paix. Le *señor* a eu raison d'épouser la *señorita* Cat : elle est charmante. Laissez-les vivre leur vie tous les deux, et vous aurez peut-être enfin ces arrière-petits-enfants que vous désirez tant.

— Je ne vous demande pas votre opinion. Et je me mêle de ce qui me regarde.

Le reste du trajet se déroula dans un silence rompu

uniquement par les marmonnements du chauffeur que Nick ignorait royalement car il était convaincu que répondre à ce genre d'accusations revenait à les légitimer. Raide comme un piquet, il garda les yeux fixés droit devant lui, jusqu'à ce que Luis arrête la voiture devant une ancienne longère qui avait sans doute connu des jours meilleurs. La peinture s'écaillait, le porche était de guingois, et le jardin... Ce qui en tenait lieu n'était qu'une friche, des buissons en désordre et des mauvaises herbes avec, sur le côté, deux véhicules sur cales en partie démantelés.

Quand Nick sortit de la Rolls, Larry Kowalski apparut, vêtu d'un vieux pantalon de costume et d'un T-shirt noir défraîchi. Il portait au pied gauche une vieille chaussure de sport et, au pied droit, un mocassin de cuir. Ses joues, son front, son T-shirt et ses genoux étaient tachés d'huile de moteur.

— Monsieur Kowalski, j'espère que vous ne m'en voudrez pas de cette visite inopinée, commença Nick.

Larry serra la main qu'il lui tendait.

— Mais pas du tout. Nous nous sommes déjà rencontrés ?

— Au mariage de votre belle-fille. Je suis le grand-père de Luke.

— Oui, bien sûr.

Aucune lueur de reconnaissance ne s'alluma dans les yeux légèrement globuleux de Larry que la présence d'un inconnu ne semblait pas troubler plus que cela.

— Vous vous y connaissez en moteurs ? demanda-t-il à son visiteur.

— Pas vraiment.

— Dommage ! dit Larry, visiblement déçu. Je comptais améliorer le rendement énergétique, mais je n'en sais pas assez pour pouvoir être sûr que mon système fonctionnera.

Sur ce, il se détourna, et repartit en direction des épaves. La conversation ne l'intéressait plus. Sidéré, Nick mit quelques secondes avant de réagir. Luke l'avait prévenu que le bonhomme était distrait, mais à ce point, il passait les bornes !

— J'espérais voir votre belle-fille, monsieur Kowalski. La domestique de Luke m'a dit qu'elle était chez vous.

Larry jeta un coup d'œil par-dessus son épaule.

— Voir Cat ? Mais pourquoi ? Qu'est-ce que vous lui voulez ?

— Elle a épousé mon petit-fils, rappela Nick, comme s'il s'adressait à un débile.

— C'est vrai. Vous me l'avez déjà dit, non ?

Larry eut un sourire jovial avant de reprendre :

— Elle doit être à l'arrière, dans le jardin. Elle passe une partie de ses journées à arroser, planter, arracher les mauvaises herbes, ce genre de choses. Prenez le petit chemin qui longe la maison. Je suis sûr qu'elle sera ravie de vous voir.

Nick n'en aurait pas juré, mais il garda cette réflexion pour lui, et prit la direction que lui indiquait Larry.

Au bout de quelques pas, il s'arrêta sous le coup d'une inspiration soudaine.

— Monsieur Kowalski ? Si vous avez des questions sur les moteurs, mon chauffeur se fera un plaisir de vous renseigner.

— Vraiment, je peux ? demanda Larry, comme un enfant auquel on présente une énorme boîte de chocolats.

— Naturellement.

Nick coula un regard en direction de la Rolls où Luis s'était installé pour lire, et se fendit d'un large sourire de requin.

— Luis adore discuter moteurs. Dites-lui bien que c'est moi qui vous envoie.

L'idée de Luis tentant de se dépêtrer de ce professeur Tournesol suffit à redonner du tonus à Nick qui contourna allégrement la maison en tapotant le sol de sa canne pour le plaisir. La prochaine fois, Luis réfléchirait à deux fois avant de le sermonner.

L'arrière de la maison était aussi ordonné que le devant était chaotique. Disposé en carrés rectilignes, le jardin regorgeait de plantes de toutes sortes. Luke se rappela que, lorsqu'il était enfant, ses grands-parents cultivaient un petit potager dans leur ranch miniature de San Fernando Valley, mais leurs étroits rangs de légumes ne ressemblaient en rien à cette profusion. On se serait cru dans une jungle.

Il hésitait un peu à s'enfoncer dans cette végétation tropicale quand Cat apparut entre deux carrés de plantations exotiques, vêtue d'un jean râpé et d'une chemise de coton ouverte sur un T-shirt rose vif qui ne jurait pas totalement avec sa chevelure relevée en un chignon instable. Elle tenait d'une main un seau galvanisé et, de l'autre, une barquette de jeunes plants.

Nick eut un pincement d'envie en la voyant. Elle était jeune, pleine de vie et d'allant, alors qu'il était perclus de rhumatismes.

Il secoua la tête, se reprochant ses pensées geignardes. Il n'était pas venu ici pour s'apitoyer sur son sort.

Peut-être se mêlait-il de ce qui ne le regardait pas, mais Luke était la seule famille qui lui restait, et il se sentait le devoir de veiller à son bonheur. En l'obligeant à se marier, il avait peut-être commis une légère erreur, mais ce n'était pas une raison pour s'en laver les mains. Au contraire, il était responsable et devait s'assurer que Luke n'en souffrirait pas.

Malgré sa stupéfaction lorsqu'il avait eu connaissance de ce projet de mariage avec Devon Kowalski, il avait compris leurs motivations à tous deux. Luke lui faisait un pied de nez, et Devon rêvait de fortune et de promotion sociale. Rien de bien compliqué à cela. Mais les visées de Mlle Catherine Willow Rain Skywalker Lang lui demeuraient un mystère. L'argent y était sans doute pour quelque chose. Fatalement. Restait à savoir quelle somme ils avaient négociée. Et, si elle l'avait épousé pour l'argent, pourquoi travaillait-elle encore dans son potager ? Vendre des légumes, franchement !

Luke s'efforçait de les tenir à l'écart l'un de l'autre.

En dehors de la réception des fiançailles et du mariage, Nick n'avait vu Cat qu'une fois : la semaine précédente, pour l'anniversaire de Luke. Luke s'était alors arrangé pour que sa femme et son grand-père ne soient pas un instant seuls ensemble. A l'évidence, il l'avait épousée pour honorer les termes prescrits par Nick. Mais alors, pourquoi s'ingéniait-il, maintenant, à protéger cette fille ?

Nick allait se manifester quand Cat leva les yeux et l'aperçut.

— Monsieur Quintain ?

— Catherine.

Il s'avança précautionneusement sur l'étroite allée de terre meuble, entre les carrés de légumes.

— J'espère que cette visite impromptue ne vous dérange pas.

— Bien sûr que non !

Elle lui souriait avec chaleur, mais son regard demeurait méfiant. Il lui sourit aussi, avec bonhomie.

— Très beau jardin.

— Je vous remercie.

Elle restait prudente. Elle était à l'évidence moins sotte que sa demi-sœur. Devon considérait la moindre manifestation de courtoisie comme une invitation à se sentir chez elle et à se répandre en bavardages ineptes.

— Mes grands-parents jardinaient beaucoup. Ils avaient leur potager, dit Nick sur le ton de la conversation.

Il planta sa canne dans le sol, posa les mains sur le pommeau.

— Ils vivaient à San Fernando Valley, dans les années 1920, 1930, quand la région était encore vouée à la culture des oranges et à l'élevage des poulets. Ma grand-mère m'obligeait à l'aider quand j'étais là. Je devais arracher les mauvaises herbes, et j'en garde l'impression qu'elles poussent plus vite que les légumes.

Le sourire de Cat s'épanouit. Elle se détendit un peu, posa son seau et la barquette de plants.

— Ma théorie, c'est que les mauvaises herbes poussent plus vite parce qu'elles savent que quelqu'un va venir les arracher. Je fais de la culture raisonnée dans un but commercial. Je plante serré. L'ombre limite la pousse des mauvaises herbes, mais je passe tout de même du temps à quatre pattes pour en arracher.

Nick hocha la tête, puis considéra le potager d'un air songeur.

— Vous pourriez engager quelqu'un pour désherber. Luke a dû veiller à ce que vous ne manquiez pas d'argent.

— Vous croyez ?

Il fut surpris par l'expression espiègle de son regard, et se dit qu'elle devait se moquer de lui.

— Je connais suffisamment mon petit-fils pour deviner qu'il s'est montré généreux.

Le ton était plus défensif qu'il ne le souhaitait, comme s'il éprouvait le besoin de se justifier. Fausse note.

Cat cala ses pouces dans les poches de son jean et inclina la tête de côté. Elle l'observait d'un air manifestement ironique.

— Sans vouloir être brutale, nous gagnerions du temps si vous me disiez ce que vous avez sur le cœur, monsieur Quintain. J'ai des tomates à mettre en terre — signe de tête vers la barquette de plants —, et je suis certaine que vous ne vous êtes pas déplacé dans le seul but d'échanger avec moi des platitudes sur les jardins.

Malgré lui, Nick ne put s'empêcher d'admirer sa franchise.

— C'est exact. Je voulais vous parler.

— Pourquoi ne pas nous asseoir ? Je peux vous proposer un verre de citronnade maison. Les citrons viennent de notre arbre.

— Non, merci. Je suis très bien ici.

Elle n'insista pas, attendit qu'il se décide.

Nick la trouvait beaucoup trop calme. La bougresse avait déjà décidé que rien de ce qu'il dirait ne l'affecterait. Eh bien, puisqu'elle ne tenait pas à s'encombrer de politesses, elle aurait ce qu'elle méritait.

— Pourquoi avez-vous épousé mon petit-fils ?

— Cela ne vous concerne en rien.

Le ton était courtois, comme si elle déclinait l'offre d'une tasse de thé. Elle ne semblait ni choquée ni agacée ni même surprise.

— Je n'ai pas l'intention de vous parler de notre couple.

— Luke est mon petit-fils…

— Et mon mari, ajouta Cat sans sourciller. Nos relations ne regardent que nous. Mais je vais vous avouer une chose. Si vous teniez vraiment à ce qu'il épouse Cissy Winslow, vous vous y êtes fort mal pris.

Diable ! Luke lui avait donc tout raconté ? Le vieux Nick en demeura ébahi.

— Je m'y suis mal pris ? répéta-t-il avec colère.

— Très mal.

Et elle agita la tête, comme si elle ne comprenait pas que l'on puisse se montrer aussi maladroit.

— Vous auriez dû lui dire que vous vous opposiez à leur union, que vous préfériez le voir marié à n'importe qui d'autre. Je m'étonne que, le connaissant comme vous le connaissez, vous n'ayez pas pensé qu'il agirait à l'inverse de ce que vous lui demandiez.

Nick ouvrit la bouche dans l'intention de répondre qu'il n'avait que faire de ses opinions, mais il se ravisa. Force lui était d'admettre qu'elle avait raison. Il se doutait bien qu'il commettait une bourde en tentant d'imposer Cissy Winslow à Luke, et cependant, il s'était entêté. Résultat : il se retrouvait, aujourd'hui, dans ce potager, face à cette… cette fille à peine en âge de voter, qui avait tout compris en l'espace de quelques mois et lui assénait tranquillement ses quatre vérités. Dieu que c'était irritant !

— Il est têtu comme vingt bourriques, grommela-t-il.

— Je présume que vous savez d'où il tient ce trait de caractère.

— Peut-être un peu de moi, reconnut Nick à regret.

Il marqua une pause, tapota le sol de sa canne.

— Je n'aurais pas dû tenter de lui imposer Cissy Winslow. Ni le mariage, à la réflexion.

Cat haussa les sourcils d'un air surpris.

— Tiens donc !

La sécheresse de la remarque mit Nick dans l'embarras. Il hésitait entre la colère et une soudaine envie de rire. Cette visite prenait un tour des plus inattendus. Il ne se rappelait pas avoir jamais rencontré une personne plus indifférente à ses opinions. C'était rafraîchissant. Et profondément exaspérant.

— Vos parents ne vous ont donc pas appris à respecter vos aînés ? lança-t-il finalement.

— Uniquement lorsqu'ils ont raison, répondit Cat avec un large sourire.

Cette fois, Nick ne résista pas à l'envie de rire.

— Je ne sais pas si je dois envier Luke ou me faire du souci pour lui.

Les traits de Cat se radoucirent.

— Je vous rassure tout de suite : je ne lui ferai aucun mal.

Nick releva les yeux sur elle, vit l'émotion dans son regard, et comprit qu'il tenait la réponse à la question qu'il se posait. Si l'argent avait joué un rôle dans leur union, ce n'était pas là ce qui motivait Cat. Elle était amoureuse de Luke. Mais, au lieu d'en être soulagé, Nick en conçut de l'inquiétude. Pas pour son petit-fils, mais pour elle. Contrairement à ce qu'il avait craint, c'était elle qui risquait de souffrir, et non pas Luke.

*
* *

Lucky's Bar & Grill avait tout d'un bistrot populaire. Le plancher usé, craquelé, blanchi par les lavages, était couvert de sciure et de coques de cacahuètes. Les tables étaient à l'avenant ; les nappes et les serviettes, en papier blanc. Deux billards occupaient un côté de la salle ; un juke-box proposait une sélection de musique pop et country. Le patron, un costaud au crâne chauve, exhibait des tatouages en couleur sur ses bras dignes de Rambo. Mais cette ambiance modeste et même un peu miteuse n'était que façade. En réalité, la clientèle se composait de cadres, d'informaticiens et de gestionnaires, tous venus de la zone industrielle voisine. On y buvait plus de vin blanc, de Perrier et de Chivas que de bière à la pression. Les amuse-gueules offerts par la maison à l'heure de l'apéritif étaient si délicats qu'ils avaient fait l'objet d'une critique dithyrambique à la rubrique gastronomique du *Los Angeles Times*. Le vendredi et le samedi, la petite estrade qui faisait office de scène devenait le paradis des amateurs de karaoké.

Heureusement, c'était jeudi. Luke songea qu'il n'aurait pas à subir les effroyables imitations de Bowie ou de Céline Dion qui lui agressaient les oreilles et lui retournaient l'estomac.

Cat avait manifesté le désir d'essayer le Lucky après avoir lu un article qui donnait le grill comme l'un des cinq meilleurs à Los Angeles, et Luke sentait confusément qu'il ne tarderait pas à tester les quatre autres avec elle pour comparer. Son épouse était curieusement carnivore pour une jeune femme élevée par une mère hippie et, forcément, végétarienne. Mais elle aimait également le *tofu*, cette pâte molle insipide qu'il avait en horreur.

Ils devaient aller Chez Jack, mais le restaurant était fermé à cause d'une importante fuite d'eau, et le propriétaire, libre pour la soirée, faisait partie de l'excursion. Par amitié, et aussi pour avoir un compagnon de misère, Luke avait demandé à Keith de se joindre à eux.

— Si les hamburgers ne sont pas les meilleurs que j'aie jamais mangés, j'intente un procès au journaliste pour publicité mensongère, déclara-t-il. Je ne vois pas pourquoi il faudrait venir jusqu'à Long Beach pour déguster la spécialité nationale. Est-ce que Jack ne pourrait pas en faire ?

Keith haussa les épaules.

— Peut-être que c'est trop simple pour lui. C'est comme si tu demandais à un spécialiste des transplantations cérébrales de soigner un rhume.

— Des transplantations cérébrales ? répéta Luke d'un air sceptique.

Keith croqua dans une branche de céleri.

— Ça doit bien se faire, non ? S'ils clonent les moutons, ils sont capables de transplanter un cerveau.

— Je ne vois pas le rapport entre les deux, et encore moins avec les hamburgers. Comment diable en sommes-nous arrivés à cette discussion ?

— Tu geignais parce que Jack ne sert pas de hamburgers.

Geindre ? Il geignait, maintenant ? Keith exagérait,

mais Luke préféra ne pas relever. Il prit une chips de maïs, la trempa dans une petite sauce au fromage blanc, et grimaça quand le boys' band qui sévissait jusque-là céda la place à une voix masculine nasillarde qui se lamentait sur le manque d'amour, accompagnée par une guitare aux sonorités métalliques.

— Je m'étonne que Jack se soit joint à nous ce soir. Il passe sa vie au restaurant. Il devrait avoir envie de dîner chez lui de temps en temps, histoire de changer.

— Dans les deux cas, c'est lui qui cuisine. Ça ne change donc pas grand-chose. Alors que, s'il dîne dehors, ce sont les autres qui travaillent pour lui.

— Effectivement.

Luke reprit une chips, se tourna pour regarder du côté des billards. Jack observait Cat qui, penchée en avant, ajustait son coup. Elle portait un jean noir moulant, et un petit haut à rayures bleues et noires qui s'arrêtait à la taille. De sa place, Luke avait une vue idéale sur ses longues jambes et quelques centimètres de dos nu, là où le vêtement remontait un peu.

Le désir était devenu une chaude sensation familière. Il avait cru que ce feu s'épuiserait ; il s'attendait à se réveiller un matin sans avoir envie d'elle, mais, après plus de quatre mois de mariage, c'était loin d'être le cas.

Quatre mois, déjà ! Quatre mois de sexualité divine. Près d'elle, il redevenait un adolescent en proie à la fièvre des sens. Il s'en inquiétait, parfois, puis se disait qu'il était bien bête. Trop de sexe n'avait jamais nuit à personne…

Jack dit quelques mots à Cat qui éclata d'un rire joyeux. Luke ne put s'empêcher de sourire. Le trajet à travers Los Angeles dans les embouteillages, la recherche d'une place où se garer et la musique infecte semblaient tout à coup bien peu de chose, et sa mauvaise humeur se dissipa. Autre sujet de préoccupation que cette magie qu'elle exerçait sur lui. Le sexe était une chose, mais, bizarrement, ce sentiment de bonheur le mettait mal à l'aise.

— Alors, ça se passe plutôt bien, non ?

La remarque de Keith arracha Luke à ses réflexions.

— Quoi ? Qu'est-ce qui se passe bien ?

La petite sauce qui accompagnait chips et crudités était excellente. Si les hamburgers étaient à la hauteur, il ne regretterait pas le déplacement…

— Je veux parler de ton mariage. Ça a l'air de tenir la route. Vous avez l'air de bien vous entendre, tous les deux.

Hmm. Un peu trop bien, même. Mieux valait ne pas y penser.

— Dans la mesure où je dois rester marié un an, je pouvais tomber plus mal, c'est sûr.

Keith eut une grimace de douleur. Pauvre Cat ! Elle aimait Luke, ça sautait aux yeux, mais lui… Lui, il gardait le regard fixé sur l'horizon et le divorce.

— Cat me plaît bien, dit-il.

— A moi aussi. Je devrais envoyer un cadeau à Devon et à son fermier pour les remercier.

Keith se demanda s'il ne devrait pas secouer son ami

pour qu'il se réveille, lui dire quelques paroles bien senties, du genre : « Ouvre les yeux, imbécile : ta femme est amoureuse de toi ! » Mais il avait une réticence toute masculine à intervenir dans les affaires de cœur. Sans compter que Cat pourrait lui en vouloir de se mêler de ce qui ne le regardait pas. Prudent, vaguement coupable, il orienta la conversation sur un terrain plus neutre.

— Tu as des nouvelles de Devon ? Elle sait que tu as épousé sa demi-sœur ?

— Je crois que Cat lui a écrit.

Visiblement, Luke ne s'intéressait guère à la question, mais la curiosité dévorait Keith. D'après ce qu'il savait de Devon, elle ne devait pas se réjouir de la nouvelle. Malgré son apparence de jolie petite porcelaine fragile, elle était chienne et n'apprécierait pas qu'une autre épouse Luke et sa fortune, même si c'était elle qui avait rompu les fiançailles pour partir au bras d'un autre…

Luke fronça les sourcils en voyant Jack envelopper les épaules de Cat et l'attirer affectueusement contre lui. Pourquoi n'avait-elle pas une amie, comme toutes les femmes ? Une amie avec qui elle aurait fait les magasins, elle serait allée chez le coiffeur, elle aurait bavardé de choses féminines ? Mais, d'après les confidences de Merry, ex-serveuse à la cafétéria où travaillait Cat, les sympathies de la jeune femme n'allaient visiblement pas à des gens sans histoires.

— Vous vous voyez beaucoup, Jack et toi, en ce moment, non ? demanda-t-il brusquement à son vieil ami.

Keith s'en étrangla de manière spectaculaire. Il toussait, suffoquait. Luke lui tapa dans le dos, lui versa un verre d'eau. Le calme revenu, il avait oublié sa question initiale.

— Ça va ? Tu te sens mieux ?

— Ouais… Ça va.

Mais Keith avait le feu aux joues. La question de Luke lui avait fait prendre conscience qu'il ne quittait pas Jack du regard. Il trouvait même que ce garçon avait de très jolies fesses bien fermes. Quelle mouche le piquait donc ? D'où lui était venue cette idée bizarre ?

Il reprit sa chope de bière, et la vida pour se donner une contenance. Lorsqu'il la posa de nouveau sur la table, il surprit Jack qui l'observait, visiblement inquiet. De la main, il lui fit signe que tout était rentré dans l'ordre, et songea que Jack aurait d'autres raisons de s'inquiéter s'il connaissait la cause de cet étranglement. Mais peut-être pas, au fond. Jack n'avait sans doute pas d'objection à ce qu'un homme louche sur son derrière. Seulement, ce genre de chose n'était pas dans les habitudes de Keith. Il ne matait pas, en général. Il regardait, tout simplement. Et puis, on ne contrôle pas le mouvement de ses yeux à chaque seconde. Ni le mouvement de ses pensées.

En tout cas, Luke avait raison : il passait beaucoup de temps en compagnie de Jack, ces temps-ci. Ils étaient allés ensemble à plusieurs matchs des Lakers. Jack avait un abonnement pour deux, et si Keith n'était pas fan de basket, force lui était de reconnaître qu'il trouvait le jeu plus passionnant sur le terrain qu'à la télé. Ensuite, comme un client lui avait donné deux billets pour aller voir *Le Roi lion*, il avait appelé Jack. Quelques mois plus tôt, il aurait proposé à Luke de l'accompagner mais, désormais, Luke ne sortait plus en célibataire...

Effectivement, Jack et lui se voyaient beaucoup. Mais ça ne voulait pas dire grand-chose. Et le fait de contempler les fesses de Jack, ça ne voulait rien dire ? Non. Rien du tout. Il en avait parfaitement le droit. Jack était beau gosse. Quel mal y avait-il à le remarquer ? Les femmes se regardaient bien entre elles, non ? Alors, égalité des droits pour tous !

— Reynolds, ne te défile pas sous prétexte que tu vas perdre la partie, s'il te plaît !

Jack revint vers le billard en haussant les sourcils.

— Qui dit que je vais perdre ?

— Moi. Et je dis aussi que tu joues comme un sabot, répliqua Cat avec un sourire narquois. Ce que c'est que d'être né riche, hein ! Au polo, je suis sûre que tu me flanquerais une déculottée.

— C'est malin ! Qu'est-ce que je ferais de toi, une fois que je t'aurais déculottée ? Souviens-toi que je suis homo. Et puis, pour ta gouverne, je ne joue pas au polo. Les chevaux me fichent la trouille.

Cat envoya la boule numéro 10 au trou, se redressa et vit que Luke regardait de leur côté avec une lueur dans le regard... Et zut ! Elle en avait raté son coup.

— Alors ? Il respire toujours ?

Luke sursauta.

— Quoi ? Pardon ?

— Keith ! Il respire toujours ? Parce qu'en cas de pépin, j'ai lu un article sur la trachéotomie d'urgence. Il me suffit d'un canif, d'une paille, et tout s'arrange.

— Je ne pense pas que ce sera nécessaire. Mais Keith se réjouirait de savoir que tu étais prête à intervenir pour le sauver.

Cat regarda Jack viser. Il allait encore frapper à côté. Comment un chef cuisinier capable de manier le couteau avec suffisamment de dextérité pour trancher une carotte en rondelles ultra fines en moins de temps qu'il n'en faut pour le dire pouvait-il être aussi maladroit au billard ?

— Vous vous voyez beaucoup, Keith et toi, en ce moment ?

— Encore assez, oui. Ça me permet d'écouler l'autre moitié de l'abonnement aux matchs des Lakers que Phil m'a offert pour mon anniversaire.

Jack releva les yeux et sourit à Cat.

— Un homme plus honnête la lui aurait rendue, cette moitié d'abonnement !

— Ce serait bien bête.

Et il rata son coup, comme prévu.

— Une chance que je ne sois pas obligé de gagner ma vie à ce jeu, déclara-t-il en soupirant.

— Effectivement, c'est une chance.

Cat se pencha à son tour sur le billard pour ajuster son tir.

— Et toi, tu le vois beaucoup, Keith ? Je sais que Luke et lui sont très proches.

— Tu demandes ça pour parler, ou tu veux savoir quelque chose ?

— Je…

Il haussa les épaules, et reprit en souriant :

— On s'entend bien, tous les deux et, de temps en temps, je me demande si… Mais c'est sans doute mon imagination.

— Autant que je le sache, Keith est cent pour cent hétéro, dit Cat sans tourner plus longtemps autour du pot.

Dans certains cas, mieux valait se montrer brutalement franc plutôt que laisser les gens se faire des illusions.

Jack haussa les épaules, avec un sourire attristé, cette fois.

— Le problème, c'est qu'en Californie, tous les hommes fréquentables sont mariés ou hétéro.

Il surprit le regard attendri de son amie, et ajouta :

— Ne te tracasse pas, va. Ce n'est pas grave. Juste une idée, comme ça. Mon radar à homo doit être détraqué.

Cat ne put s'empêcher de rire, mais elle resta soucieuse, tout en envoyant les dernières boules au trou. Elle ne voulait pas voir Jack jeter son dévolu sur un homme qu'il ne pourrait jamais conquérir. Encore qu'en ce domaine, elle était mal placée pour lui donner des leçons…

Après quatre mois de mariage avec Luke, leur relation était toujours torride. La question de savoir si elle l'aimait ne se posait plus. Elle était amoureuse de lui, aucun doute là-dessus. Et tout à fait certaine que Luke n'éprouvait pour elle que du désir. Peut-être un peu d'affection, en étant optimiste. Or, l'affection pouvait évoluer en tendresse et devenir de l'amour.

Mais les huit mois qu'il leur restait seraient-ils suffisants pour produire ce prodige ?

12

Juin. L'époque où chacun ressort des placards shorts et débardeurs ? Non, pas en Californie où la température est clémente toute l'année, où les pique-niques ont lieu en janvier comme en juin — et surtout en janvier où le soleil est plus fiable qu'en juin, songea Luke avec un regard dégoûté sur la grisaille environnante.

Il referma la porte du garage et jeta la télécommande sur le siège de la Mercedes. Il avait grandi à Los Angeles, et il avait toujours du mal à supporter le mauvais temps…

En passant devant Ruthie, il effleura son capot de la main, et sourit. A présent, il appelait le vieux tacot par son nom, ce qui était un peu ridicule. Le mois dernier, Cat s'était enfin décidée à faire refaire le moteur de son impossible tas de ferraille, et Luke avait trouvé effroyablement triste le véhicule de location qui l'avait remplacé pendant quinze jours. Il s'était habitué à cette absurde ruine rouge tomate et, finalement, il fut content de la retrouver.

Lorsqu'il pénétra dans la cuisine, Merry était aux fourneaux, toute de noir vêtue, comme à l'ordinaire — jupe longue, bustier stretch et grosses chaussures lacées sorties des surplus de l'armée. Elle avait encore changé de couleur de cheveux, abandonnant le violet de la semaine dernière pour un rouge vif avec une mèche noire de chaque côté du visage. Ses yeux lourdement soulignés au khôl lui donnaient l'apparence d'un raton laveur insomniaque.

Luke eut un pincement de regret en pensant à l'époque où sa gouvernante ne ressemblait pas à un personnage de film d'horreur. Jamais il ne s'était préoccupé des tenues de Mme Bryant mais, avec le recul, ses robes de coupe classique et ses cheveux gris avaient quelque chose de rassurant.

La porte claqua derrière lui et Merry se retourna. Elle avait un air sinistre, comme toujours. Ou bien elle était dépressive, ou bien elle soignait son image lugubre pour une raison connue d'elle seule.

— Cat est souffrante, déclara-t-elle sans préambule.

— Souffrante ? Elle allait très bien, ce matin ! Qu'est-ce qu'elle a ?

— La grippe. Ma sœur l'a eue aussi. Elle est restée clouée au lit pendant quatre jours.

Luke songea que le ton plutôt guilleret de la jeune femme en disait long sur les rapports qu'elle devait entretenir avec sa sœur.

— Elle est en haut, je présume ?

— Oui, répondit Merry, laconique.

Et elle reprit sa cuillère de bois pour touiller le contenu de la marmite qui bouillait sur le feu, vision qui rappela à Luke les trois sorcières de Macbeth marmonnant des incantations devant leur chaudron.

— Je lui ai préparé de la soupe de poulet. La recette de ma mère. Avec de l'ail et une bonne dose de poivre noir.

Elle couvrit la marmite, se pencha pour baisser le feu.

— Il faut qu'elle prenne au moins un peu de bouillon. Elle a vomi ses tripes tout l'après-midi : elle risque une déshydratation. Faites-la boire. De force, s'il le faut. Il y a aussi du jus de fruits dans le réfrigérateur.

Merry alla prendre sa veste — noire, bien entendu — au portemanteau, et l'enfila.

— Je ne suis pas censée venir demain mais, si vous avez besoin de moi, n'hésitez pas à m'appeler. Je rattraperai mes cours plus tard.

— C'est gentil, je vous remercie.

La jeune femme eut un hochement de tête et disparut par la porte de service, tandis que Luke se demandait s'il existait un dicton du genre « L'habit ne fait pas le vampire ».

S'il y avait réfléchi, Luke aurait supposé que Cat était une malade docile. Ce en quoi il se serait copieusement trompé.

Il la trouva dans l'une des chambres d'amis, étendue en tenue de ville sur le lit défait, enveloppée dans la courtepointe et grelottant de fièvre. Très mauvais signe.

A peine avait-il ouvert la porte qu'elle déclarait d'un ton péremptoire :

— Je vais très bien.

— Merry me dit que tu as la grippe.

— Je ne suis jamais malade.

Mensonge s'il en était, à en juger par ses yeux rougis et son teint cireux.

— Qu'est-ce que tu fabriques dans cette chambre ?

— Je ne voudrais pas que tu attrapes cette saleté.

— Cette saleté que tu n'as pas, parce que tu n'es jamais malade, c'est ça ?

— En quelque sorte, répondit-elle, boudeuse.

— C'est très aimable de ta part mais, à moins que le virus t'ait sauté dessus dans la matinée, je crains fort d'y avoir été exposé toute la nuit.

Cat mit une bonne minute à réagir, mais le léger rosissement de ses joues pâles prouvait que sa mémoire fonctionnait encore.

— Tu ne l'as peut-être pas encore attrapé.

— Mon chou, je pense pouvoir affirmer que si l'un de nous est contagieux, il a déjà transmis ses microbes à l'autre.

Puis, sans discuter plus avant, il la souleva dans ses bras.

— Qu'est-ce que tu fais ?

— Je t'emporte.

— Pourquoi ?

— Parce que tu es malade et que tu devrais être au lit.

— Je peux tenir debout toute seule ! protesta-t-elle, indignée de se voir transportée comme un paquet de linge sale.

Réflexe d'amour-propre contredit par un secret plaisir à se sentir fragile et démunie. Une fois n'est pas coutume.

— Je n'en doute pas une seconde mais, puisque je te tiens, je ne vais pas te poser au milieu du couloir pour que tu fasses dix pas avant de te recoucher, ce serait idiot.

Elle renonça à chercher une réplique, une faille dans ce raisonnement. Sa tête lui faisait mal, son estomac gargouillait dangereusement ; elle avait un goût infect dans la bouche et la lumière l'aveuglait. Elle ferma les yeux, posa la tête contre l'épaule de Luke. Dans quelques minutes, le malaise serait passé. Il tenait à la porter ? Très bien. De toute façon, elle n'avait pas la force de s'y opposer.

Les trois jours qui suivirent passèrent dans une sorte de brouillard. Luke ne s'était jamais occupé d'une personne malade, et il découvrit à quel point c'était délicat.

Cat refusait la soupe, le jus de fruits et les biscottes. Ce qui se comprenait un peu dans la mesure où tout ce qu'elle avalait avait une fâcheuse tendance à repartir. Pour la distraire, il avait proposé de lui apprendre à jouer aux échecs, proposition qu'elle avait accueillie avec un soupir agacé. Les dames, le poker, la manille n'avaient pas eu plus de succès. Elle trouvait le dernier jeu stupide, et prétendait que les manilles n'avaient de place que sur les bateaux.

Bon. Mieux valait renoncer à ce genre de distraction.

En fait, Cat ne supportait pas d'être malade ; elle s'inquiétait à l'idée que Luke délaisse son travail pour veiller sur elle, et elle se faisait également du souci pour son potager. Lorsque Luke avait commis la gaffe de dire que ses plantations survivraient à quelques jours sans arrosage, elle avait répliqué qu'il ne connaissait rien à l'agriculture. Quelques minutes plus tard, elle fondait en larmes et s'excusait de lui compliquer la vie. Luke l'avait rassurée sans grande conviction et, pour faire amende honorable, il avait appelé le jeune voisin de Cat qui l'aidait parfois au jardin, et l'avait engagé pour patrouiller les carrés de légumes deux fois par jour, armé d'un arrosoir rempli d'eau savonneuse contre d'éventuelles invasions de pucerons, et d'une bonne dose de courage pour arracher les mauvaises herbes — mesures qui suffiraient sans doute à éviter une catastrophe.

Cat oscillait entre la conviction qu'elle serait rétablie dans l'heure, et la certitude que la mort était proche et lui apporterait enfin le soulagement. Luke ne pouvait que compatir lorsque, prise d'une crise de vomissements à 3 heures du matin, elle hoquetait comme une malheureuse au-dessus des toilettes en se tenant les cheveux.

La crise enfin passée, il lui tendait un verre d'eau

pour qu'elle se rince la bouche, lui bassinait les tempes et la nuque avec un linge humide pour la rafraîchir. Ils étaient côte à côte, assis sur le carrelage, et elle s'abandonnait contre lui avec un soupir apaisé, heureuse d'avoir quelqu'un sur qui compter — ce dont elle n'avait guère l'habitude.

— Je ne suis jamais malade, marmonna-t-elle, une nuit, d'une voix endormie.

Luke lui releva la tête et, soulevant ses paupières lourdes, elle s'étonna de le voir examiner son nez.

— Qu'est-ce que tu regardes ? lui demanda-t-elle faiblement.

— Tu viens de me démontrer que l'hypothèse Pinocchio est fausse, déclara Luke d'un ton solennel. Tu as menti effrontément, et ton nez n'a pas grandi d'un millimètre.

Elle ne put s'empêcher de rire, ce qui accrut son mal de tête.

— Je suis désolée de te donner tant de peine, balbutia-t-elle en se recalant sur son épaule.

Son soutien la réconfortait ; il lui semblait qu'elle souffrait moins entre ses bras et, cette fois, lorsqu'il la souleva de terre, elle se laissa porter jusqu'au lit sans protester.

Cat vécut les deux premiers jours dans les brumes de la fièvre. Elle dormait, vomissait, se forçait à boire quelques gorgées de bouillon, somnolait et vomissait de nouveau. Le troisième jour, elle put dormir de longues heures sans vomir.

Le bol de bouillon que Luke lui apporta pour le déjeuner avait presque bon goût, et c'était un progrès. Miracle, elle parvint même à le digérer ! En récompense, elle eut droit, le soir, à un bol de soupe mexicaine préparée par la mère de Merry.

— Si tu te sens d'attaque, je te donnerai une boulette de viande, proposa Luke.

— Super. Je commence à avoir faim.

— Non mais, franchement ! Qu'est-ce tu fabriques ?

La remontrance fit sursauter Cat. S'agrippant au montant de la porte pour se stabiliser sur ses jambes cotonneuses, elle se tourna vers Luke — très lentement afin d'éviter le vertige. Il l'observait depuis la chambre, bras croisés, sourcils froncés.

— Je croyais que tu devais rester au lit ?

Sa première pensée fut de rétorquer qu'elle n'avait pas d'ordres à recevoir de lui. Visiblement, son cerveau fonctionnait encore…

— Je comptais… euh… prendre une douche ?

Zut. Elle avait été trahie par sa voix qui était remontée d'un cran au dernier moment, transformant son affirmation en question. Sans effet positif, d'ailleurs. Luke ne se déridait pas. Dans ces conditions, autant passer franchement à l'attaque.

— Tu rentres bien tôt, lui fit-elle remarquer d'un ton accusateur.

— Je t'ai dit que je faisais un saut au bureau, mais je constate que je ne peux pas m'absenter une heure sans que tu en profites pour te lever, alors que tu n'en as pas la force.

— Mais j'ai besoin d'une douche !

La protestation avait quelque chose de geignard, et Luke parut faiblir. Peut-être avait-elle intérêt à se plaindre ?

— Je me sens sale comme un peigne, Luke ! Je suis toute poisseuse, je ne me supporte plus.

Luke hésitait à la ramener au lit d'autorité. Elle chancelait sur ses jambes flageolantes, serrait le montant de la porte au point que ses jointures en blanchissaient. Et elle voulait se doucher ? Ridicule, et dangereux dans son état.

C'était le quatrième jour de ce qu'elle avait appelé « la peste ». Comme elle se sentait mieux, il avait décidé d'aller mettre un peu d'ordre dans ses papiers, de passer quelques coups de fil pour boucler des affaires restées en suspens à cause de sa maladie. Il l'avait laissée avec une pile de magazines, un jeu de cartes, la télécommande, et lui avait bien recommandé de ne pas faire le moindre effort.

Voyant la mâchoire de Luke se crisper, Cat décida de jouer le tout pour le tout. Si elle ne se lavait pas sur l'heure, elle deviendrait folle. D'accord, elle se sentait faible, elle tenait à peine debout, mais la promesse d'une douche et d'un shampooing lui donnait tous les courages — y compris celui de supplier pour obtenir ce qu'elle voulait. Empoignant ses cheveux en désordre, elle regarda Luke d'un air pitoyable.

— S'il te plaît ! J'ai l'air d'un désastre ! Il faut que je me lave, je n'en peux plus !

La volonté de Luke vacillait. Comment ne pas céder à la supplique de ses grands yeux verts ? Et pourtant, ce projet lui paraissait imprudent.

— Puisque tu insistes, d'accord. Mais pas de shampooing. Il est encore trop tôt. Tu pourrais prendre froid.

Là. Le compromis était acceptable, et le ton suffisamment ferme pour qu'elle ne s'avise pas de discuter.

Dix minutes plus tard, Luke songea qu'il avait commis une erreur. Il aurait mieux fait de demeurer ferme. Au lieu de cela, ils étaient maintenant sur une pente dangereuse… Parce qu'il avait jugé prudent de la rejoindre sous la douche, de crainte d'un accident. A présent, il avait les mains dans ses cheveux savonneux et lui massait le crâne, tandis qu'elle soupirait d'aise. Difficile d'être sévère lorsqu'on est nu. Et puis, comment lui résister quand elle levait sur lui de grands yeux pleins d'espoir, en disant qu'elle était mouillée, de toute façon, que ses cheveux le seraient aussi, et qu'un shampooing ne changerait pas grand-chose ? Et puis, en la voyant toute ruisselante d'eau, il s'était souvenu de leur dernière aventure sous cette même douche. Alors, machinalement, il avait hoché la tête et consenti.

Le shampooing sentait bon la pomme verte et les fleurs sauvages. Ses cheveux trempés étaient lourds, presque noirs ; raidis par le poids de l'eau, ils lui tombaient jusqu'à la taille. Spectacle qui éveilla chez Luke un intérêt sans rapport avec l'hygiène corporelle. Mais elle tremblait sur ses jambes mal assurées. Ne pas abuser, elle était faible… et têtue comme une mule. Mais il avait pour elle de l'affection…

De l'affection ? Il lui rinça doucement la tête, tout en réfléchissant à cette étrange pensée. Pas d'emballement : c'était un mariage de convenance, un contrat temporaire. Les choses avaient tourné mieux qu'il ne l'espérait, mais toute l'affaire n'était qu'un jeu de miroirs, un subterfuge, le moyen de satisfaire les exigences de son grand-père. Ils avaient presque fait la moitié du chemin. Dans un peu plus de six mois, chacun repartirait de son côté, et ils resteraient bons amis. Rien de plus. Il n'était pas taillé pour la vie conjugale ni même les relations à long terme. Ni avec Cat ni avec qui que ce soit. Pas question de l'oublier…

— C'est un pétard que tu as dans la poche, ou tu es content de me voir ? lança Cat en imitant Mae West.

Luke sursauta quand elle referma la main sur son érection naissante.

— Cat, non… s'il te plaît… Il ne faut pas…

Ses protestations s'étouffèrent en un gémissement, tandis qu'elle caressait son membre jusqu'à le durcir.

Seigneur ! Il prenait de bien mauvaises habitudes avec elle ! Trois jours de privation, et il était en manque, comme si son abstinence durait depuis des lustres. Il s'obligea à rouvrir les yeux, et trouva la jeune femme à croquer, toute luisante d'eau, avec sa cascade ruisselante de cheveux sombres, les gouttelettes qui perlaient au bout de ses seins ronds et les autres qui s'accrochaient à sa toison pubienne…

S'il ne la possédait pas dans la minute, il serait le premier homme au monde à mourir de frustration. Mais la voix de l'homme civilisé insistait pour se faire entendre, par-dessus le flot de testostérone qui coulait dans ses veines.

Elle ressemblait à un fantasme, à une gravure érotique, d'accord, mais elle relevait tout juste d'une grippe carabinée.

— Cat… c'est bon, mais…

Il retint son souffle tandis qu'elle prenait dans sa paume ses testicules gonflés et douloureux.

— … Très bon… mais tu n'es pas en état… Oh ! mon Dieu, tu veux me tuer ?

— Chut !

Sans relâcher son sexe tendu, elle porta l'autre main à sa tête et l'attira à elle pour l'embrasser. Baiser brûlant, purement sexuel.

— Tu as pris grand soin de moi quand j'étais souffrante. A présent, laisse-moi te remercier.

Incrédule, Luke la regarda s'agenouiller devant lui pour le prendre dans sa bouche. Sous la caresse de sa langue, il s'agrippa à ses cheveux. L'eau et la vapeur donnaient à la scène quelque chose d'irréel, mais il ne rêvait pas les sensations que lui procurait la bouche de Cat, gourmande et tendre…

Dans un gémissement, il renversa la tête en arrière et s'abandonna au plaisir, aux pulsations de l'orgasme.

Silence. On n'entendait que le bruit de la douche et son souffle haletant. Luke se sentait vidé, prêt à s'effondrer contre le carrelage de la cabine. Au prix d'un effort, il redressa la tête. Cat était toujours à genoux, environnée d'eau scintillante. Ses immenses yeux verts légèrement en amande brillaient de satisfaction. Et, comme si ça ne suffisait pas, comme si elle ne l'avait pas déjà rendu à sa merci, elle passa la langue sur ses lèvres. Pour le goûter. Il crut que son cœur allait cesser de battre, et sentit son érection renaître.

Ça ne suffisait pas. Ça ne suffirait jamais. Pas avec elle. Il en voulait toujours plus. Incroyable !

Elle ne le quitta pas des yeux, tandis qu'il l'aidait à se relever. Des yeux dans lesquels se lisait le désir. Luke posséda ses lèvres avec fièvre. Il n'avait jamais rien connu de plus érotique que la chaude caverne de sa bouche au goût de sperme.

Sans rompre le baiser, il passa un bras autour de ses épaules, se pencha pour glisser l'autre sous ses genoux, la souleva, poussa la porte de la cabine du pied, puis la porta dans la chambre pour la déposer sur le lit. Tandis qu'elle protestait que les draps seraient trempés, il lui imposa le silence d'un nouveau baiser, et la fit sienne.

13

Quand Cat était jeune, les anniversaires étaient l'occasion de célébrer l'arrivée d'un être dans le monde, mais aussi sa place dans l'ordre universel de l'univers. Il y avait parfois des bougies, mais pas sur les gâteaux. On les allumait pour encourager à la méditation, pour attirer les bons esprits ou chasser les mauvais. Cat n'avait jamais su précisément quelle était leur fonction. Naomi lui rappelait à quel point sa naissance avait été bienvenue ; elle faisait quelques allusions au père que Cat n'avait pas connu, et encourageait sa fille à trouver sa voie spirituelle afin de vivre dans l'harmonie.

S'il y avait un gâteau, c'était du pain de carottes, confectionné avec du miel et de la farine complète. Quant aux cadeaux, ils étaient toujours orientés vers le commerce équitable et la spiritualité — une poupée ethnique fabriquée par quelque peuplade indigène menacée dans un coin reculé du monde, une boule de cristal pour que la fillette apprenne à voir son être intérieur… Laquelle fillette avait souvent regretté que la firme Mattel ne fabrique pas de poupée Barbie à l'effigie du Maharishi.

Elle n'enviait pas pour autant les anniversaires conventionnels avec les gâteaux, les cadeaux, les enfants qui hurlaient, qui se gavaient de sucreries et ensuite vomissaient. Mais elle était heureuse d'avoir, finalement, un anniversaire, normal, sans les enfants hurleurs… et surtout sans les vomissements. Un mois après, le souvenir de ses quatre jours de grippe était encore tout frais dans sa mémoire et lui donnait des sueurs froides. Mais elle se consolait en se disant que ses souffrances avaient été largement compensées par les tendres soins de Luke.

Au fait, comment devait-elle interpréter l'attitude de son époux ?

Elle avait risqué gros en épousant Luke, et seul le temps lui dirait si son audace l'avait menée sur le chemin du bonheur. Il leur restait moins de six mois, maintenant.

Refoulant cette pensée négative, Cat quitta la chambre pour descendre dans le salon, fermement décidée à profiter de cette journée qui était celle de son anniversaire.

Certaines années, le mauvais temps apparu en juin se prolongeait tout l'été, décevant les hordes de touristes et exaspérant la population de Los Angeles. Cette année-là, par chance, tout s'arrangea début juillet. Les brumes et la fraîcheur cédèrent la place à un ciel sans nuages et à une douce chaleur. Ceux qui se plaignaient du mois de juin pourri commencèrent à se plaindre de la température qui montait trop vite. Les plages se remplirent de surfers, d'amateurs de bains de soleil, et les bulletins météo mettaient en garde contre le taux élevé de pollution de l'air. Ce qui ne décourageait personne, car il fallait bien respirer.

Keith respirait, lui aussi, mais il comptait limiter ses efforts à cette seule activité. Pas question de s'agiter inutilement. Il pourrait rester là deux ou trois jours sans bouger. Les yeux fermés pour ne pas être aveuglé par le soleil ou ses reflets sur l'eau scintillante de la piscine, il se répéta qu'un homme ne devait pas se plaindre, sous prétexte qu'il s'était gavé de brochettes, de maïs grillé au beurre, de glace et de gâteau. Si bien qu'il souffrait en silence.

— Je crois que je vais mourir, gémit Jack en se laissant tomber sur la chaise longue voisine. Il y a des années que je n'ai pas mangé autant.

— Il n'y a pas une règle de déontologie interdisant aux chefs d'abuser de leur propre cuisine ?

— Pas quand c'est aussi bon !

Keith rouvrit les yeux et se tourna vers Jack dont l'expression de chat repu le fit sourire. On pouvait le comprendre. Son barbecue était un véritable festin.

— Je croyais que les natifs de Nouvelle-Angleterre étaient réservés et modestes.

— C'est vrai, mais les Californiens sont bavards et vantards. Tu imagines quel peut être mon conflit intérieur ? C'est tout simplement terrible.

De l'autre côté de la piscine, il y eut un bruit métallique, suivi d'un chapelet de jurons. Keith sourit, et se dit que Luke n'avait que ce qu'il méritait. Quelle idée, aussi, d'offrir à Cat un objet « à monter soi-même » !

En plissant les yeux, il pouvait apercevoir Luke et Cat, assis à l'ombre devant une boîte de la taille d'un poney. Près de la boîte gisait tout un assortiment d'outils que Luke n'avait pas dû utiliser depuis plus de dix ans, et des pièces de métal théoriquement conçues pour être assemblées. Penchée en avant, concentrée, Cat vibrait littéralement d'excitation. Décidément, cette fille était bizarre.

Dans l'univers de Keith, un broyeur était une petite machine de bureau dans laquelle on mettait les documents périmés pour les détruire, mais le broyeur qui était à l'ordre du jour se nourrissait, apparemment, de plantes — peut-être même de séquoias entiers, à en juger par sa taille.

Nouvelle chute de métal, nouveau chapelet de jurons.

— Il aurait dû l'acheter monté, dit Jack sans prendre la peine d'ouvrir les yeux.

— Il n'y en avait qu'en kit.

— Alors, il aurait dû engager un ingénieur pour monter ce truc pendant la nuit et lui faire la surprise le lendemain. Tu as vu la tête du plan de montage ?

— Mouais.

Keith frissonna et renonça sur-le-champ à faire une bonne action en proposant son aide à son meilleur ami.

Ses connaissances techniques se limitaient à peu près à brancher une prise électrique sur le secteur.

— Il a marqué des points en lui offrant le compost, tu peux me croire.

— Sans doute. Au fait, qu'est-ce que c'est exactement un compost ?

— Des débris végétaux, de la terre, du fumier qu'on entasse et qu'on laisse pourrir. Le produit fini fait des merveilles pour le sol.

— J'ai perdu une bonne occasion de me taire : c'est dégoûtant.

— Mais non, c'est naturel. Ces épis de maïs que tu as mangés doivent, en partie, leur bon goût au compost.

— Ne m'en dis pas plus, je t'en prie ! Et surtout, ne me rappelle pas que j'en ai mangé trois.

— D'accord. Message reçu cinq sur cinq.

Hmm. Keith ajouterait peut-être le compost à la liste des choses auxquelles il préférait ne pas penser en ce moment. Comme l'émotion qu'il éprouvait en regardant Jack qu'il trouvait particulièrement beau, aujourd'hui, dans son jean délavé et son débardeur moulant. De toute évidence, il y pensait trop. Beaucoup trop pour un hétéro, en tout cas. Hétéro, il l'était depuis toujours… en dehors de deux petites expériences de pensionnat. Mais ça remontait au déluge, et ça ne comptait pas. Il n'allait pas s'y arrêter maintenant. Seulement, il ne pouvait se défaire de l'étrange sensation qui lui nouait le ventre quand il était avec Jack. Ou même seulement quand il pensait à lui. Ce qui se produisait plus fréquemment que de raison. Emotion familière qu'il connaissait pour l'avoir éprouvée deux ou trois fois. A ceci près que c'était pour des personnes avec davantage de courbes et pas de poils au menton…

— Pourquoi tu me regardes comme ça ? demanda Jack, à brûle-pourpoint.

Brusquement arraché à ses ruminations, Keith s'aperçut qu'effectivement, il ne quittait pas Jack du regard.

— Je… euh…

Vite, une idée, une explication plausible pour se tirer d'embarras… La vérité, par exemple ?

— Je viens juste de remarquer ton… euh… ton anneau.

Sous la mince étoffe du débardeur, on devinait, en effet, un piercing sur le sein gauche de Jack. Pas de mal à ça. Pas de quoi en avoir la bouche sèche…

— Ce truc ? demanda Jack en donnant une pichenette à l'anneau en question. Une erreur de jeunesse.

— Ça fait mal ?

— Un mal de chien. J'avais dix-sept ans, et j'étais soûl comme une bourrique. Je sortais tout juste du placard, comme on dit. La semaine précédente, j'avais révélé mon homosexualité à mes parents. Mon père m'avait déclaré que j'étais ridicule, que je me donnais des airs, que ça passerait. Et ma mère m'avait demandé si une séance avec son psy me ferait du bien.

Il ponctua sa confidence d'un rire teinté d'amertume, puis ajouta :

— Et ils ne m'en ont jamais reparlé. Dans les brumes

de l'alcool, je ne sais pas trop si je pensais les punir en me faisant percer le sein, ou leur montrer de manière flagrante que leur plus jeune fils était irrémédiablement gay. Jamais je n'aurais eu le courage de m'infliger ce genre de torture à jeun. Quand j'ai eu dessoûlé, l'anneau était là, et il y est resté.

Il lui donna une nouvelle pichenette, et Keith en perdit le souffle. Sa gorge était si sèche qu'il ne parvenait plus à déglutir.

— Keith ?

Il se tourna vers Jack, s'obligea à le regarder en face… et lut dans le bleu de ses yeux la question qu'il n'osait pas poser.

La chaleur pesait toujours, mais le reste du monde semblait s'être dissous. Keith se sentait sur le fil du rasoir. En cet instant, sa vie pouvait basculer. Il suffisait qu'il tende la main. Un simple contact, et il serait… Il serait quoi ? Homo ? Bi ? Il se promènerait soudain avec un drapeau arc-en-ciel dans les défilés de la Gay Pride ? Non, ça ne lui ressemblait pas. Ce n'était pas ce qu'il recherchait. Il était… dans un état de confusion totale, voilà.

Il prit une grande inspiration, puis se recula un peu. Pas beaucoup. Juste un soupçon. Juste assez pour que Jack comprenne, pour voir passer un nuage de déception et peut-être de douleur dans le bleu de ses yeux. Un pincement au cœur, et Jack se détourna pour s'intéresser de nouveau à Luke et à Cat qui s'escrimaient toujours sur le broyeur, de l'autre côté de la piscine.

Nouveau silence, puis :

— Tiens, on dirait qu'ils progressent.

Le moment dangereux était passé, et Keith s'en félicita. Normal qu'il se sente soulagé. Ce n'était pas lui, il n'était pas comme ça. Il n'éprouvait pas réellement ce qu'il croyait éprouver. C'était l'effet du stress, de l'excès de travail, de la solitude. Il aurait dû faire plus de sport afin de libérer des endomorphines. Voilà ce qu'il lui fallait. Des endomorphines en pagaille. Il allait se remettre à courir. Et même, pourquoi pas, s'entraîner pour le marathon…

— Jack t'a paru normal ? demanda Cat.

Luke s'arracha à la contemplation de la lente caresse de la brosse dans ses cheveux. Spectacle troublant, ô combien, que celui des boucles de feu qui s'étiraient sous la brosse, puis revenaient à leur place, fluides, élastiques. La première fois qu'il l'avait observée ainsi, il avait cru qu'elle le faisait exprès pour l'exciter, mais il se trompait. Elle ne se doutait pas que cet innocent rituel lui mettait l'eau à la bouche. Et il s'était bien gardé de le lui dire pour ne pas briser l'enchantement car, paradoxalement, le fait qu'elle ne cherche pas à le séduire ajoutait à son plaisir.

— Je ne lui ai rien trouvé de bizarre, pourquoi ?

Il s'efforça de se concentrer sur quelque chose de plus anodin que les dentelles noires du négligé qu'il lui avait offert — petit cadeau intime pour son anniversaire. A présent qu'il pouvait en admirer l'effet, il se demandait s'il n'avait pas des tendances masochistes.

— Alors, je dois me faire des idées.

Elle leva le bras pour brosser le dessous de sa chevelure. Le mouvement releva ses seins sous la mince soie du vêtement, et Luke étouffa un gémissement.

— Je me demande si les anniversaires, les fêtes, les vacances lui rappellent sa famille.

— Sa famille ? Qu'est-ce qu'elle a de spécial ?

Dieu qu'il avait du mal à suivre le fil de la conversation ! S'il ne s'était pas retenu, il aurait bondi du lit et l'aurait jetée à terre pour la posséder sur-le-champ. Initiative qu'elle aurait accueillie avec son enthousiasme habituel, il le savait, et cela n'arrangeait rien… Mais il y avait aussi du plaisir dans l'attente.

— Ses parents ne l'acceptent pas. A cause de son homosexualité.

Cat posa sa brosse, se retourna vers Luke.

— Franchement, ça me dépasse. Je comprends qu'on s'inquiète pour un fils homo parce que ça va lui rendre la vie plus difficile, mais de là à le rejeter, il y a des limites. Ce sont ses parents, tout de même : ils devraient l'aimer pour ce qu'il est !

— Tout le monde n'est pas aussi progressiste que ta mère, fit remarquer sèchement Luke. Certaines personnes ont des difficultés avec tout ce qui sort de la norme.

— Sans doute, mais ce genre de sectarisme ne tient pas la route. Qu'est-ce que ça peut leur faire que le partenaire de leur gosse en ait ou pas ? On aime qui on aime. Il y a les gens bien et les autres, quelles que soient leurs orientations sexuelles.

— Une majorité de gens ne voient pas les choses sous cet angle.

— C'est clair, dit Cat en soupirant.

Luke révisait son plan d'attaque pour lui sauter dessus quand elle inclina la tête de côté et déclara :

— A propos de famille, je ne t'ai jamais entendu parler de tes parents.

Le plus sûr moyen de gâcher l'ambiance. Il réprima un mouvement de colère que son épouse, trop fine mouche, ne manquerait pas de remarquer, puis répondit d'un ton posé :

— Il n'y a pas grand-chose à en dire. Mon père est mort d'une crise cardiaque quand j'avais seize ans, mais je n'en ai pas trop souffert. Nous n'étions pas spécialement proches.

— Et ta mère ?

Quand Cat était lancée, rien ne l'arrêtait. Et il ne tenait pas particulièrement à parler de sa mère...

— Aux dernières nouvelles, elle vivait à Paris. Nous n'avons jamais été très liés.

Remarque très en dessous de la vérité. Un chef d'œuvre de litote.

Luke se leva soudain, incapable de tenir en place une minute de plus.

Sujet sensible, songea Cat en le regardant aller à la fenêtre et soulever le rideau pour scruter les ténèbres. Bah, il n'était pas le seul à avoir des parents difficiles.

Vivre avec Naomi n'était pas de tout repos, et Cat avait parfois, à son égard, des sentiments partagés. En revanche, pas d'ambivalence chez Luke. Lorsqu'il parlait de ses parents, il devenait glacial.

Cat jugea préférable de ne pas insister. Inutile de gâcher une journée idyllique et une nuit prometteuse par une conversation déplaisante. C'était encore son anniversaire et, si elle avait pu deviner que sa question mettrait Luke de mauvaise humeur, elle se serait abstenue de la poser.

Elle laissa échapper un timide soupir. C'était dommage d'avoir brisé la douce intimité qui existait entre eux, quelques minutes plus tôt. Elle s'était longuement brossé les cheveux pour le plaisir de sentir son regard peser sur elle. Ce rituel nocturne excitait Luke, peut-être même à son insu. Il ne disait jamais rien, se contentait de l'observer, mais ses paupières devenaient lourdes, et la flamme du désir s'allumait dans ses yeux. Lentement, elle tirait la brosse pour démêler ses boucles, attendant le moment où il viendrait se camper derrière elle, poser les mains sur ses hanches et l'attirer contre lui. Plaisir de sentir le besoin qu'il avait d'elle, la chaleur de son sexe tendu qui irradiait au creux de ses reins, et jusque dans son ventre…

Ce soir, hélas, il gardait le regard fixé sur les ténèbres, et les longs muscles de son dos nu étaient crispés.

Elle soupira de nouveau et quitta sa coiffeuse pour aller le rejoindre. Nouant les bras autour de sa taille, elle posa un baiser entre ses omoplates et se délecta du léger frémissement de sa peau à ce contact.

— Tu sais quoi ? J'espérais que tu aurais un autre cadeau pour moi, murmura-t-elle contre son épaule.

— Vraiment ? Quelque chose en particulier ?

— Un cadeau très… très personnel.

Sans prévenir, elle glissa une main sous la soie de son bas de pyjama pour le caresser. Son sexe reprit vie en l'espace d'une seconde. Erection foudroyante qui avait sans doute grillé des milliers de cellules cérébrales. Mais qui s'en souciait puisque, à en croire la science, l'homme n'utilise pas plus de dix pour cent des capacités que lui offre son cerveau…

— Un cadeau toujours renouvelé…

Il ne put s'empêcher de rire en se tournant vers elle. Dommage qu'elle ait retiré sa main ! Mais elle était si belle que ça compensait. La tête penchée de côté, elle l'observait à travers ses longs cils avec un sourire lascif. Il lui prit les mains, et effleura du pouce l'intérieur délicat de ses poignets.

— Un cadeau toujours renouvelé, hein ?

— Oui, comme planter un arbre pour quelqu'un, par exemple…

Elle marqua une pause, le détailla longuement, puis se passa la langue sur les lèvres avec une lenteur assassine.

— Ou peut-être comme une sucette qui dure toute la journée.

Elle le rendait fou. Tant de candeur alliée à tant de séduction… Comment était-ce possible ?

Cat poussa un petit cri de surprise quand, n'y tenant plus, il la prit par la taille et se jeta avec elle sur le lit. Cela n'avait rien de très romantique, mais son impatience la faisait fondre. Elle se liquéfiait sous ses doigts.

Il la débarrassa de son négligé avec plus d'efficacité que de finesse. Ses mains tremblaient un peu tant il brûlait de la posséder, et ce besoin était plus érotique que toute la délicatesse et le savoir-faire du monde. Non que Luke en manquât, songea la jeune femme en soupirant, tandis qu'il glissait la main le long de sa hanche, de son ventre, pour venir recouvrir sa toison.

Elle cambra les reins pour mieux accueillir sa caresse.

Luke la dévorait des yeux avec gourmandise, contemplait ses longues cuisses frémissantes qui s'ouvraient pour lui. Elle s'offrait tout entière, réagissait d'instinct, sans le moindre artifice. Jamais il n'avait eu d'amante plus généreuse. Il en avait, certes, connu de plus expertes, mais de plus spontanées, jamais. Cat ne trichait pas, et cette honnêteté l'excitait plus encore que toute l'expérience du monde. Apprendrait-elle à feindre, avec l'habitude ? Avec d'autres amants ? Les amants qu'elle aurait après leur divorce, quand chacun reprendrait sa vie de son côté. Ces hommes lui enseigneraient-ils les jeux pervers auxquels d'autres se livrent sans en être conscients, par besoin de pouvoir ?

— Luke… s'il te plaît…

Au prix d'un effort, il chassa ces amants fantômes de ses pensées. L'avenir ne le concernait pas. Seul le présent comptait.

— Chut ! souffla-t-il contre sa bouche, en la couvrant de son corps.

Il ne put retenir un frisson lorsqu'elle prit son sexe pour le guider en elle et l'absorber avec un gémissement de plaisir. Chaude moiteur qui l'enveloppait comme un gant. Il se mit à bouger, lentement d'abord, la laissant choisir le rythme à son gré. Ses deux mains enserraient ses poignets, comme s'ils étaient les seuls points fixes de l'univers.

Luke la regardait, ému par le tendre rougissement de ses joues, par sa manière de retenir ses plaintes en se mordant la lèvre. Soudain, elle enfonça les doigts dans sa chair. Elle tremblait, prête à sombrer.

Tenir. Il voulait tenir, la voir jouir et la faire jouir encore, lire le plaisir dans ses grands yeux noyés…

Comme devinant ses pensées, elle souleva les paupières et le regarda intensément. Surprise. Il voyait, maintenant, dans son cœur. Et ce qu'il voyait était extraordinaire. Dieu du ciel, elle l'aimait ! *Elle l'aimait.*

Cette brusque révélation l'atteignit de plein fouet au moment où elle basculait dans l'orgasme. Ses contractions eurent raison de lui, et il se répandit en elle, s'abandonna, vaincu. Ils jouirent dans un même cri.

Elle l'aimait.

Diable. Il ne s'attendait pas à ça. Que faire, maintenant ? Mais que faire ?

*
* *

Ecœuré, Luke repoussa le rapport sur l'empreinte écologique du projet de site industriel, et écarta sa chaise de sa table. Il lisait et relisait le premier paragraphe de ce fichu document depuis vingt minutes sans rien comprendre. Lui qui était capable de se concentrer dans les pires conditions — dans la cohue des aéroports, à l'arrière d'une limousine dans les embouteillages, sur des chantiers bruyants. Il pouvait travailler en toutes circonstances… du moins le croyait-il.

La fenêtre de son bureau donnait sur le bassin embrumé de Los Angeles. Depuis les collines, au nord, il ne distinguait pas la ville à travers l'épaisse couche brunâtre qui l'enveloppait mais, de l'intérieur, le nuage de pollution conférait à la vue une sorte de flou presque romantique. Un peu comme on enduit un objectif de vaseline pour mieux cacher les rides d'une star vieillissante.

Debout, les mains dans les poches, Luke fixait un scintillement lointain qui pouvait être le Pacifique. Il fallait qu'il trouve une solution à ce… problème. Depuis quinze jours, son attention défaillante était celle d'un enfant de deux ans. Il avait calé en plein milieu d'un rendez-vous avec un Belge richissime qui projetait d'investir dans l'immobilier à Los Angeles. Fort heureusement, la très efficace dame Sinclair avait pris l'affaire en main, avec une compétence qui lui vaudrait une prime de fin d'année substantielle. Mais il ne pouvait s'en remettre à son assistante pour redresser la barre, chaque fois que son esprit se mettait à vagabonder.

Il devait mettre un terme à cette situation.

Ce problème, cette situation… Cesse de tourner autour du pot, Quintain ! Tu dois accepter l'idée que ta femme — ton épouse temporaire — est très probablement amoureuse de toi.

Rien que d'y penser, il se sentait mal à l'aise. Depuis quinze jours, il s'efforçait de refouler cette idée. Et, depuis quinze jours, elle refaisait surface aux moments les plus inattendus, sabordant sa concentration. S'il la regardait en face une bonne fois, qu'il y réfléchissait sérieusement, peut-être serait-il, ensuite, en mesure de passer outre.

Si Cat était amoureuse de lui, cela expliquait qu'elle ait voulu l'épouser, alors qu'elle se souciait de l'argent comme d'une guigne. Sauf que ça ne tenait pas debout. Ils se connaissaient à peine lorsqu'elle s'était proposée en remplacement de sa demi-sœur. Elle ne pouvait donc pas être amoureuse de lui. A moins d'un coup de foudre… L'amour, le coup de foudre, Luke n'y croyait pas. Mais Cat y croyait peut-être…

Il s'écarta de la fenêtre, arpenta le bureau. Bon sang de bonsoir ! L'amour n'était pas prévu dans leur contrat. Il ne voulait pas qu'elle l'aime, et il voulait encore moins l'aimer. D'ailleurs, elle ne l'aimait peut-être pas. Son imagination lui jouait des tours, voilà tout. Il se faisait des illusions sur ce qu'il avait cru voir dans ses yeux, le soir de son anniversaire. Et ce qu'il avait vu, depuis — la tendresse, la douceur de son regard, la douleur et l'incompréhension lorsqu'il prenait ses distances

— était-ce aussi des illusions ? Ces derniers temps, il se montrait moins proche, tant il craignait de la voir souffrir par la suite.

— Zut ! On avait conclu un contrat d'affaires, grommela-t-il en regardant poissons et méduses flotter sur l'écran de l'ordinateur.

Même si elle ne l'aimait pas, même si son imagination lui jouait des tours, il avait pris conscience que des liens se tissaient entre eux, des attaches qui seraient difficiles à rompre. A présent, on les invitait systématiquement tous les deux. Les personnes qui avaient rencontré Cat lui demandaient des nouvelles de sa femme. A son insu — sans doute pendant qu'il regardait ailleurs —, ils étaient devenus un couple. Il aurait pu le prévoir. Malgré leurs bizarres relations, ses parents avaient formé un couple, eux aussi.

S'il n'avait pas été si soucieux de faire un pied de nez à son grand-père, il aurait réfléchi à la question, et se serait rendu compte qu'on ne se marie pas à la légère. Il fallait être bien sot pour croire que quelques paroles prononcées devant un juge, un échange d'alliances et un an de vie commune seraient sans conséquence et que chacun repartirait de son côté sans en être marqué.

Quand Cat avait suggéré qu'il l'épouse à la place de Devon, il avait dû remiser son cerveau au frigo et laisser sa braguette penser pour lui. Il avait une folle envie d'elle, à tel point qu'il avait fait taire la voix de la raison qui lui criait d'être prudent. Il aurait dû l'envoyer au diable lorsqu'elle lui avait dit son âge. Non pas que l'âge entre vraiment en ligne de compte, d'ailleurs. Pour l'état civil, elle avait quinze ans de moins que lui, mais il commençait à se demander si, à bien des égards, elle n'était pas plus mûre… Quoi qu'il en soit, il aurait dû se méfier. Faire tant d'histoires parce qu'il lui proposait une somme trop importante ne rimait à rien. Mais il n'avait pas remarqué que tous les voyants étaient au rouge. Et pourquoi cela ? Parce qu'il ne voulait pas le voir. Parce qu'il *la* voulait, elle.

Il regagnait la fenêtre quand il s'arrêta net. Une idée soudaine : il faisait fausse route et prenait le problème à l'envers. En supposant que Cat soit amoureuse de lui, qu'est-ce que ça changeait ? Rien. Elle s'illusionnait peut-être. Et, si elle s'était fourré cette idée dans le crâne, cela ne le concernait pas. D'autant qu'elle ne lui en avait jamais rien dit.

Hmm. Formulé ainsi, c'était dur. Un peu trop tranché. Cela manquait de nuances. En termes clairs, ça voulait dire qu'il n'avait pas à se sentir responsable des sentiments qu'elle lui portait. Elle était maîtresse de ses émotions… Bigre ! Voilà qu'il s'exprimait comme les manuels de développement personnel qu'il avait en horreur.

N'empêche, ça résumait assez bien les choses. Il pouvait, certes, lui poser la question franchement, lui demander si elle l'aimait — et il irait plutôt se faire dévitaliser une dent sans anesthésie. En supposant qu'elle réponde oui, comment réagirait-il ? Qu'attendrait-elle de lui ? Jouer cartes sur table n'arrangerait rien, ne servirait qu'à les mettre tous deux mal à l'aise. Si elle répondait non, il aurait l'air d'un fat imbu de sa personne. Dans un cas comme dans l'autre, leurs rapports s'en ressentiraient. Mieux valait ignorer le problème. Faire comme si de rien n'était. D'autant que son imagination lui jouait peut-être des tours.

Insatisfait mais incapable d'envisager d'autres solutions, il alla se rasseoir derrière sa table de travail, mais ne replongea pas aussitôt dans la lecture du document abandonné.

Impossible qu'elle l'aime. Il ne voulait pas qu'elle soit amoureuse de lui. Zut, à la fin ! L'amour n'était pas prévu dans leur contrat.

La sonnerie de l'Interphone l'arracha à ses ruminations. Distraction bienvenue. Il souhaitait presque que quelque désastre vienne le pousser à l'action pour l'empêcher de sombrer dans des préoccupations dignes d'un mauvais feuilleton.

— Monsieur Quintain ? Mlle Kowalski demande à vous voir.

Kowalski ? Luke regarda un moment l'appareil sans comprendre, puis tout se remit en place. Devon ? A Los Angeles ? Elle n'était donc pas occupée à traire les vaches dans le Michigan, le Minnesota, ou Dieu sait où ? Que de surprises, décidément !

— Faites-la entrer.

Il n'avait même pas eu le temps de se lever pour l'accueillir que Devon pénétrait dans la pièce, enveloppée d'un nuage de Chanel n° 5. Elle portait un pantalon de lin gris perle et un corsage de soie bleu ciel qui mettait ses yeux en valeur. Elle avait changé de coiffure, et les courtes boucles blondes qui encadraient son visage lui donnaient une rondeur très seyante.

— Luke.

Elle mit dans ce seul mot des trésors d'émotion, et ses yeux bleus se remplirent de jolies larmes, tandis qu'elle lui tendait ses deux ravissantes mains impeccablement manucurées.

— Quel plaisir de te voir !

— Devon.

A l'évidence, il était censé prendre les mains qu'elle lui offrait. Ce qu'il fit. Elles lui semblèrent bien petites et fragiles, à côté de celles de Cat. Il les pressa, puis les relâcha. Dieu qu'elle était menue ! Avait-elle toujours été ainsi ? Comment avait-il pu lui faire l'amour sans craindre de l'écraser ?

— Je te croyais mariée et heureuse dans le Michigan.

— Le Minnesota. Je n'étais pas heureuse et je ne suis plus mariée.

— Divorcée, déjà ?

— Oui, grâce au Ciel !

Elle eut un petit frisson, et ses yeux s'embuèrent de larmes.

— Oh ! Luke, quelle erreur j'ai commise ! Mais où avais-je la tête ? Ah ! je ne sais pas… L'idée que mon premier amour soit revenu *pour moi*… Je me suis laissé séduire par un fantasme, sans doute. Mais j'ai eu tort de croire que l'on pouvait revenir en arrière. C'était d'un ridicule ! Imagine, Luke, il avait des *vaches*.

— Normal pour un éleveur laitier.

Que d'emphase ! Que d'exclamations ! Avait-elle toujours fait autant de manières ?

— Le pire, c'est que je t'ai laissé dans l'embarras.

Elle posa une main sur sa manche, leva vers lui de grands yeux pleins de sincérité.

— Je m'en veux *à un point* ! Je ne me pardonnerai jamais de t'avoir mis dans une situation difficile.

— Rien de grave : tout s'est arrangé.

— C'est ce que j'ai appris.

Un éclair de colère traversa son regard.

— Tu as épousé Cat ?

Elle émit un petit rire qui sonnait faux, et reprit :

— *Honnêtement*, Luke, à quoi pensais-tu ?

S'il lui répondait franchement qu'il ne pensait qu'à mettre sa demi-sœur dans son lit, elle le prendrait mal. Il opta donc pour un sourire niais.

— Viens plutôt t'asseoir un moment pour me raconter ce qui t'amène à Los Angeles.

Toujours ravie de parler d'elle-même, Devon s'installa confortablement sur le canapé, accepta un verre de vin blanc, et discourut joyeusement sur ses projets de relancer son entreprise de décoration intérieure. En l'écoutant d'une oreille distraite, Luke se demanda s'il briserait quelque règle de savoir vivre en envoyant un mot de remerciement au providentiel éleveur qui lui avait évité la bourde de sa vie.

14

Cat se reposait sur le canapé du salon quand elle entendit sonner à la porte. Elle se redressa avec un soupir las. Merry et Consuela étaient déjà parties, Luke pas encore rentré…

Quelques instants plus tard, en regardant par le judas, elle regretta d'être allée ouvrir. C'était Devon !

Une demi-heure plus tard, Cat luttait contre la migraine devant un verre de thé glacé. Elle avait déjà appris l'essentiel : Rick attendait de sa femme une participation à leur vie commune, mais les fantasmes de Devon n'incluaient pas la vaisselle, le ménage, les quinze kilomètres qui la séparaient du premier centre commercial, les températures hivernales… Elle s'attendait plutôt à ce que son époux veille sur leur bonheur, du matin au soir.

Rick avait dû être cruellement déçu de voir que Devon s'adaptait si mal à sa nouvelle vie, mais Cat ne pouvait s'empêcher de l'envier, car il était à quelques milliers de kilomètres, pendant qu'elle subissait les pleurnicheries de sa pseudo demi-sœur. Elle ne l'écoutait, pourtant, que d'une oreille. Et, dans sa distraction, elle faillit rater le brusque changement de sujet.

— Alors… Toi et Luke ?

La voix de Devon monta d'un octave en même temps qu'elle haussait ses sourcils parfaitement épilés.

— J'ai cru *tomber à la renverse* quand j'ai appris que vous étiez *mariés.*

— C'est moi qui te l'ai écrit.

— Bien sûr, suis-je bête !

Devon contempla son verre, se composa un visage pensif.

— Tu sais, je crois que ta lettre a marqué le commencement de la fin pour notre couple.

Cat aurait préféré ne pas en entendre davantage, mais, faute de pouvoir bâillonner Devon, elle devait s'y résoudre. Réprimant un soupir, elle se cala contre le cuir souple du fauteuil. Devon était assise sur le canapé. Le soleil de cette fin de journée filtrait à travers les branches du grand chêne qui ombrageait la face ouest de la maison et se répandait dans la pièce par les immenses baies vitrées. Cat se rappela avoir lu dans un magazine que la lumière crue du soleil était impitoyable et faisait ressortir les moindres défauts, mais elle avait beau examiner Devon, elle ne lui en trouvait aucun. Peau de pêche délicatement colorée, courtes boucles blondes qui mettaient en valeur la rondeur de son visage. Non seulement elle s'était fait couper les cheveux, mais elle avait opté pour une teinte plus claire : un blond presque platine. Ce choix qui, chez une autre, aurait pu avoir quelque chose de vulgaire, accentuait le côté fragile de Devon, sa fragile beauté de petite porcelaine si irritante.

A côté d'elle, Cat se sentait de nouveau maladroite. Elle se retint de lisser sa chevelure trop abondante et désordonnée, sachant que ce serait sans effet. Après avoir passé toute la matinée au potager, elle s'était douchée et changée, mais son short abricot et son T-shirt lui semblaient maintenant trop courts et trop moulants. Elle n'avait pas pris la peine de se maquiller, et Devon devait compter les taches de rousseur dont le soleil d'été éclaboussait son nez.

La journée avait été rude. Ce matin, en arrivant dans son jardin, elle avait trouvé une douzaine de plants de courges ravagés par des parasites. En plus, Bobby Kincaid, le jeune voisin de seize ans dont l'aide lui était précieuse, avait, dans un moment de folie et contre ses ordres formels, enfourné des palmes mexicaines dans son broyeur tout neuf. Il lui avait fallu près de deux heures pour le démonter et ôter les fibres qui bloquaient les lames. La température dépassait maintenant les 30°, et les gens pouvaient toujours dire que la chaleur sèche restait très supportable, 35°, c'était trop chaud.

La présence de Devon, ravissante et fraîche sur son canapé, sans la moindre boucle folle, petite miniature menue qui semblait dire « Regardez comme je suis jolie ! », était la cerise sur le gâteau. Un cruel rappel qu'elle incarnait les femmes qui plaisaient à Luke. Il était sorti avec elle, par choix et non parce qu'un mariage de convenance l'avait jetée dans son lit. Cat se dit qu'elle avait peut-être tort de s'en inquiéter, mais elle était à bout, épuisée. Depuis quelque temps, elle se sentait lasse. A ce souci s'ajoutait l'attitude préoccupante de Luke. Il s'éloignait d'elle, reprenait ses distances, aucun doute là-dessus. Et il fallait que Devon, tirée à quatre épingles et jolie comme un cœur, vienne la narguer.

Dieu que la vie pouvait être pénible, par moments !

— Quand j'ai lu ta lettre disant que Luke et toi vous étiez *mariés*, poursuivait Devon, j'ai senti la terre trembler sous mes pieds. C'était une véritable révolution. J'ai compris sur l'instant que j'avais fait une erreur, une *grossière* erreur. Seulement, j'étais la *femme* de Rick, et je devais faire tout ce qui était en mon pouvoir pour que ça marche.

— Et tu t'y es employée pendant six longs mois ?

Le sarcasme n'eut aucun effet sur Devon qui prenait tout au premier degré.

— *Exactement*, et je peux te dire que c'était *dur*. Je savais déjà que c'était fichu et que je perdais mon temps.

Cat fut tentée de répliquer qu'elle avait aussi fait perdre son temps à Rick, mais cela n'aurait servi à rien. Devon était trop égocentrique pour se mettre à la place de quelqu'un d'autre.

— Bien sûr, ce n'est pas comme si Luke et moi étions *amoureux*.

Elle eut un sourire de regret des plus convaincants, puis ajouta d'un ton confidentiel :

— Inutile que j'insiste puisque tu connais *mieux*

que personne les raisons qui nous poussaient à nous marier.

— Il devait satisfaire les exigences de son grand-père, et toi, tu voulais de l'argent.

Une lueur chagrine traversa le regard de Devon, mais elle enchaîna bravement :

— A la base, oui. Mais… avec un homme tel que Luke, ça ne peut pas s'arrêter là. Tu dois bien t'en douter.

Elle égrena un joli petit rire, accompagné d'un regard entendu.

— Tu es sa femme, à présent. Depuis combien de temps ? Quatre mois ? Cinq mois ?

— Sept mois et demi, murmura Cat.

Et il lui restait un peu plus de quatre mois pour convaincre Luke qu'il ne pouvait pas vivre sans elle…

— J'étais *vraiment* surprise qu'il t'épouse. Tu n'es pas *du tout* son genre.

Nouveau rire. Complice, cette fois.

— Je ne dis pas ça pour te vexer mais, franchement, *toi et Luke* ?

Elle ne put s'empêcher de rire, tant l'idée lui paraissait drôle.

— Remarque, je ne t'en veux pas : ça peut se comprendre.

« Que tu m'en veuilles ou non, je m'en bats l'œil », songea Cat, agacée.

— Il est riche comme Crésus, et puis… il possède certains talents que les femmes apprécient tout particulièrement. Je ne te fais pas de dessin. Je suis passée le voir avant de venir ici. Pas pour *ranimer une vieille flamme* ni rien de tout ça…

Elle ponctua cette déclaration de son petit rire perlé que Cat trouvait aussi insupportable que le bruit de la craie qui grince sur le tableau noir. Etait-elle jalouse ? Non, ce serait idiot. Luke n'éprouvait pas la moindre tendresse pour Devon, elle en était sûre… Enfin, presque.

— J'ai pensé qu'il serait bon de tout remettre à plat. Il fait partie de la famille à présent. *Par alliance.*

Le rire de Devon s'éleva de nouveau, toujours aussi crispant.

— J'ai eu un plaisir *fou* à le revoir. Dis-moi, Cat, je ne voudrais pas être indiscrète, mais… il est vraiment… *exceptionnel,* non ?

Elle avait l'air d'un chat décoloré lorgnant un canari particulièrement appétissant. Et elle pouvait encore lorgner pendant les quatre mois et demi à venir.

— Exceptionnel, oui, c'est le mot. Du moins, si tu veux parler de ses performances sexuelles.

Plaisir de voir les yeux de Devon s'arrondir sous le choc. Elle lui avait cloué le bec.

— Oui, c'est ce que je voulais dire.

Cat s'autorisa un rire de gorge sensuel avant de reprendre :

— Bien sûr, je n'ai pas ton expérience — sourire —, c'est l'inconvénient de la jeunesse. Je n'ai pas eu le temps, comme toi, de collectionner les amants.

Si elle l'entendait, Naomi lui dirait qu'elle venait de briser un rayon de sa roue karmique, mais elle était prête à errer quelque temps dans l'au-delà pour le plaisir de voir Devon dans l'embarras. Visiblement, celle-ci réfléchissait, cherchait une réponse adéquate. Ses sourcils se froncèrent un peu, puis elle hésita à sourire, et ses sourcils se froncèrent davantage. Sa petite cervelle d'oiseau ne parvenait pas à décider si elle devait ou non se vexer. Cat l'avait-elle insultée ? Suggérait-elle qu'elle était vieille ? Qu'elle couchait à droite et à gauche ? Comment le savoir quand cette même Cat lui souriait si aimablement ? Peut-être était-ce un compliment ? Fallait-il l'en remercier ?

— Hmm. Oui, bien sûr… Je…

Devon s'interrompit, toussota, et lui adressa un sourire aussi radieux qu'hypocrite.

— Je peux avoir un autre verre de thé ? Il fait si *chaud*. Heureusement, c'est une chaleur sèche, plus supportable que l'humidité. Tu *n'imagines pas* le climat du Minnesota. Infernal. Vraiment *infernal !*

Cat n'écoutait plus que d'une oreille distraite en se rendant dans la cuisine, suivie de près par Devon.

Ce qui était en train de se passer aurait fait le bonheur d'un psychiatre, songea Keith en observant ses compagnons de table. Cinq personnes, dont quatre feignaient de prendre du plaisir à la soirée. Seule Maureen, sa partenaire pour l'occasion, semblait en profiter vraiment — pour la simple raison qu'elle ignorait tout des courants sous-jacents.

Luke faisait mine de s'intéresser à ce que lui racontait Devon. Cat jouait l'indifférence devant son intérêt fictif pour les histoires de sa demi-sœur. Quant à Keith, il faisait semblant de s'intéresser à sa compagne alors qu'il s'interrogeait sur le manège de Luke, Cat et Devon. Et il mettait toute son énergie à feindre de ne pas garder un œil sur la porte des cuisines, dans l'espoir que Jack viendrait les saluer.

— Je n'ai entendu que du bien de la cuisine qu'on sert ici, dit Maureen en regardant autour d'elle. Il paraît que ce restaurant est l'un des meilleurs de Los Angeles.

— Jack n'a pas ménagé sa peine pour en arriver là, dit Cat.

Et Keith se demanda s'il était le seul à remarquer que son sourire était crispé.

— Il est très jeune, non ? demanda Maureen.

— Question de point de vue, répondit Devon. Il doit avoir dans les vingt-cinq ans. Tu le trouves sans doute vieux, Cat, mais pour nous, il est plutôt jeune.

Elle regarda Luke en riant. Par politesse, sans doute, il sourit vaguement. Hmm, songea Keith, si Devon jouait maintenant la carte de l'âge, c'était encore une fois pour se rapprocher de Luke.

— Oui, Jack a quatre ans de plus que moi, dit Cat sèchement. Ça ne fait pas de lui mon grand-père !

Maureen éclata de rire. Devon semblait perplexe. Et Luke avait tout l'air de vouloir être ailleurs. Cat lui jeta un regard discret, puis se détourna. Elle contrôlait ses expressions, ce qui était tout à fait inhabituel chez elle…

Quelque chose clochait dans leur couple.

Keith ne les avait pas revus depuis l'anniversaire de Cat. Son travail l'occupait beaucoup, et il s'attachait à se recréer une vie sociale. Ce soir marquait sa première sortie avec Maureen, juriste dans un cabinet situé en dessous du sien. La semaine précédente, il était sorti avec Penny, qui s'était révélée encore plus douloureusement volubile qu'au club de gym où il l'avait rencontrée. Quinze jours plus tôt, il avait fait coup double : il était sorti avec deux femmes différentes et ni l'une ni l'autre ne lui avaient laissé un souvenir impérissable.

Il faisait sonner son réveil à 6 heures pour aller courir à petites foulées sur un circuit de quarante-cinq minutes exclusivement constitué de bitume. Deux fois par semaine, il se rendait au club de gym où il avait connu la volubile Penny. Il avait des fesses d'acier, des abdos en fonte, des biceps en béton, et ne doutait pas d'avoir définitivement consolidé sa colonne vertébrale. Encore deux mois de ce régime, et il serait dans une forme éblouissante.

Il n'avait pas eu le temps de réfléchir à ses problèmes ni au mariage de son ami. Mais n'était-ce pas là le but de l'exercice ? Pas le temps de penser à quoi que ce soit et, en particulier, pas le temps de penser à…

— Jack !

Pour la première fois de la soirée, la voix de Cat vibrait d'enthousiasme.

— Tu ne crains pas de désastre dans ta cuisine lorsque tu t'absentes ?

— Mes aides de camp peuvent tenir la place pendant une dizaine de minutes : je leur fais confiance.

Il remonta une mèche folle échappée du chignon de Cat, puis ajouta :

— Je te conseille les pâtes fraîches à la tomate. Les Marmande que tu m'as apportées aujourd'hui sont un délice.

— Tu en doutais ?

Elle lui adressa un sourire radieux, sous le regard sombre de Luke, et reprit :

— Tu te souviens de Devon, ma demi-sœur ?

— Naturellement.

Jack salua l'intéressée d'un hochement de tête.

— Tu es de passage à Los Angeles avec ton mari ?

— Plus de mari, dit Devon avec un petit rire pincé. Je suis revenue chez moi… célibataire.

— Je te présente Maureen, enchaîna vivement Cat pour meubler le pénible silence. C'est une… amie de Keith.

Sa légère hésitation passa inaperçue.

Jack souriait aimablement à Maureen qui le complimentait sur les entrées. Puis il reporta son attention sur Keith. Son sourire s'estompa, et une lueur de regret teintée de compréhension passa dans ses yeux clairs. Keith se sentit honteux d'avoir évité Jack comme la peste, comme s'il s'attendait à ce qu'il lui saute dessus. Réaction ridicule d'hétéro coincé, née d'une secrète conviction que tout homo fantasmait sur lui et rêvait de le violer.

— Tu as raté un super match, la semaine dernière. Les Lakers étaient au top. Dommage que tu n'aies pas pu venir !

— Ouais, c'est vraiment dommage, dit Keith.

Il s'efforçait de paraître naturel, mais son mensonge lui pesait. Il s'était inventé un empêchement fictif, et avait passé la soirée à s'escrimer sur une machine de musculation.

Jack se détourna de lui, et retrouva son sourire pour s'adresser aux autres :

— Vous connaissez la règle de la maison : les amis paient double ! lança-t-il sur le ton de la plaisanterie.

Ils bavardèrent encore pendant quelques minutes, puis Jack les quitta pour faire le tour des tables.

— Il faut que j'entretienne mon image de marque.

Keith tendit la main vers la bouteille de vin pour se donner une contenance. Sa propre hypocrisie le mettait mal à l'aise. Il s'en voulait d'avoir évité un ami à cause d'une petite crise d'identité sexuelle. Quelle que soit la confusion de ses sentiments — sur lesquels il préférait ne pas s'attarder —, il n'avait rien à craindre de Jack qui était un gentleman. Et Jack lui manquait. Ils étaient bien ensemble ; ils s'amusaient beaucoup. Keith regrettait sa compagnie, et même les fichus matchs de basket ! En bref, il avait pleinement conscience de s'être conduit comme un imbécile.

*
* *

— Alors, qu'est-ce qui ne va pas ? demanda Jack.

Il referma la porte et s'adossa contre le battant. Surprise, Cat sursauta, et se détourna du miroir pour le regarder.

— Jack, je t'en prie, sors de là ! Ce sont les toilettes des dames. Tu risques un procès pour harcèlement sexuel, ou je ne sais quoi.

— Ne t'en fais pas : personne n'entrera ici tant que je bloquerai la porte. Et puis, je suis le patron, ici. Je vais où je veux, c'est moi qui commande. Et maintenant, tu vas me dire pourquoi votre table pour deux s'est transformée en table pour cinq, avec, notamment, la méchante sœur que je croyais occupée à traire les vaches et à terroriser les indigènes.

— Elle est rentrée la semaine dernière. Apparemment, la vie de fermière ne lui convenait pas. Manque de glamour, j'imagine. Elle a repris sa chambre chez Larry et Susan, et elle compte relancer son affaire de décoration.

— Ce qui n'explique pas sa présence ici, ce soir. Tu avais réservé pour deux personnes.

Jack croisa les bras dans une attitude sévère.

— J'espère que tu ne l'as pas invitée par gentillesse. Parce que, si c'est le cas, tu seras remerciée à coups de taloches.

Cat crispa les doigts sur le cuir souple de son sac.

— C'est Luke qui a eu l'idée de l'inviter. Je crois qu'il l'a engagée pour un chantier de déco.

Voyant l'expression surprise de Jack, elle haussa les épaules, prit un air détaché.

— Il vient d'acheter un immeuble qui a besoin d'être rafraîchi.

— Et il a engagé Devon ?

— C'est une excellente décoratrice.

— C'est ça, oui. Et les Borgia offraient de merveilleux festins. N'empêche que, s'ils étaient encore vivants, je ne les engagerais pas pour cuisiner chez moi.

Cat ne put s'empêcher de rire. Elle se détendit un peu et s'adossa au lavabo.

— Devon n'est pas une empoisonneuse, que je sache.

— Méfiance tout de même ! Quintain devient fou, ou quoi ?

Cat haussa de nouveau les épaules. Elle croyait savoir ce qui avait poussé Luke à engager sa demi-sœur. Bien sûr, Luke n'était pas amoureux de Devon, mais elle avait été sa maîtresse et peut-être qu'elle l'attirait toujours. Logique, non ? Elle était ravissante, menue et délicate : le genre de physique qui plaisait aux hommes. Et elle avait séduit Luke puisqu'il l'avait mise dans son lit.

Cat était consciente de son charme mais, à côté de Devon, elle se faisait l'effet d'une grande bringue malgracieuse... Bon, mieux valait changer de sujet.

— Je suis désolée que Keith soit venu accompagné. Quand Luke s'est mis en tête d'inviter Devon, j'ai appelé Keith pour le soutien moral. Je ne supportais pas l'idée de cette soirée à trois. Seulement, Keith devait sortir avec son amie. Je n'ai pas réfléchi, excuse-moi.

— Il n'y a pas de mal. Je ne suis pas marié avec Keith. D'ailleurs, je ne l'ai pas vu depuis un mois. Je suppose que l'attrait de la nouveauté s'est épuisé.

Cat haussa les sourcils d'un air interrogateur.

— Etre l'ami d'un pédé, c'est trop difficile pour la plupart des hétéros.

— Tu es injuste avec Keith.

— C'est vrai : tu as raison. C'est ma faute, après tout. Rien ne m'obligeait à tomber dans le cliché de l'homo amoureux de son copain hétéro. C'est d'une banalité ! J'en suis malade.

Il décroisa les bras et pointa vers la jeune femme un index accusateur.

— Mais ne crois surtout pas que tu vas t'en tirer aussi facilement ! Dis-moi plutôt ce qui se passe entre toi et Quintain. Et ne t'avise pas de me répondre « Rien », s'il te plaît.

— Eh bien… euh… c'est un peu compliqué.

Un sac de nœuds, en vérité. Un écheveau avec lequel on aurait laissé jouer des chatons…

— Explique.

Jack semblait prêt à lui faire subir un interrogatoire dans les règles pendant toute la nuit, au besoin. Mais quelques coups frappés à la porte lui évitèrent cette pénible épreuve.

— Jack… Euh… C'est la panique dans les cuisines. Gail dit que… euh… elle demande si… tu peux…

— J'arrive.

Jack fronça les sourcils, et regarda Cat droit dans les yeux.

— Que ton histoire soit compliquée ou pas, si tu as besoin de te confier, souviens-toi que je suis là pour t'écouter.

Cat sentit sa gorge se serrer, et sa vue se brouilla sous l'effet de l'émotion. Elle parvint, cependant, à sourire.

— Je sais, et je t'en remercie. Mais ne t'inquiète pas : ça va.

Jack acquiesça de la tête sans grande conviction avant de se retirer. Lorsque la porte se referma sur lui, Cat laissa échapper un soupir de soulagement, puis, s'armant de courage, elle quitta les toilettes et regagna sa table.

Quand la porte de la salle de bains s'ouvrit derrière elle, Cat était trop occupée à vomir pour réagir. Elle avait, pourtant, cru entendre Luke partir…

La crise passée, elle entendit l'eau couler et, quelques instants plus tard, Luke s'accroupissait près d'elle.

— Ça y est, tu as fini ?

Cette question banale lui fit venir les larmes aux yeux. Dieu qu'elle était sotte ! Elle hocha la tête avant de répondre d'une voix enrouée :

— Oui… enfin, je crois.

Sa gorge était en feu, son estomac révulsé, mais l'inquiétude qu'elle lut dans les yeux de Luke la réconforta un peu. Il y avait bien longtemps qu'il ne l'avait pas regardée avec autant de sollicitude...

Il l'aida à se relever, lui tendit un verre d'eau. Elle but à petites gorgées, craignant une nouvelle crise. Luke lui offrit ensuite un gant de toilette humide. Elle posa son verre, et prit le gant en évitant le regard de son mari.

— Tu n'as pas attrapé une nouvelle grippe, j'espère ?

Cat éclata de rire, tant la situation lui semblait incongrue. Elle n'avait pas prévu de lui apprendre la nouvelle dans de telles conditions. La veille au soir, elle avait projeté un bon repas avec éclairage tamisé pour en venir doucement aux faits. Mais ce projet était tombé à l'eau car Luke avait invité Devon à dîner avec eux.

Finalement, c'était peut-être mieux ainsi. Peut-être qu'elle s'illusionnait, qu'il n'existait aucun moyen d'arrondir les angles, d'envelopper la révélation dans un joli paquet avec des faveurs...

— Non, Luke, dit-elle, ce n'est pas la grippe. C'est un état tout à fait normal chez une femme... Un état qui dure neuf mois.

Luke restait là, bouche bée, à la dévisager. Elle le gratifia d'un petit sourire en coin et, serrant convulsivement le gant de toilette entre ses doigts, elle traduisit en termes clairs :

— Je suis enceinte.

15

Depuis trois jours — depuis qu'elle avait regardé la petite tige blanche changer de couleur —, Cat avait imaginé la scène au moins cinquante fois en imaginant diverses hypothèses : Luke pourrait très bien s'écrier que ce n'était pas prévu dans leur contrat, protester que c'était impossible, que les tests vendus en pharmacie n'étaient pas fiables. Il aurait pu s'évanouir sous le choc… Et puis, à certains moments, elle s'était bercée de la douce illusion qu'en apprenant qu'elle portait son enfant, il comprendrait soudain qu'il l'aimait plus que tout au monde. Elle n'avait pas imaginé ce regard bleu de glace ni cette réaction :

— Si tu crois obtenir une pension supplémentaire, tu te trompes.

Elle en eut le souffle coupé, comme s'il l'avait frappée en plein plexus. Lorsqu'elle fut de nouveau en mesure de respirer, l'air lui semblait lourd et lui brûlait la gorge.

— Pardon ?

Pas très original, certes, mais elle était trop ébranlée pour trouver quelque chose de sensé à répondre.

— Tu as parfaitement compris. Relis l'accord prénuptial. Il y figure une clause sur ce cas de figure. Tu me prends pour un imbécile ?

— Il semblerait que oui.

Le gant de toilette vola dans le lavabo et atterrit avec un bruit mat. Prise de claustrophobie soudaine, Cat contourna son mari pour gagner la chambre où les rideaux étaient encore tirés. Elle les ouvrit d'un geste rageur, et le soleil emplit la pièce. Symbole flagrant : il fallait faire la lumière sur cette situation.

Elle se retourna vers Luke qui l'avait suivie, le trouva planté au centre de la chambre, les jambes légèrement écartées, les bras le long du corps — une posture de boxeur en train d'observer l'adversaire qui lui donnait envie de lui lancer un direct à la mâchoire et de le voir vaciller sous ses coups. Juste un fantasme… Aussi tentante que soit l'idée de cogner, la violence n'était pas une solution.

— Tu ne penses tout de même pas que je ferais…

Elle s'interrompit, et prit une profonde inspiration pour tenter de retrouver son calme avant de reprendre :

— Tu crois sincèrement que je suis tombée enceinte par calcul ?

— Je ne sais pas. Dis-le-moi.

Il la jaugeait avec froideur, comme s'ils avaient été des rivaux en train de discuter une transaction immobilière. Il évaluait sa force, ses faiblesses, ses motivations.

— Eh bien, non, je ne l'ai pas fait exprès.

Cat remonta ses cheveux en arrière, regretta de ne pas les avoir brossés, de porter ce misérable T-shirt vert pomme qui lui servait de chemise de nuit. Elle se serait sentie plus sûre d'elle si elle n'avait pas passé les dix dernières minutes à vomir. Dans une tenue respectable, il était plus facile de rester maître de soi, et elle avait l'air de sortir d'une poubelle. Mais il fallait que l'un d'eux garde tous ses esprits, et ce ne serait certainement pas Luke.

— Sache que jamais je n'aurais fait ça délibérément. Quand j'ai découvert mon état, j'ai cherché des articles sur Internet, et je crois que c'est arrivé à cause de ma grippe…

— Une grossesse due à un virus ?

Il haussa les sourcils, eut un sourire narquois.

— Hypothèse des plus originales, mais je doute qu'elle recueille l'approbation de la science.

— Ne joue pas au plus malin, s'il te plaît, et réfléchis. Pendant trois jours, j'ai été malade comme un chien ; je ne pouvais rien garder de ce que j'avalais. Je n'ai pas pensé une seconde que cela pourrait annuler l'effet contraceptif de la pilule. Et voilà le résultat. Si tu te servais un peu de ta tête, au lieu de nous faire un numéro de mari roulé dans la farine, tu saurais que je ne suis pas le genre de femme à faire un enfant par calcul.

Luke détourna les yeux pour s'abîmer dans la contemplation d'une légère fissure au-dessus de la fenêtre. Lorsqu'on habite au pays des tremblements de terre, ces petites failles viennent vous rappeler que rien n'est aussi solide qu'on le croit.

Enceinte… Cat portait son enfant ! Ces quelques mots

lui revenaient en boucle avec obstination. Impossible de les ignorer. Pourtant, il ne comprenait pas. Il devait y avoir une erreur… En tout cas, ce n'était pas prévu au programme. Pas envisageable non plus. Il n'avait pas l'étoffe d'un père.

« Tout comme tu n'avais pas l'étoffe d'un mari », lui souffla une petite voix venue du fond de lui-même.

Non. Il n'y avait pas de comparaison possible. Ce mariage était temporaire, même si, parfois… Mais les gosses, c'était l'esclavage pour l'éternité, le pire des engagements à long terme. Rien que d'y penser, il en avait la chair de poule.

— Luke, je comprends que cela te perturbe, reprit Cat d'une voix conciliante. Ni toi ni moi n'avions prévu ça. Mais, puisque c'est fait, il faut que nous nous en arrangions.

— Tu comptes le garder ?

Elle se figea.

— Tu me demandes si j'envisage d'avorter ?

Paroles douloureusement brutales, mais il ne fallait pas négliger cette possibilité. Il fit oui de la tête.

— J'y ai pensé. Mais je ne le souhaite pas, non. Je te jure que je ne l'ai pas fait exprès mais, puisque c'est arrivé, je garde mon bébé. *Notre* bébé.

Elle posa la main sur son ventre. Ses traits s'adoucirent encore.

— Il existe déjà pour moi. C'est une réalité.

Luke se détourna. Il ne voulait pas de cette réalité. S'il

n'avait pas oublié son attaché-case, il serait au bureau, dans l'ignorance béate de cette menace de paternité.

Silence lourd d'attente. Espérait-elle l'entendre lui dire que cette nouvelle l'enchantait ? Que cela changeait tout et que, désormais, ils resteraient ensemble, qu'ils formeraient une famille unie et vivraient heureux le reste de leurs jours ? Non, la vie n'était pas un conte de fées. Personne n'était heureux éternellement.

— Luke ?

Il reporta son attention sur elle.

— Que veux-tu que je te dise ?

Elle ferma les yeux et, lorsqu'elle les rouvrit, il ne parvint pas à déchiffrer son expression.

— Dis-moi que tu me crois, que tu sais que je n'aurais jamais fait cela par calcul.

Luke hésita, puis hocha la tête.

— Je te crois.

— Merci.

Le silence se fit pesant, s'étira à n'en plus finir. Enfin, Cat leva sur son mari un regard neutre.

— Tu n'avais pas un rendez-vous, ce matin ?

— Si, répondit-il en consultant sa montre. Il est grand temps que j'y aille.

Il était conscient de devoir dire quelque chose, mais il étouffait, soudain. Il se sentait prisonnier de ces murs. Ses idées se brouillaient, les mots ne lui venaient pas. Alors, sans un regard, il se détourna et sortit.

*
* *

Cat attacha précautionneusement le plant de tomates à son tuteur avec une bande de tissu prélevée sur un vieux T-shirt. L'odeur caractéristique des feuilles froissées restait suspendue dans l'air : odeur d'été, de verdure, odeur acidulée qui rappelait le goût du fruit mûri au soleil et fraîchement cueilli.

Ce n'était encore que le début de la matinée, et la température atteignait déjà 30°. La météo annonçait des maximums au-dessus de 40° dans la vallée. Depuis quatre jours, c'était la canicule. Au jardin, ses tâches principales consistaient à arroser judicieusement et à couvrir le sol de débris végétaux et d'écorces pour maintenir les racines de ses cultures au frais.

En soupirant, la jeune femme se redressa et ôta le vieux chapeau de paille qui la protégeait du soleil. La sueur ruisselait sur son front. Elle l'essuya du dos de la main, laissant une trace terreuse au-dessus de son sourcil. Elle était venue de bonne heure pour pouvoir travailler avant que la chaleur devienne insoutenable. Il faisait déjà trop chaud, mais moins qu'en pleine journée.

Et puis, même s'il était pénible, ce travail lui donnait l'occasion de sortir de chez elle et d'être éloignée de Luke. Non pas qu'il cherchât beaucoup à la voir, ces derniers temps : il passait presque tout son temps au bureau. La jeune femme eut un petit sourire amer. Depuis une semaine, depuis qu'elle lui avait dit qu'elle portait son enfant, leurs échanges se limitaient à « Bonjour » et « Ne m'attends pas pour dîner : je rentrerai tard, ce soir ».

D'après elle, ils auraient dû parler. Certaines choses

devaient être dites. Mais elle se trompait peut-être. Luke avait été clair : le bébé ne figurait pas dans ses projets, et il ne semblait pas vouloir les modifier. De son côté, Cat oscillait entre le pardon et la colère. Le bébé ne faisait pas non plus partie de ses projets, mais elle ne pouvait pas fermer les yeux et faire comme s'il n'existait pas.

Elle attendait que Luke se décide à dire quelque chose, à lui demander ce qu'elle comptait faire, à lui offrir son aide ou, au contraire, à déclarer qu'il ne voulait pas entendre parler de l'enfant. Avait-il l'intention de vivre les quatre mois à venir dans cette hostilité larvée et d'entreprendre, le moment venu, les formalités de divorce ? Elle n'aurait plus, alors, qu'à partir de son côté avec son bébé, tandis qu'il se réjouirait d'avoir sauvé ses précieux vignobles, enjeu de leur union.

Ses yeux la piquaient et sa vue se brouillait. Ce phénomène était-il dû à son état ou à la lumière trop vive ? Elle cligna des paupières et les choses rentrèrent dans l'ordre. Mais elle le regretta presque aussitôt en apercevant Devon qui descendait les marches à l'arrière de la maison. Pour un peu, elle se serait mise à quatre pattes et cachée parmi les tomates. Jusqu'ici, la chance lui avait souri. Lorsqu'elle venait au potager, leurs chemins ne se croisaient pas. Devon l'évitait, sans doute, ce dont Cat ne se plaignait pas, au contraire.

Seulement, la chance ne lui souriait plus.

— Salut ! lança-t-elle avec un petit geste de la main.

Devon traversait la pelouse, s'avançait vers elle, vêtue

d'une robe de lin pervenche assortie à ses yeux. Ses jambes nues étaient discrètement dorées, juste ce qu'il faut pour ne pas paraître trop blanches, et ses sandales crème laissaient voir ses ongles de pieds vernis d'un joli rose. Avec ses boucles blondes soigneusement arrangées en un savant désordre et son maquillage impeccable, elle semblait sortir des pages d'un magazine. Elle incarnait à elle seule l'art de rester fraîche en toutes circonstances et sous tous les climats.

Cat l'aurait haïe si elle en avait eu l'énergie. Mais à quoi bon ? Toute jalousie aurait été risible. Des mèches folles s'échappaient de son chignon à la diable et, avec sa chemise militaire passée et ses vieilles sandales de cuir, elle ne soutenait pas un seul instant la comparaison.

Devon s'arrêta à la limite de la couche d'écorces que Cat avait étalée autour de ses plantations, et s'éventa de la main.

— Quelle chaleur *incroyable* !

— Effectivement, il fait un peu chaud.

— Je ne sais pas comment tu supportes de travailler dehors par ce temps.

— Pour ne rien te cacher, je suis sur le point de déclarer forfait.

Que diable lui voulait-elle ? Jamais Devon ne serait venue la trouver sans une bonne raison. En attendant qu'elle se décide, Cat entassait les mauvaises herbes dans un seau avec l'intention de le porter ensuite dans le compost. Enfin, Devon rompit le silence :

— Tu ne devrais pas faire d'efforts. Une femme dans ton état doit être *très* prudente.

Cat se redressa brusquement.

— Mon état ? Quel état ?

— Tu sais bien, voyons…

Elle baissa la voix, puis ajouta sur un ton confidentiel :

— … Le *bébé*. Luke m'en a parlé.

Crispant les doigts autour de l'anse de son seau, Cat s'efforça de garder un ton neutre.

— Ah oui ?

Devon se couvrit la bouche, et écarquilla les yeux avec affectation.

— Aïe ! J'ai gaffé ? Luke ne m'avait pas dit que c'était un secret. Mais, de toute façon, ce n'est pas bien grave que je sois au courant. Ça reste dans la famille. Enfin, plus ou moins.

— Plus ou moins.

Ainsi, Luke s'était confié à Devon ? Il ne lui avait pas reparlé de l'enfant, mais il en parlait librement à Devon.

— Ne te fâche pas pour ça. Je suis passée à son bureau, ce matin, et j'ai bien vu que quelque chose le tracassait. Je crois qu'il avait besoin de s'en ouvrir à quelqu'un pour se soulager. Ce n'est pas comme si c'était un événement que vous auriez souhaité tous les deux.

Elle tendit la main vers sa demi-sœur, comme pour la réconforter, mais arrêta son geste en remarquant que ses bras étaient couverts de terre.

— Je ne suis pas fâchée, déclara platement Cat.

Lorsqu'elle aurait pris le temps d'y réfléchir, elle serait sans doute folle de rage, mais pas encore. Il lui fallait d'abord digérer la nouvelle.

— Je préfère ça, dit Devon avec un soupir.

Elle marqua une pause, plissa le front, mais imperceptiblement — par crainte des rides, sans doute.

— Tu sais, Cat, si tu as cru pouvoir retenir Luke en utilisant ce vieux stratagème, tu le connais bien mal. J'aurais pu te le dire si tu m'en avais parlé.

— Dans ce cas, si je décide un jour de piéger Luke, je ne manquerai pas de te consulter.

— Tu *es* fâchée.

Adorable tableau de l'inquiétude feinte, Devon se mordillait la lèvre inférieure. Et Cat se demanda de quoi elle aurait l'air, coiffée d'un seau plein de mauvaises herbes et de tomates trop mûres. Mais, tout compte fait, peut-être réserverait-elle ce traitement à son époux...

Luke avait passé tout l'après-midi à Van Nuys et examiné de fond en comble un ensemble de bureaux encore en chantier, tout en écoutant les commentaires faussement enjoués du propriétaire qui, soudain à court d'argent, était pressé de se débarrasser du terrain et du bâtiment à moitié terminé.

Par une température qui flirtait dangereusement avec les 40°, San Fernando Valley ressemblait à l'enfer sur terre. La chaleur, la pollution et les embouteillages étaient le prix à payer pour avoir du soleil toute l'année et des plages de rêve peuplées de femmes en bikinis.

Enfin libéré de Stu Luptmann, Luke avait pris le chemin du retour à l'heure de pointe et, pour parachever cette journée pénible, un tracto-pelle était tombé en panne sur la nationale, bloquant complètement la circulation.

En arrivant chez lui, il rêvait d'air conditionné, d'une bonne bière bien fraîche, d'une douche et d'une longue nuit de sommeil.

Lorsqu'il poussa la porte, il aperçut Cat devant l'évier de la cuisine, et fut tenté de redescendre se terrer au garage jusqu'à ce qu'elle ait libéré les lieux. Il ne cherchait pas vraiment à l'éviter, mais il… Si. Il l'évitait. Et il aurait cédé, une fois de plus, à cette tentation infantile si Cat ne s'était pas retournée pour le regarder droit dans les yeux.

— Salut ! dit-il.

Elle lui répondit d'un sourire, mais son regard demeurait indéchiffrable et vaguement méfiant.

— Tu as l'air épuisé.

L'air juvénile dans son short vert foncé et son T-shirt jaune soleil, elle semblait aussi fraîche que si elle sortait de l'eau. Une semaine plus tôt, il aurait tout fait pour la convaincre d'ôter le peu de vêtements qu'elle portait mais, cette fois, il se contenta de poser son attaché-case sur le comptoir en grommelant :

— Rude journée.

Il se passa la main dans les cheveux en soupirant.

— Van Nuys était un four. Des kilomètres d'embouteillages, quarante-cinq minutes passées à éviter des abrutis qui savent à peine conduire… on comprend que certains soient pris de folie meurtrière !

Cat lui offrit son verre.

— J'ai préparé de la citronnade.

Faut de bière, il vida d'un trait le liquide frais et désaltérant.

— Merci, tu me sauves la vie.

La jeune femme reprit le verre vide et le déposa dans l'évier.

— J'ai vu Devon, ce matin.

Luke, qui s'apprêtait à ouvrir le réfrigérateur, crispa les doigts sur la poignée, hésita brièvement, puis, finalement, tira la porte et sortit la cruche de citronnade, ainsi qu'une Sierra Nevada.

— Je te ressers ?

— S'il te plaît.

Après avoir rempli son verre, il décapsula sa bière.

— Elle habite chez Larry et Susan, non ?

— Effectivement.

Cat s'adossa à l'évier, les bras le long du corps, dans une attitude détendue, mais Luke n'était pas dupe. Les reproches n'allaient pas tarder à pleuvoir. Mais, bien sûr, ça se comprenait…

— Elle est passée me voir au potager, ce matin, pour me dire que j'avais eu tort de chercher à te piéger en te faisant un enfant dans le dos.

Luke eut une grimace douloureuse.

— Je n'ai jamais rien dit de tel. Mais je lui ai appris que tu étais enceinte, c'est vrai.

— Mouais.

Il pressa la bouteille humide de condensation contre son front. Dieu qu'il avait chaud !

Comment expliquer à Cat ce qu'il ne s'expliquait pas lui-même ? Quand Devon lui avait demandé des nouvelles de sa femme, il avait machinalement répondu qu'elle attendait un enfant. Peut-être parce qu'il étouffait, à force de n'en parler à personne — et surtout pas à Cat.

— J'aurais dû tenir ma langue. Je suis désolé.

— Oh ! ce n'est pas un secret ! Mais Devon n'est pas la personne que j'aurais choisie pour confidente, et je n'ai pas apprécié ses conseils sur la meilleure façon de te piéger.

— Je n'ai jamais dit que tu m'avais piégé, répéta Luke plus fermement.

— Je te crois, dit Cat dans un soupir. Seulement… je me serais bien passée des conseils de Devon.

Sa colère l'avait quittée, et elle semblait lasse, à présent. C'était la première fois depuis une semaine que Luke s'autorisait à la regarder vraiment. Ses yeux étaient cernés, comme si elle dormait mal, et elle était si pâle que sa peau paraissait presque transparente. Elle dégageait, à présent, une impression de… fragilité.

— Tu as l'air vannée, dit-il, malgré lui.

Il ne voulait, pourtant, pas se faire de souci pour elle. Il n'avait pas besoin de ça. Ce n'était pas son problème.

— Je ne suis pas très en forme. Cette chaleur ne me réussit pas.

— Tu ne travailles pas trop dans le potager, j'espère ? Il faut que tu te ménages avec... le... ta... — Il fit un geste vague en direction de son ventre — Tu devrais te reposer davantage.

A l'entendre buter sur les mots de *bébé* et de *grossesse*, Cat ne sut si elle devait rire ou se fâcher. Curieux qu'il soit capable d'en parler à Devon et pas à elle.

— Rassure-toi, je n'en fais pas trop. Dans le livre que j'ai acheté, j'ai lu qu'il était normal d'éprouver une certaine fatigue, en début de grossesse.

— Bon, dit Luke avec un hochement de tête.

Il évitait ses yeux, et paraissait fasciné par l'étiquette de sa bière. Pendant ce temps-là, Cat luttait contre les larmes. Elle aurait tant aimé qu'il lui ouvre les bras, qu'il la câline et la rassure. Et il restait là, planté comme un piquet. Au point que la jeune femme ressentit soudain une furieuse envie de le gifler, cet imbécile, jusqu'à ce qu'il la regarde et lui parle. Elle songea à temps aux préceptes de non-violence que lui avait enseignés Naomi, et prit une profonde inspiration pour se calmer.

— Luke, nous ne pourrions pas... enfin... tu ne penses pas que nous devrions... faire un effort pour communiquer et remettre tout à plat ?

Elle accompagna cette demande d'un large geste qui, pour elle, embrassait leur mariage, sa grossesse et l'avenir.

Quelque chose en Luke s'y refusait. Non, ils n'avaient

pas besoin de discuter… Enfin, peut-être que si. Mais les mots ne lui venaient pas. Bizarrement, il n'avait pas réussi à se convaincre que cette… situation ne le concernait en rien. Et ce n'était pas faute d'avoir essayé. La grossesse, les enfants ne figuraient pas dans ses projets, mais ils ne figuraient pas non plus dans ceux de Cat. Il ne pouvait quand même pas lui tourner le dos en lui laissant toutes les responsabilités… Seulement, il n'avait pas la moindre idée de ce qu'il pourrait faire.

Keith contemplait d'un œil vague le quart de citron vert, le sel dans sa soucoupe, et le petit verre de tequila. Dans quel ordre procédait-on, déjà ? Sucer le sel, mordre le verre, boire le citron ? Non. Pour boire le citron, il faut le presser. Sucer la tequila, mordre dans le citron, et boire… Non plus. On ne boit pas le sel.

— Je suis bourré ! lança-t-il.

Luke, qui regardait fixement son verre, leva lentement la tête en plissant les paupières.

— Pour moi, tu es un peu… flou. Alors, ou tu es soûl ou tu bouges trop vite.

— Je ne bouge pas.

— Bon, alors tu es soûl.

— Si tu le dis.

Keith médita là-dessus pendant quelques instants.

— Tu devrais peut-être prendre mes clés de voiture.

— Qu'est-ce que j'en ferais ? J'ai déjà les miennes, et je ne peux conduire qu'une voiture à la fois.

Keith hocha la tête plusieurs fois, et dut faire un effort conscient pour s'arrêter.

— C'est vrai. Mais ne me laisse pas conduire.

— Si tu tentes de prendre le volant, je te mets K.O. ! promit Luke.

— Merci.

Luke haussa les épaules.

— C'est à cela que servent les amis.

Keith allait de nouveau hocher la tête, mais il se ravisa à temps en songeant à ces petits chiens que l'on met sur la plage arrière des voitures et qui passent leur temps à faire ça. Il avait trop bu, aucun doute. Ce qui n'avait rien de surprenant car Luke l'avait spécifiquement invité à venir prendre une cuite avec lui. « Je sors me prendre une biture, tu viens ? », lui avait-il dit.

Keith buvait généralement peu, mais l'idée d'une bonne biture en compagnie de Luke l'avait séduit. Ça valait toujours mieux que de rester cloîtré entre ses quatre murs à fixer ces aquarelles imbéciles et à se demander ce qui le prenait de s'amouracher d'un chef cuisinier de dix ans plus jeune que lui, et ayant du poil au menton — ne pas oublier ce détail.

Il vida le verre de tequila d'un trait, frissonna, mordit dans le citron vert et frissonna de nouveau. Il détestait la tequila, mais force lui était de reconnaître que, pour se soûler rapidement, c'était l'idéal. Il était donc là, dans ce bar minable d'un quartier vaguement louche de

Pasadena, en proie à une grave crise d'identité sexuelle et en face de son meilleur ami qui ne semblait pas aussi atteint que lui.

— Tu peux me dire ce qu'on fabrique ici ?

Luke releva lentement les yeux de son verre, le regarda d'un air lugubre, et déclara :

— Cat est enceinte.

La phrase, pourtant simple, mit un moment à pénétrer dans le cerveau embrumé de Keith. Lorsque, enfin, il comprit, ses yeux s'écarquillèrent, et il émit une sorte de sifflement.

— Merde alors !

Luke approuva ce résumé admirable d'un hochement de tête, et reporta son attention sur son verre. Depuis une semaine qu'il y réfléchissait, il ne parvenait pas à dépasser ces quelques mots : il ne trouvait rien à y ajouter. Ce devait être un effet de ses études de droit à Harvard. On vous y apprenait à synthétiser.

— J'imagine que ce n'était pas… voulu, dit Keith qui se sentait soudain beaucoup moins soûl.

— Non. C'est un accident.

Un accident ? Le terme était faible. Une catastrophe majeure, oui…

— Qu'est-ce que tu comptes faire ?

— En dehors de prendre une cuite ?

Luke secoua la tête.

— Pas la queue d'une idée.

Il hésita à héler la serveuse — une blonde décolorée qui semblait s'ennuyer comme un rat mort —, puis y renonça par paresse. Il avait fui au plus vite quand Cat avait suggéré qu'ils fassent le point. Il avait reconnu qu'ils devaient avoir une discussion sérieuse, puis s'était inventé une excuse bidon — une promesse faite à Keith de passer la soirée avec lui. Elle ne l'avait pas cru, bien sûr, mais elle était trop généreuse — ou trop écœurée par sa pleutrerie — pour insister. Parce qu'il hésitait à boire seul, ou par culpabilité d'avoir menti, il avait appelé Keith, depuis sa voiture, pour lui demander de le rejoindre dans de ce bouge.

— Tu espères… ? Elle veut… ?

— Elle veut le garder, dit Luke.

— Elle sera une bonne mère.

Luke eut soudain une vision de Cat avec le bébé dans les bras, souriante, débordant de tendresse et d'amour. Pour son enfant à lui. Merde ! Il vida ce qui restait dans son verre, et fit signe à la serveuse.

— Comment tu prends la chose ? demanda Keith.

— Bof ! Ça va. Ce n'était pas prévu au programme, mais c'est comme ça.

— Bon.

Keith roulait son verre vide entre ses paumes. Quand la serveuse proposa de le resservir, il fit oui de la tête, puis haussa un sourcil interrogateur à l'adresse de son ami.

— Alors, si je comprends bien, on s'offre une cuite pour fêter l'événement ?

Luke crispa les doigts autour de son verre de scotch. Il avait commandé du Chivas qui, à l'évidence, n'en était pas, mais, dans l'état où il était, la qualité de l'alcool qu'il absorbait n'avait plus guère d'importance.

Silence.

— Luke ? Raconte à ton vieux copain.

Luke se passa les mains sur le visage.

— Je ne sais vraiment pas quoi faire. Mais quelle idée j'ai eue de l'épouser ?

— Tu voulais damer le pion à ton grand-père.

— Tu parles d'une partie de dames ! Ce vieux bouc aura, finalement, ce qu'il souhaitait. Il sera arrière-grand-père.

— Tu l'as mis au courant ?

— Sûrement pas ! Il serait bien trop content.

— Vous ne pourrez pas le lui cacher éternellement.

Certes. Un bébé, ça se voyait. Luke but une gorgée de scotch, mais la brûlure de l'alcool ne parvint pas à réchauffer le glacier qui lui gelait le cœur depuis une semaine.

— Tu sais que le contrat prénuptial couvre ce cas de figure, reprit Keith, toujours lucide, malgré la tequila. Quoi que tu décides, Cat ne pourra pas te causer de problèmes.

— Elle n'aurait pas cherché à me piéger comme ça.

Et voilà, c'était dit. Mais un peu tard, et pas à la bonne personne. Bravo Quintain ! Tu aurais pu y penser la semaine dernière !

Luke fronça les sourcils en regardant fixement son verre. S'il avait honte d'une chose dans sa vie, c'était de sa réaction quand Cat lui avait annoncé qu'elle était enceinte. S'en était-il excusé ? Non, bien sûr. Il avait simplement fermé les yeux pour ne pas voir. Comme il le faisait souvent, ces temps derniers…

— Au diable le putain de contrat ! grommela-t-il.

Il but le reste de son scotch d'un trait, et rappela la serveuse pour qu'elle remplisse leurs verres.

Super ! songeait Keith. La belle vie, quoi ! Luke allait devenir père contre son gré, et lui… lui… Que devenait-il, au juste ? Oh ! inutile de faire mine de ne pas le savoir ! Il le savait. Mais il ne voulait pas le reconnaître.

— Je crois que je suis amoureux de Jack.

In tequila veritas… Il en but une gorgée, et tendit la main vers le citron.

— Jack ? répéta Luke, les sourcils froncés, l'air totalement abasourdi.

Trop tard pour faire machine arrière, songea Keith. La boîte de Pandore était ouverte.

— Jack Reynolds, voyons, le copain de Cat : le type du restaurant.

Les yeux de Luke s'arrondirent de surprise.

— Jack ? Le copain de Cat ? Le type du restaurant ? Ce Jack-là ?

— Comme je viens de te le dire.

Luke réfléchit un moment. L'alcool devait lui brouiller le cerveau.

— Mais c'est un mec !

— Merci, j'avais remarqué.

— Et tu es un homme à femmes.

— Jusqu'ici, je l'étais. Mais il m'arrive un truc…

Je pige pas bien… Bah ! c'est peut-être la crise de la quarantaine.

— A trente-cinq ans ? Tu es un peu jeune pour ça.

— Tout est relatif, vieux. Cette fameuse crise est censée marquer un tournant. Le milieu d'une vie, le moment où on aborde la descente. Si la vie moyenne d'un Américain est de… disons soixante-quinze, soixante-seize ans…

Il se gratta la tête, s'efforça de calculer dans les brumes de la tequila.

— … Ça ne me fait guère que deux ou trois ans d'avance. Evidemment, si je meurs à soixante-dix ans, je suis juste. Et puis, je peux aussi me faire écraser par un camion dans la semaine, ou prendre un pot de fleurs sur la tête demain matin. Auquel cas, je suis en retard de dix-sept ans. CQFD.

Luke tenta de digérer ce discours, puis y renonça pour revenir au véritable sujet de la conversation.

— Jack est un mec. Tu es sûr que tu es amoureux de lui ?

— Oui. Non. Peut-être. Merde, j'en sais rien. Je l'aime bien, je le trouve drôle, intelligent… Et, dès que je le vois, j'ai envie de lui mettre la main aux fesses.

— Ah !

Pause. Nouveau sujet de réflexion.

— Je te concède qu'il a de jolies fesses. Pour ceux qui aiment. Mais, jusqu'ici, ce n'était pas trop ton truc, si ma mémoire est bonne. A moins que…

Nouvelle pause. Luke dévisagea son ami d'un œil soupçonneux.

— Tu ne m'aurais pas caché des choses, par hasard ?

Keith fit non avec emphase, mais ce simple mouvement de la tête lui donnait la nausée.

— Non. J'ai toujours été attiré par les femmes. Enfin, en dehors de quelques petites expériences au collège, mais…

— Des expériences ?

— Tu sais bien, entre garçons, le samedi soir. Rien de mieux à faire, pas de copine, alors… Quoi ? Pourquoi tu me regardes comme ça ? On était mômes. Tout le monde faisait des expériences, pour voir. Ça ne veut rien dire.

— En ce qui me concerne, mes expériences se limitaient au sexe opposé.

Luke prit son verre, s'aperçut qu'il était vide, et le reposa bruyamment sur la table, pour donner plus de poids à sa déclaration.

— Chacun son destin, marmonna Keith d'un air fataliste.

— Ne te bile pas, va, c'est peut-être passager, lui dit Luke. Tu travailles trop, tu as besoin de sortir un peu. Ou alors, ça vient de l'hypophyse.

— De l'hypo quoi ?

— De l'hypophyse.

Luke eut quelque peine à poser son verre. La table semblait rétrécir, et il devait viser.

— Et tu sais ce que c'est, toi, l'hypophyse ? demanda Keith, les sourcils froncés.

— Pas vraiment, mais je me souviens que ma grand-mère lui mettait tous les maux sur le dos : depuis l'insomnie jusqu'aux flatulences.

— Est-ce que ça a un dos, seulement ?

— Paie-toi ma tête ! Tu as peut-être besoin d'exercice.

— J'ai essayé. Jogging tous les matins. Pour ça, je me lève à 6 heures, mon pote !

Silence.

— Et alors ?

— Alors, j'en suis venu à la conclusion qu'être homo ne serait pas plus pénible que d'aller courir, chaque matin, à l'aube, comme un imbécile.

— Hmm. Un club de gym. Il faut que tu en trouves un et que tu t'inscrives. Il y a des tas de petites femmes en tenues moulantes qui ne demanderont qu'à te remettre dans le droit chemin.

— Je sais. J'ai essayé aussi. Je suis même sorti avec la prof d'aérobic.

— Une prof d'aérobic ? Là, tu m'impressionnes.

— Tu commences à me gonfler, tu sais ? J'ai une véritable révolution dans ma vie, et tu jettes le doute sur ma viru… virilité.

— Hé, doucement ! Ce n'est pas moi qui rêve de virer ma cuti. Si ta virilité en prend un coup, je n'y suis pour rien.

« Une vérité s'il en était », songea Keith en hochant la tête.

— Est-ce que… Enfin… ça ne te gêne pas ?

— Quoi ? Que tu vires ta cuti ? Je m'en fous, du moment que tu ne t'amouraches pas de moi !

Luke réfléchit un moment, puis ajouta :

— Je trouve ça plutôt bizarre, mais tu es déjà avocat, alors… Etre homo n'aggravera pas beaucoup ton cas.

— Va te faire foutre !

Luke eut un petit sourire de biais.

— Pas de problème, je t'aime aussi, frangin.

Keith empoigna son verre si rapidement qu'il renversa la moitié de son contenu. Sa tête bourdonnait et il avait du mal à rassembler ses idées.

— Merde, Luke. Je ne sais plus où j'en suis. Ça m'a l'air… euh… sérieux. Enfin… Je veux passer du temps avec lui, sortir avec lui, marcher sur la plage avec lui et toutes ces conneries.

— Tu détestes la plage.

— Oui, mais lui, il adore ça. Il m'a même proposé de m'apprendre à faire du surf.

— Il t'a déjà vu en maillot de bain ?

Keith partit d'un grand rire qui s'acheva dans un hoquet.

— Abruti, va !

— Je veille sur tes intérêts, vieux.

16

Dans la tête de Keith, une petite voix têtue répéta, une fois encore, qu'il fallait être fou pour aller sonner chez les gens à 1 heure du matin. Mais Keith ignora l'avertissement, sonna de nouveau, et faillit s'étaler quand la porte s'ouvrit brusquement.

— Keith ! Ça alors !

Jack lui prit le bras pour le soutenir, tandis qu'il s'avançait sur ses jambes flageolantes.

— Ça ne va pas ? Qu'est-ce qui t'arrive ?

— Rien, dit Keith en évitant de remuer la tête. Je voulais te voir.

Jack fronça le nez, et tira Keith à l'intérieur pour refermer le battant.

— Tu empestes l'alcool. Tu es tombé dans un tonneau de whisky, ou quoi ?

La vision brouillée de Keith lui rendit une image floue de mobilier choisi pour le confort plus que pour l'élégance. Des livres s'empilaient près d'un gros fauteuil bien rembourré et recouvert de cretonne à fleurs ; des chaussures de sport usagées gisaient sous une petite table sur laquelle se trouvaient, pêle-mêle, une télécommande, des lunettes de soleil, et une chaussette roulée en boule. Le sympathique désordre de la pièce vous conviait à vous déchausser et à vous mettre à l'aise.

— Houhou ! Il y a quelqu'un ? lança Jack en claquant des doigts sous le nez de Keith.

Celui-ci s'ébroua, et se demanda si Jack était aussi soûl que lui.

— Il y a quelqu'un, puisque tu es là.

Jack éclata de rire.

— Je vois. Tu es complètement fait.

— Oui.

C'était, d'ailleurs, la seule certitude qui surnageait encore dans son esprit confus. Il en tenait une bonne, aucun doute là-dessus.

— Tequila, ajouta-t-il.

— Pardon ?

— C'est la tequila, pas le whisky.

Il était venu pour tout mettre au clair. Pas question qu'il subsiste l'ombre d'un malentendu.

— J'aime pas le whisky.

Il fronça les sourcils, réfléchit, et reprit :

— La tequila non plus, d'ailleurs.

— Tu sais, l'odeur du whisky ou de la tequila, c'est pareil quand on vous tire du lit à 1 heure du matin.

— Je t'ai réveillé ?

— Non. Je reçois toujours dans cette tenue : c'est une habitude.

Keith examina d'un œil dubitatif le boxer-short gris et le T-shirt blanc informe que portait Jack.

— Vraiment ?

Jack rit de nouveau.

— Viens donc t'asseoir avant de tomber. Tu es fini, liquéfié. Tu ne tiens plus debout.

Jack le conduisit jusqu'au canapé, l'installa doucement sur les coussins moelleux, le cala et le maintint pour l'empêcher de basculer. Puis, voyant qu'il avait trouvé son équilibre, il se redressa.

Keith le retint par le bras.

— Ne t'en vas pas !

— J'allais juste te chercher un verre d'eau et de l'aspirine. Frappe préventive contre la gueule de bois de demain.

— Ma tête va très bien, affirma Keith, malgré la sensation de vertige qui l'habitait tout entier. Besoin de parler… De te parler. A toi.

Ne pas négliger les détails cruciaux.

— Pas de problème, on va parler. J'espère que tu n'es pas venu en voiture ?

— Taxi.

— Tu me rassures.

Il tapota amicalement le genou de Keith.

— Et maintenant, je vais te chercher un cachet d'aspirine.

— J'ai pas la gueule de bois. Jamais.

— Cause toujours.

— C'est vrai… j'ai jamais…

Keith perdait le fil de ses pensées. Pourquoi diable avait-il bu autant ? La prochaine fois que Luke l'inviterait à partir en bordée, il lui raccrocherait au nez. Zut… Il avait des choses importantes à dire, mais son cerveau était en panne.

Jack lui sourit avec gentillesse.

— Je ne sais pas ce qui te tracasse, mais ça peut sûrement attendre quelques heures. Tu n'as qu'à passer la nuit ici, et on en parlera demain matin.

Keith fit non de la tête, et dut fermer les yeux pour conjurer le vertige. Ne pas remettre au lendemain… S'il attendait, il risquait de se souvenir de toutes les bonnes raisons qu'il avait de ne pas prendre ce risque…

Il encadra de ses mains le visage de Jack, et celui-ci écarquilla les yeux de surprise. L'instant d'après, Keith l'embrassait. Sur la bouche.

Sensation inconnue. Bizarre… Et pourtant… Un baiser était un baiser, une bouche était une bouche, non ? Ah, mais celle de Jack était plus large. Et puis, il y avait cette rugosité nouvelle de la barbe naissante qui frottait sur sa peau…

Keith abaissa ses mains, les posa sur les épaules de Jack. Des épaules toutes de muscles et d'os. Pas de douces rondeurs. Pas d'odeur de parfum. C'était… hum… somme toute, agréable. Il s'était demandé s'il en serait capable, si les différences le gêneraient, l'inhiberaient. Non, apparemment pas. Les lèvres de Jack cédaient sous les siennes, et c'était bon. Très bon. Mieux que bon, c'était vrai. Juste, même.

Puis Jack rompit le baiser, se redressa et recula jusqu'à se trouver hors d'atteinte.

— Qu'est-ce qui te prend, tout à coup ?

Keith cligna des yeux.

— Ben quoi ? Je t'embrassais.

Jack le regardait avec une lueur de colère dans les yeux… et un soupçon de crainte.

— Je ne suis pas un cobaye. Si tu veux voir ce que c'est avec un mec, trouve quelqu'un d'autre. Va faire tes expériences ailleurs.

— Ce n'est pas une expérience ! protesta Keith.

Il tenta de se lever, et se ravisa aussitôt.

— J'avais envie de t'embrasser.

Avec un soupir las, Jack passa la main dans ses cheveux décolorés par le soleil.

— Tu es bourré. Tu ne sais plus ce que tu fais.

Dans l'intention de se défendre, Keith se mit en devoir d'expliquer que, pour la première fois depuis longtemps, il savait très exactement ce qu'il voulait. Mais Jack l'interrompit en secouant la tête.

— Je t'en prie, tais-toi.

Il inspira profondément, laissa lentement échapper son souffle, puis ajouta :

— Tu es soûl. Je suis vanné. Il vaut mieux qu'on… Laisse tomber. Dors une bonne douzaine d'heures. On en rediscutera demain, et on passera l'éponge sur ce qui vient d'arriver.

Keith ouvrit la bouche pour répondre… puis il la referma sans rien dire. Il était peut-être ivre, mais pas totalement stupide. Ce soir, il n'était pas crédible, c'était évident…

Jack revint avec un verre d'eau et un tube d'aspirine. Sans un regard à Keith, il posa le tout sur la table basse, puis jeta un coussin et une couverture sur le bras du canapé.

— Les toilettes sont à droite, au bout du couloir. Bois ça, prends deux cachets, et roupille. Si tu as besoin de quelque chose, appelle-moi.

— Je crois que je suis amoureux de toi.

Zut ! La phrase était partie sans qu'il puisse la retenir… Bref silence. Jack hésitait. Puis il fit non de la tête.

— Demain, il fera jour, vieux. Tu me parleras de tout ça quand tu auras dessoûlé. Repose-toi.

Keith le regarda quitter la pièce, puis laissa sa tête retomber contre le canapé. Il venait de faire un grand pas, de prendre une décision qui allait changer sa vie, et Jack ne l'avait pas cru. Pourtant, il était sûr de lui. Plus que sûr, puisqu'il avait exprimé ses sentiments à haute voix. Et il n'en était pas mort. Au contraire, il se sentait mieux que jamais. Il y avait encore quelques points à éclaircir. Même soûl et à deux doigts de sombrer dans l'inconscience, il se rendait bien compte que tout n'était pas réglé. Restaient quelques détails à affiner. Comme de savoir si Jack partageait ses sentiments. Et, si oui, il faudrait prendre certaines décisions… En tout cas, être homo — ou même bi — serait moins casse-pieds que passer des heures au gymnase à s'escrimer sur des machines.

*
* *

Rien de tel que de dormir tout habillé pour se sentir vaseux au réveil ! Keith rejeta la couverture pour s'asseoir sur le canapé. Il se frotta le visage. Dieu qu'il se sentait sale ! S'il avait eu deux sous d'intelligence, il se serait, au moins, déshabillé avant de se coucher. Hmm. S'il avait été moins sot, il aurait commencé par ne pas prendre de cuite. Du moins avait-il eu la présence d'esprit d'ôter ses chaussures avant de perdre connaissance.

Bien joué Lundquist ! Débarquer à 1 heure du matin, soûl comme une bourrique et empestant l'alcool, pour déclarer sa flamme à un mec, c'était le meilleur plan que tu pouvais trouver ! Et tu t'étonnes que Jack n'ait pas sauté de joie ?

Il se mit debout, oscilla quelques instants, puis trouva son équilibre. Pas vraiment de gueule de bois. En dehors d'un léger mal de tête et du sale goût qu'il avait dans la bouche, la tequila n'avait pas fait de dégâts majeurs. Il n'en aurait pas dit autant du canapé trop court et trop mou : il était perclus de courbatures ! Ses muscles étaient aussi douloureux que si on l'avait roué de coups. Il gémit en s'étirant, puis se rendit aux toilettes.

Dix minutes plus tard, son nez le conduisit vers la cuisine. Il y avait du café, et du bon, à en juger par l'odeur. La pièce était plus petite qu'il ne s'y attendait, mais Jack avait son restaurant pour s'éclater, et sans doute pas besoin d'une grande cuisine chez lui. L'ensemble était moderne, noir et blanc, avec une note de couleur — des coussins brique sur les sièges du coin réservé au petit déjeuner, assortis aux tomettes du plan de travail. Des herbes aromatiques en pot s'alignaient derrière l'évier. Les rideaux à carreaux noirs et brique étaient tirés pour laisser entrer le soleil.

Jack surveillait la cafetière, pieds nus et cheveux en désordre, vêtu d'un jean délavé et d'un T-shirt bleu. A présent qu'il avait accepté ses propres sentiments, Keith ne fut pas surpris d'éprouver un pincement de désir familier. Rien de plus normal s'il était gay, ou bi, ou... bref, ce qu'il était. Tout cela n'avait, d'ailleurs, pas grande importance, à côté du café que Jack versait, maintenant, dans une grande chope de porcelaine blanche, et dont l'arôme était à se damner.

— Je t'ai entendu te lever. Tu te sens d'attaque pour un café ?

— S'il te plaît.

Jack lui tendit la chope. Keith la prit, la porta à son nez et inspira profondément. Le seul fait de respirer cette délicieuse odeur suffit à dissiper les brumes qui envahissaient son cerveau. Deux gorgées, et il était presque redevenu humain. Il soupira de bonheur.

— Tu es un dieu.

— Tout juste un demi-dieu. Comment tu te sens ?

Keith se frotta le menton.

— Comme quelqu'un qui a besoin de se raser et de se changer. A part ça, pas trop mal.

Devant l'incrédulité de Jack, il eut un petit haussement d'épaules.

— Je n'ai jamais la gueule de bois, je te l'ai dit. Mes copains de fac en bavaient de jalousie.

— Je les comprends.

Jack prit sa chope à deux mains, et but une gorgée de café avant de reprendre :

— Je n'ai pas osé faire de cuisine, de peur que les odeurs te retournent l'estomac, mais, si tu as faim, je peux préparer quelque chose. A moins que tu ne sois pressé. Auquel cas, je te raccompagne jusqu'à ta voiture.

— J'ai tout mon temps. Pas de rendez-vous, ce matin, et j'ai déjà prévenu ma secrétaire que je ne viendrais pas avant 14 heures.

— Alors, je vais te mitonner ma célèbre omelette.

Jack posa sa tasse et s'empara d'une petite poêle accrochée près de la gazinière.

— Si tu as quelque chose contre les champignons ou le jambon, c'est le moment de le dire. Après, ce sera trop tard…

Hmm. Il comptait la jouer copain, copain, oublier l'incident de la veille et faire comme si de rien n'était.

— … J'ai des asperges toutes prêtes, et aussi un munster absolument sublime, fait par un couple de Sonoma. Depuis cinq ans, ils se sont spécialisés dans la fabrication de fromages artisanaux, et ils…

Jack passa devant Keith pour ouvrir un tiroir, et Keith en profita pour refermer les doigts sur son bras. Le flot de bavardage s'interrompit aussitôt. Jack s'immobilisa, tenta de se dégager.

— Je t'en prie, non ! Tu étais soûl, hier soir, et tu as dit des choses que tu ne pensais pas. Je comprends.

— Non, tu ne comprends pas. J'étais peut-être soûl, mais j'étais sincère.

Jack tira sur son bras pour se libérer et, cette fois, Keith relâcha sa prise.

— Je t'ai prévenu que je n'étais pas un cobaye. Ne compte par sur moi pour t'aider à passer la crise de la quarantaine ou à élargir tes horizons sexuels. Si tu veux essayer avec un mec pour ajouter à tes exploits, trouve quelqu'un d'autre.

Keith prit sur lui pour rester calme et parler d'un ton mesuré.

— Ce n'est pas la crise de la quarantaine, et je ne collectionne pas les expériences décalées pour les porter à la liste de mes exploits. Tu m'attires, Jack.

— Merci, j'avais remarqué. Je le savais sans doute avant toi. Mais, en me fuyant comme la peste, tu as prouvé que tu n'avais pas l'intention d'aller plus loin.

Jack eut un sourire amer avant de poursuivre :

— Ce n'est pas original, ton truc. Le coup de l'hétéro copain avec un homo, qui se donne, pour pas cher, l'impression d'être ouvert, moderne et tolérant, c'est connu. Tu te dis que ça ne change rien que l'autre soit une tantouse. Tu es tellement ouvert que tu n'y prêtes même plus attention. Seulement, ça te travaille à ton insu : tu te demandes ce que les pédés font au lit.

— Je ne t'ai jamais traité ni de pédé ni de tantouse. Je ne pense pas à toi en ces termes.

— Ah non ? Et je parie que tu ne te vois pas comme ça non plus.

Jack s'avança d'un pas, l'index menaçant.

— Mais je te conseille d'y réfléchir, mon vieux. Réveille-toi, et frotte-toi les yeux un bon coup, parce que ça sent l'antimite dans ton petit univers. Si tu décides de coucher avec un homme, tu ouvres la porte du placard, et tu risques de ne plus pouvoir la refermer.

Il n'y avait rien d'affectueux dans la manière dont Keith lui agrippa le poignet.

— Cesse de t'adresser à moi comme si j'étais le dernier des crétins. J'ai trente-cinq ans, une carrière bien assise. Il serait temps que je trouve une fille pour me marier, fonder un foyer, acheter une maison, avoir un ou deux enfants, et peut-être envisager la retraite anticipée et les leçons de golf pour occuper mon temps. Au lieu de ça, qu'est-ce que je fais ? Je tombe amoureux d'un mec qui a dix ans de moins que moi. Tu crois que c'est un caprice ? Que je n'y ai pas réfléchi ? Ne me prends pas pour plus bête que je ne suis.

Une lueur d'humour éclaira les yeux de Jack et vint atténuer la colère contenue dans son regard.

— Mon père et mon frère jouent au golf, dit-il.

— Alors, je ne toucherai pas un club de ma vie, promit Keith sans hésitation. Allez, un petit effort ! Donne-nous tout de même une chance.

Jack retrouva son air grave. Toute trace d'humour avait disparu de son regard.

— Tu prétends y avoir réfléchi, mais je doute que tu saches ce qui t'attend. Et ta famille ? Comment réagira-t-elle quand tu débarqueras accompagné d'un homme ?

Et tes amis ? Tu les imagines tolérants, mais comment peux-tu deviner leur réaction, une fois mis devant le fait accompli ?

Il se passa nerveusement une main dans les cheveux.

— Si tu crois que ce que tu fais au lit ne regarde personne, tu te trompes. A Los Angeles, c'est moins galère que dans une petite ville, je te le concède, mais je peux te dire que, même ici, l'homophobie se porte bien... Sincèrement, tu ne sais pas où tu mets les pieds. Fais-moi confiance : la vie est plus facile quand on est hétéro.

Keith s'assura que Jack avait terminé avant de lui répondre point par point :

— D'abord, ma famille ne s'apercevrait de rien si je débarquais avec un zébu en affirmant que c'est l'amour de ma vie. Mes parents ne s'intéressent qu'à eux-mêmes. En refusant de rejoindre l'entreprise familiale, j'ai confirmé tous leurs soupçons. Pour eux, je suis un extraterrestre. On s'aime bien, mais de loin. Une visite par an, ça nous suffit largement. Quant à mes amis, il faudra bien qu'ils s'y fassent. De toute façon, je pense être en mesure de supporter l'intolérance. Je suis avocat, souviens-toi. J'ai l'habitude d'être dénigré. Enfin, pour terminer, je te dirai que je ne suis pas totalement... dénué d'expérience en matière de... mecs.

A son grand désarroi, Keith se sentit rougir, ce qui ne l'empêcha pas de poursuivre bravement :

— Ça remonte à un bail, mais...

Jack l'observait, maintenant, avec grand intérêt.

— Ah oui ? Si vieux que ça ?

— C'était au collège… (toussotements)… Pas de quoi fouetter un chat, en vérité. Deux copains. Des histoires sans importance. Enfin, c'est ce que je croyais… Le week-end. Pas de copine et rien de mieux à faire. On s'est amusés entre nous, trois ou quatre fois. Je ne m'en suis pas inquiété. Je pensais que tout le monde faisait ça.

Jack le dévisageait, incrédule.

— Oui, on était jeunes. C'est le moment ou jamais de faire des expériences, non ?

— Je ne sais pas comment te dire ça, mais…

— Ouais, je sais. Luke m'a déjà laissé entendre que je surestimais l'esprit d'aventure des collégiens.

— Parce que tu en as parlé à Luke ?

— Hier soir, entre deux verres de tequila.

— Et qu'est-ce que… Comment il a réagi ?

Keith regarda Jack attentivement, et comprit que la question était cruciale pour lui. Jack n'était pas seulement curieux de connaître l'opinion de Luke sur le brusque changement d'orientation sexuelle de son ami ; il voulait surtout savoir ce que Keith avait retiré de ses aveux.

— Il a dit que c'était bizarre, qu'il ne fallait pas que tu me voies en slip de bain, et il a reconnu que tu avais de belles fesses.

Jack resta d'abord bouche bée, puis finit par bredouiller :

— Toi alors ! En matière de coming out, tu ne fais pas semblant !

— Pourquoi je ferais semblant ? Ça n'aurait aucun sens.

Moment de vérité. Keith se risqua à prendre le poignet de Jack. Un pas suffit à couvrir la distance qui les séparait. Jack l'observait, vaguement méfiant, mais il ne recula pas. Peut-être que… avec un peu de chance…

Cette fois, il eut tout loisir de goûter leur baiser, de l'apprécier. Les différences étaient toujours là : les muscles fermes au lieu des tendres courbes, l'after-shave au lieu du parfum… mais c'était bon. Vraiment bon.

Il s'attendait à entendre des sirènes, des haut-parleurs clamant que Keith Richard Lundquist, diplômé de Harvard, avocat au Barreau, venait d'embrasser un homme. Mais aucun tremblement de terre ne survint. Aucun cataclysme. La planète ne bascula pas sur son axe, la foudre ne s'abattit pas sur lui. Au contraire, il se sentait parfaitement bien. Autre, mais bien. C'était nouveau, mais il s'y habituerait. Il ne demandait qu'à s'y habituer.

— Tu es sûr de savoir ce que tu fais ?

— Non. Mais je découvrirai en route.

Jack posa le front contre celui de Keith, et dit en riant :

— Je vais finir par le regretter, pas vrai ?

— J'espère bien que non, répondit Keith avec sincérité.

*
* *

Prendre une cuite était une erreur. Non seulement il s'était réveillé la joue collée au cuir du canapé, avec la bouche pâteuse et des cow-boys dans la tête, mais il avait perdu son temps, et dépensé de l'argent bêtement en mauvais whisky. Bénéfice net : zéro.

Luke referma sa messagerie électronique, baissa les paupières, et fit de lentes circonvolutions du cou pour soulager les dernières tensions de son dos. L'après-midi était bien entamé. Des doses régulières de café et d'aspirine avaient éliminé le pire de sa gueule de bois, mais pas le dégoût qu'il avait de lui-même.

Qu'imaginait-il donc ? Que quelques verres suffiraient à lui faire oublier qu'il allait être père ? Que ses problèmes étaient solubles dans l'alcool et qu'il se réveillerait en sachant exactement quelle conduite tenir face à sa femme ? Tout ce qu'il y avait gagné, c'était une gueule de bois phénoménale. Il s'était levé trop tard et avait manqué son premier rendez-vous. Sa vie lui échappait, il en perdait le contrôle. Alors que ce mariage devait, justement, lui permettre de garder fermement les rênes en main. Keith avait vu juste : Cat était un pied de nez à son grand-père.

Quant à son ami Keith… Une fausse note de plus dans la cacophonie ambiante. Luke recula son siège, se tourna vers la fenêtre pour contempler la vue de Los Angeles. Keith et Jack. Keith *en couple* avec Jack. La nuit dernière, dans les brumes du whisky, l'idée lui avait semblé vaguement bizarre. A présent, il trouvait que cette bizarrerie dépassait les bornes. Cependant, il n'en éprouvait aucune émotion particulière. Jamais il ne s'était mêlé de la vie sentimentale de Keith, et il n'allait pas commencer sous prétexte que son vieil ami sortait avec un homme.

Certes, ça lui ferait tout drôle si Keith et Jack se tenaient par la main et roucoulaient comme des tourtereaux, mais il en avait vu d'autres. S'il s'était habitué à ce que sa gouvernante ressemble à Vampirella, il s'habituerait à voir Keith et Jack se conduire comme des jeunes mariés. Du moins avait-il de la sympathie pour Jack, alors que les compagnes de certains de ses amis lui tapaient franchement sur les nerfs…

Il secoua la tête pour chasser de ses pensées Keith et son brusque revirement sexuel. Il y réfléchirait plus tard ; il avait des problèmes plus pressants à résoudre. Ce matin, quand il était sorti chancelant de la bibliothèque, Cat avait déjà quitté la maison. Que pensait-elle du fait qu'il soit rentré à 2 heures du matin et qu'il ait dormi sur le canapé du salon ? Mystère. Il s'était dit et répété que, de toute façon, cela ne la regardait pas puisque leur mariage n'en était pas un. Seulement, malgré tous ses efforts, il ne parvenait pas à s'en convaincre. Sa conscience faisait des siennes.

Le problème tenait à ce que leurs relations n'étaient pas celles qui relevaient habituellement d'un contrat. Ils formaient un couple, un vrai. Voilà ce qui l'avait poussé à prendre une cuite : il se sentait bel et bien marié. Pas uniquement à cause de l'enfant. Il avait soudain pris conscience que, toute grossesse mise à part, des liens s'étaient tissés entre eux. Il ne s'était pas contenté d'installer Cat chez lui : il lui avait ouvert sa vie. Elle avait congédié sa gouvernante, tenu tête à son grand-père, discuté avec lui des mérites comparés de Buster Keaton et des Marx Brothers, et elle l'avait fait rire plus que personne au monde.

Luke s'aperçut qu'il serrait les poings, et s'obligea à se détendre. Cet état de confusion mentale l'irritait au plus haut point. Lorsqu'il avait décidé de céder au chantage de son grand-père, son plan d'action était très simple : épouser une femme qui déplairait au vieux, et garder ses distances avec elle pendant la durée du contrat. Pris à son propre piège, il avait lamentablement échoué sur les deux tableaux. Nick avait, à présent, de la sympathie pour Cat, et lui, il s'y était bien mal pris pour garder ses distances. Il n'aurait jamais dû dormir dans le même lit que Cat ni se montrer partout en sa compagnie. Mieux encore, il n'aurait pas dû l'épouser. Car Cat n'était pas le genre de femme que l'on tient à distance.

En fin de compte, il regrettait presque de ne pas avoir épousé Devon. Elle l'aurait exaspéré, mais, en serrant les dents, il aurait tenu le coup. Devon avait pour elle l'avantage d'être prévisible. Contrairement à Cat qui le menait de surprise en surprise.

La sonnerie de l'Interphone l'interrompit dans ses réflexions. Distraction bienvenue. Pourvu qu'une crise grave vienne l'arracher de force à ce cercle vicieux !

— Mlle Kowalski est ici, monsieur Quintain.

Hmm. Quand on parle du diable…

— Je la reçois immédiatement, Sharon.

Devon entra presque aussitôt, vêtue d'un tailleur bleu pervenche. Une couleur qui lui allait bien et qu'elle portait souvent. Jupe étroite et courte, à la limite de la décence, veste cintrée, décolleté légèrement plongeant. Des bas couleur chair et des sandales coquille d'œuf complétaient l'ensemble à la fois chic et sexy.

— J'espère que je ne te dérange pas en débarquant à l'improviste !

— Si c'était le cas, je n'aurais pas dit à ma secrétaire de te faire entrer.

« Ravissante », songea Luke en l'examinant d'un œil critique. Elle ressemblait aux jeunes filles sur les boîtes de chocolats d'autrefois. Cheveux clairs, teint clair, peau de pêche, grands yeux bleus. Fragile et féminine. Bon, elle était également cupide, intéressée, superficielle et sotte, ce qui, précisément, la rendait prévisible. Pas de surprises avec Devon ; aucune profondeur, pas de dédale souterrain ni de cheminements cachés.

— Je voulais juste te remercier, une fois encore, de la *confiance* que tu m'as faite en m'offrant ce travail.

— Tu es une bonne décoratrice, répondit-il, laconique.

— Oh ! comme je suis *heureuse* que tu ne sois pas fâché !

Des larmes scintillèrent un moment dans ses yeux, puis elle les chassa d'un battement de paupières.

— Je m'en suis *tellement* voulu de t'avoir abandonné sans prévenir ! C'était vraiment *injuste* de ma part.

— Tu m'as laissé un mot, lui rappela Luke.

Les lèvres de Devon se pincèrent brièvement avant de se retrousser en un charmant sourire.

— Je suis touchée de ta compréhension, Luke. Quand je pense que j'aurais pu *briser* ta vie, te *ruiner*.

— C'était un contretemps fâcheux, mais ni ma vie ni mes finances n'en étaient menacées... Je t'offre quelque chose à boire ?

— Un Perrier, si tu en as.

Luke se souvint de Cat, le premier soir, de la manière dont elle fronçait le nez de dégoût, à l'idée de boire de l'eau pétillante.

— Je ne vois pas ce que le Perrier a de drôle, dit Devon.

Et il s'aperçut qu'il restait planté là à sourire aux anges. Exaspérant. Il ne se passait pas deux minutes sans que quelque chose le ramène à Cat !

— Rien. Je repensais à Cat qui prétend que l'eau gazeuse a goût de médicament.

Devon ne manifesta pas la moindre irritation. Elle eut une petite moue vaguement indulgente, et répondit :

— Ça ne m'étonne pas. Cat est une brave fille, mais sans la moindre sophistication.

Ignorant cette pique, Luke invita la jeune femme à s'asseoir, et alla prendre deux bouteilles de Perrier dans le minibar. Devon s'installa sur le canapé et croisa les jambes, ce qui fit encore remonter sa jupe. Jolies jambes, songea Luke, mais moins spectaculaires que celles de Cat, longues à n'en plus finir, avec des muscles fermes et fuselés qui donnaient à un homme toutes sortes d'idées… Et zut ! Cat, Cat, Cat ! Ne plus penser à elle.

Furieux contre lui-même, il compensa par un sourire un peu trop chaleureux.

— Pas de glace, c'est bien ça ?

— Comme c'est *touchant* ! Tu t'en *souviens* !

En lui prenant le verre des mains, elle s'arrangea pour effleurer ses doigts, et plongea les yeux dans les siens avec toute l'intensité dramatique dont elle était capable.

Luke demeura affable, sans plus. Avec un regard lourd de promesses, elle tapota la banquette, l'invitant à s'installer à côté d'elle, mais Luke préféra s'asseoir sur la table basse. Il aurait dû choisir le gros fauteuil en coin, à distance raisonnable. Elle avait une idée derrière la tête, et il ne tenait pas à l'encourager dans cette voie.

— J'étais *si inquiète* quand j'ai appris que tu avais épousé Cat, déclara-t-elle avec gravité. Ne te méprends pas : je ne dirai pas de mal d'elle. Je l'aime comme une *sœur*, Luke. Mais elle est si *jeune*, si *romantique* ! Je craignais qu'elle se fasse des illusions.

— Des illusions ?

Cat ne s'illusionnait sur rien. Elle prenait la vie comme elle venait. Avec ses bons et ses mauvais côtés.

— Voyons, Luke, tu me comprends *parfaitement*.

Devon se pencha en avant, lui donnant une vue de premier plan sur sa poitrine. Pas mal, mais pas aussi renversant que l'apparition de Cat nue sous son manteau. Ça, c'était un cadeau d'anniversaire qu'il n'était pas près d'oublier ! Zut, zut et zut ! Voilà qu'il recommençait. Pourquoi diable ne parvenait-il pas à bannir Cat de son esprit ? Il avait devant lui une jolie femme consentante qui s'offrait comme sur un plateau, et il ne pouvait s'empêcher de penser à son épouse. Non pas à cause des vœux qu'il avait prononcés mécaniquement, mais à cause de sa personnalité trop attachante. C'était rageant.

— Je suis inquiète pour Cat, poursuivait Devon. Je ne voudrais pas qu'elle *souffre*. Mais je t'avoue que je me fais surtout du souci pour toi.

— En général, je tiens le coup.

Il but une gorgée de Perrier, grimaça et posa son verre. Cat avait raison : ce truc était infect. Non seulement elle avait viré sa domestique qui était une perle, mais elle allait l'obliger à changer d'eau minérale…

Voyant qu'elle n'avait pas toute son attention, Devon posa une main sur son genou. Dans la seconde, il oublia le goût médicamenteux du Perrier et les problèmes qui en découlaient pour reporter son attention sur la mignonne petite main dont le contact le brûlait à travers l'étoffe de son pantalon. Il ne savait plus ce qu'il éprouvait. Un mélange de colère, de désir, de frustration, de culpabilité, le tout assaisonné d'un soupçon de défi. Il releva les yeux, s'attarda sur la poitrine de sa visiteuse, et se demanda ce qu'elle portait sous cette petite veste ajustée.

— Je ne voudrais pas que tu te sentes des *obligations*… Envers Cat, j'entends. Face à une grossesse inattendue, beaucoup d'hommes se croient des devoirs et cèdent à la pression.

Luke ne savait que penser. Devait-il se vexer qu'elle le crût capable de tourner le dos à son propre enfant, ou la féliciter de le connaître si bien ? Car c'était bien ce qu'il envisageait de faire, non ? Sans culpabilité excessive. Il n'avait jamais voulu ça. Ce n'était pas au programme. Même s'il était tenté — et il ne l'était pas —, il ferait un père déplorable.

— Tu aurais tort de céder, Luke. Ce serait une *grave* erreur.

Sa main rampait doucement vers le haut de sa cuisse, tandis qu'elle poursuivait :

— Je voulais seulement que tu saches que je suis là pour toi.

Luke observa la main de Devon, puis releva les yeux vers son visage. La convoitise brillait dans son regard. Oh ! elle n'était pas bien subtile, mais il devait lui accorder quelques points pour le culot ! Elle savait ce qu'elle voulait et allait droit au but. Sans même y réfléchir, il la saisit par le col de sa veste et la tira vers lui, au point que leurs genoux se touchaient. Les yeux bleus de Devon s'arrondirent, et la convoitise s'en retira, chassée par la surprise.

— Tu proposes de me consoler, c'est ça ?

Etranger à lui-même, il reconnut à peine sa propre voix. Elle était dure, trop forte, mais Devon ne parut pas le remarquer. Elle se passa lentement la langue sur les lèvres.

— Si c'est ce que tu veux…

Ce qu'il voulait avant tout, c'était reprendre le contrôle de sa vie. Il ne voulait plus penser, plus être ballotté par les émotions ni se creuser la tête pour tenter de savoir où et comment il avait perdu le nord.

— Tant que tout est bien clair entre nous, que ce n'est qu'une partie de jambes en l'air et rien de plus, pourquoi pas ? lança-t-il d'un ton brutal.

Pas de malentendus. Pas de grands yeux verts tout remplis d'espoir. Rien que deux adultes qui s'adonnaient au sexe pour assouvir une simple pulsion physique. Pas d'embrouillaminis émotionnels. Pas d'attaches.

Le visage de Devon s'était fait plus froid, calculateur. La poupée était moins jolie. Enfin, elle hocha la tête.

— Ça me va.

Sans se donner le temps de réfléchir, Luke agrippa la veste à deux mains, juste au-dessus des petits boutons de nacre. Les yeux bleus de Devon s'arrondirent de nouveau. Il tira deux coups secs, et hop, plus de boutons ! L'un d'eux rebondit sur la table et roula sur la moquette.

Elle en perdit le souffle, haletante d'excitation. Ses joues s'empourpraient, ses pupilles se dilataient, tandis qu'une petite voix s'efforçait d'avertir Luke que ce n'était pas ce qu'il voulait, que cette sottise ne résoudrait rien, qu'elle ne lui apporterait pas ce dont il avait besoin. Petite voix qu'il ignora.

De ses jolis doigts, Devon dégrafait sa chemise avec une habileté et une rapidité surprenantes. Il s'étonna vaguement qu'elle puisse faire si vite, malgré l'état d'excitation dans lequel elle se trouvait. Alors qu'elle s'attaquait à sa ceinture, il plongea la main dans son décolleté, et elle frissonna convulsivement avec un petit râle de plaisir, tandis qu'il s'efforçait de ne pas remarquer qu'elle était trop menue, trop fragile, que ses seins trop petits le décevaient un peu. Tant pis. Ne plus penser à rien, à personne. Vivre l'instant présent. Simplifier. Il fallait simplifier.

Il se leva, entraînant Devon avec lui, chercha l'attache de sa jupe, tandis qu'elle faisait glisser la fermeture Eclair de sa braguette. Il irait jusqu'au bout. Et il y prendrait plaisir. Aucune raison de se priver. Il n'avait pas pris d'engagement, il n'avait rien promis à personne…

Du coin de l'œil, il perçut soudain un mouvement, tourna la tête et vit Cat, debout devant la porte du bureau.

— Luke, je venais…

Elle s'interrompit net, blémit devant le tableau qui s'offrait à elle. Silence. Tout l'air semblait avoir disparu de la pièce. Puis le rire perlé de Devon brisa la tension ambiante.

— Dieu que c'est *gênant* !

17

De nouveau, Luke se sentit étranger à lui-même. Il avait l'impression de voir la scène de l'extérieur, avec les yeux de Cat — lui, débraillé, avec sa chemise ouverte, sa ceinture défaite, la fermeture Eclair de sa braguette à mi-course ; Devon quasi nue jusqu'à la taille, un sein partiellement recouvert par la dentelle de son soutien-gorge, et l'autre totalement offert. Le tableau ne laissait aucun doute sur la situation. Deux minutes de plus, et son humiliation aurait été complète. En un sens, il avait de la chance.

Cat leva vers lui un regard blessé, si douloureux qu'il en oublia le désordre de sa tenue. Tandis qu'elle restait là à le dévisager, il se préparait mentalement à affronter l'inévitable débordement d'émotion qui allait suivre. Il s'attendait à ce qu'elle fonde en larmes, se répande soudain en un flot de reproches. Mais elle se retourna et s'en fut sans un mot, en refermant doucement la porte derrière elle.

Muet de stupeur, désorienté, Luke regardait le battant sans même le voir, la tête vide de toute pensée.

— Pour une surprise, c'en était une ! lança Devon dans le silence.

Au prix d'un effort, Luke s'obligea à la regarder. Elle avait rentré son sein vagabond dans le bonnet de son soutien-gorge, mais ne cherchait pas à se couvrir de sa veste aux boutons arrachés. Les joues encore en feu, les cheveux en désordre, elle arborait un petit sourire satisfait qui provoqua chez Luke une réaction de dégoût. Heureusement qu'il ne l'avait pas embrassée !

C'est ça, félicite-toi : tu as tout lieu d'être fier ! Tu ne l'as pas embrassée, donc le reste ne compte pas. Et quoi encore ? Qui espères-tu tromper ?

Brusquement, il redevint lui-même, retrouva ses esprits et la conscience aiguë d'avoir commis une faute. D'une main tremblante, il resserra les pans de sa chemise, puis entreprit de la boutonner.

— Tu ne veux donc pas finir ce que nous avions commencé ? lui demanda Devon avec une moue boudeuse.

Luke réprima un frisson. L'idée lui répugnait au point qu'il se sentait menacé d'impuissance à vie.

— Il faut que j'y aille, dit-il sans autre explication.

Voyant sa chance tourner, Devon cessa de jouer les séductrices frustrées pour se couler dans le rôle d'amie attentionnée.

— Tu sais, Luke, au fond, c'est peut-être préférable. Ni toi ni moi ne voulions faire souffrir Cat, mais autant qu'elle connaisse toute la vérité sur *nous*.

— Sur nous ?

Luke leva les yeux vers elle et reprit :

— Il n'y a pas de *nous*, Devon. Il n'y a jamais eu de nous. Si nous étions allés jusqu'au bout, tout à l'heure, ça n'aurait été qu'une séance de baise entre deux portes, et rien de plus. Tu étais prévenue.

Les traits de Devon se crispèrent en une expression qui n'avait rien de joli.

— Je suppose que, maintenant, tu vas courir la chercher pour te faire pardonner ? Eh bien, tu perdras ton temps : elle va refuser de t'écouter.

— Tu te trompes : elle m'écoutera.

Il acheva en hâte de rajuster sa mise, puis alla ouvrir le placard et en sortit une chemise qu'il tendit à Devon, sans même la regarder. Elle n'existait plus, il ne la voyait plus. Seule la douleur de Cat et sa détresse criante lui importaient.

— Mets ça. Tu m'adresseras la note quand tu auras remplacé ce tailleur.

— C'est tout ? s'exclama la jeune femme, furieuse. Tu me jettes dehors ?

— Reste ici un moment, si ça te chante, répliqua-t-il distraitement.

Ses clés. Il lui fallait ses clés. De la main, il tâta sa poche. Bon, il les avait sur lui.

— Ah ! c'est comme ça ! gronda Devon. Eh bien, file, va te vautrer à ses pieds et te répandre en excuses ! Si elle te crache au visage, tu ne l'auras pas volé. Et ne compte pas sur moi pour te consoler, parce que c'est terminé.

— Très bien, dit Luke, indifférent.

Et il la planta là, muette de stupeur.

Cat se sentait étrangement calme. Trop calme. Sachant que les apparences pouvaient être trompeuses, elle conduisait avec la plus grande prudence, ralentissait aux feux, vérifiait qu'ils étaient bien verts avant de s'engager, surveillait la signalisation et les priorités avec une attention redoublée. Elle guettait aussi les piétons suicidaires et les chauffeurs distraits qui tenaient leur portable collé à l'oreille, de sorte que Ruthie et elle arrivèrent à bon port.

Parvenue devant le garage, elle coupa le moteur. L'étrange sentiment de calme qui ne l'avait pas quittée mettait une distance entre le monde et elle, ce qui, finalement, était bien agréable. En souhaitant que la bulle ne crève pas trop vite, elle pénétra dans la maison déserte. Merry suivait sa formation, et ce n'était pas le jour de Consuela. Un excellent concours de circonstances qui lui évitait d'avoir à donner des explications. Cat monta directement à l'étage, prit sa valise dans le placard du couloir avant de gagner la chambre. Elle n'avait pas réfléchi à l'avenir, mais l'idée de partir lui semblait judicieuse.

Sa vieille valise de cuir noir avait vu des jours meilleurs et survécu à bien des déménagements. Naomi l'avait achetée d'occasion dans le Tennessee, pour transporter toutes les affaires de Cat qui, à l'époque, aurait presque pu s'y faire un lit. Hélas ! elle n'avait plus cinq ans et, malgré sa grande capacité, la fidèle valise ne suffirait pas à contenir sa garde-robe.

Cat ouvrit la penderie, entreprit de décrocher les vêtements de leurs cintres. Elle décida alors de n'emporter que le nécessaire et de revenir plus tard chercher le reste.

En tirant sur la manche d'un chemisier, elle songea qu'elle pouvait aussi bien s'en aller sans rien prendre. Naomi aimait à répéter que les gens se laissaient posséder par les objets s'ils n'y prenaient pas garde. Et Cat songea qu'au fond, elle n'avait aucun besoin de ces tenues. Rien ne l'empêchait de partir les mains vides, et de refermer la porte sur toute cette partie de sa vie. Mais c'eût été un départ trop flamboyant, trop théâtral. Elle ne visait pas le drame. Elle s'en allait, sans plus.

La valise était presque pleine quand elle entendit la porte d'entrée s'ouvrir. Ses doigts se crispèrent sur les dessous de dentelle qu'elle prélevait de la commode. Elle s'était demandé si Luke la suivrait, ou s'il resterait au bureau pour… finir ce qu'il avait commencé. Son secret espoir de s'éclipser sans le revoir s'évanouissait, mais, au fond, c'était mieux ainsi. Une franche explication lui éviterait le souci de rédiger une lettre. Tout serait clair, et elle partirait la conscience tranquille. Oui, c'était préférable.

Elle sortait de la salle de bains avec sa trousse de toilette quand Luke s'encadra dans la porte de la chambre. Elle posa la trousse sur le lit, examina le contenu de la valise pour s'assurer qu'elle n'oubliait rien d'important.

— Dramatique en diable ! lança Luke sèchement.

Cat releva les yeux sur lui, puis se détourna. Sa brosse. Où était sa brosse à cheveux ? Elle ne se rappelait pas l'avoir vue dans la salle de bains. Les flacons cliquetèrent, tandis qu'elle remuait le contenu de sa trousse. Pas de brosse. Elle s'en était pourtant servie, ce matin. Où l'avait-elle donc posée ?

— Dès que je serai installée, je te communiquerai mes nouvelles coordonnées, dit-elle en parcourant la pièce du regard.

— Tu t'en vas comme ça ? Sans même discuter ?

La voix de Luke trahissait sa colère. Intéressant. C'était plutôt à elle d'être furieuse, non ?

— Je passerai chercher le reste de mes affaires plus tard. A moins que Consuela les prépare et que tu me les fasses porter.

La coiffeuse. Elle avait laissé sa brosse sur la coiffeuse, naturellement.

— Et notre contrat, alors ? Un an de mariage ferme et tu touches une coquette somme. Ça ne te rappelle rien ?

— Si, bien sûr.

Ayant retrouvé sa brosse, Cat tourna le dos à la coiffeuse pour faire face à son mari. Elle s'étonna alors de constater que cela ne lui coûtait pas. Il se tenait devant la porte, les jambes légèrement écartées, les mains dans les poches et les cheveux en désordre. Comme s'il les avait ébouriffés de la main… mais on l'avait peut-être fait pour lui. Cette dernière pensée fit naître des images que la jeune femme s'efforça de refouler en baissant les yeux.

— Alors, tu as l'intention de rompre le contrat ?

Le ton accusateur de Luke eut pour effet de renforcer le mur de calme qui l'enveloppait et la protégeait.

Il fit une brève pause. Puis il reprit :

— Je croyais que tu tenais, toi aussi, à sauver les vignobles.

Elle regagna le lit, rangea la brosse dans sa trousse de toilette.

— Tu sais aussi bien que moi que Nick ne vendra jamais *Maiden's Morning*.

— Et s'il le faisait ?

— Dans ce cas, tu pourras sans doute faire une proposition pour racheter la propriété, comme n'importe qui. Si tu tenais tant à le battre à son propre jeu, tu aurais dû commencer par là.

Elle paraissait sereine. Un peu distraite aussi. Comme si une part de son attention était ailleurs. Luke, qui ne s'attendait pas à ça, s'en trouvait déstabilisé. Durant le trajet, il avait préparé plusieurs discours pour se justifier et même s'excuser. Mais il n'y avait pas de justification possible à la scène qu'elle avait interrompue dans le bureau. Il s'était mal conduit. Un homme marié ne folâtrait pas avec une ex-maîtresse derrière le dos de sa femme.

Il avait imaginé divers scénarios : Cat, éplorée,

pleurant comme une fontaine ; Cat, furieuse, hurlant sa rage, lui lançant les oreillers à la tête ou brisant un vase contre le mur ; Cat se murant dans le mutisme et refusant de lui parler… Il avait tout envisagé, sauf ce calme déroutant.

Imperturbable, elle bouclait tranquillement sa valise, jetait un dernier coup d'œil à la pièce, comme si elle quittait une simple chambre d'hôtel. Il ne savait que faire, que dire. Pire encore : il doutait qu'elle lui prête la moindre attention.

— Si tu veux, je dirai à ton grand-père que c'est moi qui ai décidé de partir.

Elle passa le sac de toile contenant ses articles de toilette en bandoulière, se pencha pour saisir sa valise.

— A moins que tu préfères ne pas le mettre au courant. De toute façon, je doute fort qu'il s'aperçoive que nous ne vivons plus ensemble.

Elle ne lui donnait aucune prise, ne lui tendait pas la moindre perche pour qu'il s'explique. Elle semblait presque ignorer sa présence, ce qui lui ôtait toute chance de s'excuser.

— Rien ne t'oblige à partir, dit-il finalement.

Il vit ses doigts se crisper sur la poignée de la valise. Enfin un signe d'émotion !

— Au contraire, je n'ai pas le choix.

— Cat, ce que tu as surpris…

— Non.

Ce seul mot, et la douleur intense qui passa comme l'éclair dans ses prunelles d'émeraude lui imposèrent le silence. Cela n'avait duré qu'une fraction de seconde, mais jamais il n'oublierait ce regard. Jamais il n'oublierait qu'il l'avait blessée.

— Non, répéta-t-elle à voix basse.

— Cat...

— Qu'est-ce que tu veux me raconter, Luke ? Que ce n'était pas ce que je croyais ? Que tu jouais au docteur avec Devon ? Que tu n'avais pas l'intention de coucher avec elle ?

La voix était cinglante, sarcastique, mais, dans son désespoir, elle espérait presque l'entendre nier les faits, fournir une explication plausible à la présence de Devon à demi nue entre ses bras. Elle s'en accommoderait ; elle vivrait avec le mensonge, comme beaucoup d'autres.

Luke serrait les dents. Jamais ses yeux n'avaient été plus froids, son attitude plus distante.

— C'était exactement ce que tu imaginais, déclara-t-il finalement.

Cat sentit le calme qui l'habitait la quitter sous le choc.

— Mais il ne s'est rien passé.

— Pour la simple raison que je vous ai interrompus. Tu n'as été fidèle que par accident. Ça ne compte pas.

Munie de sa valise, elle s'avança jusqu'à la porte et contourna Luke pour sortir.

— Je t'avais prévenu que je ne partageais pas.

Elle s'en allait pour de bon. Et dire qu'il s'était imaginé qu'elle était amoureuse de lui ! Si elle l'avait été, elle ne serait pas partie comme ça, sans entendre ses explications, aussi mauvaises soient-elles. Il se sentait coupable, mais sa rage l'emporta sur tout le reste, sans lui donner le temps de réfléchir.

— Si tu t'en vas, notre accord tombe à l'eau. Je considère que tu as rompu le contrat, et l'argent te passe sous le nez.

Cat s'immobilisa, raide comme un piquet. Lentement, elle se retourna, tandis que Luke goûtait une victoire amère. C'était donc ça. L'argent ! Depuis le début, tout n'était qu'une histoire de gros sous. Son rictus cynique s'effaça dès qu'il vit les lèvres de la jeune femme trembler et des larmes brouiller son regard.

— Tu n'as jamais rien compris, hein ?

Sa voix brisée, rauque d'émotion contenue, se fit plus forte, plus assurée à mesure qu'elle parlait :

— Je m'en fiche, de ton argent. Je n'en ai jamais voulu. Sais-tu seulement pourquoi je t'ai épousé ? C'est parce que je t'aimais. Aussi bête que ça puisse paraître, je pensais qu'avec le temps, tu éprouverais peut-être des sentiments pour moi. Je me trompais.

Elle marqua une pause, inspira profondément, puis libéra lentement son souffle. Une larme roula sur sa joue.

— Ce n'est pas grave. J'ai pris le risque, j'ai joué le tout pour le tout, et j'ai perdu. Je m'en remettrai.

— Cat, je..., commença-t-il.

Pour lui dire quoi ? Qu'il regrettait de la faire souffrir et que ce n'était pas son intention ? Que l'amour n'était pas prévu dans leur accord ?

Avant qu'il ait pu mettre son discours au point, elle conclut :

— Ce qui me rend malade, c'est d'être tombée amoureuse d'un crétin de ton espèce.

Elle s'avança vers lui, furieuse malgré ses larmes, si menaçante que Luke dut réprimer un mouvement de recul.

— Quant à ton argent, tu peux le garder, jusqu'au dernier dollar.

Sans attendre la réponse, elle pivota sur ses talons et quitta la pièce. Figé sur place, Luke écouta le claquement de ses sandales dans l'escalier, puis la porte d'entrée se refermer doucement. Il aurait préféré qu'elle la claque. Une bonne exclamation au lieu d'un point final. Ce léger clic de la serrure avait quelque chose de terrible. De définitif.

Dans le silence qui suivit, il resta longuement immobile, à écouter l'écho du vide qui l'entourait.

18

Luke avait longtemps vécu seul. Etudiant, il avait acheté un petit appartement dans une résidence de Sunset Boulevard avec l'argent d'un legs laissé par son père, et il se rendait en voiture à UCLA pour assister aux cours. Cet achat avait été son premier investissement dans l'immobilier. Six ans plus tard, lorsqu'il l'avait revendu, au terme de ses études, l'appartement avait doublé de valeur.

Plus jeune, quand il habitait chez ses parents, il était, le plus souvent, livré à lui-même. Entre la vie sociale agitée de ses parents à Los Angeles, leurs séjours de ski à Aspen, de plongée à St Thomas, et leurs fréquentes expéditions de shopping à New York ou à Paris, Luke les voyait rarement, et ils n'avaient guère de temps pour lui.

Ce mode de vie lui convenait. Il allait et venait à sa guise, sans avoir à rendre de comptes. S'il désirait manger des biscottes au lit, personne ne venait se plaindre des miettes et, s'il voulait peindre en violet les murs de sa chambre, il n'avait pas à justifier son choix.

Vivre seul, c'était l'indépendance, la liberté, un luxe qu'il appréciait.

Du moins, jusque-là.

Il crispa les mains sur le volant, tout en fixant le mur de béton du parking. Il habitait sa demeure des collines depuis près de dix ans, et Cat y avait vécu huit mois. En toute logique, à son départ, le lieu aurait dû retrouver son atmosphère d'origine, redevenir son « chez lui », mais elle l'avait marqué de sa présence. Bizarrement, le calme et le silence avaient perdu de leur magie. Les pièces semblaient étrangement vides, et ce désert lui pesait. Son bureau ne valait guère mieux. Au gré de ses humeurs, il se souvenait de Cat arrivant à l'improviste pour son anniversaire, en sous-vêtements sexy sous son long manteau vert, ou bien il revoyait son regard douloureux lorsqu'elle l'avait surpris avec Devon. Impossible de trouver la paix dans ces conditions.

En l'espace de quelques mois, elle l'avait marqué à jamais, semblait-il.

Il était là, les yeux fixés sur le mur de béton, comme un imbécile, en se demandant où il pourrait bien aller pour ne plus penser à sa femme.

Et merde ! Autant l'admettre, elle lui manquait. Elle était partie depuis trois semaines, et le vide qu'elle laissait derrière elle le hantait. Sans parler des remords qui le rongeaient. Il s'était conduit comme le pire des goujats, dès l'instant où il avait appris qu'elle était enceinte. Il devait des excuses à Cat. Des excuses sérieuses. Elle les lui renverrait sans doute au visage, mais il ne méritait pas mieux.

Il s'était lourdement trompé à son sujet et, s'il était besoin d'une preuve supplémentaire, il avait retrouvé, ce matin, le chéquier de la jeune femme abandonné au fond d'un tiroir ayant contenu de la lingerie. Elle n'avait utilisé qu'une petite dizaine de chèques et, si le solde inscrit au bas du dernier talon était juste, elle avait à peine touché aux sommes qu'il versait chaque mois sur son compte.

Planté devant la commode, Luke avait inspecté les talons couverts de son écriture en pattes de mouche. Il s'était dit qu'elle écrivait mal, qu'elle avait laissé le chéquier parce qu'elle se moquait de l'argent, et aussi qu'elle l'avait épousé par amour.

Elle l'aimait. Et, à présent, elle se trouvait quelque part à Los Angeles, enceinte et seule, avec pour toute possession sa ridicule Volkswagen qui peinait dans les côtes et une vieille valise pleine de vêtements.

Sans aucun doute, il avait commis une erreur grossière et, sans connaître les détails, tout le monde s'ingéniait à le lui rappeler. Merry se moquait de lui quand leurs chemins se croisaient ; Consuela le foudroyait du regard et marmonnait en espagnol des paroles incompréhensibles. Son grand-père lui-même le jugeait responsable de la rupture.

Une semaine après le départ de Cat, il s'était rendu chez Nick pour l'avertir de leur séparation et le mettre au défi de vendre *Mainden's Morning.* En apprenant la nouvelle, le vieux bouc l'avait dévisagé, visiblement catastrophé.

— Qu'est-ce que tu lui as fait, pour qu'elle s'en aille ?

Cette accusation à peine voilée avait exaspéré Luke qui se sentait déjà assez coupable comme ça.

— Qui te dit que c'est ma faute ?

Avant que Nick ait eu le temps de répondre, Luis leur apportait du café et des petits gâteaux dans la bibliothèque.

— Vous vous disputez déjà ? Ce n'est pas bien raisonnable. Il faudrait un arbitre en permanence pour maintenir la paix entre vous deux.

Il servit Nick en premier, puis se tourna vers Luke.

— J'ai mis quelques gâteaux dans une boîte pour ton épouse. Je sais qu'elle a un faible pour ceux-là. Ils sont au beurre de cacahuètes.

— Autant les jeter aux cochons, grommela Nick avec humeur.

— Nous n'avons pas de cochons, répliqua posément Luis. Mais, si vous en voulez, je pourrai m'en procurer auprès de mon cousin de Corona. Il a une ferme...

— Elle n'est plus là, interrompit le vieux Nick. Catherine est partie : elle l'a plaqué.

Stupéfait, Luis restait là, bouche bée, une tasse à la main, le plat de gâteaux dans l'autre. Luke attendait l'inévitable flot de questions et les témoignages de sympathie tout aussi inévitables. Il pouvait compter sur Luis pour prendre son parti et compatir à son malheur...

— Cat est partie ? répéta finalement le vieux domestique. Qu'est-ce que tu as encore fait ? Qu'est-ce que tu lui as dit ?

Pris au dépourvu, Luke ne sut que répondre.

— Eh bien, euh... Je... Mais enfin, pourquoi faut-il que tout le monde pense que c'est ma faute ?

— Parce que le dernier des imbéciles aurait vu que cette petite était folle de toi, rétorqua Nick d'un ton cassant.

Luis approuva vigoureusement de la tête, et renchérit :

— Parfaitement. Quand elle te regardait, elle avait des étoiles dans les yeux, et je me disais que tu étais un sacré veinard.

— Mais ce n'était pas un vrai mariage ! protesta Luke. C'était... Bref, vous savez tous les deux pourquoi je l'ai épousée.

Doux Jésus ! Etait-il donc le seul à ne pas s'être aperçu que Cat l'aimait ?

En proie à une soudaine tension, il faisait les cent pas devant la cheminée. Enfin, il s'arrêta, posa sur son grand-père un regard orageux.

— C'est toi qui m'as contraint à faire ce mariage !

— Balivernes ! Ne rejette pas la faute sur moi, s'il te plaît. Tu t'es fiancé à Devon parce qu'elle me déplaisait, mais tu as épousé Cat parce que tu le voulais bien.

— Je ne voulais pas me marier ! s'écria Luke, furieux. J'ai cédé pour que tu ne vendes pas *Maiden's Morning.*

Il pointa vers son grand-père un index accusateur, et ajouta :

— C'est toi qui as provoqué ce désastre, avec ton chantage.

Nick repoussa sa chaise et se leva pour lui faire face. Ils se mesuraient du regard, par-dessus la table, tandis que Luis les observait, les bras croisés sur la poitrine. L'air autour d'eux vibrait de tension.

— En supposant que j'aie mis en vente les vignobles, tu aurais très bien pu me les racheter, comme n'importe qui.

Luke se sentait accablé. C'était l'évidence même, mais à cause de son désir obsessionnel de se mesurer au vieux bouc, il n'y avait même pas pensé.

— Que s'est-il passé avec Catherine ? reprit Nick d'un ton péremptoire. Tu penses pouvoir arranger ça ?

Luke eut un vague haussement d'épaules. Il se sentait bien déprimé. Rien n'allait comme il le souhaitait, et c'était sa faute. Il serait mort vingt fois plutôt que d'avouer à son grand-père la raison du départ de Cat, tant il avait honte de l'épisode qui avait eu lieu avec Devon. Mieux valait passer à l'attaque, changer de sujet.

— Qu'est-ce que tu comptes faire de *Maiden's Morning* ?

— Rien. Les vignobles sont à toi. Et maintenant, tu vas me dire ce qui s'est passé avec Catherine.

Luke n'en croyait pas ses oreilles. Après tant de manipulations, après le chantage au mariage, le vieux bouc lui offrait la propriété sur un plateau ? Ça ne tenait pas debout.

Bizarrement, une image de Cat surgit dans son esprit : il la revit dans son bureau, quand elle l'avait surpris avec Devon, avec ce regard douloureux à fendre l'âme. Certes, il l'avait cruellement blessée, mais il ne pouvait s'empêcher de penser que son grand-père était en partie responsable de sa souffrance. S'il ne s'était pas amusé à contrôler la vie des autres… Diable, il allait être papa à cause du chantage de Nick ! Même si son entêtement à battre le vieux bouc sur son propre terrain y était aussi pour quelque chose, c'était Nick qui avait mis la machine en marche.

— Je veux les papiers demain matin à mon bureau, déclara-t-il avant de se diriger vers la porte.

Il ignora les cris de Nick qui lui ordonnait de revenir et les commentaires de Luis sur leurs caractères de cochon.

A présent, *Maiden's Morning* lui appartenait jusqu'au dernier fût de chêne. Luke n'avait pas reparlé à son grand-père, depuis cette visite. Il irait le voir plus tard. Pour le moment, il lui en voulait, mais ça passerait avec le temps. Le vieux pouvait bouillir dans son jus pendant quelques semaines, ça ne lui ferait pas de mal. Luke regrettait presque de ne pas avoir parlé du bébé, histoire de lui donner davantage de regrets…

Il s'arrêta au feu rouge, s'aperçut qu'il n'était qu'à

quelques pâtés de maisons de chez Keith, et mit son clignotant. Jusque-là, il conduisait sans but, pour ne pas rentrer chez lui et se retrouver dans cette maison déserte qui lui flanquait le cafard.

Si Keith n'avait pas encore dîné, ils iraient tous les deux au restaurant. Il n'avait pas revu son ami depuis leur cuite mémorable. Depuis la nuit où il avait si admirablement sabordé sa vie. Keith ignorait encore que Cat était partie.

— Je sais.

— Comment ça, tu sais ?

Ils étaient assis dans le salon de Keith. Des magazines de sport traînaient un peu partout. Deux paires de tennis gisaient sous les fauteuils. Un ballon de basket trônait au coin du canapé et, pour quelque raison inexpliquée, une pile de casseroles en cuivre penchait dangereusement contre le manteau de la cheminée. Luke ne se rappelait pas avoir vu l'appartement dans cet état, et il se demanda vaguement si Keith avait toujours sa femme de ménage.

— Cat m'a dit qu'elle avait levé le camp.

— Elle te l'a dit ? Quand ça ?

Mal à l'aise, Keith changea de position.

— Eh bien… euh… le jour où elle est partie.

— Parce qu'elle est venue te voir ?

Bizarre, bizarre… Sauf si elle s'inquiétait de la rupture de contrat et de ses conséquences, elle n'avait aucune raison de rendre visite à Keith. Et, comme l'argent ne semblait pas vraiment l'intéresser... Mais elle avait peut-être changé d'avis ?

— J'imagine qu'elle venait te consulter pour savoir si elle pouvait quitter le domicile conjugal sans briser le contrat ?

— Le contrat ? Mon pauvre ami, tu es bien le seul à te soucier du contrat ! répondit Keith en secouant la tête. Cat se fiche éperdument de l'argent.

— Mais enfin, c'était un accord financier : une affaire de gros sous ! La dotation finale, les milliers de dollars, ça ne te rappelle rien ?

— Et Cat protestant que c'était trop, et toi qui la menaçais de doubler les sommes... tu as déjà oublié ? répliqua Keith sur un ton ironique.

Luke ouvrit la bouche pour se défendre, puis se ravisa. Keith avait raison. Il n'avait vu que ce qu'il voulait voir, et occulté le reste qui, pourtant, sautait aux yeux.

— Bon, admettons. Mais pourquoi est-elle venue te voir ?

Keith se cala contre le dossier du canapé et croisa les jambes.

— Ce n'est pas moi qu'elle venait voir, mais Jack. Seulement, je me trouvais là. Elle était dans tous ses états, la pauvre chérie.

— J'imagine, marmonna Luke en se détournant. Elle vous a raconté ce qui s'était passé ?

— Pas vraiment. Elle a dit que ce mariage était une grave erreur, que vous vous en étiez rendu compte, que

Nick le comprendrait sans doute et que tout s'arrangerait pour les vignobles.

Luke se sentit soulagé qu'elle n'ait pas mentionné la scène qu'elle avait surprise entre Devon et lui, car il n'en était vraiment pas fier.

— Je n'ai jamais vu quelqu'un pleurer comme ça, reprit Keith.

Et le soulagement de Luke se mua en culpabilité.

— C'est ma faute, dit-il spontanément. Tout est ma faute.

— Mouais. Je m'en doutais un peu.

Luke releva la tête.

— Je me demande pourquoi tout le monde me répète la même chose, remarqua-t-il tristement. Tu vois un écriteau « coupable » sur mon front ?

— Non, mais j'en vois un qui dit : « Je suis un abruti orgueilleux et trop con pour voir ce que j'ai sous le nez ».

Luke lui coula un regard noir, puis renonça à la colère avec un haussement d'épaules. A quoi bon se fâcher ? Il avait tort sur toute la ligne. Depuis le moment où il avait accepté la folle proposition de Cat jusqu'à celui où il l'avait laissée partir sans ramper à ses pieds, il avait commis bourde sur bourde.

— Tu me gonfles, marmonna-t-il enfin.

La réplique était faible, et il ne fut pas surpris de voir naître un sourire amusé sur les lèvres de Keith.

— Je t'aime bien aussi, frangin, si ça peut te consoler.

Luke cala la tête contre le dossier de son siège, et ferma les yeux. Dieu qu'il se sentait las ! En trois semaines, il n'avait pas passé une seule nuit digne de ce nom. Le lit était trop grand, trop vide. Comme la maison. Comme sa vie.

— Tu sais où elle habite ?

Le numéro qu'elle lui avait laissé était celui de Larry, et il imaginait mal la jeune femme reprenant sa place chez ses beaux-parents aussi longtemps que Devon y serait.

— Elle ne t'a donc pas contacté ? demanda Keith d'un air surpris.

— Elle a laissé un message sur le répondeur, avec un numéro de téléphone, mais pas d'adresse.

— Tu as essayé de la rappeler ?

— Non. Il faut que je la voie pour m'excuser.

— T'excuser de quoi ?

— Ça ne te regarde pas.

Luke releva la tête pour regarder son ami.

— Alors ? Tu sais où elle habite ?

— Oui. Mais je ne te le dirai pas.

— Tu plaisantes, ou quoi ?

Keith haussa les épaules.

— Désolé, vieux. Si elle avait voulu te communiquer son adresse, elle l'aurait fait.

— Tu es mon avocat, pas le sien ! répliqua Luke avec humeur.

Keith se redressa si brusquement que son pied frappa le sol, donnant à ses paroles une emphase inattendue.

— Ce n'est pas l'avocat de Cat qui te parle mais son ami. Je ne sais pas ce que tu as fichu, mais je ne veux plus jamais voir Cat pleurer comme ça. Si tu t'étais trouvé à portée de main, tu aurais pris mon poing dans la gueule.

— Puisque je te dis que je veux m'excuser, enfin !

— Tu le feras par téléphone.

Luke réfléchissait au plaisir qu'il prendrait à se battre avec son vieil ami quand le bruit d'une clé dans la serrure attira leur attention. Keith se raidit comme si on l'avait piqué. L'affolement se lisait dans ses yeux.

— Je suis rentré, Lucy !

Le claquement de la porte qui se refermait vint ponctuer la phrase qui venait d'être prononcée avec un accent cubain mal imité.

— Gail s'occupe de la mise en place ; je lui ai promis de revenir avant 20 heures pour…

En pénétrant dans le salon, Jack les vit et se tut aussitôt.

— Nous avons de la visite, annonça Keith en se levant.

Nous ? Parce qu'il y a un *nous* ? songea Luke.

— C'est ce que je remarque.

Le ton de Jack n'avait rien d'amical, et son sourire était glacial.

— Tu devrais faire plus attention, ne pas ouvrir à n'importe qui. J'ai des règles dans ce domaine.

Des règles ? Lui ? Alors qu'il laissait tout traîner ?

Luke parcourut la pièce des yeux. Les deux paires

de tennis auraient dû lui mettre la puce à l'oreille, bien sûr… *Doux Jésus, ils s'étaient mis en ménage !*

Se sentant en position d'infériorité, Luke se leva à son tour, et regarda alternativement Jack et Keith.

— Vous vivez ensemble, tous les deux ? Il a emménagé chez toi ?

Keith rougit un peu, redressa le menton.

— Oui, pourquoi ? Ça te pose un problème ?

Luke cligna des yeux. Bigre, que penser de ça ? Son meilleur ami couchait avec un mec. Avec Jack, pour ne rien arranger. Jack qui, de surcroît, était un vrai souillon.

— C'est un peu brutal, non ? Enfin, je… vous avez… euh…

Il eut un geste vague dans leur direction, et se dit qu'il serait inutile et déplacé de leur rappeler qu'un mois plus tôt, Keith était encore un hétéro heureux. Néanmoins, ce brusque revirement méritait quand même que l'on s'y arrête.

— Et maintenant, vous vivez ensemble ?

Keith haussa les épaules.

— La vie est courte. Nous avons décidé de prendre le risque. Si ça ne marche pas… au moins, on aura tenté le coup.

Luke hésita. Devait-il admirer le culot de son ami, ou lui recommander un psy ? Il opta, finalement, pour un commentaire plus neutre.

— Je vous souhaite d'être heureux.

— Merci, vieux.

Contrairement à Keith, Jack ne desserra pas les dents ; il se contenta de hocher la tête. Et Luke reprit le fil de la conversation interrompue :

— Je peux savoir où est Cat, maintenant ?

— Non, répondit Jack, plus hostile que jamais.

— Il faut que je lui parle, bon sang !

— Pourquoi ?

— Je tiens à m'assurer qu'elle va bien. Elle n'est pas venue chercher le reste de ses affaires. Sa voiture n'est qu'une caisse à savon asthmatique, et… et surtout, elle est enceinte. Je m'inquiète pour elle.

— Il fallait y penser plus tôt, rétorqua Jack d'un ton cassant. Si elle avait eu envie de te voir, elle t'aurait appelé.

Luke choisit d'ignorer cette évidence pour se concentrer sur Keith.

— Tu ne me diras pas où elle se cache ?

— Désolé, vieux. Mais je peux t'assurer qu'elle va bien.

Luke songea avec une ironie amère que, plus tard, il serait soulagé de savoir Cat en sécurité et en bonne santé. Il se réjouirait sans doute qu'elle ait des amis sur qui compter. Il apprécierait même la loyauté de Keith qui la protégeait en gardant ses secrets. Il trouverait cela admirable, même de la part de son propre avocat, de son meilleur ami. Mais ce serait pour plus tard. Quand l'envie de cogner comme un sourd l'aurait quitté.

Conscient que, s'il ouvrait la bouche, il ne pourrait être qu'extrêmement désagréable, il prit congé et se retira.

*
* *

Inquiet, Keith le regarda sortir. Jamais il ne lui avait vu l'air aussi... vide. Devait-il vraiment le laisser partir ?

— Il a une tête à faire peur, dit-il à Jack.

— Il ne l'a pas volé.

— Peut-être, admit Keith.

Il connaissait Luke depuis trop longtemps pour entretenir des illusions sur lui. Cat n'avait pas donné de détails sur les raisons de son départ, mais il ne doutait pas un instant que la faute en incombait à Luke.

— N'empêche. Je n'aime pas le voir dans cet état.

— Moi, si, et j'ai pris plaisir au spectacle, déclara Jack en souriant.

Surpris par cette joyeuse méchanceté, Keith ne put s'empêcher de rire. Par un heureux fait du hasard, la rupture entre Cat et Luke avait précipité l'emménagement de Jack chez lui. Jack avait insisté pour que Cat s'installe dans son petit deux pièces, et il lui avait laissé son lit. Après avoir dormi pendant une semaine sur le canapé du salon, il n'avait pas protesté quand Keith lui avait proposé de camper dans sa chambre d'amis.

L'arrangement était prévu pour un temps limité, mais les vêtements de Jack quittaient petit à petit Santa Monica pour s'entasser dans le logement de Beverly Hills et, déjà, Keith ne se voyait plus vivre seul.

Jack n'avait pas passé une seule nuit dans la chambre d'amis, et ses affaires envahissaient progressivement l'appartement. A son grand étonnement, Keith s'était aperçu qu'il aimait partager sa vie et son espace avec Jack.

Tout n'était pas rose, cependant. Maniaque de l'ordre et de la propreté dans sa cuisine, où il passait pour un tyran aux yeux du personnel, Jack était le pire des souillons dans le privé. Il prenait toute la place dans le lit et, pour obtenir le contrôle de la télécommande, Keith avait dû user de tous ses talents d'avocat. Mais ce n'étaient là que des détails mineurs. Il aimait parler avec Jack, le matin en se réveillant ; il écoutait avec plaisir ses idées de menus… En réalité, ils s'entendaient à merveille, et formaient déjà un couple. Keith en était heureux. Sa vie avait pris forme, s'orientait dans un sens très positif. Dommage que cela arrive au moment où le mariage de Luke se brisait…

— Hé ! pas de ruminations !

Jack l'attira à lui pour un bref baiser.

— Je t'aurais bien traîné au cinéma, mais ça risque de faire court pour moi. Alors, comme je suis un chic type, je vais te mijoter un bon petit repas.

Il agita les sourcils à la manière de Groucho Marx, puis ajouta :

— Et, si tu es très, très gentil, je te laisserai hacher l'ail.

— Super ! J'en ai rêvé pendant toutes mes études de droit.

Keith souriait aux anges en suivant Jack dans la cuisine.

*
* *

Cat gara Ruthie à proximité du restaurant, coupa le moteur, et cala sa tête contre le dossier du siège. Sale journée. Au point qu'elle se demandait si elle avait bien fait de se lever. Les nausées matinales, les biscottes sans beurre avec une tisane avaient été suivies par la découverte d'une infestation de pucerons dans les plants de brocolis qu'elle bichonnait jusqu'à ce que la température soit suffisamment fraîche pour qu'elle puise les planter en pleine terre dans le potager.

Depuis vingt-trois jours, elle s'était arrangée pour éviter Devon, et il fallait que ce matin, alors qu'elle se sentait patraque et fragile, sa chère demi-sœur fasse son apparition, fraîche, blonde et ravissante dans son tailleur de toile blanche dont la veste ouverte découvrait un petit bustier de soie bleu pâle des plus seyants. Ses courtes boucles étaient artistiquement coiffées en un savant désordre, son maquillage parfait, et ses escarpins blancs ne portaient pas la moindre trace de poussière. Un seul regard, et Cat devint douloureusement consciente de ses cheveux relevés en hâte et retenus par une pique, de son short taillé dans un vieux jean, de son T-shirt taché d'eau de Javel, et de ses sabots de cuir légèrement éculés. Si sa tenue était parfaitement adaptée pour arracher les mauvaises herbes et cueillir les légumes, elle n'avait, certes, pas l'allure d'une gravure de mode.

La comparaison n'avait rien de flatteur et, dans un moment de doute, elle songea que Luke n'avait peut-être pas tort de lui préférer Devon. Cette dernière l'aperçut, hésita au seuil de la porte, fit un pas dans sa direction, puis se ravisa et lui adressa un petit sourire apitoyé qui équivalait à la traiter de pauvre fille. La rage s'empara alors de Cat. Elle fut prise d'une envie soudaine de sortir de voiture pour jeter sa demi-sœur sur le tas de compost. Les mains crispées sur le volant de Ruthie, elle la regarda gagner son ridicule coupé imitation sport de petite frimeuse, et attendit qu'elle démarre pour se rendre au jardin. Devon était jolie, mais elle avait la profondeur d'une flaque d'eau. Si Luke était assez sot pour s'être entiché d'elle, tant pis pour lui ! Il n'avait que ce qu'il méritait.

Deux heures plus tard, Cat était toujours aussi furieuse. Naomi lui dirait qu'elle devait se purger de sa colère par la méditation, que la colère était un poison dont il fallait se débarrasser.

Il y avait, maintenant, vingt-trois jours qu'elle les avait surpris ensemble dans le bureau de Luke. Vingt-trois jours que cette image la hantait, la torturait, lui serrait le cœur et lui nouait de ventre. Le calme glacial qu'elle avait éprouvé sur le moment s'était évanoui dès son arrivée à l'appartement de Jack où elle avait pleuré toutes les larmes de son corps. Depuis, elle oscillait entre un morne sentiment de vide — Luke était sorti de sa vie — et une colère comme elle n'en avait ancore jamais connue. Entre ces phases, elle traversait des crises de nausée, et s'interrogeait sur l'avenir. Elle avait vaguement réfléchi à ce qu'elle ferait si, au bout d'un an, Luke décidait de divorcer, mais les plans qu'elle avait élaborés alors n'incluaient pas la présence d'un enfant. Aujourd'hui, elle était enceinte, seule et à la dérive.

— J'aurais dû prendre ce fichu chéquier, marmonna-t-elle en se garant devant Chez Jack.

Dans un sursaut d'amour-propre, elle avait laissé le chéquier dans le tiroir en se disant qu'elle n'avait pas besoin de l'argent de Luke…

Elle ouvrit le hayon arrière, sortit son diable orange, y plaça avec précaution ses cartons de légumes.

Aussi noble que fût le geste, renoncer au chéquier n'était pas bien malin. A présent qu'elle allait être mère, il lui faudrait apprendre à devenir plus pragmatique.

Ayant refermé le hayon, elle fit basculer le diable pour le mettre en équilibre sur les roues. Du moins pouvait-elle se nourrir et, grâce à Jack, elle disposait d'un toit. Elle s'était d'abord sentie gênée à l'idée de le déloger mais, à l'évidence, Jack et Keith étaient ravis de vivre ensemble. Finalement, tout ce gâchis aurait peut-être servi à quelque chose.

Quoi qu'il en soit, il lui fallait penser sérieusement à l'avenir, trouver des solutions à plus long terme. Pas question de réclamer le chéquier à Luke, bien sûr. Ce serait apporter de l'eau à son moulin, confirmer ses soupçons. Depuis le premier jour, il la soupçonnait de ne l'avoir épousé que pour l'argent. Ce qui, finalement, se comprenait un peu. Ils avaient conclu un accord financier en bonne et due forme, et ce n'était pas la faute de Luke si elle avait d'autres idées en tête, le jour où elle avait signé le contrat…

Le résultat de tout ça, c'est qu'elle se retrouvait enceinte, sans argent… en grande partie par amour-propre.

Cat tira la porte du restaurant, la cala avec son pied et poussa le diable à l'intérieur. Les clients de midi avaient regagné leurs bureaux ou vaquaient à leurs occupations. L'établissement ne rouvrirait pas avant deux heures pour le service du soir. Le calme entre deux batailles, comme disait Jack. Le temps de nettoyer, de ranger. La salle était vide ; les tables dressées attendaient déjà les prochains clients. La cuisine tournerait au ralenti, et le mouvement s'accélérerait progressivement jusqu'au coup de feu.

Cat avait à peine passé la porte que Jack venait lui prendre le diable des mains.

— Je t'ai déjà dit de m'appeler en arrivant pour que je décharge Ruthie à ta place !

— Je suis enceinte, Jack, pas handicapée. Je sais bien que les deux mots commencent par le même son, mais ce n'est pas une raison pour les confondre.

— Tu ne dois pas soulever de charges trop lourdes.

— Et maintenant, tu confonds grossesse et hernie.

Elle lui tapota la joue en souriant.

— Il va falloir que tu revoies tes notions de médecine, vieux.

— T'es vache !

— Je t'aime bien quand même.

Cat le suivit, tandis qu'il poussait le diable jusqu'à la cuisine. Elle se sentait touchée, malgré tout, par le soin qu'il prenait d'elle depuis qu'il la savait enceinte.

— Attends de voir le maïs, il est magnifique. Et les tomates cerises jaunes produisent comme des folles : je t'en ai mis un supplément.

Jack entreprit de hisser les cartons sur un plan de travail en inox. A vrai dire, Cat n'était pas fâchée de lui laisser cette tâche, mais pour rien au monde elle n'aurait avoué qu'elle se sentait vaguement fragile, ces derniers temps.

Après avoir donné quelques consignes à son personnel, Jack la prit par le bras pour l'entraîner dans la salle déserte, à l'écart des oreilles curieuses.

— Alors ? Comment tu te portes ? Et je ne veux pas t'entendre répéter que la grossesse n'est pas une maladie.

— Ça va.

Comme il l'observait d'un air dubitatif, elle ajouta :

— Je me porte comme un charme.

— Tu as une sale tête.

— Merci. Me voilà rassurée.

Elle se passa la main dans les cheveux, et reprit :

— Je suis un peu fatiguée mais, d'après ce que j'ai lu, il paraît que c'est normal.

— Tu ne travailles pas, ce soir.

La remarque ne surprit pas Cat qui s'attendait déjà à se battre sur ce point.

— Pourquoi ? Je suis virée ?

— Non. J'essaie de te donner une soirée de congé.

— C'est gentil, mais c'est non.

Elle lui prit la main, la pressa doucement.

— Ecoute, Jack, il faut que tu cesses de t'inquiéter au sujet de ma santé. C'est toi qui m'as proposé de travailler ici. Ça me plaît beaucoup mais je ne veux pas de traitement de faveur. Je vais très bien. Je suis un peu fatiguée, c'est tout. Rien de grave. De toute façon, j'ai besoin de cet emploi. Si tu ne me laisses pas prendre mon service ce soir, je chercherai un autre job.

— Tu n'as pas besoin d'un job. Tu peux rester chez moi aussi longtemps que tu veux, et si ton potager ne te rapporte pas assez, je t'aiderai jusqu'à ce que tu aies une idée plus précise de ce que tu souhaites faire. J'ai largement les moyens de te donner un coup de main pendant quelques mois.

Cat réprima l'envie de lever les yeux au ciel. Ce n'était pas la première fois qu'ils avaient cette discussion, et ce ne serait probablement pas la dernière. Elle avait eu tort d'accepter son offre d'emploi, mais il avait tant insisté qu'elle avait fini par céder, et force lui était de reconnaître que l'idée de chercher un autre job ne l'enthousiasmait pas.

Devinant son exaspération, Jack soupira.

— Bon, d'accord, tu vas parfaitement bien, tu es une coriace et tout ça.

Cat éclata de rire.

— Ce que tu es mignon quand tu es frustré !

— Et toi, sympa comme une tête de mule.

Un bruit du côté de la porte les interrompit. Ils se tournèrent ensemble, et découvrirent une haute silhouette d'homme en contre-jour.

— Désolé, c'est fermé. Nous rouvrons pour le dîner à partir de…

Jack se figea soudain, et ses traits se durcirent.

— Nous nous réservons le droit de refuser certains clients, Quintain.

Luke l'ignora. Il regardait Cat avec tant d'intensité qu'elle en ressentit comme une brûlure.

— Il faut que je te parle.

Jack se déplaça légèrement pour s'interposer entre eux.

— Elle n'a pas envie de te voir.

— Jack, je t'en prie, ce n'est pas grave.

— Rien ne t'oblige à lui parler.

— Je le sais, mais j'y tiens.

Pieux mensonge quand, en réalité, elle aurait volontiers disparu dans un trou de souris. Elle se doutait qu'un jour, elle aurait une explication avec Luke. Ce jour-là était venu plus vite que prévu, mais ce n'était pas une excuse pour fuir la confrontation.

Jack aurait bien argumenté, mais il s'en abstint et hocha la tête.

— Bon. Je serai dans la cuisine si tu as besoin de moi.

Il adressa à Luke un regard d'avertissement avant de se retirer pour les laisser seuls.

19

Luke savait déjà qu'elle lui manquait, mais ce fut en la voyant qu'il comprit à quel point c'était vrai. Un peu comme dans *Le Magicien d'Oz*, quand Dorothée pousse la porte de la ferme et que, soudain, tout devient coloré. Il la buvait des yeux. Elle portait une chemise abricot de style militaire sur un jean noir moulant qui mettait en valeur ses longues jambes. Deux clips dorés retenaient sa lourde chevelure de flamme. Elle semblait fatiguée. Il la trouva pâle et fragile. Est-ce qu'elle dormait mal ?

— Comment vas-tu ? lui demanda-t-il pour briser le silence pesant.

Il n'avait qu'une envie : se jeter sur elle, la prendre sur son épaule et l'enlever sur-le-champ.

— Ça va. Et toi ?

— Bien, je vais bien.

Elle glissa une main dans la poche de son jean, et Luke s'efforça de ne pas s'attacher au mouvement de ses seins.

— Je suis très occupée, ajouta-t-elle. Il y a le jardin, et puis… toutes sortes de choses.

Comme remettre sa vie sur les rails, le chasser de ses pensées quarante fois par jour…

— J'imagine qu'en cette saison, il y a du travail au potager.

— Encore assez, oui.

Dieu qu'il était beau ! Il devait sortir du bureau. Il portait un pantalon gris clair et une chemise bleu ciel au col ouvert, aux manches retroussées qui découvraient ses avant-bras musclés. Il avait sans doute ôté sa cravate ; sans même fermer les yeux, elle imaginait le geste, revoyait ses longs doigts impatients tirer sur le nœud pour le desserrer. Ses cheveux étaient en désordre. Peut-être avait-il conduit avec les vitres baissées.

Elle éprouvait du plaisir à le regarder, à le détailler. Elle en souffrait aussi. Il lui manquait cruellement. Au fil des trois semaines de séparation, sa douleur s'était atténuée, mais la présence de Luke la ravivait. Elle allait devoir tout recommencer, se convaincre qu'elle avait fait le bon choix, le seul choix possible, ignorer la petite voix hypocrite qui lui soufflait de faire comme si elle ne l'avait jamais surpris avec Devon, sur le point de lui faire l'amour…

L'évocation de ce souvenir blessant lui donna envie d'en finir au plus vite.

— Tu voulais me parler ?

— Tu as oublié ça.

Il lui tendit le chéquier dans son étui de cuir. Cat rougit, hésita avant de retirer sa main de sa poche pour le prendre. Il savait parfaitement que ce n'était pas un oubli mais un acte délibéré. Elle en aurait juré. Son geste et son excuse bancale la touchaient.

— Je te remercie.

Elle fit tourner le chéquier entre ses mains, caressa le cuir souple.

— Comment m'as-tu retrouvée ?

— Tu me croiras si je te dis que j'ai engagé un détective privé ?

Cat releva brusquement la tête.

— Tu plaisantes ?

— Non. J'ai pensé que c'était le moyen le plus rapide. Et, en effet, ça n'a pas pris longtemps.

— Je ne me cachais pas vraiment, dit-elle. Je t'avais laissé un numéro de téléphone. Pourquoi tu ne m'as pas appelée ?

— J'ai essayé deux ou trois fois. Je suis tombé sur un répondeur.

— Tu pouvais laisser un message.

— Je n'étais pas sûr que tu me rappellerais.

Cat ouvrit la bouche pour protester. Elle hésita, et jugea plus prudent de se taire. L'aurait-elle rappelé ? Pas si sûr. Elle eut un petit haussement d'épaules, fit claquer le chéquier contre sa paume.

— Merci de m'avoir apporté ça.

— C'était la moindre des choses. Tu as gagné cet argent.

Elle se surprit à rire.

— Tu as raison. Vivre dans le luxe pendant huit mois mérite salaire.

Luke esquissa un sourire.

— Tu m'as supporté, ce n'est pas rien.

— Très juste.

Elle lui lança un regard moqueur.

— Je reconnais que c'était une torture.

Le sourire de Luke s'accentua.

— Une épreuve cruelle ? Insoutenable ?

— Qui mérite bien une prime de risques.

Sans qu'ils sachent pourquoi, la plaisanterie n'alla pas plus loin, et ils se détournèrent l'un de l'autre. Paradoxalement, les rumeurs de la cuisine accroissaient encore le sentiment d'isolement qu'éprouvait Luke, et rendaient leur silence plus pesant.

— Ne t'inquiète pas pour le contrat, déclara-t-il soudain. Je ne le romprai pas. D'ailleurs, mon avocat m'en empêcherait si l'envie m'en prenait.

— Keith a été vraiment gentil. Tu... euh... tu sais que lui et Jack... enfin...

— Oui, je sais que... euh... ils sont...

Elle ne put s'empêcher de rire et sentit, du même coup, qu'elle se détendait. La situation n'était donc pas désespérée.

— Bref, si Keith arrive à supporter le désordre dans lequel Jack l'oblige à vivre, je pense qu'ils peuvent être heureux ensemble.

— Hmm.

— J'ai dit à Nick que tu étais partie.

Elle leva sur lui un regard anxieux.

— Et alors ? Comment a-t-il réagi ?

Luke haussa les épaules.

— Il me laisse *Maiden's Morning*.

— Voilà une bonne nouvelle ! s'exclama Cat. J'étais sûre qu'il se montrerait raisonnable.

— Ce n'est pas l'adjectif que j'emploierais, dit Luke. On ne peut pas dire que nous soyons en bons termes, lui et moi. Depuis cet entretien, nous ne nous sommes plus adressé la parole.

Cat secoua la tête d'un air affligé.

— Mais qu'est-ce que vous avez dans le crâne, tous les deux ?

— Je n'en sais rien. Peut-être qu'on se ressemble trop.

— Vous faites deux belles têtes de cochons.

— De mules. Luis affirme que nous sommes deux têtes de mules.

— Les mules que j'ai connues étaient intelligentes.

Il grimaça.

— Touché. Belle remise en place.

— Elle ne serait pas nécessaire si vous faisiez l'effort de vous parler un peu. Nick ne rajeunit pas, et tu le regretterais s'il lui arrivait quelque chose pendant l'une de vos fâcheries de mômes.

« Des fâcheries de mômes ? » Il avait de bonnes raisons d'en vouloir au vieux bouc, mais cela lui semblait soudain bien dérisoire. Cat avait le don de remettre les choses en perspective, *de lui remettre toute sa chienne de vie en perspective* !

— Reviens, Cat.

La phrase était sortie toute seule, sans qu'il ait réellement eu l'intention de la prononcer. Mais c'était dit. Et c'était bien.

Elle retenait son souffle. Ses prunelles d'émeraude s'étaient agrandies démesurément. L'espace d'un instant, Luke crut y lire l'espoir. L'espoir et le désir. Peut-être y avait-il une chance que… Non. Le moment avait passé. Elle refusa d'un signe de tête.

— Je ne crois pas que ce soit une bonne idée, Luke.

— Je n'ai pas couché avec Devon.

Déclaration brutale, à mi-chemin entre la protestation d'innocence et la supplique.

Cat pâlit. Ses traits se crispèrent en une expression fermée. Elle le rejetait, le laissait dehors.

— Non, mais si je n'étais pas arrivée à l'improviste, tu l'aurais fait.

Il fut tenté de nier, mais se refusa à mentir. La scène avec Devon s'était déroulée dans une sorte de brume. C'était comme un mauvais rêve. Il se rappelait vaguement avoir voulu prouver quelque chose. Mais quoi ? Et à qui ? Il l'ignorait. Ça n'avait pas plus de sens aujourd'hui que sur le moment, mais, effectivement, il serait allé jusqu'au bout si Cat ne les avait pas interrompus.

— Je me fiche éperdument de Devon, dit-il finalement.

Cat esquissa un petit sourire triste.

— Je sais.

Croyait-il vraiment que cette déclaration arrangerait

les choses ? Que l'absence de tout attachement rendrait sa trahison plus acceptable ?

Cat soupira, tendit la main pour lui tapoter le bras, le rassurer.

— Ne t'inquiète pas pour moi, Luke. Je m'en sortirai. Et ne te fais pas de souci pour le bébé. D'après le médecin, j'ai une santé de fer. Je... Nous n'en avons jamais parlé, et je ne sais pas si tu veux... t'impliquer dans tout ça. Je sais que tu n'avais pas prévu de faire un enfant.

— Toi non plus.

Elle eut un sourire rêveur, teinté d'humour.

— C'est vrai. Mais il est là et je... je tiens vraiment à avoir ce bébé, Luke.

Elle posa la main sur son ventre encore plat, et son sourire se réchauffa, se fit plein de tendresse.

— Maintenant qu'il est là, je le veux.

Sa main retomba le long de son corps ; elle changea brusquement d'attitude et de ton.

— Quoi qu'il en soit, je ne voudrais pas que tu te sentes des obligations. Jack a déjà proposé de m'aider pour la préparation à l'accouchement. J'habite dans son appartement et, comme il a tout l'air de vouloir vivre avec Keith, j'ai de grandes chances d'y rester.

Elle désigna le chéquier, et ajouta :

— Ça va m'aider pour les débuts. Ensuite... j'assurerai.

Tout en l'écoutant, Luke avait l'impression qu'elle le vidait de sa substance, comme si chaque mot le privait d'un organe vital. Très gentiment, très poliment, elle lui disait qu'elle n'avait pas besoin de lui et qu'elle s'en tirerait très bien par ses propres moyens. Ce dont il ne doutait pas une seconde. Elle reconstruirait sa vie sans lui, se ferait un nid pour elle et son enfant. Elle ne lui demanderait rien, n'attendrait rien de lui… Dieu que c'était déprimant ! Il semblait évident pour elle qu'il ne voudrait jamais entendre parler de leur enfant.

— Cat, je…

Des éclats de voix lui firent perdre le fil de ce qu'il allait dire. Les portes battantes de la cuisine s'ouvrirent à la volée sur un petit homme brun qui vociférait en français et agitait les bras. Derrière lui, Jack hurlait :

— Armand, personne ne veut de tarte au potiron en septembre !

Le dénommé Armand pivota sur lui-même pour faire face à Jack.

— Qu'est-ce que tu en sais ? Tu ne sais rien du tout ! Ma tarte au potiron est légère comme une plume. Mets-la sur la carte, et je te garantis que les clients la commanderont.

— Je me fiche pas mal que ta tarte soit si légère qu'elle s'envole ! Qu'il faille un filet à papillons pour l'attraper ! Les Américains ne mangent pas de tarte au potiron en septembre, c'est tout. Tu es chef pâtissier, ici, pas patron. Le patron, c'est *moi*. Et c'est *moi* qui décide de ce qu'on met au menu.

Les yeux noirs d'Armand lançaient des éclairs. Il bomba le torse, sous le coup de l'indignation. Puis il ouvrit la bouche, et son « Je rends mon tablier » flottait déjà dans l'air. Mais Jack parla le premier :

— Et merde ! Puisque tu y tiens tant, on la mettra sur la carte, ta foutue tarte. Si elle part, très bien. Sinon, je ne veux plus entendre une seule protestation pendant au moins six mois ! Pas de jérémiades sur le four, pas de plaintes parce que tu ne trouves pas les nèfles confites au vinaigre de framboise dont tu as besoin pour je ne sais quel gâteau que tout Los Angeles s'arrachera, pas de menaces de rentrer en Provence, et pas de rouspétances contre le smog et la circulation. Ça marche comme ça ?

— Parfaitement, répondit Armand avec un hochement de tête royal.

Et il reprit le chemin de la cuisine.

— Ils vont l'adorer, ma tarte au potiron, tu verras ! Et je me plaindrai encore du four, du smog et de la circulation. Mais, pour les nèfles confites au vinaigre de framboise, tu peux attendre longtemps avant que je me plaigne, parce que ça n'existe pas.

Sur ce, il disparut, laissant derrière lui un sillage de silence.

Jack soupira en se passant la main dans les cheveux, puis il se tourna vers Cat, l'air penaud.

— Désolé pour les cris. Petite crise culinaire.

Elle haussa les sourcils, et sourit d'un air amusé.

— Des nèfles confites au vinaigre de framboise, hein ?

Jack agita la tête en riant.

— Je ne sais plus ce qu'il cherchait, la semaine dernière, mais il m'a fait une scène pour un ingrédient introuvable, en affirmant que nous étions des sous-développés de la gastronomie.

Il regarda alternativement Luke et Cat.

— Tout se passe bien ?

Le sourire de Cat perdit de sa chaleur.

— Très bien. Luke était justement sur le point de partir.

Ce n'était pas précisément son intention, mais il ne protesta pas. Il ne savait d'ailleurs pas quelle était son intention en venant voir la jeune femme. Il voulait s'assurer qu'elle se portait bien, du moins était-ce ce qu'il se racontait. Simple prétexte, il en était conscient. Ce qu'il désirait ? Qu'elle revienne. Qu'elle rentre à la maison et qu'elle remplisse le vide de sa vie. Elle le ferait peut-être, mais pas sans contrepartie. Pas de problème : il était prêt à lui donner ce qu'elle voudrait.

— Je dois retourner au bureau, déclara-t-il en consultant sa montre.

— J'ai été contente de te voir, dit Cat, courtoise et détachée comme s'il n'était qu'une vague connaissance.

Luke hésita à lui tendre la main, trouva le geste par trop ridicule et se contenta de sourire.

— Moi aussi. Je repasserai prendre des nouvelles.

Cat lui rendit son sourire, mais il lut le doute dans ses yeux. Elle ne s'étonnerait pas de ne jamais le revoir. Il en était blessé ; il aurait voulu se défendre, lui avouer qu'il… Qu'il quoi ? Qu'il la désirait ? Elle le savait déjà.

Qu'il l'aimait ? Diable, l'aimait-il ? Intéressante question. D'où lui venait cette idée ?

Une heure plus tard, Luke lisait le contrat posé sur sa table. Face à lui, Sharon attendait patiemment, trop courtoise et trop bien payée pour remarquer qu'il était tard et que, s'il se décidait à signer, ils pourraient, l'un et l'autre, rentrer chez eux. Elle risqua un discret coup d'œil à sa montre, et se résigna à subir les embouteillages des heures de pointe.

— Qu'est-ce qu'on offre à une femme pour lui dire qu'on l'aime ? demanda Luke à brûle-pourpoint.

Déroutée par sa question, Sharon le dévisagea sans comprendre.

— Pardon ?

— Pas de bijoux, poursuivit Luke. Elle n'en porte pas. Et elle ne se parfume pas non plus.

— Vous souhaitez… C'est pour votre femme ? s'enquit prudemment sa secrétaire.

Ils avaient des rapports de travail très détendus, mais Luke ne parlait jamais de sa vie privée et n'encourageait pas Sharon à l'indiscrétion. Si elle se doutait que leur mariage battait de l'aile, c'est qu'il était d'humeur bien ombrageuse, ces temps derniers, sans doute parce que sa jeune épouse n'avait pas appelé depuis bientôt un mois.

— Naturellement, c'est pour ma femme, répondit

Luke. Je veux lui offrir un cadeau marquant. C'est si bizarre que ça ?

Sharon se contenta de hocher la tête. Elle tenait trop à son emploi pour lui dire la vérité nue. Il avait l'air vaguement désespéré, et cela ajoutait curieusement à son charme. Dommage que sa femme ne soit pas là pour le voir !

— Elle a un hobby ? Des centres d'intérêt particuliers ? Elle collectionne quelque chose ?

— Les livres. Elle a des bouquins à ne plus savoir qu'en faire : une vraie bibliothèque.

Luke repoussa son siège et se leva.

— Je lui achèterais bien une librairie, mais ça ne me semble pas très… Elle jardine. Elle fait pousser des tonnes de légumes.

— Une plante rare ? Un outil ? suggéra Sharon.

— Du terreau ! lança Luke en claquant des doigts.

— Du terreau ?

— Oui. Trouvez-moi ça. Il en faudrait une bonne quantité. J'aimerais qu'il soit livré le plus vite possible.

Il jeta un coup d'œil à la pendule.

— C'est un peu tard pour ce soir, mais tâchez de faire en sorte que ce soit livré demain matin. Je me fiche éperdument du prix. Doublez l'offre, si nécessaire. Triplez-la. De toute façon, ce n'est jamais que de la terre : ça ne peut pas être bien cher.

Il prit un morceau de papier et griffonna en hâte.

— Tenez. Voilà l'adresse pour la livraison.

Sentant son impatience, Sharon prit le feuillet et

quitta la pièce pour gagner son bureau et se mettre en quête de terreau.

Rien de tel que de passer une demi-heure au-dessus des toilettes à vomir ses tripes pour commencer la journée du bon pied, songea Cat. Quel sinistre imbécile avait donc déclaré que la femme enceinte rayonnait ? La créature aux yeux creusés et cernés de brun qui la regardait dans le miroir était aussi radieuse qu'une flaque de boue. Même ses cheveux étaient ternes et sans vie.

Le fait qu'elle ait pleuré si longtemps la veille au soir dans son lit n'arrangeait rien. Et elle se promit qu'on ne l'y prendrait plus. C'était trop bête. La visite de Luke au restaurant lui avait fait prendre conscience qu'elle s'accrochait inconsciemment à l'idée qu'il l'aimait en secret. Et elle l'avait également détrompée. A l'évidence, il était tout sauf amoureux. Il avait de l'affection pour elle, mais ça s'arrêtait là.

C'était sa culpabilité qui l'avait poussé à venir. Culpabilité due à son aventure interrompue avec Devon, à son enfant à naître, à l'erreur qu'avait été leur mariage. En tout cas, il la respectait suffisamment pour s'inquiéter d'elle et venir s'excuser. Et, d'un point de vue strictement pratique, elle lui était déjà reconnaissante pour ce fichu chéquier qu'il lui avait rendu, même si l'envie la démangeait de le brûler et de lui envoyer les cendres…

Avec un peu de chance, d'ici à quelques semaines,

elle n'aurait plus cette impression qu'on lui avait arraché le cœur.

Assez ! Lorsqu'elle s'apitoyait ainsi sur elle-même, elle ne se supportait pas.

Elle s'aspergea le visage d'eau fraîche et se sentit aussitôt mieux. Un soupçon de mascara, un peu de blush, et son visage reprit figure humaine. Elle tenta de se sourire, mais le résultat ne fut pas brillant. Tant pis. Elle ne sourirait pas.

Quittant la salle de bains, elle passa dans la chambre pour s'habiller. C'était toujours la chambre de Jack, même si elle y dormait depuis près d'un mois, et si il avait, en partie, vidé sa penderie et libéré quelques tiroirs pour elle.

En prenant un T-shirt et un jean, Cat se demanda si, inconsciemment, elle ne rechignait pas à prendre possession des lieux, tout simplement parce qu'elle espérait rentrer bientôt chez elle. Avec Luke. Vaine illusion à laquelle il était grand temps de renoncer. Elle ne travaillait pas, ce soir : elle en profiterait pour s'installer dans ce logement qui était, désormais, le sien. Elle n'y resterait peut-être pas éternellement, mais, pour le moment, c'était chez elle. Autant s'y résigner.

Vingt minutes plus tard, elle conduisait Ruthie vers l'est, emportant avec elle une bouteille de limonade et un paquet de gâteaux secs. Que dirait Naomi de sa situation ? Sa mère répétait souvent qu'il fallait se séparer dans l'amour. Mais c'était toujours elle qui s'éloignait des gens. Que faire quand on était rejeté ? Naomi avait-elle réfléchi aux sentiments de ceux qu'elle abandonnait à chacun de leurs déménagements ? Se séparer dans l'amour… Etait-ce un euphémisme pour dire : « Loin des yeux, loin du cœur » ?

Cat soupira. Elle perdait son temps en interrogations futiles. Sa mère avait disparu, engloutie par sa quête de l'illumination. Son mariage avec Luke se soldait par un échec. Il lui avait promis de passer prendre des nouvelles, et il le ferait sans doute. Sa conscience l'y obligerait. Mais le revoir dans ces circonstances, ce n'était pas ce dont elle rêvait.

Elle tapota son ventre et murmura :

— A partir de maintenant, il n'y a plus que toi et moi, mon chéri.

Bah ! ce n'était pas si mal, au fond.

Elle mit son clignotant et s'engagea sur la bretelle de sortie. Luke avait déclaré qu'il ne chercherait pas à rompre le contrat, de sorte que, dans quelques mois, elle serait riche. Son instinct lui soufflait de refuser l'argent, mais elle allait être mère et, désormais, le bien-être de son enfant passait en priorité. Avec cette dotation, ils ne manqueraient de rien ; elle pourrait acheter une petite maison dans un joli quartier, envoyer son fils ou sa fille dans une bonne école, le moment venu. Cette somme leur apportait la sécurité dont elle ne s'était guère préoccupée, jusque-là…

Hein ? Quoi ? Qu'est-ce que c'est que ça ?

Cat pila si brutalement que Ruthie fit presque un tête-à-queue. Dans le prétendu jardin de Larry, partiellement transformé en cimetière de voitures, trônait un gigantesque tas d'humus haut d'un bon mètre quatre-vingts. Pas de doute possible sur sa hauteur, car Luke était planté devant. Il venait de se retourner, et la regardait d'un air mi-gêné, mi-coupable, avec une nuance de défi dans les yeux.

En se demandant si elle ne s'était pas fourvoyée dans un univers parallèle, Cat coupa le moteur de Ruthie et sortit. Larry et Susan se tenaient près de Luke, et contemplaient le tas d'humus. Ils se retournèrent en entendant claquer la portière, et Larry adressa un grand sourire à la jeune femme.

— Très intéressant, Cat, tu ne trouves pas ? Luke affirme que c'est du terreau de première qualité. Avec du fumier de cheval. Il l'a *acheté*, tu te rends compte ? J'ignorais que ça s'achetait. Finalement, je me suis peut-être trompé avec mon projet d'élevage. Je pensais commercialiser les vers, mais j'aurais dû chercher à vendre le compost. Bien sûr, il faut que je calcule la quantité de vers nécessaire pour produire un mètre cube de compost, mais je crois que l'idée…

— Elle est excellente, termina Susan. Allons chercher la calculette. Cat et Luke ont besoin de parler.

— Bien sûr, bien sûr…

Espérant sans doute trouver la calculatrice sur lui, Larry tâta ses poches.

— … Il faudra que j'empile les élevages… Zut ! Quelle était cette variété de ver qui produisait le plus de…

Il marmonnait toujours, tandis que Susan l'entraînait vers la maison.

Cat regardait le terreau, puis Luke, puis le terreau. La grossesse devait avoir des effets inattendus sur son cerveau, car elle ne parvenait pas à comprendre pourquoi Luke avait acheté suffisamment de terreau pour recouvrir la moitié de Los Angeles.

— Je voulais qu'ils le déversent derrière, mais le camion ne passait pas, et ils ont tout déposé ici, expliqua-t-il sans préambule. Je m'étais dit qu'avec la brouette, j'arriverais à déplacer tout ça, mais je crois que je serai mort avant d'avoir fini.

— Il y a de grandes chances, en effet, murmura Cat en l'examinant de plus près.

Il était dans un bien curieux état : il portait sur son jean sale un T-shirt qui avait sans doute été blanc mais que la terre s'était chargée de colorer. Ses cheveux étaient en désordre, poussiéreux et humides de sueur, ses joues et son front rouges — de confusion ou des résultats de l'effort ?

— Je n'aurais pas dû en commander autant.

— Tout dépend de ce que tu comptes en faire, lui fit-elle remarquer prudemment.

— C'est bien le truc que tu utilises dans le potager, non ? Celui que tu préfères pour... pour...

— Couvrir le sol et en conserver l'humidité.

— C'est ça. Couvrir le sol. Tu m'as dit que ce terreau était la meilleure couverture.

Cat examina le tas, l'étala mentalement sur toute la

surface du potager. Avec un peu de chance, on apercevrait encore le haut des plants de maïs. Quoique… Elle dut se mordre la lèvre pour ne pas éclater de rire.

— C'est très… Je te remercie. C'est… Pourquoi tu m'offres du terreau, Luke ?

— Pour me faire pardonner.

Il se passa la main dans les cheveux, et une averse de terre se répandit sur ses épaules.

— Pour te faire pardonner quoi ?

Elle s'approcha, tendit la main pour prendre une poignée de terreau. Première qualité. Excellent. Elle pouvait presque sentir ses plantes frémir de bonheur.

— Pour me faire pardonner de m'être conduit comme un goujat.

Luke leva les yeux sur elle, puis les baissa de nouveau, et reprit :

— Le truc avec Devon… c'est… Il n'y a pas d'excuse.

Cat rejeta la poignée d'humus sur le tas, et s'essuya les mains l'une contre l'autre.

— Non, il n'y a pas d'excuse.

— Je ne m'en cherche pas. Je viens te demander pardon. Pour ça, et aussi pour ma réaction quand tu m'as annoncé que tu étais enceinte. J'ai eu tort de t'accuser de manigances. Je savais… j'ai toujours su que l'argent ne t'intéressait pas. Mais, par sécurité, je préférais croire le contraire.

— Par sécurité ?

— Pour ne pas reconnaître que tu m'aimais. Les

émotions, ce n'est pas mon fort. Pas ces émotions-là, en tout cas. Mes parents étaient… disons un peu détraqués. Ma mère prenait l'adultère comme un sport d'intérieur, et mon père était tellement entiché d'elle qu'il faisait semblant de ne pas voir ce qui se passait sous son nez.

Devant son air lugubre, Cat eut envie de le prendre dans ses bras pour le réchauffer, le consoler.

— Je sais que ce n'est pas une excuse. Si je te raconte ça, c'est pour que tu comprennes pourquoi l'idée de tomber amoureux ne me faisait pas sauter de joie.

Tomber amoureux ? Cat sentit les battements de son cœur s'accélérer soudain.

— Je t'ai épousée pour te mettre dans mon lit, déclara-t-il tout net.

Cat s'empourpra, mais soutint son regard.

— Je m'en doutais un peu, remarque.

— Je me disais que l'arrangement n'avait que des avantages. J'obtenais les vignobles, et nous avions un an de sexe torride devant nous.

Il eut un sourire triste.

— Mais je n'avais pas prévu que tu me plairais autant.

— Désolée, dit-elle avec une certaine impertinence.

Quelque chose en elle se dénouait, quelque chose de doux et de chaud qui ressemblait à de l'espoir.

— Je commençais à penser que nous resterions ensemble au-delà de l'année prévue. Jusqu'à ce que nous nous lassions l'un de l'autre.

— Ce n'est pas très romantique.

— Non, mais ça me paraissait réaliste.

Luke prit une mèche de cheveux échappée de son chignon, l'enroula autour de son doigt, joua distraitement avec.

— Je nous imaginais comme des partenaires sexuels à long terme. J'envisageais notre couple comme une liaison qui se trouvait être liée à un contrat de mariage. Et c'est là que tu m'as annoncé ta grossesse.

— Je t'ai dit aussi que ça ne changeait rien entre nous, lui rappela Cat.

Elle tourna la tête, sentit un léger tiraillement avant qu'il libère la mèche de cheveux captive.

— Oui, mais le bébé change tout, que tu le veuilles ou non. Un gosse, c'est le pire des engagements à long terme.

Il chercha ses yeux, les trouva.

— Ça m'a flanqué une frousse bleue, Cat. Je ne sais rien de la paternité. O.K. tu me laissais libre de prendre mes responsabilités ou pas, mais quel genre d'homme tourne le dos à son enfant ? Je méprisais mon père parce qu'il était faible, qu'il se laissait humilier par ma mère ; je les méprisais tous les deux parce qu'ils étaient des parents archi-nuls. Et voilà que j'envisageais d'abandonner mon propre gosse… Sans parler de toi.

— Je ne suis pas une gamine, Luke. Je suis assez grande pour me débrouiller toute seule.

— Je sais. Pour ne rien te cacher, tu es beaucoup plus mûre que moi, Cat. Plus mûre et plus sage. Tu peux prendre soin de toi-même mieux que je ne le ferais jamais. Je t'avoue franchement que ça m'intimide un peu. Si tu avais été moins *solide*, je me serais senti le devoir de veiller sur toi, et je n'aurais pas été contraint de regarder la vérité en face. La vérité, c'est que je ne veux pas que tu me quittes.

— Ce n'est pas une catastrophe d'aimer.

— Ça dépend.

Il enfouit ses mains dans ses poches, regarda le tas de compost, soupira et reporta son attention sur elle.

— Je veux que tu reviennes, Cat. Je veux vivre avec toi. Avec toi et le bébé. J'ignore quel genre de père je serai, mais je suis sûr que tu compenseras mes éventuelles défaillances.

Elle mourait d'envie de s'écrier « Oui ! », de sauter de joie, de se jeter dans ses bras. Mais elle ne voulait plus jamais souffrir comme elle avait souffert ces dernières semaines. Prudence.

— Et si tu te remettais à paniquer ? Je… Quand je t'ai vu avec Devon…

Elle s'interrompit, secoua la tête.

— Je ne supporterais pas ça une deuxième fois, c'est au-dessus de mes forces.

— Ne t'inquiète pas, il n'y a pas de risque.

Il ôta sa main de sa poche pour prendre la sienne. Au contact de ses doigts, Cat frissonna. Sa chaleur faisait fondre la petite boule de crainte logée au fond de son cœur.

— Je suis peut-être un goujat, mais j'apprends, à force

de me tromper. Je ne te promets pas un avenir sans heurts, mais je tiens à toi. Je te veux et je veux notre enfant. Même si ça me fiche une trouille de tous les diables. Reviens, Cat. La maison est vide sans toi. Merry a mis une chaussette rouge dans la lessive, et tous mes slips sont devenus roses. Consuela marmonne dans sa barbe des trucs en espagnol dès qu'elle m'aperçoit. Je crois qu'elle me jette des sorts. Keith me prend pour un imbécile, mon grand-père me traite d'abruti, et Luis me regarde comme si j'étais un gamin capricieux.

— Alors, tu veux que je revienne parce que tout le monde pense que ce serait une bonne chose ?

Cat retrouvait l'espoir et commençait à croire qu'elle ne rêvait pas.

— Non. Je veux que tu reviennes parce que je t'aime.

Il l'attira à lui, et elle se laissa faire, s'abandonna à son étreinte. Il sentait bon la sueur saine, la terre et le soleil. Du bout des doigts, elle essuya une trace brune sur sa joue.

— Le terreau, c'était pour m'acheter ?

— Parfaitement. Si tu reviens, je te promets de déplacer moi-même ce tas, pelletée après pelletée.

Elle esquissa un fragile sourire, mais l'amour débordait de ses yeux lorsqu'elle dit :

— J'ai une meilleure idée pour occuper ton temps.

DANS LA MÊME COLLECTION

Par ordre alphabétique d'auteur

MARY LYNN BAXTER	*La femme secrète*
MARY LYNN BAXTER	*Un été dans le Mississippi*
JENNIFER BLAKE	*Une liaison scandaleuse*
MEGAN BROWNLEY	*La maison des brumes*
CANDACE CAMP	*Le bal de l'orchidée*
CANDACE CAMP	*Le manoir des secrets*
CANDACE CAMP	*Le château des ombres*
CANDACE CAMP	*La maison des masques*
ELAINE COFFMAN	*Le seigneur des Highlands*
PATRICIA COUGHLIN	*Le secret d'une vie*
MARGOT DALTON	*Une femme sans passé*
EMMA DARCY	*Souviens-toi de cet été*
SALLY FAIRCHILD	*L'héritière sans passé*
FIONA HOOD-STEWART	*Les années volées*
FIONA HOOD-STEWART	*A l'ombre des magnolias*
RONA JAFFE	*Le destin de Rose Smith Carson*
PENNY JORDAN	*Silver*
PENNY JORDAN	*L'amour blessé*
PENNY JORDAN	*L'honneur des Crighton*
PENNY JORDAN	*L'héritage*
PENNY JORDAN	*Le choix d'une vie*
PENNY JORDAN	*Maintenant ou jamais*
PENNY JORDAN	*Les secrets de Brighton House*
ELAINE KNIGHTON	*La citadelle des brumes*
CATHERINE LANIGAN	*Parfum de jasmin*
RACHEL LEE	*Neige de septembre*
LYNN LESLIE	*Le choix de vivre*
ANN MAJOR	*La brûlure du mensonge*
ANN MAJOR	*Le prix du scandale**

... / ...

DANS LA MÊME COLLECTION

Par ordre alphabétique d'auteur

CURTISS ANN MATLOCK	*Sur la route de Houston*
CURTISS ANN MATLOCK	*Une nouvelle vie*
MARY ALICE MONROE	*Le masque des apparences*
NORA ROBERTS	*Retour au Maryland*
NORA ROBERTS	*La saga des Stanislaski*
NORA ROBERTS	*Le destin des Stanislaski*
NORA ROBERTS	*L'héritage des Cordina*
NORA ROBERTS	*Love*
NORA ROBERTS	*La saga des MacGregor*
NORA ROBERTS	*L'orgueil des MacGregor*
NORA ROBERTS	*L'héritage des MacGregor*
NORA ROBERTS	*La vallée des promesses*
NORA ROBERTS	*Le clan des MacGregor*
NORA ROBERTS	*Le secret des émeraudes*
NORA ROBERTS	*Un homme à aimer**
ROSEMARY ROGERS	*Le sabre et la soie*
ROSEMARY ROGERS	*Le masque et l'éventail*
JOANN ROSS	*Magnolia*
EVA RUTLAND	*Tourments d'ébène*
DALLAS SCHULZE	*Un amour interdit*
DALLAS SCHULZE	*Les vendanges du cœur*
JUNE FLAUM SINGER	*Une mystérieuse passagère*
ERICA SPINDLER	*L'ombre pourpre*
ERICA SPINDLER	*Le fruit défendu*
CHARLOTTE VALE ALLEN	*Le destin d'une autre*
CHARLOTTE VALE ALLEN	*L'enfance volée*
SUSAN WIGGS	*Un printemps en Virginie*
BRONWYN WILLIAMS	*L'île aux tempêtes*
SHERRYL WOODS	*Refuge à Trinity*
SHERRYL WOODS	*Le testament du cœur*
KAREN YOUNG	*Le passé meurtri*

* *titres réunis dans un volume double*

6 NOUVEAUTÉS À PARAÎTRE EN FÉVRIER 2007

Composé et édité par les
éditions Harlequin
Achevé d'imprimer en novembre 2006

par

LIBERDÚPLEX

Dépôt légal : décembre 2006
N° d'éditeur : 12479

Imprimé en Espagne